JN092406

エジプト人 シヌへ 上巻

ミカ・ヴァルタリ 著
セルボ貴子 訳
菊川匡 監修

みずいろブックス

First published in Finnish with the original title Sinuhe egyptiläinen in 1945 byWerner Söderström Ltd (WSOY), Helsinki, Finland. Published in the Japanese language by arrangement with Bonnier Rights, Helsinki, Finland and Tuttle Mori Agency, Inc., Tokyo, Japan.

This work has been published with the financial support of FILI-Finnish Literature Exchange.

本書の出版にあたり、
FILI（フィンランド文学振興センター）の助成を受けています。

目次　上巻

［目　次　下巻］

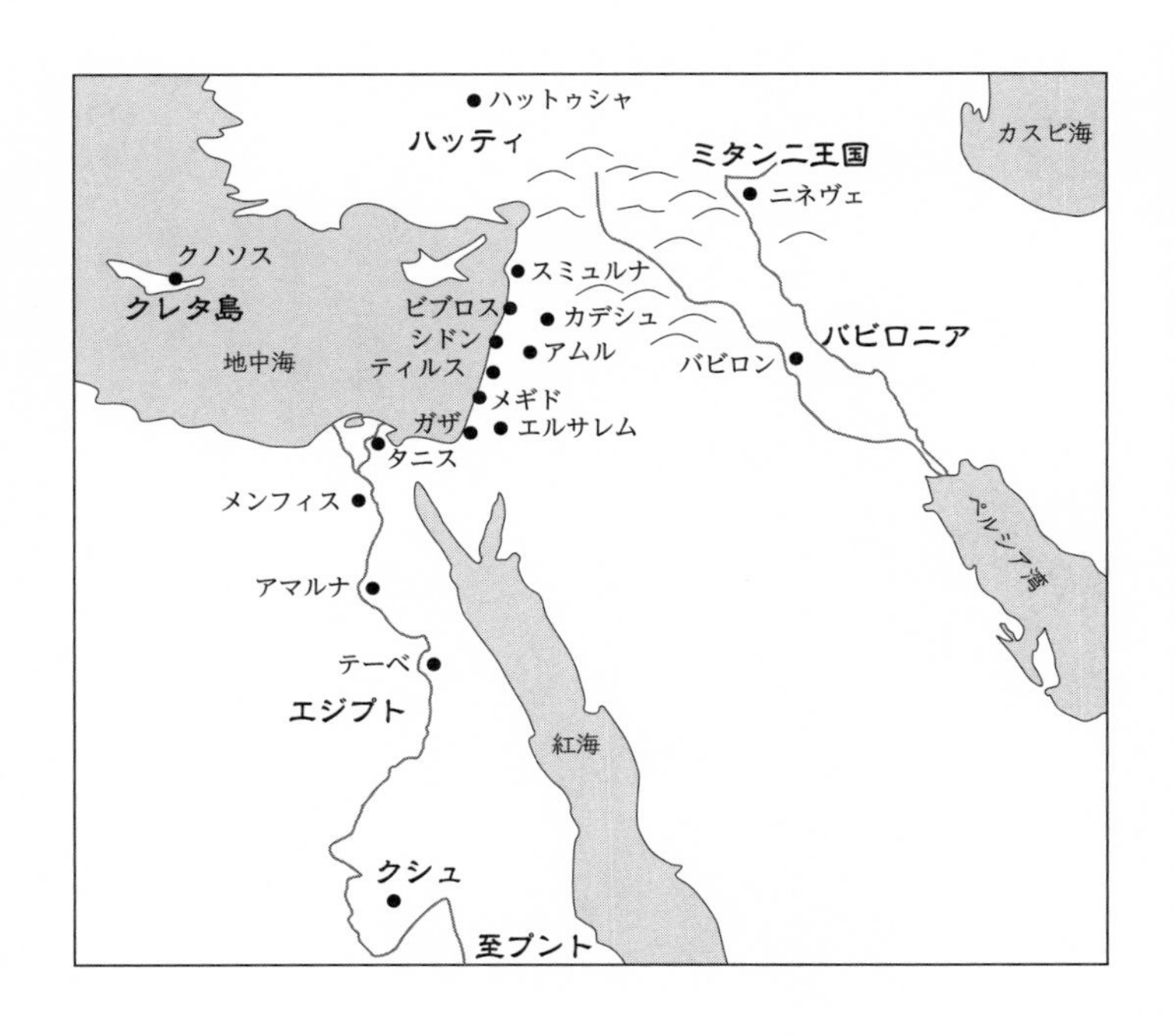

ハットゥシャ
ハッティ
カスピ海
ミタンニ王国
ニネヴェ
クノソス
クレタ島
スミュルナ
ビブロス
カデシュ
シドン
アムル
バビロニア
地中海
ティルス
バビロン
メギド
ガザ
エルサレム
タニス
メンフィス
ペルシア湾
アマルナ
テーベ
エジプト
紅海
クシュ
至プント

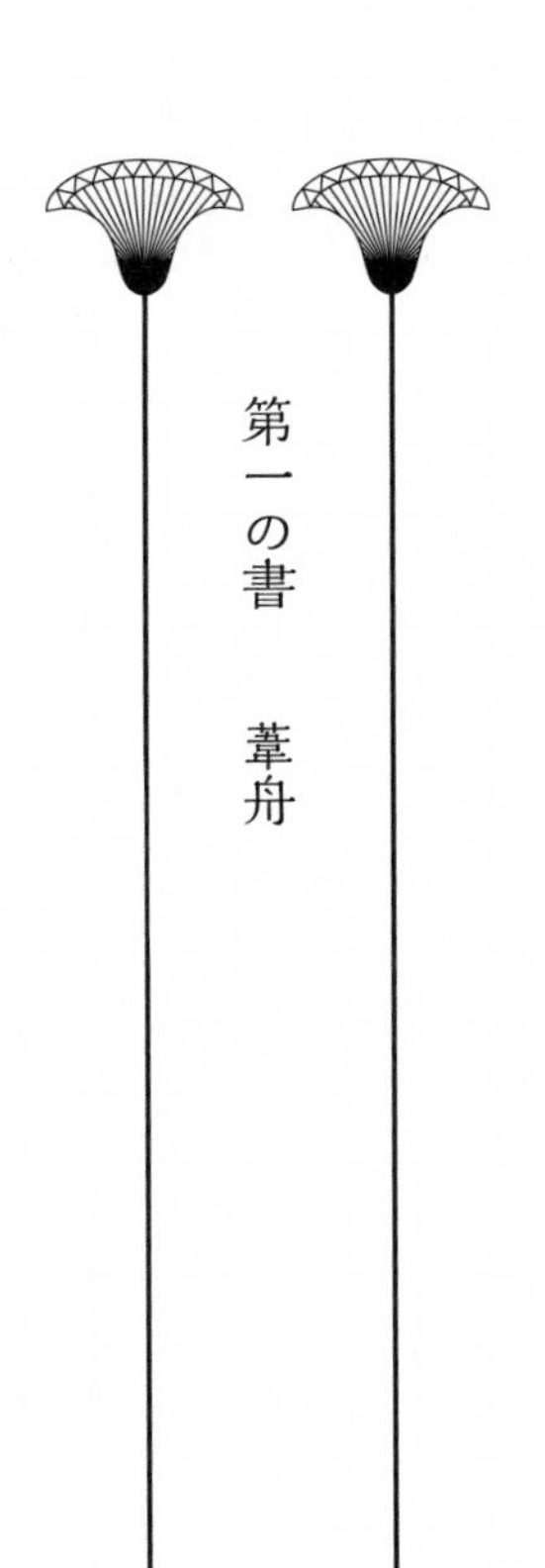

第一の書　葦舟

1

私こと、センムトとその妻キパの息子、シヌヘがこの書を記す。私は神に幻滅しているから、これを記すのはケメトの大地[1]の神々を称えるためではない。また、ファラオの為した業(わざ)にも嫌気が差しているから、ファラオを称えるためでもなく、ただ自分のためにこれを記す。これまでの人生で多くを経験し、失い、恐れるものが何もない私は、神々や王に対してと同じように永遠の命にも飽いているから、恐れや未来への希望のために書くわけでもない。ただ自分のためにこの書を記すのであり、それがこれまでの、そしてこれからの書き手とは異なるだろう。

なぜなら、これまでの書はいずれも、王または神を称えるために書かれてきたからだ。書のなかでファラオは何千回も神として描かれてきた。しかし、私たちと同じようにファラオも憎しみや恐れ、欲望や絶望に苛まれるのだから、私はファラオを人として捉えている。ファラオには自らの権力によって憎しみを満たし、恐れから逃れることはできても、おのれの欲望や絶望から身を守る術(すべ)はない。つまり、ファラオは私たちと同じ人間なのである。しかし、これまでの書には、ファラオは神として描かれ、王命によってありもしないことがさも本当の出来事かのように記されてきた。あるいは、事実とは反対のことが記され、その一部が大げさに、もしくは控えめに記されることもあった。

遥か昔から今に至るまで、すべての書は、神あるいは人のために書かれてきたのだ。

人々の服装や話す言葉が変わったとしても人々の本質は変わらず、太陽の下に新しいことは何一つなく、すべてのものごとは繰り返される。そもそも人間の本質が変わらないのだから、これまで書に記されてきたことも未来永劫変わることはないだろう。人々は蜂蜜菓子にたかるハエのようにまやかしに群がり、街角で家畜の糞の上に座る語り部の言葉を香のようにかぐわしいと感じながら、真実からは目を背けるのだ。

私、シヌへは老いて失意の日々にあり、嘘にうんざりしている。だからこそ私は、この目で見てこの耳で聞いた事実だけを記そうと思う。それこそが、私より前に生き、私のあとに生きる書き手との決定的な違いだ。言葉を紙に書き記し、自らの名と偉業を石に刻む者は、その言葉が読まれ、末永く語り継がれ、その偉業や叡智を称えられたいと望む。しかし、私の言葉や行いは称えられるに値せず、私の得た知識が誰かを喜ばせるわけでもない。子どもたちが私の言葉を手習いの見本として粘土板に刻むこともない。誰かが知識をひけらかすために私の言葉を口にすることもない。だから私は、この書が誰かに読まれ、理解されるかもしれないと期待することもないのだ。

そもそも人の悪意は頑なで、ナイル川のワニよりも残酷だ。そして、人の心は岩よりも硬く、人の虚栄心は埃のように軽い。ナイル川に人を沈めても、服が乾けば以前と同じ人である。同じように人が悲しみと失意に沈んでも、立ち直れば以前と変わらない。これまでの人生で多くの変化を目にしてきた私は、ものごとの本質が変わらず、人の本質もまた変わらないことを学んだ。だから、前代未聞のことが起きたと

1　エジプトのこと

話す者がいても、そんな話は無意味なのだ。

私は、少年が道端で父親を殴り殺すのを見た。貧しい者が富める者に立ち向かい、神が神に刃向うのを見た。金の杯でワインを飲んでいた者が川に身をかがめ、惨めに両手で水をすくうのを見た。かつて黄金を量っていた者が道端で物乞いに身を落とし、その妻は子どもにパンを買うために、顔に戦化粧を施した黒人に銅の腕輪一つの値段で身売りするのを見た。

しかし、そんなことは今に始まったことではない。異国に支配されていた時代[2]にも、日除けの屋根の下で休んでいた男が泥煉瓦の床の上で夜を過ごすはめになった。侵略者がやってきたときも、幼な子の頭は家の敷居に叩きつけられ、上等な亜麻布の服を身に着けた妻たちは捕えられて奴隷になった。そしてナイル川西岸の丘に墓を建造した男たちは自分の墓に入ることもなく、遺体は川に投げ捨てられた。

つまり、私が目にしたのは稀有な出来事ではなく、かつて起こり、これからも起こることなのだ。人は昔から変わらず、これからも変わらない。これから生まれる者も先人と同じである。そのような者にどうやって私が得てきた知識を理解してもらえるのだろう。なぜ私は彼らに私の言葉を読んでもらいたいと思うのだろう。

知恵が毒のように心を蝕み、人生の喜びなどすべて失ったがゆえに私はこの書を記す。祖国を追放されてから三年目、東の海岸をプント国へ向けて航海する船と、砂漠の近くにあるかつてファラオたちの石像を造るための石切り場だった丘を眺めながら、書き始めよう。もはや私の舌にワインは苦く、女といても満たされず、庭や魚の泳ぐ池を目にしても喜びを感じない。寒い冬の夜に寝床を温めてくれる黒人娘も喜びをもたらしはしない。弦楽器や笛の音は耳障りでしかなく、歌い手も遠ざけた。私にとって、富や黄金の杯、没薬、黒檀や象牙は何の価値もないのだ。

私は今でもこれらのものに不自由せず、没収もされていない。奴隷はまだ私の杖を恐れ、番人は手を膝まで下げて私にお辞儀をする。しかし、私が動ける範囲は定められ、波の打ち寄せる岸に船が停まることはない。春の宵に黒い大地[3]の香りを感じることは二度とないのだ。

かつてこの名はファラオの黄金の書に記され、黄金の宮殿に住み、ファラオの右側に座したこともあった。私の言葉はケメトの格言よりも重みを持ち、貴族が貢ぎ物を届け、私の首に黄金の首飾りがかけられたこともあった。私は人が欲するものをすべて手に入れたが、多くを望みすぎてしまった。ゆえにこの地に追放されたのだ。私がテーベを追放されたのは、ファラオ、ホルエムヘブの治世六年目のことだった。今テーベに戻れば犬のように殴り殺され、定められた場所から一歩でも外に出れば、石にはさまれたカエルのように踏みつぶされるだろう。これは、かつて私の友だった、王であるファラオの命令なのだ。だが、王族の記録からかつてのファラオの名を消し去り、自分の両親の名を貴族として記した卑しい生まれの男に何が期待できるだろう。彼が二重冠（にじゅうかん）[4]を頭に戴いて即位する瞬間を、私は見守った。その日から数えて

2 紀元前一六〇〇年代ヒクソス王朝のこと
3 エジプトのこと
4 下エジプトの赤と上エジプトの白の冠を組み合わせたもの

六年目に私は追放されたのだ。しかし、王立書記の記録によると、これは治世三十二年目のことだと書かれている。つまり、今も昔も記録というのはすべてまやかしにすぎないのだ。

その一方で、かつて真実に生きた「あの方」を、私は彼自身の弱さゆえに軽蔑し、あの方が真実のためにケメトの地にまき散らした破壊に慄（おのの）いた。今、私があの方の神のためではなく、自らのために真実に生きたいと願うのは、あの方の私への復讐なのだろう。

真実とは、切りつける刃（やいば）、癒えることのない傷、心を蝕む毒である。力にあふれる若い頃に男が真実から目をそらし、娼館に入り浸り、労働や日々の務め、旅や享楽、権力や建物に目を奪われるのはそのためだ。しかしいつの日か、真実が槍のようにおのれを貫く日がやってくる。そうなると、働いても喜びを感じず、たとえそばに誰かがいても孤独を感じ、神々がそれを癒してくれることもない。私はこの書を記すが、自分の行いが邪（よこしま）であったことも、道を誤ったこともよく自覚し、たとえ誰かがこれを読むことになっても、私の過ちから学ぶことはないということも分かっている。ただ自分のためにこれを記すのだ。アメン神殿の聖水で罪を洗い流したい者はそうすればよい。私は自らの過ちをすべて書き残すことで罪を償おう。心に抱える嘘を冥界の王オシリスの天秤に委ねたい者はそうすればよい。私は葦ペンで自らの心を量るとしよう。

この書を書くにあたって、国を追われた者にはどういう悲しみがあるのか、私の心情を記しておこう。一度でもナイル川の水を味わった者は、ナイル川のもとへ帰ろうとする。ほかの国の水では喉の渇きを癒すことはできないからだ。テーベで生まれた者は、テーベに帰ろうとする。この地上にテーベのような町はほかに存在しないからだ。路地で生まれた者は杉の木の宮殿から路地へ、あるいは泥煉瓦の家へ帰ろうとする。そして没薬やかぐわしい香油よりも家畜の糞で熾(おこ)した火や魚を焼く油っぽい煙のにおいを懐かしむのだ。

もう一度、ケメトの柔らかな大地をこの足で踏みしめることができるなら、喜んで黄金の杯を貧乏人が使う素焼きの壺と取り換えよう。一度でも、ナイル川の葦が春の風にそよぐ音を聞くことができるなら、この亜麻布の服を赤く焼けた奴隷の肌と取り換えよう。

ナイル川が氾濫する頃、緑色の水面に宝石のように浮かびあがる町に燕(つばめ)が舞い戻り、鶴がぬかるみを歩きまわるが、私はそこにいない。なぜ私は燕ではないのか、なぜ私は番人を軽々と飛び越え、ケメトの大地へと舞い戻れる力強い翼を持った鶴ではないのだろうか。

鳥になれるなら、アメン神殿の色鮮やかな円柱の真ん中、オベリスクが炎と黄金の光で輝き、香を焚く煙と、丸々と太った生贄(いけにえ)の屠(ほふ)られたにおいが漂う場所に巣をかけるだろう。貧民街の泥煉瓦の小屋の屋根でもいい。牛は荷車を引き、職人はパピルスを貼り合わせて紙を作り、商人は声を張りあげて物を売り、フンコロガシは糞で大きな玉を作って長い石畳を転がしている。

若かりし頃の水は澄み、その頃の情熱は甘美だった。老いた今はワインは苦く酸っぱいだけで、上等な蜂蜜入りのパンも貧しいときの粗末なパンの一切れには敵わない。過ぎ去りし日々よ、私のもとへと舞い戻れ。若き日々が戻るよう、アメン神は西から東へと帆走せよ。言葉を偽ることも、些細な行いもごまかしはしない。ああ、華奢な葦ペンよ、ああ、なめらかなパピルスよ、無駄な私の行いを、若さを、熱狂を蘇らせておくれ。

追放されし者シヌへ、ケメトの大地で誰よりも貧しい者がこれを記す。

2

私が父と呼んだセンムトは、テーベで貧しい民の医師をしていた。母と呼んだキパはその妻である。二人に子どもはなく、私がやってきたときには、もう老いていた。彼らは私を神からの授かりものだと言い、この授かりものが彼らにどんな災難をもたらすかなど想像もしなかった。

おとぎ話が好きなキパは、物語の主人公にちなんで私をシヌへと名づけた。その主人公は偶然ファラオの天幕(てんまく)で恐ろしい秘密を知ってしまい、長年にわたって逃亡生活を送り、さまざまな国で冒険をする。それと同じように母は、私がたくさんの危険を逃れて母のもとにやってきたと思ったのだ。これは子どもじみた発想だったが、母は私に恐ろしい危険が迫れば逃げてほしいと願っていた。そこでシヌへと名づけたのだ。

ところが、アメン神殿の神官によると、人の名は予言であるという。つまり、この名ゆえに私は危険や冒険に巻き込まれ、各地を旅することになり、さらに恐ろしい秘密、死をもたらすような王や王妃の秘密に巻き込まれ、ついには、この名ゆえに遠ざけられ、国を追われたのかもしれない。

哀れな母がどれほど素朴な考えで私の名を決めたとしても、名が人の運命を定めると決めつけるのはいかにも単純だ。たとえ私の名がケプル、カフラン、モーセであったとしても、同じ道を歩んだだろう。いずれにせよ、隼の子ヘブがホルエムヘブとして紅白の二重冠を戴いて上下エジプトの王に即位し、私が国を追われる身になったのは事実だ。名に予言があると信じたい者は信じればよい。逆境や困難に直面したときに、信じるものがあれば誰しも心の慰めになるというものだ。

私は偉大なるファラオ、アメンヘテプ三世の治世に生まれ、真実に生きることを望んだあの方も同じ頃に生を受けた。王妃ティイはファラオの伴侶となって二十二年が経ち、その名はファラオと並んで神殿や壁画に刻まれていたが、ずっと男児の誕生を待ち望んでいた。王子が誕生すると宮殿はわき立ち、ファラオは自ら建造させた壮大なアメン神殿に無数の生贄を捧げ、神官たちが王子に割礼の儀式を行ったあと、すぐに壮大な祝祭が催された。王子はファラオの跡継ぎとしてお披露目され、民はどのような未来が待ち受けているとも知らずに祝福した。その当時はのちにその名が忌わしいものとして口に出すことを禁じられるとは誰も思わなかった。

王子が生まれたのは、春を迎えたばかりの種蒔きの時期で、私はその前年の秋、洪水の頃にやってきた。私は小さな葦舟に乗せられてナイル川を流されてきたので、自分が生まれた日を知らない。その年は川の水位が高く、家のそばに葦舟が流れ着くほどだったので、キパは自宅の敷居近くにある葦の茂みの岸辺で私を見つけた。ちょうど燕がやってきて頭上でさえずっていたが、私が泣き声をあげないので、キパは私が死んでいるのかと思った。そこで私を家に連れていき、炭火のそばで温め、弱々しく泣き声を出すまで口に息を吹き込み続けた。

そこへセンムトが、二羽のカモと器一杯分の小麦粉を持って往診から帰ってきた。私の泣き声を聞いた父は、母が子猫でも見つけてきたのだと思い、母に小言を言った。しかし、母はこう言った。

「子猫ではなく、息子を授かったのよ！　喜んでちょうだい、私たちに男の子が生まれたのですから」

父は怒って母のことを愚かだと罵ったが、キパに私を見せられると、弱々しい私に心を動かされた。こうして彼らは我が子として私を迎え入れ、近所にもキパが産んだと思わせた。これは母の見栄だったが、どれだけの人がこの話を信じたかは分からない。キパは私を乗せてきた葦舟を取っておき、寝床の天井に吊り下げ、父は家の中で最も高価な銅の皿を神殿に持っていき、二人の実の子として出生届を出した。しかし、割礼は父が自ら行った。医師である父は神官の刃で傷が化膿するのを恐れて神官に触れさせなかったのだ。それに、貧乏人の医師である父は決して裕福ではなかったから、無駄な出費を避けたかったのかもしれない。

もちろん私は、これらすべての出来事を覚えているわけではないが、父や母は何度となく同じことを話してくれたし、二人が嘘をつく理由もないから、この話は本当なのだろう。小さい頃は彼らが実の親だと思っていたし、子どもの頃に悲しい思いをした覚えもない。彼らが真実を話してくれたのは、私が辮髪[5]を切り落として若者になった頃だった。両親は神を畏れていたし、父は、私が一生真実を知らずに過ごすことをよしとしなかったのだろう。

それでも私が何者で、どこから来て、両親は誰なのか、ということはまったく分からなかった。のちに語る事情から真相が明らかになったと思っているが、それもあくまで私がそう信じているだけにすぎない。

確かなことは、葦舟で流されてきたのは私だけではなかったということだ。テーベは神殿と宮殿のある大都市で、その周りには貧乏人が住むおびただしい数の泥煉瓦の家が建っていた。偉大なるファラオの時代、エジプトは多くの国を従え、国が大きくなり豊かになったことで新たな習慣が生まれ、神を祀る神殿を建てるために、他国の商人や職人がテーベにやってきて住み着いていた。神殿や宮殿内は贅が凝らされ、富と栄光に満ちていたが、壁の外側には貧困が広がっていた。そのため、多くの貧乏人が赤ん坊を捨てていたし、多くの富裕層の妻も、夫が家を空けている間にできた不義の子を葦舟で川に流していた。もしかしたら私を捨てたのも、夫を裏切ってシリアの商人と浮気をした船乗りの妻かもしれない。割礼されていなかったから、ひょっとしたら異国の子かもしれない。

キパが私の辮髪を切り、小さな木箱の中の私が初めて履いたサンダルの横にしまうと、私は母が見せてくれた天井の葦舟を眺めた。葦はぼろぼろで黄色く変色し、炭火の煙で煤だらけだった。それは鳥刺し[6]が使う結び目で編まれていたが、それ以外に本当の両親について分かることはない。私の最初の心の傷はこんなふうにしてできた。

5　当時の子どもは髪を剃り上げるか、右側の髪だけを伸ばし編んで結わえていた
6　鳥類の捕獲を生業とする人々のこと

3

年を取ると、子どもの頃をよく思い出すものだ。年老いた今、子どもの頃の思い出が輝き、あの頃は何もかもが素晴らしかったと思うようになる。どんなに貧しくても、子どもの頃の楽しい思い出がまったくないという年寄りはいないから、これに貧富の差はないのだろう。

父は神殿の壁より上流にある騒々しい貧民街に住んでいた。家の近くにはナイル川を航行する船が積み荷を下ろす大きな石造りの船着場があった。狭い路地裏には、町の中心部に住む富裕層も輿（こし）で訪れるような、船乗りや商人を客とする酒場や娼館が並んでいた。家の近所には、徴税人、下級将校、船頭、そして数人の上級神官が住んでいた。私の父も含め、彼らは水面にそびえる周壁と同様、貧民街における地位のある人々だった。

路地裏に延々と建ち並ぶ貧しい泥煉瓦の家と比べると、我が家はゆったりとしていて広かった。家の前には小さな庭があり、そこには父が植えたシカモアの木[7]が根づいていた。庭と路地はアカシアの灌木で隔てられ、洪水の季節にしか水が溜まらないとはいえ、石造りの小さな池もあった。家は四部屋あり、その一つは母が食事の支度をする場所だった。食事をするテラスは父の診察室に続いていた。母はきれい好きだったから、週に二度は人が掃除に来た。また、週に一度は洗濯屋が私たちの汚れものを取りに来て、川岸で洗ってくれた。

貧しく、騒々しく、異国化するこの町で、古くからの伝統が廃れ始めていることに気づいたのは、私が青年に達してからのことだった。父や近所の同じ階級の人たちは伝統や古くからの礼儀を重んじて、古いエジプトの慣習と神を敬い、高潔な心を頑なに守り続けていたが、町の富裕層や上流階級の人々はすでにそういう伝統を軽んじていた。父たちは自堕落な町の雰囲気や伝統を軽んじる人々と生活のうえでかかわりながらも、明確に一線を画すように暮らしていた。

それにしても、なぜ私はこのような、ずっとあとになってようやく理解できたことについて話すのだろう。なぜ、照りつける太陽の下、日陰を求めてシカモアの木の根元で涼んでいたときの幹のざらつきや、葉音の話をしないのだろう。なぜ私は、石畳の上で紐を引っぱるとあごを開け、赤く塗られた口を見せながらついてくる、一番のお気に入りだった木製のワニのおもちゃの話をしないのだろう。近所の子どもたちはそのおもちゃを見ようと集まってきた。そんなおもちゃは上流階級の子どもしか持っていなかったが、宮廷に仕える木工職人の座るのも苦痛なできものを軟膏で治した礼に、父がもらってきたのだ。私はそれを引かせてやる代わりに、たくさんの蜂蜜菓子や光る石、銅の針金の切れ端を手に入れた。

7　エジプトイチジクのこと

母は毎朝私を野菜市場に連れていった。そんなにたくさんの買い物があったわけではなく、玉ねぎ一束を買うのに水時計が落ちきるほどの時間をかけ、新しい履物を買うときは丸一週間、午前中ずっと見てまわっていたのだ。この話を聞くだけなら、母は最高級の品しか買わない裕福な客だと思うかもしれないが、母は私に倹約することを教えたかったから、目を惹かれても買うことはなく、「金銀を持っているのが豊かということではないの。あるものに満足できるのが本当の豊かさなのよ」とよく言っていた。

私にそう言い聞かせながらも、シドンやビブロス[8]製の羽のように軽くて薄い色鮮やかな毛織物をしょぼついた目を輝かせて眺め、長年の労働で荒れて黒ずんだ手で象牙細工の装飾品やダチョウの羽を愛おしそうになでていた。これは必要のないものだと私に言いながら、きっと自分にも言い聞かせていたのだろう。しかし、私は子ども心にその教えに反抗心を抱き、飼い主の首に抱きつく猿や、シリアやエジプトの言葉を大声で叫ぶ派手な色の鳥が欲しくてたまらなかったし、首飾りや金色のサンダルを買ってもらえたらさぞ喜んだだろう。哀れな老いたキパが、言葉にはしなくても、心の底では裕福でありたかったと望んでいたことに気づいたのは、ずっとあとになってからだった。

母はただの貧しい医師の妻にすぎなかったから、おとぎ話でその夢を満たしていた。毎晩私が寝る前に静かな声で知っている限りの昔話をしてくれた。シヌへの物語や、蛇の国から莫大な財宝を持ち帰った難破船の水夫の話を語ってくれた。神々や魔女、魔術師や古代のファラオについても話してくれた。母は父から、愚かで無駄な知識を子どもに吹き込んでいるとしょっちゅう小言を言われていたが、毎晩父がいびきをかき始めると、続きを話してくれた。私を楽しませながら自分も慰めていたのだろう。素肌に触れる寝床が暑く、寝苦しい夏の日々には、眠気を誘う静かな母の声が聞こえてきて、母の腕の中で穏やかな気持ちになったものだ。質素で迷信深い母は、盲人や体が不自由な語り部がやってくるたびに気前よく食事を出すような人だったから、実の母親でも、これほど可愛がってはくれなかっただろう。

おとぎ話は楽しかったが、その一方でわくわくしたのは、現実にある路地だった。路地にはハエがたかり、さまざまなにおいが立ち込めていた。船着場からは鼻にツンとくる杉や松脂（まつやに）の香りが風に乗って漂ってきた。上流階級の女が路上の少年たちを避けようとして輿から手を出し、香油の滴（しずく）が垂れることもあった。夜ごと西の丘にアメン神の黄金の船が沈むと、路地裏の至るところから魚を焼く油のにおいと焼き立てのパンの香りが漂ってくる。子どもの頃に親しんだテーベの貧民街のにおいは、決して忘れることはない。

テラスで食事をしながら、父から色々な教えを受けた。父は疲れた足どりで通りから家に帰ってくることもあれば、鼻を刺す薬や軟膏のにおいが染みついた服を着たまま診察室から戻ってくることもあった。母が父の手に水をかけ、私たちは腰掛けに座り、母に給仕してもらいながら食事をした。そういうときに、酒に酔った騒々しい船乗りたちが歌ったり、家の壁を杖で叩いたり、アカシアの灌木の根元で用を足したりしながら、家の前の通りを忙しなく通り過ぎていくこともあったが、用心深い父は、彼らが行ってしまうまで何も言わなかった。船乗りたちの姿が見えなくなると、ようやく父は教えてくれた。

「外で用を足すのは、哀れな黒人や汚いシリア人くらいだ。エジプト人は家の中でするものだ」

それからこうも言った。

「ワインはほどほどなら心を満たす神からの贈り物だ。一杯なら害はないし、二杯なら饒舌になるくらいだが、壺を空にするほど飲んでしまうと、道端で身ぐるみをはがされ、青あざだらけで目覚めることにな

8 現レバノンの地中海沿岸都市

るだろう」

ときに、透き通った服を身に着け、頬や唇、眉を明るく彩り、まともな育ちの女性には決して見られないような艶やかな目をした美しい女が通り過ぎて、テラスにまで香油の香りが漂ってくることがあった。私がうっとりと見とれていると、父はまじめにこう言った。

「『美しい若者よ』と言って家に誘ってくる女には気をつけるのだ。そういう女の心は網や罠のように絡みつき、その抱擁は炎よりも恐ろしい火傷を負わせるのだからな」

こんなふうに教わったものだから、子ども心にワインの壺や美しい女を警戒するようになった。しかし同時に、酒や美女に危うい魅力を感じてもいた。

父は、まだ幼い私を診察室に入れ、医療道具や刃物、薬品の瓶を、使い方を説明しながら見せてくれた。父が患者を診察するときは、私をそばに立たせておき、水の入った器や包帯、油やワインを私に持ってこさせた。母は多くの女性と同じように、傷や腫れ物を見ることに耐えられず、病に対する私の無邪気な好奇心を理解できなかったようだ。子どもというのは自分で体験しない限り、痛みや病気を理解できないものだ。腫れ物の切除は胸が高鳴るような治療で、ほかの少年たちから尊敬の眼差しで見られたくて、自分が見たことをすべて得意げに話した。

新しい患者がやってくると、父が最後に「これは治りますよ」とか「私が引き受けましょう」と言うまで、どんな診察や問診をするのかを観察した。手に負えないと判断した場合、父はパピルスの切れ端に二、三行書いて、神殿にある「生命の家」に送った。こうした患者が父のもとを去っていくと、父はいつもため息をつき、首を振ってこう言った。「気の毒に！」

父の患者は皆が貧しいわけではなかった。娼館から運ばれてくる男たちの服は最高級の亜麻布だったし、シリア人の船長が膿んだ傷口や歯痛を見せに訪れることもあった。だから、あるとき襟元を色とりどりの宝石で光らせた香辛料商人の妻が父の診察を受けに来たときも驚きはしなかった。女は大きくため息をつき、あちこち痛みを訴え、父は注意深く耳を傾けた。私は謝礼に美味しいものをたくさんもらえると分かっていたので、父に治療できることを願った。だから最後に父が紙の切れ端を手に取ったときは、ひどくがっかりし、ため息をついて首を振り、「気の毒に！」と独り言ちた。

これを聞いた女は、怯えた様子で父を見た。そこで父は紙切れに古代の文字と絵を書き写し、鉢で香油とワインを混ぜ、その液体にさきほどの紙を浸した。インクがワインに溶けると、素焼きの小さな壺に入れて栓をし、頭痛や胃もたれがしたらすぐにこれを飲むようにと言って、女に薬として持たせた。女が行ってしまうと、私は不思議に思って父を見た。父は決まり悪そうな顔をして、何度か咳払いをして言った。

「強力な呪文を使ったインクで治る病も、それなりにあるのだよ」

父はそれ以上何も言わず、しばらくしてからつぶやいた。「少なくとも、患者に害はないからな」

七歳のときに少年が使う腰巻きを与えられ[9]、「生贄の儀式」に参加するために母とともに神殿に向かった。当時、テーベのアメン神殿はエジプトの中でも最大の規模だった。月の女神の神殿と池の辺りから

9 当時多くの子どもは裸で過ごしていた

まっすぐアメン神殿に至る参道[10]があり、そこには羊頭のスフィンクスの石像がずらりと並んでいた。神殿の周囲は煉瓦の壁で囲まれ、町の中にさらに町があるかのようだった。小山ほどの高さの塔門の屋根には色鮮やかな小旗がはためき、巨大なファラオの像が銅門の両側を守っていた。

門をくぐると、「死者の書」を売りつける商人が母を引っぱったり、ささやきかけたり、声高に売り文句を叫んだりしてきた。母は私を木工職人の工房に連れていき、陳列棚に並ぶウシャブティ[11]を見せてくれた。死後の世界で主人が神官の呪文で呼ばれると、主人の代わりに働いてくれるのだ。

それにしても、すべては昔から変わらず、人の心も変わらないというのに、どうして私は皆が知っているようなことを記すのだろう。

母は生贄の儀式の前に参拝料を払った。私は白い衣を身に着けた神官が、手際よく雄牛を仕留めて肉を切り分けるのを見た。雄牛は、無傷で黒い毛が一本も生えていないことを示すために、角の間に葦の編み紐が渡されていた。でっぷりとして神々しい神官たちは、剃り上げた頭を聖油で光らせていた。彼らは、生贄の儀式に参加した二、三百人あまりの参拝者を気にも留めず、儀式の間ずっと無駄話をしていた。私はといえば、神殿の壁にかかっていた戦の絵や巨大な柱に圧倒されていた。母は私と家に帰る道すがら、感動して目に涙を浮かべていたが、私はなぜ泣くのか分からなかった。家に帰ると、母は私の足から子ども用の靴を脱がせ、新しいサンダルを履かせた。それは履き心地が悪く、慣れるまで靴擦れができた。

そのことで文句を言うと、父は優しく笑い、「きちんとした家庭の男児は、裸足で町を歩くものではない。時代は大きく変わったのだよ」と言った。父の祖父の時代には、上流階級の人間もサンダルを首に下げ、裸足で歩いていたという。当時は今よりも質素で、健康的だったのだ。今は服装に気を使う女は皆、幅の広い服に派手な襟飾りを好むが、昔は袖のない細い筒状の服が好まれていたという。だから、当時の男が襞（ひだ）のついた硬い前垂れや袖の広い服を着ようものなら笑い者になったであろう。最後に父は、「祖父が墓から蘇って、日常生活にも困るほどシリアの名前や言葉にあふれている今のテーベを目にしたら、とても同じ町だとは思わないだろう。外国の言葉を使うほど自分が優れていると思い込む者は多いのだ」と言った。

食事が済むと父は真剣な顔つきになり、大きくて器用な手を私の頭に乗せ、右のこめかみの柔らかい辮髪にそっと触れて言った。

「シヌへ、お前はもう七歳だ。将来何になりたいかを決めなくては」

「兵士になりたい」

すぐにそう答えたが、父の優しい顔が失望で曇ったのには気づかなかった。路上の少年たちの間で一番楽しい遊びは戦ごっこだったし、兵舎の前で兵士たちが取っ組み合い、武器を使って訓練し、戦車が町の外で羽飾りをなびかせて轟々（ごうごう）と音を立てながら演習へ向かうのを見たことがあった。兵士ほど勇敢で栄誉ある職業はないだろう。また、年長の少年たちから、文字を覚えるのがどれほど難しいかということや、

10 牡羊参道、現スフィンクス参道のこと
11 奴隷や使用人を模した木彫りの像

誤って粘土板を割ったり葦ペンを折ったりすると、先生に辮髪を引っぱられるといった恐ろしい話を聞かされていたから、兵士は文字が書けなくてもいいというのも大きかった。

もし父に才能があれば、貧しい民の医師で終わることはなかっただろうから、若い頃はそれほど才能がなかったのかもしれない。しかし、父はまじめに働き、患者を苦しめることもなく、長年の間に多くの経験を積んでいて、私が繊細なうえにどれほど頑固かも分かっていた。だから、そのとき父は私の答えに口を挟まなかった。

しかし、しばらくすると母に水差しをくれと頼み、診察室に行き、壺から安いワインを注いだ。

「シヌへ、おいで」

そう言うと、私を連れて岸のほうへと向かった。私は不思議に思いながらもあとを追った。父が岸の船着場で立ち止まったので船を眺めると、汗まみれの荷運び人たちが背中を曲げて絨毯に包まれた荷物を積み下ろしていた。ちょうど太陽が西の丘の「死者の町」へ傾く時間帯で、私たちは満腹だったが、荷役人たちは息を荒くしながら滝のように汗を流して働いていた。親方は櫂（かい）で彼らを小突き、屋根の下では書記が静かに座り、積み下ろされた荷を葦ペンで記録していた。

「彼らのようになりたいのか」と父が聞いた。

なんてばかなことを聞くのだろうと驚いた私は、答えもせずに父を見上げた。誰も荷役人のような仕事をしたいわけではない。

「彼らは朝早くから夜遅くまで働き続けるのだよ」と父は言った。「彼らの肌は日に焼けてワニの皮のようだし、手はワニの肢のようにざらざらで硬い。暗くなってからようやくみすぼらしい泥煉瓦の家に帰り、食べ物は一切れのパンと玉ねぎと酸っぱいビール一杯だ。これが荷役人の生活だ。畑を耕す者の生活もそうだ。それでも肉体労働をする者たちを羨ましいと思うのか」

父の言いたいことが分からず、私は首を振り、とまどいながら父を見た。私がなりたいのは兵士であって、荷役人や農夫や、糞にまみれた羊飼いではない。

「この者たちに運命を変えることはできない」父は真剣な顔で言った。「彼らが死んだら、運がよければ遺体は塩漬けにされ、砂に埋められる。不死や安寧の待つ西方の地など夢のまた夢だ。頑丈な墓を建て、そこに処置された遺体を保存できる者や、未来永劫、耐えられるようにできる者とは違うのだよ。なぜか分かるか、シヌヘ」

父の言わんとすることが分かったので、私はあごをふるわせながら、死者の町のほうを見た。沈みゆく太陽がファラオの白い神殿を血のように赤く染めていた。

「彼らは文字が書けない。生きていようが、死んでいようが、字を書けずして成功する者はいない」

父はワインを注いだ水差しを、考え深げに口元に持ちあげた。そしてキパが見ていないかを確かめてから一口飲んで口を拭くと、再び私の手を取って歩き出した。私は不安で胸がいっぱいになり、足取りも重かったが、それでも兵士になるんだと心に決め、あとをついていった。

「父さん」と歩きながら言った。「兵士はいい生活をしているよ。兵舎に住んで、ご馳走を食べて、夜は娼館でワインを飲んで、女たちは彼らをうっとりと眺めるじゃないか。強い兵士は字が書けなくても首に金の鎖をしている。戦に出れば、戦利品や奴隷を持ち帰り、その奴隷を働かせて、それが商売になるんだ。なんで兵士になってはいけないの？」

しかし父は無言で歩き続けた。大きなごみ捨て場の近くまで来ると、辺り一面にハエの大群が飛んでいた。父は腰をかがめてその近くの泥煉瓦の家の中をのぞき込んだ。

「我が友、インテブよ、そこにいるか？」

父がそう言うと、あちこち虫に食われたしわだらけの老人が、杖をついて足を引きずりながら出てきた。右腕は肩のあたりから切り落とされ、腰布は汚れでごわついていた。その顔は老いて干からび、しわだらけで、歯もなかった。

「こ、この人がインテブなの？」

私は父に小声で尋ね、怯えながら老人を見た。インテブは、最も偉大なる王トトメス三世の治世にシリア遠征で戦った英雄で、いまだに彼の偉業や、ファラオが彼に授けた褒美（ほうび）は語り草となっていたのだ。

老人が兵士のように手をあげて挨拶すると、父は彼にワインを入れた水差しを差し出した。そこには腰掛けが一つもなかったから、彼らは地面に座り込んだ。インテブはふるえる手で水差しを口元に持っていき、一滴もこぼすまいとごくりとワインを飲んだ。

「息子のシヌへが兵士になりたいらしい」父は微笑みながら言った。

「だからここに連れてきたのだ。大きな戦をくぐり抜け、生き残っている英雄はおぬしくらいだからな。兵士の勇猛な人生と偉業について教えてやってくれないか」

「セトとバアル[12]、すべての悪魔の名にかけて」老人は甲高い声で笑い、私をよく見ようと近寄ってきた。「息子はおかしいんじゃないか」

老人の歯のない口、光を失った目、腕の古傷、しわだらけの汚い胸元は恐ろしく、父のうしろに隠れて袖をつかんだ。

「おい、坊や！」インテブは笑った。「もし、わしが生きた日々と兵士になった哀れな運命を呪うたびにワインを一口もらえるなら、ファラオが女房を喜ばせるために建造したという湖をワインで満たすことができるだろう。わしには川を漕いで渡る金もないから、その湖を見たことはないが、湖が満ちてもまだたくさんの壺が余り、兵士全員がたっぷり酔えるだろうな」

彼はまたワインをぐいと飲んだ。

「でも」私はふるえる声で言った。「兵士はほかのどんな仕事よりも名誉ある仕事だよ」

「栄誉に名声か」トトメスの英雄、インテブは言った。「そんなものはくそくらえだ。ハエがたかる糞にすぎん。これまで戦や栄光とやらについてあれこれ嘘を並べてきた。そうすりゃ、話を聞かせてくれとせがむ愚か者どもが、わしに酒をおごってくれるからな。じゃが、おまえの父は尊敬すべき男だからだましたくはない。だから坊や、おまえに話してやろう。あらゆる職業の中で兵士は最も惨めで底辺の仕事だということを」

12 カナン地方を中心に崇められた嵐と雷、慈雨の神のことワインのおかげで彼の顔のしわが和らぎ、目に生き生きとした輝きが戻ってきた。老人は立ち上がり、残った片方の手で自分の首をつかんだ。

「見るがいい、この痩せた首を。五重もの金の鎖が飾っていたこともあった。ファラオ自らの御手でわしの首にかけてくださったのだ。ファラオの天幕の前に切り落とした腕を積み上げ、数え上げたのは誰か。カデシュの城壁に一番に乗り込んだのは誰か。咆哮（ほうこう）をあげる象のように敵陣に切り込んだのは誰か。それはこのわし、英雄インテプだ！　だが、もはや誰がそれに感謝しよう？　黄金はすべて失い、捕虜の奴隷は逃亡したか、惨めに死んでいった。我が右腕はミタンニ王国に残してきた。心ある者が自分の子どもに戦の真実を知ってもらおうと、わしに干し魚やビールを持ってきてくれなかったら、とっくに路地で物乞いになっていただろう。わしは偉大なる英雄インテプと呼ばれたが、今のわしを見るがよい。我が青春は、砂漠、飢え、痛み、重労働に費やされた。手足から肉がそげ落ち、肌は焼け、心は石よりも硬くなった。さらにひどいことに、水のない砂漠で生涯喉の渇きが癒えない病になった。生き残った兵士が遠い国から戻ってくるときにかかる病だ。右手を失ってからの人生は、死者の町の谷間に暮らすようなものだった。おまえの父はよく知っているが、切り落とされた腕の傷口を煮えたぎる油で焼き切ったときの激痛など、二度と口にしたくもない。センムト、正しい心を持つ善き者よ、その名が末代まで称えられんことを。もうワインがないぞ！」

老人は黙り込むと、息を切らしながら地面にへたり込み、がっかりしながら空っぽの器をひっくり返した。猛々しく燃えた双眸（そうぼう）はすっかり影をひそめ、彼はただの不幸な老いぼれに戻った。

「でも兵士は文字が書けなくてもいいんだ」私は思い切って小声で呟いた。

「ふん」インテブは鼻を鳴らし、父のほうを見た。父は手首から素早く銅の腕輪を外して老人に渡した。

彼が大声で呼ぶと、たちまち薄汚れた子どもが走ってきて、腕輪と器を受け取り、酒場へと向かった。

「一番高いのを買うんじゃないぞ！」インテブは彼の背中にかぶせるように声を張りあげた。

「酸っぱいやつでいい。たっぷり買えるからな！」

それから彼は考え深げにまた私を見た。

「たしかにそうだ。兵士に読み書きは不要だ。戦えりゃいいってことよ。だが、もし読み書きができたら、そいつは隊長となり、どんな勇猛な戦士にも前線へ行けと命じることができるんだ。文字さえ書ければ命令する立場になれるし、紙にハエがのたくったような字でも書けなけりゃ、百人の隊長にすらなれないからな。葦ペンを持つ奴が命令を下すとしたら、金の鎖や勲章が何になる？　だがこれは、今もこれからも変わらない。だから坊や、もし兵に命令を下し、軍を指揮したければ、まず文字を学ぶことだ。そうすれば金の鎖をかけた者どもがおまえにひれ伏し、奴隷が輿で戦場まで運んでくれる」

薄汚れた子どもが壺一杯分のワインと、器にもワインを満たして戻ってきた。老人の顔が喜びで輝き始めた。

「おまえの父はいい奴だ。読み書きができるし、わしが人生の盛りの頃に酒を飲み過ぎて、ワニやカバの幻を見始めたときも治してくれた。弓も引けないただの医師だが、いい奴だ。礼を言うぞ！」

インテブが手をつけようとしているワインの壺を見た私はぎょっとし、思わず薬品が染みついた父の袖を引っぱった。そのワインのせいで、その辺の道端であざだらけになって目が覚めるはめになると思ったのだ。父も壺を見て軽くため息をつくと、私の手を取って歩き出した。インテブが甲高くしわがれた声でシリアの戦の歌を歌い始めると、浅黒く日焼けした裸の子どもがげらげら笑った。

こうして兵士になるという夢を諦めた私は、次の日、父と母に学校に連れていかれても抵抗しなかった。

4

当然のことながら父には、上流階級や富裕層、上級神官の息子や、ときには女子も教育を受けられる神殿の大きな学校へ私を通わせる余裕はなかった。私の教師は、家から通り二本離れたところに住む年老いた神官オネヘで、崩れそうな小屋のテラスで学校を開いていた。そこに通うのは、自分の子どもに書記になってほしいと願う職人や商人、それに港の親方や下級将校の子どもたちだった。

オネヘはかつて、天空の女神ムトの神殿で倉庫の記録係をしていたので、積荷の重量や穀物の分量、家畜の数や兵士の食料の費用などの記録係を目指す子どもに、書き方の初歩を教えるにはうってつけの人物だった。世界の大都市テーベには同じような小さな学校が数十、いや数百はあっただろう。オネヘは生活ができればよかったので、学費は安かった。炭売りの子は冬の夜の火鉢のための木炭を、織物商人の子は衣服を、穀物商人の子は小麦粉を、そして私の父は、老いたオネヘのさまざまな病を診て、痛みを和らげる薬草を煎じた液体をワインに混ぜて渡していた。こうした共存関係があったからオネヘは寛大な教師だった。粘土板の前で居眠りをした生徒は、翌日家から美味しいものを持ってくれば、髪の毛を引っぱられずに済んだ。ときどき穀物商人の子が壺いっぱいのビールを持ってくると、オネへは冥界の不思議な冒険談や天空のムト、創造神プタハなど、自分に身近だった神々のおとぎ話をしたがった。そして難しい宿題や退屈な文字の書き取りを忘れたまま一日が経つと、私たちはくすくすと笑い合った。オネへはずっと賢く、そんなことはすっかりお見通しだったと分かったのはずっとあとのことだった。敬虔な想像力で生き生きと語り聞かせてくれた話にはちゃんと意味があり、彼は私たちに、悪事はすべて罰せられるという古くからのエジプトの道徳法を教えていたのだ。かつて誰もが、冥界の王オシリスの玉座の前で心臓を量られ、審判にかけられた。ジャッカルの頭をしたアヌビスに悪事を暴かれた者は、アメミットという幻獣に貪（むさぼ）り食われる。アメミットはワニとカバを合わせた姿をしているが、ワニとカバを合わせたよりもずっと恐ろしいのだ。

彼は、冥界の川にいる恐ろしいマァハァエフ[13]の話もしてくれた。死者はこの渡し守の助けなくして安寧の地に行くことはできない。この神は船を漕ぐときに、地上のナイル川の渡し守のように前を見るのではなく、うしろを振り返っていたという。オネへはこの渡し守をなだめるための言葉を繰り返し暗唱させた。文字を書き写させ、覚えたあとは記憶をもとに書かせて、間違えると優しく指摘してくれた。このとき私は、死後の世界ではどんな小さな間違いも許されないことを知った。もし渡し守に書き間違いのある

13 自らの背後を見るもの

手紙を渡したら、影となって暗い川のほとりを未来永劫さまようか、もっとひどい場合は、恐ろしい冥界の谷底へ容赦なく突き落とされるのだ。

私は数年間オネへの学校に通った。父は本人が嫌がる職業を無理強いしてはならないと考えていて、私に才能がなければ書記にならなくてもいいと思っていたが、もし私が興味とやる気を示せば、オネへがのちのち私を神殿の学校へ推薦してくれ、きっとそこから父が望む将来の途（みち）が拓けると期待して、私をこの学校に入れたのだ。しかし、たとえそうならなくても、算術師や書記の見習いになっていたか、軍隊の兵糧（ひょうろう）倉庫番になって兵士の道に入っていたかもしれない。もっとも、当時の私にそんなことは分からなかった。

オネへの学校で一番面白い仲間は、私より二、三歳年上の戦車隊長の息子トトメスだった。彼は小さい頃から馬の扱いや取っ組み合いに慣れっこだった。銅の糸が編み込まれた笏を持つトトメスの父親は、息子を偉大な軍の指揮官にするべく読み書きを学ばせたかったのだ。しかし、偉大なるトトメスの名をつけても、父が望むようにはならなかった。学校に通い出したトトメスは、槍投げや戦車の練習に興味を示さなかったのだ。その代わりに、字を覚えるのは早く、やがてほかの者が苦労している横で書き取りの板に落書きをし始めた。彼は、戦車や後ろ脚で立ち上がる馬、取っ組み合いをする兵士の絵を描いた。

また、学校に粘土を持ってきて、一壺のビールで酔ったオネへが物語を語る間に、ぎこちなく口を開けたアメミットが、明らかにオネへと分かる背の曲がった禿げで小太りの老人を飲み込もうとしているおかしな像を作った。しかしオネへは怒らなかった。トトメスは庶民らしい顔立ちをして、足は太く短かったが、いつも楽しげで、器用な手で動物や鳥を作っては私たちを大いに楽しませてくれたから、誰も彼に腹を立てることはできなかった。最初は兵士の子どもだからと関心を持ったが、トトメスが兵士という職業に興味を示さなくても、私たちの友情は長く続いた。

勉強が進むにつれ、驚くべきことが起こった。あまりに突然で、今でもありありと思い出すことができる。涼しくうららかな春の日、鳥たちが歌い、コウノトリが泥煉瓦の屋根で巣を整えていた。川の水位は下がり、大地は鮮やかな緑色に萌えていた。菜園には種が蒔かれ、苗が植えられた。冒険にはもってこいの日だったので、触ると壁の土がぼろぼろと崩れてくるようなオネヘのテラスでは、誰も勉強に身が入らなかった。私はうわの空で、面白くもないヒエログリフを書きつけ、その横にヒエラティック[14]で同じ意味の言葉を記していた。

するとどういうわけか、オネヘが言っていた言葉や私がまだ知らない言葉に、突然生命が吹き込まれた。絵が言葉に、言葉が音節に、音節が文字になった。絵と絵が組み合わされて、新しい言葉が生まれ、絵とは無関係の言葉になった。一つの絵なら農夫でも簡単に理解できるだろう。しかし、絵が二つ並ぶと、文字を習った者でなければ理解できない。読み書きを学んだ者なら私の体験を分かってくれるだろう。これは私にとって、果物売りのかごからザクロを盗むよりもずっと刺激的で、デーツの実よりも甘く、喉が渇いた者への水よりも潤いを与えてくれた。

14 筆記用に簡略化された文字のこと

この日以降、誰も私に勉強しろと言う必要はなくなった。私は乾いた大地がナイル川の洪水を吸収するかのようにオネへの知識を貪った。あっという間に文字を書けるようになり、少しずつほかの人が書いたものも読めるようになった。三年目には、古い巻物の文書を読むようになり、ほかの生徒が教訓となる物語を書き取る際に、読み上げる役をこなすようになった。

この頃、自分がほかの子どもと違うことにも気づいた。私は細面（ほそおもて）で色白だったし、力の強い少年たちに比べて手足がほっそりとしていた。普段一緒にいる子どもよりも、町の中心に住んでいる上流階級の子どもに似ていた。もし私が彼らと同じ服を着たら、輿に乗っている子どもか、奴隷が送り迎えをする子どもとほとんど見分けがつかなかっただろう。そのせいでからかわれることもあった。穀物商人の息子は私の肩に腕をまわし、女の子呼ばわりしたので、ペン先でそいつを刺してやった。こいつは嫌なにおいがしたから、近くに来られるのが嫌で仕方なかった。なるべくトトメスのそばにいたいと思っていたが、彼が私に意味もなく近づいてくることはなかった。

あるとき、トトメスが遠慮がちにこう言ってきた。

「きみの塑像（そぞう）を作りたいから、見本になってくれないか」

彼を家に呼ぶと、彼は庭のシカモアの木の下で粘土を捏ねて私にそっくりな像を作り、ペンで私の名を彫った。焼き菓子を持ってきた母は像を見るなり、呪術だと言ってひどく驚いた。一方、父はトトメスが神殿の学校に通うことができたら、王立の芸術家になれるかもしれないと言った。私はふざけて、上流階級の人間に挨拶するようにトトメスに向かって手を膝まで下げてお辞儀をした。トトメスの目が輝いたが、すぐにため息をついて、父から兵舎に戻って戦車隊の下級将校を目指す学校に通えと言われているから、どうせ無理だと言った。トトメスは隊長に必要な読み書きはすでに身につけていた。父はその場を離れ、台所からは母がまだぶつぶつ言っているのが聞こえた。このときトトメスと私が食べた焼き菓子は濃厚でとても美味しく、私たちは満ち足りていた。

あの頃はまだ幸せだった。

5

やがて、父が洗い立てのよそ行きの服と、キパが刺繍をした幅広の襟飾りを身に着ける日がやってきた。父はアメン神殿を訪れたが、心の底では密かに神官を嫌っていた。とはいえ、テーベ、いやエジプト全土では、神官の関与がないと何ごとも進まなかった。神官は司法も牛耳(ぎゅうじ)っていて裁判の判決を下していたので、ファラオの判決が下っても、厚かましく神殿に赦しを乞う者もいた。さらに、高等教育に至るまですべての教育が神官のもとで行われていた。また、川の水位やその年の収穫高を予想して、エジプト全土の税金も定めていた。しかし、すべてが元に戻り、昔と何も変わっていないのだから、あえてこんなことを説明する必要はないのかもしれない。

神殿へ頭を下げに行くのは、父にとって決して容易なことではなかっただろう。貧乏人の医師だった父にとって、神殿や生命の家は遠い存在だったが、このとき父はほかの貧乏な父親と同じように神殿の面会受付の列に並び、上級神官に呼ばれるのを待っていた。今でも貧しい父親たちの姿をありありと思い出せる。彼らは皆よそ行きの服を着て、神殿の庭園に意気込んで座り、息子が自分よりもいい生活を送れるようにと夢見ていた。彼らはしばしば弁当を持って川舟でテーベまでやってきて、高価な聖油をつけた黄金の書を持つ神官と話をしようと、門番や書記への貢ぎ物にわずかな所持金を費やしていた。

神官は、彼らのにおいに顔をしかめ、話し方も尊大だった。しかし、アメン神殿では富を得て偉大になればなるほど、新しい使用人が必要で、特に文字を書ける者を求めていた。神殿にとっては少年そのものが黄金よりも価値のある贈り物だったが、息子たちが神殿に入れるのは神の恵みのおかげだと誰もが信じていた。

運がいいことに、父は午後まで待たずに済んだ。昔の学友で今では王立頭蓋切開医師となったプタホルがそばを通り過ぎたのだ。父が勇気を出して声をかけると、高い身分にもかかわらず、私の家に来ると約束してくれた。

その日のために、父はガチョウと上等なワインを準備した。母はパンを焼きながら不平を言っていた。台所から漂うガチョウの脂の香りに、物乞いや盲人たちが集まってきて歌を歌い、楽器を鳴らし、おこぼれにあずかろうとしていたので、しまいにキパは腹を立てながら脂を浸したパンを配って、彼らを追い払った。

来客がトトメスとも話したがるかもしれないからそばにいるように、と父が勧めたので、トトメスと私は家の前から町へ続く通りを箒（ほうき）で掃いた。私たち二人はただの少年にすぎなかったが、父がテラスで香炉を灯すと、まるで神殿にいるかのような厳かな気分になった。私は香りつきの水を入れた水差しを大事に守り、真っ白な麻の布巾にたかるハエを手で追い払った。その布はキパが自分の墓のために取っておいたものだったが、プタホルの手拭きにしようと取り出してきたのだった。

私たちは長い時間待たされた。日が沈み、気温が下がってきた。テラスではとっくに香が燃え尽き、ガチョウはかまどの中で焦げ始めていた。私はお腹が空き、母の顔はだんだんこわばってきた。父は何も言わなかったが、暗くなってもランプを灯そうとはしなかった。私たちはテラスの腰掛けに座って互いの顔を見ないようにしていた。このときに私は、金持ちや上流階級の者がどれほど軽率に弱者や貧乏人に悲しみや失望をもたらすのかを思い知った。

ようやく通りに松明の火が見えてくると、父は勢いよく立ち上がり、台所から大急ぎで炭を持ってきて二つのオイルランプに火をつけた。私は手をふるわせながら水差しを抱えあげ、隣にいるトトメスは息遣いを荒くしていた。

王立頭蓋切開医師のプタホルは、簡素な輿を二人の黒人奴隷に担がせてやってきた。輿の前では松明の火が揺れていて、それを持っている小太りの使用人は酔っ払っているようだった。プタホルは息を弾ませ、楽しそうに声をあげながら輿から降りると、両手を膝まで下げて深くお辞儀をしている父に挨拶した。プタホルはそんなことをしなくていいという意味か、支えにするためか、父の肩に手を置いた。父に寄りかかりながら、松明を運んできた太った使用人を蹴飛ばし、シカモアの木の下で酔いを醒ませと言った。黒人奴隷たちはアカシアの茂みに輿を投げ出し、命じられるまでもなく地面に座り込んだ。

プタホルは父の肩にもたれたまま、テラスに上がった。彼は遠慮したが、私は彼の手に水をかけ、麻の手拭きを差し出した。すると彼は、水をかけてくれたのだから拭いてくれと私に頼み、それが済むと優しく褒めて、美しい少年だと言ってくれた。父が事前に香辛料商人の家から借りておいた背もたれのある来客用の椅子に案内すると、プタホルは椅子に腰をかけ、オイルランプに灯された部屋を小さな目で興味深そうに見渡した。少しの間、誰も何も言わなかった。彼は申し訳なさそうに咳払いをし、長い道中で喉が渇いたので何か飲み物をくれないかと頼んだ。そこで父は喜んでワインを注いだ。プタホルは不安そうににおいを嗅いで味見をしたが、そのあとは嬉しそうに杯を空にし、ほっとしたようにため息をついた。

剃髪した彼は、がに股の小柄な男で、薄い生地の服の下には胸と腹が垂れ下がっていた。襟飾りには宝石がついていたが、服と同じように染みだらけで、酒と汗と香油のにおいがした。

キパは香辛料入りの焼き菓子と油に漬けて柔らかくした小魚、果物、焼いたガチョウを振る舞った。プタホルはおそらくご馳走を食べてきたのだろうが、失礼のないように料理を口にした。料理一つひとつを味わい、丁寧に礼を述べ、キパを喜ばせた。キパに頼まれて、私は黒人奴隷にも食事とビールを持っていったが、彼らは私の親切に対して、あの太った親父はすぐに出発できないのかと図々しく叫んできただけだった。使用人はシカモアの木の下で大いびきをかいていて、起こす気にもならなかった。

父はこれまで見たことがないほどワインを飲み、騒々しい夜になったので、キパは台所で頭を抱えてへたり込み、体を前後に揺らしていた。ワインの壺が空になると、彼らは父の医療用のワインを飲み、それもなくなると、プタホルがなんでもいいと言うので、普通のビールを出した。

二人は生命の家で学んだ頃の話をし、恩師の逸話を語り、テラスでふらつきながら互いの腕を取って抱き合った。プタホルは王の頭蓋切開医師としての経験を話し、医師としてこんな仕事は深めるものでないと言い放ち、自分には生命の家よりも死者の家のほうが合っていると言った。しかし、頭蓋切開の仕事は少ないし、穏やかな父センムトがよく覚えているように、彼はいつも怠け者だった。彼によると、人間の頭蓋骨は専門性を求められる歯、喉、耳とは違って学びやすいので、この道を選んだそうだ。

「今は、年寄りや不治の病に苦しむ患者の身内に頼まれて死を与える役目だが、もしわしに男らしさがあったら、普通の誉(ほま)れある医者になり、生命を分け与えただろう。センムト、お前のように命を与え、たとえ貧しくとも、今より誇りを持って素面(しらふ)でいられる生活を送っていただろうよ」

トトメスも一緒に座って小さなワインの杯を手にしていたので、父は「子どもたちよ、彼を信じちゃいかんぞ」と言った。「エジプトで最も優れた頭蓋切開医師であるプタホルを友と呼ぶことができて、心から誇りに思っている。上流階級の者も下層階級の者も命を救われ、あらゆる奇跡を引き起こした彼の驚くべき頭蓋切開の腕を忘れるはずがない。脳から丸い卵を除去して、気が狂うほど患者を苦しめていた悪霊を追い出したのだ。恩のある患者が謝礼として彼に金銀や首飾り、杯などを贈っているのだよ」

「だが、もっと謝意を示し、恩を感じていたのは親族だ」とプタホルは口ごもりながら言った。「十人に一人、五十人に一人、いや、百人に一人たまたま命を救えたとしても、ほかの者たちの命は救えなかった。ファラオの頭蓋骨を開いて、三日後まで生きていたという話を聞いたことがあるか。ないだろう。治る見込みのない者や正気を失った者は、金持ちであればあるほど、高貴であればあるほど間髪入れずにわしのもとに送られ、わしの石刃（せきじん）で試されるのだ。この手は、痛みから解放し、遺産、農場、家畜や黄金を分配し、新たなファラオを玉座に至らしめる。取り巻きの連中は色々と知りすぎているわしを恐れ、誰も逆らおうとしない。だが、何かを知るということは苦悩が増えるということだ。つまりわしは、とても不幸な人間なのだ」

プタホルは少しの間泣き、キパが死後のために取っておいた麻布で鼻をかんだ。

「センムト、お前は貧しいが、立派だ」彼はすすり泣いた。「だからお前が好きだ。わしは金持ちだが腐っている。腐敗もいいところだ。雄牛が道端に落とす糞と変わらない」

彼は宝石のついた襟飾りを外し、父の首にかけた。それから二人で歌を歌い始めた。私には歌詞の意味は分からなかったが、トトメスは興味津々で耳を傾け、ここまで下品な歌は兵舎でも聴けるもんじゃないと言った。台所ではキパが声をあげて泣き始めた。黒人奴隷の一人がアカシアの茂みからやってくると、もう床に就く時間はとうに過ぎているからと、プタホルを抱え上げ、輿に運ぼうとした。しかしプタホルは嫌がって、黒人がわしを殺そうとしているから番人を呼べ、などとわめき散らした。父は役に立たなかったので、トトメスと私が杖で黒人奴隷を追い払うと、彼は悪態をつきながら仲間と輿を持ち去ってしまった。

その後、プタホルはビールの壺をひっくり返して頭からビールをあび、顔に香油を塗って庭の池で入浴したいと言い出した。トトメスは年寄りたちを休ませたほうがいいと私にささやいたが、父とプタホルはろれつの回らない口で一生変わらぬ友情を誓いあい、肩を組んだままキパの寝床で眠り込んだ。

キパは泣きながら髪を掻きむしり、灰をかぶっていた[15]。静かな夜に騒々しい音と歌声が響き渡ったので、私は近所に何か言われるのではないかと気をもんでいた。しかしトトメスは、兵舎や父の家で戦車部隊の兵士たちがシリアやクシュの地に遠征した話をするときはもっとうるさいと言って平然としていた。それどころか、老人たちは気晴らしに娼館から楽隊や踊り子を呼ぶこともなかったから、この宴は上出来だったと言った。トトメスはキパを慰め、私たちは散らかった宴のあとをできる限り片付けて寝床に入った。使用人はシカモアの木のそばでまだいびきをかいていた。ワインを飲んでいたトトメスは私の床にもぐり込んできて、私の肩に腕をまわし、若い娘たちについて語り始めた。しかし、トトメスより二歳ほど若い私にはちっとも面白みがなく、すぐに眠りに落ちた。

翌朝早く、寝室から物音がして目を覚ました。行ってみると、父はまだ服を着たままプタホルの襟飾りをつけてぐっすり眠っていたが、すでに起きていたプタホルは床に座り込み、両手で頭を抱えて「ここはどこだ」と哀れな声で言っていた。

私は両手を膝まで下げて礼儀正しく挨拶をしてから、彼に港町の貧しい医師センムトの家にいると伝えた。ほっとしたプタホルは「アメン神の名にかけて、ビールをくれないか」と頼んだ。そこで私は彼の服を示して、自ら壺ごとビールをあびたのだと教えた。すると彼は立ち上がって姿勢を正し、威厳を出そうと眉をしかめて外へ出た。私が彼の手に水をかけると、唸りながら頭を下げて、この禿げ頭にも水をかけ

15 古代エジプトから中東に広まった行為で、神の哀れみを乞う意味

てくれと頼んできた。トトメスも目を覚ますと、プタホルに酸っぱい牛乳と塩漬けの魚を持ってきた。食べ終わると、彼は再び上機嫌になり、シカモアの木の下で草まみれになって泥だらけの顔で寝ている使用人のところに行って、使用人が目を覚ましてよろよろと立ち上がるまで、杖で打った。

「情けない豚め！」と言って、もう一度使用人を打った。

「そんな態度で主人に仕え、そんな状態で主人の前で松明をかかげるのか。わしの輿はどこだ。わしの着替えはどこだ。薬の木の実はどこにあるのだ。情けない盗人（ぬすっと）の豚め、わしの視界からさっさと消え失せろ！」

「わたくしは盗人でご主人様の豚でございます」と使用人はしおらしく言った。

「ご主人様、何をお命じでしょうか」

プタホルは使用人に輿を探しに行かせた。そしてシカモアの木の幹にもたれて気持ちよさそうに座り、詩を口ずさんだ。朝と蓮の花、川で沐浴をする女王の詩を朗読し、それから少年が喜びそうな話を色々としてくれた。キパも目を覚まし、かまどに火を入れ、寝室に父を起こしに行った。母の声が庭まで聞こえた。やっとさっぱりした服に着替えて外に出てきた父は、とても悲しそうだった。

「お前の息子は美しいな。おまけに身のこなしは王子のようだし、目はガゼルのように柔らかい」

しかし、子ども心にプタホルが昨夜の自分の醜態をごまかしたくて、こんなことを言っているのが分かった。彼はこうも言った。「息子は何が得意なのだ。その心の眼は肉体の目と同じく開かれているのか」

それを聞いて私は粘土板を取りに行き、トトメスも自分の粘土板を持ってきた。うわの空でシカモアの木の梢を見ていたプタホルは、短い詩を暗唱してくれた。私は今でもそれを覚えている。こんな詩だった。

歓べ　若人　その若さを
老いては　喉に　灰がらみ
もはや　笑わぬ　木乃伊なり
暗い墓に　有るばかり

私はまずヒエラティックで一生懸命に詩を書き取った。それからヒエログリフで書き、最後に、老い、灰、木乃伊、墓、という単語を知っている限りの書き方で書き、その単語を音節と文字にして書いた。それを見たプタホルは、一つも誤りを見つけられなかった。父は私を誇りに思っただろう。

「もう一人の少年はどうかな」とプタホルは尋ね、トトメスの粘土板に手を伸ばした。彼は隅のほうに座って絵を描いていた。最初は絵を見せるのを渋っていたが、目は笑っていた。私たちがのぞき込むと、トトメスは、プタホルが父に襟飾りを着せかけている様子、ビールを壺ごと頭にかぶっている様子、そして、父と彼が肩を組んで歌っている様子を描いていた。その絵があまりにおかしいので、どんな歌を歌っているのか目に浮かぶほどだった。私は笑いそうになったが、プタホルの怒りを恐れて必死に堪えた。絵の中のプタホルは、現実と同じく禿げ頭でがに股の小男で腹が垂れ下がっていた。トトメスはまったく忖度することなく、ありのままを表現したのだ。

プタホルはしばらく何も言わずに、ただ鋭い視線で絵とトトメスを繰り返し見た。トトメスはやや怖気づき、そわそわし始めた。ようやくプタホルは尋ねた。

「この絵にいくら払ってほしい？　わしが買ってやろう」

トトメスは真っ赤になり、「これは売り物ではありません。友人への贈り物にしたいと思います」と言った。

プタホルは笑い出した。「よかろう。我々は友人ということにして、わしがこれをもらおう」と言うと、もう一度じっくりと絵を見てから笑い、粘土板を石に叩きつけて粉々にした。

皆が凍りつき、トトメスはおとなしくなって、プタホルの気分を害してしまったことを謝った。

「なんの、自分の姿を映す水に怒ると思うか」プタホルは優しく言った。「だが、絵描きの腕と目は水以上のものだ。だからこそ、昨夜のわしがどう見えたか今分かったし、誰にも昨夜の自分を見られたくはない。それで粘土板を割ったのだが、お前は本物の芸術家だ」

トトメスは喜びのあまり飛び上がった。

それからプタホルは父のほうへ向き直り、私を指しながら、昔から医師が患者を治すときに言うのと同じように「わしが彼を治して進ぜよう」と厳かに言った。そしてトトメスを指し、「できるだけのことはしよう」と言った。こうして医師にとってお馴染みの言葉を口にして、彼らは満足げに笑い合った。父は私の頭に手を乗せて尋ねた。

「我が息子シヌヘよ、私のような医師になりたいか」

目に涙が浮かび、喉が詰まり、ひと言も発することができなかったので、答える代わりにうなずいた。辺りを見渡すと、庭やシカモアの木、石造りの池がすべて愛おしく感じられた。

「我が息子シヌヘよ。私よりも偉く、私よりも優れた医師になりたいか。身分を問わず、あらゆる人々がお前の手に命を預けに来るような、生死を操る主となりたいか」

「彼やわしのようにはなるな」プタホルはそう言うと背筋を伸ばし、知性を称えた鋭い目つきになった。「本物の医師になるのだ。最も偉大なのは本物の医師だ。その医師の前では金持ちも貧乏人も関係なく、ファラオですら生まれたままの姿なのだ」

「本物の医師になりたいです」私はおそるおそる言った。私は人生のなんたるかを知らないただの子どもにすぎず、年寄りは自分の夢や失望を若者に託したがるということを知らなかった。

プタホルはトトメスのほうを向くと、腕にはめていた金の腕輪を見せて、「読んでみなさい」と言った。トトメスはそこに彫られた絵を見ると、自信なさげに読み上げた。

「我は満たされた杯を望む」読み終わると思わず笑った。

「笑うな、このわんぱく小僧」プタホルはまじめな顔でたしなめた。「これは酒のことではない。もし芸術家になりたいのなら、満たされた杯を求めるのだ。本物の芸術家の中には創造と建築の神であるプタハが現れる。芸術家は、ただの水や鏡ではなく、それ以上の存在だ。たしかに芸術というのは、ときに何かにおもねる水や、まやかしを見せる鏡になるが、それでも芸術家は水以上の存在だ。少年よ、満たされた杯を求めるのだ。人がお前にかける言葉に満足するのではなく、自らの澄んだ瞳を信じるのだ」

それから彼は、私ができる限り早く生命の家で学べるよう手筈を整え、可能ならトトメスがプタハ神殿の美術学校に行けるように援助すると約束した。

「だがな、少年たちよ、わしの言うことをよく聞き、わしの言ったことをすぐに忘れるのだ。少なくとも王の頭蓋切開医師が言っていたというのは忘れろ。お前たちはもうすぐ神官たちの手に預けられ、少なくともシヌへはいずれ神官になるだろう。というのも、神官の資格がなければ医師の免許は下りないから、お前の父やわしのように下級神官の道を通ることになるのだ。いざ神殿に入り、神官の手に預けられたら、周りに惑わされず、常に自分を見失うな。ジャッカルのように疑い深く、蛇のように狡猾になるのだ。だが、傍(はた)から見たときは鳩(はと)のように温和でいるのだ。なぜなら、目的を達してこそ、人は本性を現すことができるからだ。今も昔も、それは変わらぬ。よく覚えておくがよい」

その後もしばらく話していると、プタホルの使用人が戻ってきて、借りてきた輿と清潔な着替えを主人のために持ってきた。プタホルの輿は、黒人奴隷たちが近くの娼館に質入れしてしまい、奴隷たちはまだそこで寝ていた。プタホルは使用人に、輿と黒人奴隷たちを買い戻すよう指示を出し、私たちに暇(いとま)を告げ、父と友情を誓うと、上流階級が住む町へと戻っていった。

こうして私は、アメンの大神殿にある生命の家に入ることになった。翌日、王の頭蓋切開医師プタホルは、キパが埋葬されたときに布の下で胸に抱けるようにと、高価な石に彫られた聖なるスカラベを贈ってきた。母にとってこれ以上の喜びはなかったので、彼をすっかり許し、ワインを飲み過ぎた父に小言を言うのもやめたのだった。

第二の書　生命の家

1

当時のテーベでは、高等教育にまつわるあらゆる権限がアメン神官にあり、高官になるには神官から修了証をもらう必要があった。誰もが知っているように、生命の家と死者の家は、昔から上級神官を育成する神学科と同じく、神殿を取り囲む壁の内側にあった。数学や天文学といった学部が神官の管轄なのは理解されたが、商科や法科が神官の管轄となったときには、ファラオや収税所の範疇に踏み込んでいるのではないか、という声をあげる知識人もいた。商科や法科では、直接神官になるよう求められることはないが、エジプト全土の少なくとも五分の一がアメン神官の支配下にあり、あらゆる生活において神官の影響力は絶大であったから、大商人や官僚を目指す者は、まず下級神官になりアメン神の従順な僕(しもべ)となるのが賢明な道だった。

法を修めれば、徴税人や官僚、軍人など、あらゆる仕事への道が開けるため、最も人数が多かったのは当然ながら法科だった。天文学科や数学科に属する少数の学生は、簿記や測量といった商科の授業に急ぐ学生を軽蔑し、講義室では自分たちの学問に集中していた。とはいえ、生命の家や死者の家は完全に周囲と切り離され、そこで学ぶ学生はほかの神殿の学生から畏怖の目で見られていた。

私は生命の家に入学する前に、神学科で下級神官の学位を取得する必要があった。法科を目指す場合は、有力者の友人や推薦者がいれば、数週間で学位を取得することができたが、私の場合は、将来に役立てるために父の往診に同行し、父からも学んでいたので、学位取得までに三年近くかかった。実家に住み、生活は以前と変わらなかったが、毎日何かしらの講義に出席しなければならなかった。筆記、読解、算術の初歩に加え、聖句や、聖なる三柱神(さんちゅうしん)[1]、頂点にアメン神が君臨する九柱(きゅうちゅう)の神々[2]についての神話を暗唱できなければならなかった。こうした暗唱や機械的な暗記が要求されていたのは、自分の頭で考えるというごく自然な学生の思考を抑制し、暗記した文章を無心に信じ込むよう徹底的に叩き込むためだった。

若い学生はひたすらアメン神の力を信じることでようやく一級の神官の位を授かる。上の位にいくほど年齢が上がり、人数も減り、神聖な秘儀も教えられるが、三級、四級、五級の学生たちにどんな指導がされていたのか私はよく知らない。二級神官の時点で、大衆の前で杖を蛇に変える技能を求められ、神殿の前庭では目くらましの技の修行が行われ、ほかにも断食や断眠、予知や夢診断といった修行もあった。二級神官は内輪(うちわ)話を漏らすことがあったが、上級神官が神官の位を認められていない部外者に神の秘儀を明かすことはなかった。

神殿に出入りするようになると、その壮大さや膨大な富は少年であった私の心に深く感銘を与えた。前庭や神殿の広間に朝から晩まで民が押し寄せるさまはそれだけで見る価値があった。身分や言語、肌の色を問わず、あらゆる者がアメン神を参拝して自分の健康や商い、身内の成功を祈り、アメン神が導いてく

1 テーベではアメン、ムト、コンスの三神のこと
2 アトゥム、シュー、テフヌト、ゲブ、ヌト、オシリス、イシス、セト、ネフティスを指す

れた礼に供物を捧げていた。私の目は宝物や高価な食器、象牙の彫り物や黒檀の小箱に慣れた。私の鼻は珍しい香や、高価な樹脂のにおいに慣れた。私の耳は外国語や、もはや民には分からないような聖句の暗唱に慣れた。やがて、私はアメン神の強大な力に圧倒され、夢見が悪くなり、夜はうなされるようになった。

下級神官の学位を取得する者は、その後目指す分野ごとに少人数に分けられた。私を含め、生命の家を志す学生は一つの集団となり、そのなかに私の友となる仲間は誰一人いなかった。私はプタホルの忠告を心に留め、心を閉ざしつつも指示には従い、仲間がばかなことをしたときや子どもっぽく神を軽んじたときは、それに乗じるふりをした。仲間のなかには上流階級の専門医の息子もいて、彼らの父親の診察や助言、治療には黄金が支払われていた。地方の素朴な町医者の息子たちは、多くが私より年上で、すでに成人していた。褐色に日焼けした彼らは不器用なりに、必死にそれを隠して出された課題をまじめに暗記していた。身分の低い家の息子たちは生まれながらに知識欲があり、親の職業や身分から抜け出したいと努力していたが、神官は元来、現状に満足しない者をよく思わず、彼らに手加減しなかった。

しばらくすると、神官に告げ口する者がいることに気づいたが、私は慎重に行動していたので事なきを得た。軽率な会話やあからさまな疑念、仲間内での悪口は神官の知るところとなり、疑われた少年は取り調べを受けて罰せられた。杖で打たれた少年もいれば、神殿から追放され、テーベのみならずエジプト全土の生命の家の門戸を閉じられた者もいた。エジプト人医師の評判は世界中に広まっていたから、努力すれば僻地（へきち）の駐屯地で手足を切断する際の助手になるか、クシュやシリアで将来を築けただろう。しかし、彼らのほとんどはその道から外れると、読み書きができる者であれば、名もない書記になることが多かった。

私は読み書きに長けていたので、年上の学友に先んじていた。自分ではもう生命の家に入る準備は整ったと思っていたが、なかなか聖別を受けるには至らず、アメン神に不遜な印象を与えてしまうことを恐れ、その理由を聞く勇気もなかった。ただひたすら広間で売られる死者の書を複写しながら単調な日々を過ごした。父のおかげで治療の初歩に関してはよく学べたと思うが、私よりもずっとできの悪い者がすでに生命の家で学び始めていたので、当時の私は心の中であれこれ悩み、塞ぎがちになっていった。あとになって思えば、アメン神官は私の反抗心や不信感などお見通しで、私を試していたのだ。

気持ちはますます塞ぎ、寝つきも悪くなり、夕方になると、日没やまたたく星を見に、一人でナイル川のほとりに行くようになった。行き交う娘の笑い声を聞くと、いらいらして腹が立ったし、まだ見ぬ何かに焦がれて、物語や詩の甘い毒に心が蝕まれ、ふとしたことで動揺し、一人でいると涙があふれたので、自分は病んでいるのかとすら思った。そんな私を父は一人微笑みながら眺め、母は以前にも増して、夫の留守中に若く美しい少年をたらし込もうとする悪い女のことを口やかましく言うようになった。

そしてついに、私にも神殿で寝ずの番をする日がやってきた。神殿の室内に一週間籠（こも）り、その間神殿の外に出ることは許されない。私は身を清め、断食をしなければならず、父は私の辮髪を切り、成人の祝いに近所の人たちを招くため、忙しく立ち回った。実際には無意味な儀式とはいえ、神官の聖別を受けるのは成人になったことを意味するので、これ以後、私は成人と見なされ、近所や同世代から一目置かれることになった。

キパは精一杯のことをしてくれたが、蜂蜜パンは味気なく、近所の人の楽しげな話も軽口もつまらなかった。夕方、近所の人たちが帰ると、私の憂鬱がセンムトとキパにも伝染した。センムトは私の出生の秘密を語り始め、キパがところどころ抜け落ちたセンムトの記憶を補った。私は彼らの寝床の上に吊るされている葦舟を眺めた。その黒ずんだぼろぼろの葦は、私の心を石のようにした。本当の父と母はこの世にいないのだ。星空の下、私は大都市でたった一人だった。私はケメトの大地における惨めな異邦人にすぎないのかもしれない。はたまた私の出生には恥ずべき秘密があったのかもしれない。

心に傷を負ったまま、キパが心を込めて用意してくれた聖別用の服を手に、私は神殿に向かった。

2

聖別に参加するのは二十五人の若者だった。神殿の湖で沐浴をし、剃髪し、ごわつく生地の服を身に着けた。私たちの監視役にはあまり厳しくない神官が割り当てられた。昔ながらの慣習に従えば、神官はさまざまな嫌がらせをすることもできたが、私たちの中には、上流階級の息子やすでに学位を取った成人の法科学生が、将来の仕事のためアメン神の従僕にならんと混じっていた。彼らにとって聖別など何の意味もなかったから、食料をたっぷり持ち込み、神官にワインを飲ませ、何人かは夜中に抜け出し、娼館にもぐり込んでいた。傷心の私は色々思い悩み、悲しみを抱え、眠れずにいた。パン一切れと水一杯という定められた食事で満足し、これから何が起こるのかと期待と不安に胸をふくらませていた。

私はあまりに若かったし、アメン神を心から信じたいと願っていた。聖別の際にアメン神が現れ、修行者一人ひとりに話しかけると聞いていたから、もし自分自身から解き放たれ、すべての出来事に意味があるのだと感じられたなら、言葉にならないほど心が安らいだだろう。ところが小さい頃から父に同行して病や死を見てきた私は、医師の前ではファラオであっても生まれたままの姿であり、医師に神聖なものはなく、医師がひざまずくのは死に対してのみであると教えられていたので、年齢のわりに客観的な視点を持っていた。だから私はものごとに懐疑的だったし、この三年間に神殿で目にしたことは、疑いを深めるのに十分だった。

それでも、きっと垂れ幕のうしろの神聖な暗闇には私の知らない何かがあり、アメン神が現れ、私の心に平穏をもたらしてくれるだろうと思っていた。こんなことを考えながら神殿の列柱室を歩きまわり、色とりどりの神々の絵を眺め、ファラオがどれほどの戦利品をアメン神に献上してきたかを記した碑文を読んでいた。

すると、胸と腰が透けて見えるほど薄い亜麻布の服を着た美しい女がやってきた。彼女はすらりとして、唇と頬、眉に化粧を施し、恥じらう様子もなく、興味深げに私のことを見つめてきた。

「美しい少年ね、あなたは誰」と彼女は私に尋ね、緑色の瞳で聖別を受ける者が身に着ける灰色の服を見た。

「シヌヘ」と戸惑いながら答えたものの、彼女の目を見ることはできなかった。彼女はあまりに美しく、額にしたたる香油の滴が妖しく香り、神殿の案内を頼んでくれないかと密かに期待した。神殿の案内を学生に頼むのはよくあることだったのだ。

「シヌへというのね」と言いながら、私を品定めでもするように見つめてきた。

「ではあなたは、秘密を打ち明けられたら、すぐに怖気づいて逃げ出すのね」

彼女が言ったのは、おとぎ話のシヌへの冒険のことで、書記学校の頃からさんざんからかわれてきたので、私はため息をついた。そこで背筋を伸ばし、まっすぐ彼女のほうを見たが、好奇心と輝きに満ちた目をした彼女に顔が火照り、体は燃えるように熱くなった。

「なぜ恐れなければならないのでしょう。医者になろうとする者が秘密など恐れることはありません」

「まあ！　雛（ひな）が殻を割る前からぴいぴい鳴いているわね。ところで、あなたの学友にメトゥフェルという人はいる？　王家の大工の息子なの」

メトゥフェルは神官にワインを飲ませ、聖別の貢ぎ物として黄金の腕輪を渡した学生だった。私の中で何かがずきりと痛んだが、彼を知っているから呼んでこようと言った。きっとこの人は彼の姉妹か親戚だろうと思ったのだ。そう考えると気持ちが楽になり、彼女の目をまっすぐ見て微笑んだ。

「ですが、彼を連れてくるにも、あなたの名を教えてもらわなくては誰が呼んでいるのか伝えられません」私は勇気を出して尋ねた。

「彼にはすぐ分かるわ」そう言うと、模様つきの石の飾りがついたサンダルを苛立たしげにとんと石の床に打ちつけたので、私は彼女の小さな足に目を向けた。それは埃一つついておらず、爪がきれいに赤く彩られていた。

「誰が呼んでいるかすぐに分かるはずよ。何か貸しがあるかもしれないし、夫が留守で、彼になぐさめてほしいのかもしれないでしょう」

彼女は既婚者なのだと知り、私の心は重く沈んだ。しかし、「いいでしょう、見知らぬ人よ！　彼を連れてきましょう。月の女神よりも若くて美しい人が呼んでいると伝えましょう。一度でもあなたを見た人はあなたを忘れることなんてできませんから、誰のことか分かるはずです」と勇気を出して言った。我ながら自分の大胆さに怖気づき、その場を立ち去ろうと背を向けたが、彼女は私に手を触れてこう言った。

「忙しないのね！　まだ二人で話すことがあるのではないかしら」

彼女がまた私を見つめるので、私の心臓はとろけ、胃が膝まで落ちるかと思うほどだった。それから彼女は指輪と腕輪をはめた重そうな手で私の頭に触れ、優しく言った。

「辮髪を剃ったばかりのこの美しい頭は寒くないのかしら」そしてすぐに小声で言い添えた。「さっき言ったことは本心？　私のことを美しいと言ったわね。しっかり見てちょうだい」

王族のような亜麻布を身に着けた彼女は、これまで見たどんな女よりも美しく、それを隠そうともしていなかった。そばにいるだけで体が熱くなり、彼女を見ているうちに私は心の傷を忘れ、アメン神や生命の家のことも忘れた。

「何も答えないのね」彼女は悲しそうに言った。「答えなくてもいいわ。あなたの目には私は老いた醜い女に映っているのでしょう。さあ、これから聖別を受けるメトゥフェルを呼んできて。そうしたら行っていいわ」

言葉で弄ばれていると分かっていても、突っ立ったまま何も言うことができなかった。神殿の巨大な柱の間は薄暗かった。彼女の瞳は遠くの格子窓からもれる微かな光できらめき、誰も私たちを見てはいなかった。

「やっぱり彼を迎えに行かなくてもいいわ」彼女はそう言って私に微笑みかけた。

「私を喜ばせることができる人なんて誰もいないのだから、あなたが私を慰めてくれればいいんだわ」

そのとき私は、キパが「美しい少年よ、一緒に愉しみましょう」と誘ってくる女のことを言っていたのを思い出した。あまりに突然思い出し、思わず怖くなって後ずさりした。

「言ったでしょう、シヌへは怖気づくって」

彼女はそう言うと一歩近づいてきた。私は慌ててこちらに来ないように両手をあげて言った。

「あなたの正体は分かっています。夫が留守で、獲物を絡め取る罠を仕掛けているのですね。その腕に抱擁されたら炎よりもひどい火傷を負うのでしょう」

こう言いながらも、私は立ち去ることができなかった。彼女は少し戸惑ったが、再び微笑むと私のそばに近づいてきた。

「そう思うの？」彼女はささやくように言った。「でもそれは本当じゃないわ。私の抱擁は火傷を負わせたりしないし、それどころかとても幸せな気分になると言われるのよ。ほら、触れてみて！」

彼女は私の手をつかみ、嫌がる私の手を胸に押し当てた。私は薄い生地越しに彼女の美しさを感じてふるえ始め、頬が熱くなった。

「まだ信じられないみたいね」がっかりしたように彼女は言った。「布が邪魔ね。ちょっと待って、ずらしてあげる」

彼女は服を除けて私の手をむき出しの乳房に当てたので、今度は彼女の心臓の鼓動を感じた。私の手の中にある乳房は柔らかく、ひんやりとしていた。

「さあ、シヌヘ、いらっしゃい！」彼女は静かに言った。「私と一緒にワインを飲んで、愉しみましょう」

「神殿の外に出ることはできません」

彼女を恐れて慌ててこう言ったものの、欲情にかられて自分の意気地なさを呪った。

「聖別を受けるまでは穢(けが)れてはならないのです。そんなことをしたら神殿から追放され、二度と生命の家に入れなくなります。どうか勘弁してください！」

もう一度誘われたら、彼女についていってしまうのが目に見えていたので、こう言った。しかし、経験豊富な彼女は私の苦悩を見抜いていた。彼女は首を傾(かし)げて周囲をうかがった。二人きりではあったが、近くには人影があり、案内人がテーベに到着したばかりの旅人たちに大声で神殿の見どころを説明し、もっと面白いものを見せるからと銅をせびっていた。

「シヌヘ、あなたはとても内気な人ね！　上流階級や富裕層の人は私と一緒に過ごそうと宝飾品や黄金を贈ってくるというのに。でもシヌヘ、あなたは清らかなままでいたいのね」

「メトゥフェルを呼んでほしいのでしたね」

私は胸が張り裂けそうになりながら言った。メトゥフェルは寝ずの番であっても、抜け出すことなど何とも思っていないだろうし、彼の父は王家の大工だから、贈り物をする余裕もあるのだろう。だからこそ彼を殺したいと思った。

「もうメトゥフェルを呼ばなくていいわ」そう言うと、からかうような目で私を見た。

「シヌへ、私たちは友人としてお別れしましょう。友人なのだから私の名前を教えておくわ。ネフェルネフェルネフェルゥよ。私は美しいとされているから、一度私の名を口にした人は二度、三度と繰り返さずにはいられないの。そうだわ、友人というのは相手のことを忘れないように贈り物をするものよ。だから何か贈り物をいただけるかしら」

そのとき、自分の貧しさを思い知った。彼女に差し出せるものが何もなかったのだ。たとえ彼女への贈り物にはできないようなものだとしても、小さな装飾品や銅の腕輪一つ持っていなかった。恥ずかしくて何も言えずにうなだれた。

「何か私の心が躍るようなものをくださらない」

彼女はそう言うと、指で私のあごを持ち上げ、顔を近づけてきた。彼女が求めているものを悟り、私は唇でその柔らかな唇に触れた。彼女は小さくため息をついて言った。

「ありがとう、シヌへ。素敵な贈り物だったわ。忘れることはないでしょう。でも、まだ接吻をしたことがないなんて、きっとあなたは遠い国から来た異国の人ね。辮髪を剃っているのに、テーベの娘たちがまだ接吻の仕方を教えていないなんて、そんなことあるかしら」

彼女は金と銀でできた、刻印のない緑色の石がついた指輪を親指から抜き取り、私の手に握らせた。

「シヌへ、私のことを忘れないようにこれをあげるわ。聖別を受けて生命の家に入ったら、この石に印章を刻ませなさい。そうすれば、上流階級の者に見劣りしないわ。私の名はネフェルネフェルネフェルゥ。私の目は夏の日差しに照らされたナイルの緑のようでしょう。だからこの石が緑色なのだということを忘れないで」

「この指輪は受け取れません、ネフェル」と言って、言葉を継いだ。「ネフェルネフェルネフェルゥ」その名を繰り返すと言いようのない喜びで満たされた。「ですが、あなたのことは決して忘れません」

「ばかな子ね。私がそうしたいのだから受け取ればいいの。私の気まぐれよ。それがいつか高い利息をもたらしてくれるのだから」

彼女は私の前で細い指を振り、目に笑みを浮かべながら言った。

「これも覚えておくといいわ。その腕に抱かれたら、炎よりもひどい火傷を負わせるような女には気をつけることよ」

彼女は向きを変え、私に見送りもさせずに立ち去った。神殿の戸口から、庭で待つ装飾の施された輿に乗り込む姿が見えた。従者が声をあげながら出発すると、人々は道を空け、輿が通り過ぎると、それを見送りながらささやき合った。残された私は、頭から闇の底に突き落とされたように言いようのない虚しさに飲み込まれた。

数日後、メトゥフェルが私の指にはめている指輪に気づき、信じられないといった面持ちで私の手をつかんで指輪を見た。

「なんてこった！　オシリス神の四十四もの正しきヒヒにかけて！　ネフェルネフェルネフェルゥだな？　まさかお前が、いや、まったく信じられん」

神官への貢ぎ物を用意しなかったために、神官から床掃除と神殿で最も位の低い仕事を言いつけられていた私を、彼は羨望の眼差しで見つめた。

未熟な若者によくあるように、当時の私は心の底からメトゥフェルのことを憎んでいた。何度もメトゥフェルにネフェルのことを尋ねたいと思ったが、自尊心からそれはしなかった。偽りは真実よりも甘く、夢は現実よりも輝いていたから、秘密は胸の中にしまい込んだ。指にはめた緑色の石を眺め、彼女の瞳や、ひんやりとした乳房を思い出し、まだ指の間に彼女の肌の香油のにおいを感じられる気がした。アメン神が私の前に現れたあと、何も信じられなくなっていた私は、彼女に触れたこと、その柔らかな唇に自分の唇を重ねたことを思い出して、心を慰めていた。

私は彼女を思い、頬を熱くしながら「妹よ」とささやいた。この言葉は昔から「愛する人」を意味し、それは未来永劫変わることなく、その言葉を口にするとまるで言葉で愛を交わしているかのようだった。

3

アメン神がどのように現れたかを記しておこう。

四日目の夜、アメン神の平穏を見守るための寝ずの番になったのは、マタ、モーセ、ベク、シヌフェル、ネフル、アフモセ、そして私の全部で七人の若者だった。モーセとベクは生命の家を目指していたので、以前から顔見知りだったが、ほかの者とは初対面だった。

私は断食と緊張のあまり弱っていた。誰もが真剣でにこりともしないなか、名前も覚えていない神官に連れていかれたのは、神殿の立ち入り禁止区域だった。アメン神が船に乗って西の丘の向こうに沈むと、番人たちが銀のラッパを吹き鳴らし、門扉が閉じられた。しかし、引率の神官は供物の肉や果物、甘い菓子といった豪勢な食事をたっぷりと楽しみ、顔は脂ぎって、頬はワインで赤らんでいた。神官は一人笑いながら垂れ幕を上げると、至聖所を見せてくれた。巨大な岩をくりぬいた室内にアメン神像が立っていて、頭にかぶっている頭巾と襟飾りの宝石が、聖なる火の光で赤、緑、青とまるで生きた瞳のように輝いていた。神は毎朝新しい衣に着替える必要があるため、朝には神官の指導に従って像に聖油を塗り、新しい衣を着せることになっていた。私は以前にも神を見たことがあった。春の祭りに神像が黄金の聖船に乗せられ前庭に運び出されたときのことで、民はアメン神の前にひれ伏していた。ナイル川の氾濫で最も水位が上がったときにも、聖なる湖に杉の木で作られた聖船が浮かべられ、そこに乗ったアメン神を見たことがある。しかし、当時は一介の学生にすぎなかったので、遠くからアメン神を拝んだだけだった。だから、神殿の奥の深遠な静寂の中で明かりに照らされて微動だにしないアメン神を目にしたときほど、緋色の衣に強い印象を感じてはいなかった。緋色をまとえるのは神だけで、その聖なる顔を見上げていると、大きな石の重みで胸が圧し潰されそうになり、息苦しくなった。

「垂れ幕の前で神をお守りし、祈りなさい」神官はふらつきながら、垂れ幕の端につかまって私たちに言った。「アメン神は聖別を受ける者の前に御姿を現し、ふさわしい者には名前を呼んで話しかけてくださることがあるから、ひょっとしたらおまえたちに呼びかけてくださるかもしれんぞ」神官は手で素早く聖なる印を切り、アメン神の名をぼそぼそ言うと、お辞儀もせずにさっさと垂れ幕を下ろした。

そして神官は私たち七人を立ち入り禁止区域の真っ暗な控えの間に残して去っていった。床の石畳が裸足(はだし)にひどく冷たかった。神官が行ってしまうと、モーセが肩掛けの下からランプを取り出し、アフモセがためらうことなく至聖所に忍び込み、アメン神の聖なる火を持ち出してランプを灯した。

「このまま暗闇に座っているなんて、まぬけもいいとこだ」とモーセが言うと、多少なりとも不安を感じていた皆はその言葉にほっとした。アフモセはパンと肉を取り出し、マタとネフルは石畳にサイコロを振り始めたので、その掛け声が神殿の広間に響き渡った。アフモセは食べ終わると肩掛けにくるまり、石畳が硬いとぶつぶつ言いながら寝そべった。やがてシヌフェルとネフルも三人で寝たほうが温かいだろうとその隣に横になった。

神官と、聖別を受ける中で最も身分の高い年長の学生であるメトゥフェルと数人の学生は、メトゥフェルが差し入れた壺いっぱいのワインを抱えて、どこかの小部屋にもぐり込んでいるようだった。夜中に戻ってくることはないと分かっていても、若かった私はじっと寝ずにいた。聖別を受ける者がこっそり飲み食いしたり、賭け事をしたり、寝てしまうという噂は聞いていたが、それでも私は起きていた。マタは、アメン神の娘である獅子の頭をしたセクメト女神が、兵隊王の前に姿を現し、抱擁するという神殿について話し始めた。この神殿はアメン神殿の背後にあるが、今はあまり知られていない。もう数十年もファラオがその神殿を訪れたことはなく、神殿の前庭にある石畳の隙間には草が生い茂っていた。それでもマタは、今ならそこで寝ずの番をして、生まれたままの姿の女神と熱い抱擁を交わしてもいいと言った。ネフルは手の中でサイコロを転がし、あくびをしながらワインを持ってこなかったことを悔やんでいた。しばらくするとその二人も寝入ってしまい、起きているのは私だけになった。

夜は長く、皆が眠っている間、私は深い信仰心と切なる望みでいっぱいだった。アメン神の出現を待つために、この身を穢すことなく断食をし、古(いにしえ)からの規律をすべて守ったのだと思った。その神聖な名を繰り返し、すべての感覚を研ぎ澄ませ、どんな小さな音も聞き逃すまいと耳を澄ませていたが、神殿は空虚で冷えきっていた。明け方に聖なる垂れ幕がすきま風で揺れたが、ほかには何も起こらなかった。太陽の光が神殿の広間に差し込んできたので、ランプを吹き消し、言葉にならない失望を胸に仲間を起こした。兵士がラッパを吹き鳴らし、周壁で番人が持ち場を交代し、前庭からは、風が起こすさざなみのような低いざわめきが聞こえてきて、神殿の一日が始まったことを知らせた。やっとのことで神官が忙しなくやってきたが、なぜかメトゥフェルも一緒だった。二人とも酒臭い息を吐き、手を取り合っていた。神官は聖なる祠(ほこら)の鍵束を振り回し、挨拶もそこそこにメトゥフェルの助けを借りて聖句を朗誦した。

「聖別を待つマタ、モーセ、ベク、シヌフェル、ネフル、アフモセ、そしてシヌへ。おまえたちは聖別を受けるにふさわしく、命じられた通りに寝ずの番をし、神に祈りを捧げたか」

「私たちは寝ずに祈り続けました」と私たちは声を合わせた。

「アメン神は約束通りおまえたちの前に御姿を現されたか」神官は虚ろな視線をこちらに向け、げっぷをしながら尋ねた。私たちは顔を見合わせてためらった。やっとのことでモーセがおずおずと言った。「神は約束通り御姿を現してくださいました」するとほかの者も次々に言った。「神は現れました」そして最後にアフモセがはっきりとした声で真剣に言った。「もちろん、神は現れてくださいました！」彼は神官の目をまっすぐ見つめていたが、私は黙っていた。彼らが言ったことは神への冒涜だったから、まるで心臓が拳で握りつぶされるような思いだった。

メトゥフェルは図々しくこう言った。「今晩は別の用事があって、ここでのんびりしているわけにはいきませんので、私も寝ずの番をし、聖別を受けられるようにと祈り続けました。神官がご存じのように、私のもとにもアメン神は御姿を現し、その御姿は大きなワインの甕のようでした。ここで口にするのは憚られるような、数々の神聖なお言葉をかけてくださり、そのお言葉はワインのように甘美で、夜が明けるまでずっと聞いていたいと思うほどでした」

そこでモーセも勇気を出して言った。

「私の前には、アメン神は息子であるホルス神の御姿でお出ましになり、隼となって私の肩に止まり、こうおっしゃいました。『モーセよ、そなたとそなたの家族、そして、そなたの生業に祝福を。そなたは二本の門柱がある大きな屋敷に住み、多くの召使いに指図を下すであろう』と」

ほかの者も我先にとアメン神が何を告げたかを話すものだから、神官は笑ってうなずきながら聞いていた。皆が夢を見たのか、それとも作り話を語っていたのかは私には分からない。ただ一人、私だけが何も言わずに立ち尽くしていた。

ようやく神官が私のほうを向き、剃り上げた眉をしかめて厳しく言った。

「シヌへ、おまえはどうだ。おまえは聖別を受けるに値しないのか。それとも天なるアメン神はおまえの前にいかなる姿でも現れなかったというのか。取るに足らないネズミの姿さえも見ていないのか。アメン神は実にさまざまな御姿で現れるぞ」

これは私が生命の家へ入れるかどうかの瀬戸際だったので、勇気を奮って言った。

「明け方に聖なる垂れ幕が揺れるのは見ましたが、アメン神の御姿は見ていませんし、お声も聞こえませんでした」

すると皆がどっと笑い、メトゥフェルなどは膝を叩きながら大笑いして神官に言った。「あいつはまぬけなんですよ」彼はワインのしみがついた神官の袖を引っぱり、私をちらちら見ながら何かささやいた。

神官は厳しい顔で私を見て言った。「アメン神のお声を聞いていないのであれば、聖別を受けてはならん。だが、おまえは信心深い若者だし、よく努めているようだから、まだできることがあるかもしれんぞ」こう言うと、至聖所のうしろにまわり、姿を消した。メトゥフェルがそばにやってきて、私の情けない顔を見ると、優しく笑って言った。「怖がることはない」

しばらくすると至聖所の暗闇から、人間どころかこの世のものとは思えないほど不思議な声が響き渡ったので、全員がぎょっとした。その声が天井、壁、列柱の間と、あらゆるところから聞こえてくるので、声の出どころを探ろうと私たちは周囲をきょろきょろと見回した。すると「シヌへ、シヌへよ、ねぼすけめ。どこにおるのか？　我の前に姿を見せ、ひれ伏すがいい。そなたを日がな一日待つ暇はないぞ」という声が聞こえてきた。メトゥフェルは垂れ幕を脇に寄せ、私を至聖所に押し込むと、首根っこを押さえつけたので、私はファラオや神に対するようにひれ伏した。しばらくして顔を上げると、神像が光り輝くのが見え、アメン神の口から声が聞こえてきた。

「シヌヘ、シヌヘよ、この豚め、ヒヒめ！　我が呼びかけたときに寝ておるとは酔っ払っていたのか？　泥の穴に沈み、生涯泥を食いたいのか。しかし、若さに免じ、まぬけで怠惰で薄汚れたそなたを救済しよう。我を信じぬ者は冥界の洞穴に突き落とすのみだが、我を信じる者は赦されよう」

その声はほかにも色々と叫び、罵詈雑言を浴びせた。しかし、すべては覚えていないし、思い出したくもない。あれほど恥をかかされ、苦い思いをしたことはなかった。というのも、人らしからぬ虚ろに響き渡る声は、よく聞くと神官の声であり、そんなことが行われているという驚きと畏れのあまり、何も耳に入らなくなったのだ。声がやんでからもアメン神像の前にひれ伏していた私を、出てきた神官が隅に蹴飛ばし、仲間たちは急いで香、聖油、儀式に使う道具や緋色の衣を運び込み始めた。

各自作業が割り振られていたので、私も自分の役割を思い出し、広間から聖水を満たした器と、像の顔や手足を拭くための清潔な布を持ってきた。戻ったところで、神官がアメン神の顔に唾を吐きかけ、しみだらけの袖で拭くところを見てしまった。モーセとネフルはアメン神の唇、頬、眉を描き、メトゥフェルは神像に聖油を塗り、神官の脂ぎった顔と自分の顔にもふざけて聖油を塗りつけた。最後に神像の衣を脱がせ、神像自身がつけた汚れがあるかのようにきれいに拭いた。そして、陰部に聖油を塗り、襞を寄せた緋色の腰巻きを着せ、肩に前掛けと肩掛けを垂らし、腕に袖を通した。

これらがすべて終わると、神官は使用済みの服と聖水と布を集めた。儀式で使われた布は切り分け、聖水は皮膚病に効く水として、毎日前庭で裕福な旅行者に売るのだ。ようやく私たちは解放され、日の照りつける中庭に行くと、私はそこで嘔吐してしまった。

胃だけでなく、心も頭も空っぽだったのは、私がもはや神を信じていなかったからだ。しかし一週間経つと、私の頭に聖油が擦り込まれ、私はアメン神官になった。神官の誓いを立て、アメン神殿の印が押され、私の名が入った証書を受け取り、生命の家に入ることを許された。

こうしてモーセ、ベク、私は生命の家に入った。私たちのために門が開かれ、私の名は生命の家の書に記された。私より前には父センムトの名が、その前には父の父の名が並んでいたが、もうそれを喜ぶ心境ではなかった。

4

壮大なアメン神殿の中にある生命の家では、名目上は王立医師が各専門分野を管轄していた。しかし、王立医師が診る患者はあちこちに散らばっていたし、王立医師は裕福な患者から膨大な謝礼を受け取って、郊外にある大きな邸宅に住んでいたので、彼らの姿を見かけることはほとんどなかった。とはいえ、手の施しようがない患者が生命の家に送られてくると、彼らの出番となり、学生たちに自分の腕を披露していた。貧しくても、アメン神の名のもとに王立医師の治療を受けることができたのだ。

生命の家には、町医者では治療ができないという証明書を持参してくる患者も多かったが、患者は自分たちの財産に応じた貢ぎ物を納めればよく、最貧民は貢ぎ物がなくても直接生命の家に行くことができた。こうしたことはもちろん善いことで、あるべき姿とはいえ、自分が貧乏人だったら病にはなりたくないと思った。というのも、貧乏人の治療は、大抵腕の悪い医師の練習台か、学生に経験を積ませるために任せることが多く、患者は痛み止めも与えられずに、刃や炎、鉗子(かんし)の痛みに耐えなくてはならなかったからだ。そのため、貧しい者を受け入れる生命の家の前庭では泣き声やうめき声が絶えなかった。

医師としての学びと経験を積む日々は、優秀な者にとっても長いものだった。医師は自分で薬を調合することもあるので、私たちはさまざまな薬について学び、薬草の見分け方について知り、適切な時期に薬草を摘み、乾燥させ、煎じる方法もひと通り学ばなければならなかった。生命の家では処方箋を書けば、あらゆる薬が調合され、一服ごとにきちんと受け取ることができるのに、なぜここまで学ぶ必要があるのかと、私だけではなくほかの者も不平を漏らしていた。しかし、のちに記すように、この学びは少なくとも私にとっては大変役立つことになった。

また、人体の各部位の名称や、臓器の機能と役割についても学んだ。刃や抜歯用の鉗子といった器具の使い方も学んだが、人々の体腔の苦しみを体の表面から手のひらを通じて感じ取ること、そして、人の眼球からその人の苦しみを読み取ることを習得しなければならなかった。また産婆の手に負えない出産の対応もしなければならなかった。私たちは必要に応じて痛みを与え、痛みを和らげることを求められた。軽症か重症か、あるいは、心の病か体の病かを見分ける方法を学んだ。細やかな問診により、患者の話から嘘と真実を判断し、頭から爪先に至るまで病の全体像を把握していくのだ。

深く学ぶにつれ、自分がいかに物知らずかを思い知らされた。本物の医師になるというのは、謙虚に自分の無知を認めることから始まるのかもしれない。しかし、何よりも大切なのは、医師とその腕を患者が信頼することなので、こういうことはむやみに人に言ってはならない。信頼こそが治療の基本で、その信頼を積み上げていく必要があるのだ。過ちを犯すような医師は、自分の評判ばかりかほかの医師の評判も落としてしまうので、医師たるもの、過ちを犯してはならない。難しい症状を診察するために最初に呼ばれた医師ではうまくいかず、二人目、三人目の医師が呼ばれた場合、彼らは医師全体の恥をさらすよりはましだ、と一人目の医師の失敗を隠そうとする。そのため、医師たちはともに手を取り合って患者を埋葬すると言われていた。

しかし、当時の私はこうした事情を知らず、この世のすべての叡智と善意を見つけ出すことができると信じ、畏敬の念を持って生命の家に足を踏み入れた。新入りの学生は皆にこき使われる存在で、下っ端の召使いからもあれこれ言いつけられる立場にあるため、最初の数週間は辛かった。学生が最初に学ぶべきことは衛生で、その間ありとあらゆる汚れ仕事を押しつけられ、嫌悪のあまり病みそうになったが、しまいにはどんな汚物を扱おうが何も感じなくなった。その後、刃は火で殺菌し、衣服は重曹入りの湯で煮沸して初めて清潔になることを学び、夢うつつでも自然とできるようになるほど叩き込まれた。

しかし、医師が習得すべき技術についてはすべて書物を見れば済むことだから、これ以上深入りするのはよそう。ここでは、私が目で見て、耳にした、どこにも書かれていないことを記していく。

長い試用期間を終え、儀式に従って身を清め、白衣を着せられると、私は診察が行われる広間で、屈強な男の歯を抜き、傷を縫い、腫れあがった傷の膿を出し、骨折した手足に副え木を固定するなど、実践でさまざまなことを学んだ。父から教えを受けていた私には目新しいことではなく、難なくこなして、じきに私は仲間を指導する立場となった。ときに医師のように謝礼をもらうこともあったので、処方箋の下に印を押せるように、ネフェルネフェルネフェルゥからもらった緑色の石に自分の名を彫ってもらった。

学ぶ内容もどんどん高度になり、不治の病で床に就いている患者の病室を見守ったり、有名な医師による、十人のうち助かるのは一人という難病の治療や手術を見学したりした。そして、医師は死を恐れず、患者にとってもはや死は慈悲深い友といってよく、多くの人が、貧困にあえいでいた頃よりも死後のほうがよほど安らかな顔をしているということも学んだ。

それでも私は目が見えず、耳も聞こえていなかったも同然で、見聞きしたことから何一つ理解していなかった。しかし、少年時代のある日、突然私の中で絵と言葉と文字が命を吹き込まれたときのように、あるとき突然覚醒した。その瞬間から私の目は開かれ、夢から醒めたように勇んで心の赴くまま自らに問いかけた。「なぜだ?」その問いは、正しい知識へ導く鍵だった。それはトト神[3]の葦ペンよりも強く、石に刻まれる碑文よりも力強い言葉だった。

私の覚醒がどのように起こったかを記していこう。ある日、子のない女が月のものが途絶えてしまったと生命の家にやってきた。もう四十を過ぎ、子を授かることはないと思っていたので、何か悪い気でも入り込んで体が毒されているのではと不安を抱えていたのだ。私は指示通りに麦を用意し、いくつかの麦の粒はナイル川の水に浸し、残りは女の尿に浸して、土に埋めた。麦を埋めた土は太陽の当たるところに出しておき、女には数日後に来るようにと伝えた。再度女がやってきたとき、麦は発芽していた。川の水に浸したほうは小さな芽であったが、女の尿に浸した麦は青々と芽吹いていた。書物に記されていたことは本当だったのだ。私は戸惑いながらも女に伝えた。

「喜びなさい、奥さん。聖なるアメン神のお恵みによって、祝福を受けたほかの妻のように子を授かったのですよ」

哀れな女は子どもなどとっくに諦めていたから歓喜のあまり涙し、腕にはめていた二デベン[4]の銀の腕輪を私に差し出した。徐々に実感が湧いてきたらしく、「男の子でしょうか」と聞いてきた。どうやら私には何でも分かると思ったらしい。私は自分を奮い立たせて、女の目を見て「そうですよ」と言った。どのみち可能性は半々だから、私に勝算があったといっていい。女は喜んで、もう片方の腕にはめていた二デベンの銀の腕輪を私に差し出した。

しかし、女が去ってから自問した。なぜ妊娠の兆候が目に見える前に、医師が診ても分からないことが、ただの大麦の粒に分かるのだろう？　勇気を出して教師に「なぜ」と尋ねたが、教師はなんとまぬけな奴

3　知恵を司る神。トキかヒヒの姿で表されることが多い

4　重さの単位。一デベンは九十一グラム相当

なんだというように私を見て、「そう記されているからだ」とだけ答えた。それは「なぜ」と思う私の疑問への答えではなかった。もう一度勇気を出して、今度は出産の棟にいる王立専門医師に尋ねてみた。彼はこう答えた。

「アメン神はすべての神々の中の王である。アメン神には種を宿した女の子宮が見通せるのだ。もし神が受胎を許されたなら、女の尿に浸した大麦を芽吹かせることなどわけないであろう」

医師はどこのばか者がそんなことを聞くのか、というように私を見てきたが、「なぜ」という問いへの答えではなかった。

こうして、生命の家の医師はただ書物に記されていることを知っているだけで、それ以上のことは何も知らないのだということに、私はある日突然気づいた。なぜ膿んだ傷は焼く一方で、そうではない傷は軟膏を塗って包帯を巻くだけなのか、なぜ黴（かび）や蜘蛛（くも）の巣が膿瘍（のうよう）に効くのか、と尋ねたら「昔からそうしてきたからだ」と彼らは答えるだろう。そして、手術をする者は、百八十二回は切ってよいと書物にあるから、経験や技量によって、上手下手、効率の良し悪し、痛みの有無、ときに無意味な苦痛を与えることはあっても、書物にある通り、百八十二回は切ってよく、それ以上は書物に記されていないからだめだと言うのだ。

患者の中には、肉が落ち、顔が蒼白になっていくのに、医師が診てもどこが悪いのか判断できない者がいる。そこで供物として捧げられた動物の高価な生の肝臓を患者に与えてみると、元気が出て回復することがあるが、なぜと尋ねることは許されない。また、胃痛で苦しみ、顔と手が燃えるように熱くなる者もいる。彼らに腹の調子を整える薬と痛みを和らげる薬を与えると、治る者と死んでしまう者がいるが、誰が回復し、誰の胃が膨れ上がって死んでしまうのかをあらかじめ答えられる医師はいない。これまで、なぜ治る者と死ぬ者がいるのかを尋ねた者はいないし、質問することすら許されていなかった。

ほどなくして、周囲が私を避けるようになり、あとから入ってきた学生が私を追い抜き、指図してくるようになり、今までうるさく尋ねすぎてしまったことに気づいた。私は白衣を脱ぎ捨て、身を清め、合わせて四デベンの二つの銀の腕輪だけを持って、生命の家をあとにした。

5

研鑽（けんさん）を積み、勉学にいそしんでいた数年間は、昼間に神殿の外に出ることがなかったから、再び目にしたテーベの変わりように、私は驚きを隠せなかった。牡羊参道を歩き、市場を横切りながら、町の変化を目の当たりにした。そこかしこに不穏な雰囲気が漂い、民はより高価で上質な服を身に着け、鬘を寄せた長衣やかつらだけでは男女の区別がつかなかった。酒場や娼館からはシリアの騒々しい音楽が通りにまで響き渡り、道端ではますます多くの外国語が聞こえ、エジプト人の中にシリア人や裕福な黒人が図々しく紛れ込んでいた。エジプトの富と権力は絶大で、ここ数百年もの間にエジプトの町に敵が踏み込んできたことはなかったので、男たちは戦を知らないまま中年に達していた。しかし、民はそわそわと落ち着きがなく、現状に不満を持ち、常に何か目新しいものを探しているようだったから、戦を知らないことが民にとって幸せだったのかは分からない。

テーベの道を一人で歩く間、私は孤独を感じ、反抗心と悲しみで胸がいっぱいだった。家に帰ると、父センムトはかなり老いていて、背中は曲がり、文字も読めなくなっていた。老いた母キパも家の中を歩くと息切れする始末で、父の貯えでナイル川の西にある死者の町に自分たちの墓を用意していたから、口を開けば墓に入ることばかり話していた。私もその墓を見たことがあったが、よくある絵と文字が壁に刻まれた、泥煉瓦の小綺麗な墓で、その周辺には百、あるいは千の似たような墓が並んでいた。不死の人生を得られるようにと、死後の長旅で迷うことがないように、アメン神官が高額で売りつけている墓だ。私は母を喜ばせようと、まじめにこつこつ働く人々に、墓へ持っていくための死者の書を書いてやった。アメン神殿の前庭で売られている書と違って絵はなかったが、一字も間違いのない素晴らしい死者の書になった。

母は私に食事を出してくれ、父は私の勉学について尋ねてきたが、それ以上話すことはなく、家も通りも、道を行き交う民も、私の見慣れないものになっていた。そんな状況に私はますます悲しくなり、ふとプタハ神殿のことや、芸術家になっているはずの友人トトメスのことを思い出し、こう思った。

「懐(ふところ)に四デベンの銀がある。私の問いに答えなど得られないのだから、トトメスと一緒にワインを飲んで楽しもう」

そこで、生命の家に戻ると言って両親に別れを告げ、日が暮れる頃にプタハ神殿を見つけた。門番に芸術学校の場所を尋ね、中に入って学生のトトメスを呼び出した。そこで初めてトトメスがとっくの昔に学校から追い出されていたことを知った。手に粘土がこびりついている学生たちにトトメスについて尋ねると、彼らはトトメスの名を口にし、私の前で地面に唾を吐いた。しかし、そのうちの一人が、「トトメスなら、酒場か娼館で見つかるさ」と教えてくれた。別の者は、「神を罵っている声が聞こえたら、その近くにトトメスがいるだろうな」と言った。さらに別の者は、「殴り合いの喧嘩で怪我人が出たら、ご友人のトトメスがいるだろうよ」と言った。私がトトメスの友だと知って地面に唾を吐いたのは、教師の目を欺くためだったようで、教師が背を向けた途端、「シリアの壺」という名の酒場を探すといいと教えてくれた。

そして私は「シリアの壺」という名の酒場を探した。それは貧民街と富裕層の住む地域の境にあって、店の入り口にはアメンの丘で栽培されたワインと異国産のワインを称える文言が書かれていた。店の中の壁には、ヒヒが踊り子を愛撫する絵やヤギが笛を吹いている愉快な絵が描かれていた。芸術家たちが床に座り込み、熱心に紙に何か描いていて、一人の年老いた男が空の杯を悲しそうに眺めていた。

「シヌへじゃないか。陶工のろくろ台にかけて、なんということだ！」という声が聞こえると、一人が驚いた様子で両手を広げ、立ち上がって私に話しかけてきた。肩掛けは汚れて破れ、目は血走り、額には大きなこぶがあったが、すぐにトトメスだと分かった。彼はまだ若いというのに、老けて痩せ細り、口元にはしわが刻まれていた。それでも私を見る彼の目にはどこか人を勇気づけ、気分を高揚させる何かがあった。彼が頬を寄せ合おうとかがんで頭を近づけてきたおかげで、自分たちが今も友人なのだと分かった。

「心が悲しみでいっぱいで、何をしても虚しいんだ。『なぜ』と質問しても誰も答えてくれないから、君と一緒にワインでも飲んで心を慰めたいと思ってね」

するとトトメスは前掛けを持ち上げて、酒を買うにもまったく持ち合わせがないことを示した。

「私の手首には四デベンの銀がある」私は誇らしげに言った。するとトトメスは私の剃り上げた頭を指した。私にはほかに誇れるものなどなかったし、周りの人に下級神官であることを示したくて、剃ったままにしていたのだ。しかし、今は髪を伸ばさなかったことを悔やんだ。私は不機嫌な声で言った。

「私は医師で、神官じゃない。ここには異国産のワインがあると扉に書いてあったな。美酒があるなら、それを飲もう」そう言って、銀の腕輪を鳴らすと、店主が私のところへ小走りにやってきて、両手を膝の高さまで下げてお辞儀をした。

「蔵にはまだ封を開けていないシドンとビブロスの没薬入りの甘いワインがございます。混合酒も鮮やかな杯に入れてお出ししましょう。美しい娘の微笑みのように、すぐに酔いが頭にまわり、心も満たされること間違いなしでしょう」

さらにほかにどんな酒を置いているかをすらすらと息もつかずに語るので、私は困ってトトメスのほうを見た。トトメスが混合酒を注文すると、奴隷がやってきて私たちの手に水をかけ、私たちの前にある低い台に、煎った蓮の種を乗せた大皿を運んできた。店主は鮮やかな杯を持ってきた。トトメスは杯を掲げ、床にワインを数滴垂らして言った。

「聖なる陶工に！　芸術学校や教師どもなんか、ペストにやられてしまえ！」

そして、嫌いな教師の名前を一人ずつ挙げていった。

そこで私も杯を掲げ、床にワインを垂らして言った。

「アメンの名において！　聖船が永久に水漏れし、神官の腹が裂け、ペストが生命の家の無知な教師たちを食い尽くさんことを！」と低い声で言ったものの、誰かに聞かれていないかと周囲を見回した。

「大丈夫だ」トトメスは言った。「アメン神の密告屋など、この酒場では何度殴り倒されたことか。神も聞き飽きただろう。いずれにしても、ここにたどり着くのは見捨てられた者たちだ。僕なんか、金持ちの子どもに絵本を描いていなかったら、日々のパンとビールにすら困るほどだ」

トトメスは私に巻紙を広げて見せてくれた。それは私が来たときに描いていたもので、襲ってくる鼠に猫がふるえながら周壁を守る場面や、木の梢で歌うカバとその木に立てかけた梯子をおそるおそる登る鳩が描かれていたので、私は思わず吹き出してしまった。

私を見るトトメスの茶色い目は笑っていた。しかし、巻紙を広げるにつれ、私の笑みは消えていった。というのも、次の絵は、禿げ頭の小さな神官が偉大なるファラオを、神殿への生贄の動物のように綱で引っ立てる絵だったのだ。その次に、小さなファラオがアメン神の巨大な神像にひれ伏している絵が続いた。私がもの問いたげにトトメスを見ると、彼はうなずいてこう言った。

「この通りじゃないか？　親もこの絵を見てこりゃおかしいと笑うんだ。鼠が猫に襲いかかったり、神官がファラオを手なずけたりするんだからな。だが、事情を知っている者は色々思うところがあるようだ。だから神官が番人に命じて、僕を路上で打ち殺すまでは、僕はパンとビールにありつけるってわけだ。実際、そういう目に遭った奴もいるようだ」

「飲もうじゃないか」と言ってワインを飲み交わしたが、それでも心は晴れず、トトメスに尋ねた。

「『なぜ』と問うのは間違っているのだろうか」

「そりゃそうだ」トトメスは言った。

「『なぜ』と問う人間には、ケメトの大地に家も、屋根も、寝る場所もない。何ごとも、すべてこれまで通りでなければならないってことは、君だって知っているじゃないか。シヌへ、僕が芸術学校に入れたとき、喜びでふるえ、誇りに思っていたことを覚えているだろう。喉が渇いた者がオアシスにたどり着いたときのように、飢えた者がパンを求めるようにな。そして素晴らしいことをたくさん学んだ。尖筆(せんぴつ)の持ち方、ノミの使い方、そして目の前に置かれた見本を粘土で成型する方法や、石の磨き方、色合いの異なる石の組み合わせ方、アラバスター[5]への色の塗り方を学んだ。だけど、僕がわくわくしながら夢に見て、心から作りたいと思う作品を作ろうとすると、前に壁が立ちはだかり、誰かの粘土を捏ねるはめになるのさ。何をおいてもまずは型がある。文字と同じように芸術にも型があって、そこから逸脱すると嫌がられる。だから、型に従わない者は芸術家として認められないんだ。遥か昔から、人の立ち姿や座り姿の描き方は決まっている。馬が前脚(まえあし)を上げる姿や、雄牛が鋤(すき)を引く姿の描き方だってそうだ。芸術家が何をどう表現すべきかは大昔から決まっていて、そこから逸脱する者は神殿の仕事から外され、石やノミを取り上げられる。そうなんだ、シヌへ、僕も聞いたんだ。『なぜ』と。何度も何度も聞いた。『なぜ』と。だからこぶを作ってここに座っているのさ」

二人でワインを飲んだ。もう私は一人ではなく、まるで膿を出しきったかのように気持ちも心も軽くなった。トトメスは続けた。

「友よ、僕たちはおかしな時代に生まれたものだ。粘土がろくろ板で形を変えるように、何もかも動き出して変化している。服装が変わり、言葉も習慣も変わり、人々は神々を畏れながらも信じてはいない。ピラミッドの建造からすでに千と二千年[6]は経っているから、今の世はもう終わりなんだ。友よ、僕らは世界の日没の時代を生きるために生まれてきたのかもしれない。それを思うと、僕は手に顔をうずめて子どものように泣きたくなるんだ」

　とはいえ、鮮やかな杯から混合酒を飲んでいたし、「シリアの壺」の店主は杯に混合酒を満たしに来るたびに、膝の高さまで手を下げてお辞儀をするので、トトメスは泣かなかった。奴隷たちも何度か私たちの手に水をかけに来た。私の心は、まるで晩秋に矢のように飛ぶ燕のように軽くなり、詩を詠んで、周りの世界をすべて抱擁したいと思った。

「娼館へ行こう」トトメスはそう言って笑った。「心を満たし、『なぜ』と尋ねもせず、満たされた杯を求めないように、音楽と踊り子たちの踊りを楽しもうではないか」

　私は腕輪を一つ、店主に渡し、子を宿した女の尿で湿っているから気をつけて扱うようにと軽口をたたいた。我ながらそれがあまりにおかしくて、店主も笑いながら刻印が入った銀を山ほど釣りによこしたの

5 白い石、方解石のこと
6 ピラミッドは紀元前四五〇〇年前後に建造された。この物語の新王国時代は紀元前一三五〇年頃

で、私は奴隷にも銀を与えることができた。奴隷は地面につかんばかりにお辞儀をし、店主は入口まで我々を見送り、「シリアの壺」をご贔屓に、と念を押した。そして、もし酒場のワインの壺を買っていけば、若くて物怖じしない娘たちが喜んで近づいてくるだろうとささやいた。しかしトトメスが、自分の祖父が同じ「シリアの娘たち」とさんざん寝てきたのだから、婆さんと呼んだほうがいいと口を挟んだ。そんなふざけたことを言うほど私たちは酔っていた。

二人で道沿いを歩いていると、日が暮れてきた。煌々と輝く一帯は、そこで楽しむ人々のおかげで日中と変わらないほど明るく、夜のない町の様子を見ることになった。通りの角には、柱のてっぺんにランプが灯っていた。奴隷たちが走って輿を運び、従者の声が、酒場や娼館から聞こえてくる音楽や酔客の声と入り混じった。クシュ人が出入りする酒場の入口から中をのぞくと、黒人が手と撥で太鼓を叩いているのが見え、その音が辺りに低く鳴り響いていた。太鼓と競うように鈴の音が鳴り響く原始的なシリアの音楽は聴き慣れず、耳がおかしくなりそうで、その律動が頭から離れず血が騒いだ。

私は娼館に行ったことがなかったから、おそるおそるではあったが、トトメスに連れられて「猫と葡萄」という館に入った。こぢんまりとした小綺麗な建物で、座り心地のよさそうな柔らかい絨毯が敷かれ、黄色がかった明かりに照らされていた。私の目には若くて美しく見える娘たちが笛や弦楽器の音楽に合わせて、赤く染めた手のひらで拍子をとっていた。音楽が止むと、娘たちが私たちの両側に座り、喉がからからだからワインをちょうだい、とねだってきた。再び音楽が始まると、二人の裸の踊り子が複雑な動きの踊りを披露し、私は興味津々でそれを眺めた。医師だから若い娘の裸は見慣れているが、私が診るときは乳房が上下に跳ねたりしないし、小さな腹や尻がこんなふうに誘うような動きをすることもない。音楽を聴いているうちにまた気分が沈んできて、よく分からないまま何かを思い焦がれた。美しい娘が私の手に手を重ねて寄り添ってきて、賢そうな目をしていると言ってきた。乳房はあらわだったが、彼女の目は太陽が照りつける真夏のナイル川のような緑色ではなく、高貴な亜麻布の服を身に着けているわけでもなかった。だから私は彼女を妹と呼んで一緒に愉しむ気になれず、彼女の目も見ずにひたすらワインを飲んでいた。

娼館での最後の記憶は、黒人に思いっきり蹴飛ばされ、石段を転げ落ちて頭に大きなこぶができたことだった。母が予想した通りだ。私の懐には一片の銅すらなく、肩掛けは引きちぎられ、頭にこぶをこしらえて街角に倒れていた。やがてトトメスが私の腕を取って力強い肩を貸して船着場に連れていってくれたので、ナイル川の水で喉の渇きを癒し、顔や手足を洗い流すことができた。

その朝、私は目を腫らし、ひりひりと痛むこぶができた頭を抱え、薄汚れた肩掛けを羽織って生命の家に戻ったが、もはや「なぜ」と尋ねる気分からは程遠かった。その日は耳の病や、耳の聞こえない患者を担当する番だったから、急いで身を清め、白衣を羽織って持ち場へ向かった。私を監督する教師は通路で私の顔を見るなり説教を始めたが、その内容は書物で読んだことがあり、とうに暗唱できるものだった。

「おまえのような奴がいい医師になれるわけがない。夜な夜な壁の周りをうろつき、際限なくワインを飲み、娼館に入りびたり、杖で壺を打って人々を怖がらせるような者がいったい何になれるというのだ。人に傷を負わせ、番人から逃げまわるような者が大成するものか」

しかし、決まり文句の説教を終えると、笑みを浮かべてほっとしたようにため息をつき、私を自室に連れていき、胃をすっきりさせる飲み物をくれた。私は気分がよくなり、生命の家では「なぜ」と聞きさえしなければ、酒も娼館も許されていることを知った。

6

こうして、私の血にもテーベの熱が伝染し、昼よりも夜を楽しむようになり、太陽の光よりも松明の明かりを、患者の訴えよりもシリアの音楽を、黄ばんだ紙に書かれた古い文字よりも美しい娘のささやきを好むようになった。それでも、生命の家で与えられた仕事をこなし、口頭試問を通過し、手をふるえさせずに治療をしていれば、誰も文句を言わなかった。これが聖別を受けた者の生活で、学生の身で所帯を持つ余裕がある者などほとんどいなかった。だからこそ教師は、身を軽くして心から楽しめと私に諭したのだ。しかし私は、抱擁されても火傷はしないと分かっていても、まだ女に触れたことはなかった。

当時の情勢は不安定で、偉大なるファラオは病を患っていた。神殿の秋の祝祭のときに、神像のように身動き一つせず、黄金と宝石で飾り立てられ、二重冠の重みに耐えながら運ばれてくる、老いたファラオの顔を見た。王の病は、王立医師の薬でもよくならず、巷(ちまた)では、ファラオの時代はもうすぐ過ぎ去り、王子が玉座を継ぐだろうと、もっぱらの噂だった。しかし、後継者は私と同じくまだ若者であった。

ファラオ、アメンヘテプ三世はアメン神のために前代未聞の壮大な神殿を建造したにもかかわらず、その神殿で供物を捧げて祭儀を執り行っても、アメン神には神の子であるファラオを救うことはできないようだった。エジプトの神々に憤慨したファラオは、義父にあたるナハリンの地のミタンニ王に急使を送り、霊験あらたかといわれるニネヴェのイシュタル女神像を貸してくれないかと頼んだ。しかし、これはアメン神官にとってかなり屈辱的なことであったから、神殿や生命の家でこそこそとささやかれただけだった。

テーベでラッパが鳴り響き、小太鼓が打ち鳴らされるなか、イシュタル女神像が到着し、風変わりな帽子と分厚い羊毛の肩掛けを羽織った、縮れたあごひげの神官たちが汗だくで像を運び込んだ。しかし、アメン神官にとって幸いなことに、異国の神もファラオを救うことができず、ナイル川が増水する頃に王立頭蓋切開医師が宮殿に召喚されることになった。

頭蓋切開はめったにないことで、学生時代にこのような特殊な分野の切開や治療について学ぶ機会がなかったので、私は生命の家で一度もプタホルを見かけたことがなかった。しかし、とうとうプタホルが大急ぎで別邸から生命の家に輿で運ばれてきた。彼は専用の部屋で身を清め、私はできる限り彼の近くにいるように努めた。プタホルは相変わらず禿げ頭で、以前よりしわが増え、両頬は悲しげに垂れさがり、不満げな表情をしていた。プタホルは私を見ると微笑んで言った。

「シヌへ、お前なのか？　センムトの息子よ、ここまで励んだのだな」

プタホルは私に仕事道具を納めた黒檀の木箱を手渡し、ついてくるようにと命じた。これは王立医師も羨むほどの名誉だから、身に余る思いでそれにふさわしく振る舞った。

「まずは腕がなまっていないか試さねばならん。ここで頭蓋を二つほど切開して様子を見よう」

　プタホルの目は潤（うる）んでいて、手はかすかにふるえていた。私たちは不治の病を患っている者や麻痺を抱えている者、頭蓋に外傷を負っている者がいる病棟に行った。プタホルは何人かの頭蓋骨を調べ、死が苦しみからの解放となる老人と、路上で喧嘩をして石で頭を殴られ、失語して手足が麻痺してしまった屈強な奴隷を選んだ。この二人に感覚を麻痺させる薬を飲ませ、手術をする部屋に連れていき、彼らの体を清めた。切開に使う器具はプタホルが自ら洗い、火で消毒した。

　私の仕事は、よく切れるかみそりで患者二人の髪を剃ることだった。剃り終わるともう一度頭を洗ってきれいにし、頭皮に鎮痛効果のある軟膏を塗り、プタホルが仕事を始められる状態にした。まずプタホルは老人の頭皮を切開し、大量の出血をものともせずに両側に広げた。そしてあらわになった頭蓋骨に空洞の穿孔機で素早く穴をあけ、真ん中の骨を取り除いた。老人は苦しそうにあえぎ、急激に顔が青ざめていった。

「頭には問題なさそうじゃな」プタホルはそう言って、頭蓋骨のかけらを元に戻し、数針ほど頭皮を縫合すると、老人は息を引き取った。

「手がふるえるのう。誰かそこのお若いの、ワインを一杯持ってきてくれんか」

　生命の家の教師に加え、頭蓋切開医師を目指す者たちが大勢私たちを見守っていた。プタホルはワインを受け取ると、奴隷に目を向けた。奴隷は感覚を麻痺させる薬を飲んだにもかかわらず、縛られたまま座らされ、憎々しげにこちらを見ていた。プタホルは、もっときつく縛っておけと言い、たとえ大男であっても身動きができないようにしっかりと手術台に頭を固定した。そして今度は血しぶきに注意しながら頭皮を切開した。続いて、頭皮のふちで血管を焼いて閉塞し、薬で出血を止めたが、ファラオのためにも手を疲れさせたくなかったプタホルは、この作業をほかの医者に任せた。もちろん生命の家にはいつも通り、そばにいるだけですぐに血が止まるという無学の止血師もいたが、プタホルが皆に講義をしたかったことも人に任せた理由の一つだった。

頭蓋骨の表面を消毒すると、プタホルは皆に骨が陥没している箇所を見せた。そして、穿孔機、のこぎり、鉗子で、手のひらほどの大きさの頭蓋骨を手際よく取り外し、しわが寄った脳の白い部分に凝固した血液が付着しているのを見せた。プタホルは非常に注意深く、固まった血液をひとひらずつ剥（は）がしながら、脳に入り込んだ骨のかけらを取り除いた。これにはかなりの時間を要したため、学生皆がプタホルの技術を見て、生きた脳の様子をしっかりと記憶することができた。学生が説明を聞き、見学している間に、プタホルは取り出した頭蓋骨の形に作られた銀の板を火で消毒して空いた穴をふさぎ、小さな鋲で頭蓋骨にしっかりと固定した。頭皮を元通りに縫い合わせ、手術の傷をふさぐと、「そいつを覚醒させるがよい」と言った。患者はとっくに気を失っていたのだ。

奴隷は縄を解かれ、ワインを口に注がれ、強い気つけ薬をかがされた。しばらくすると起き上がって罵（ののし）り始めた。頭蓋切開をする前は、喋るどころか手足を動かすことすらままならなかったので、自分の目で見ていなければ、信じられない光景だった。しかし今回は、プタホルが頭蓋骨の陥没した箇所と脳の表面の出血によってこのような症状がもたらされたのだと説明してくれたので、私は「なぜ」と聞く必要がなかった。

「三日の間に死ななければ、この者は回復したとみてよかろう。二週間経ったら、石で殴ってきた男を殴り返すことができるだろうし、おそらく死ぬことはなかろう」とプタホルは言った。

そしてプタホルは手術を手伝ってくれた者を優しく労い、手術道具を手渡しただけの私にも労いの言葉をかけてくれた。私はプタホルから黒檀の医療箱を渡されたが、それがファラオの宮殿に同行する助手に選ばれたという意味だとはまったく気づいていなかった。私は二度の手術でプタホルに手術道具を渡したので、頭蓋切開においては王立医師よりも権威ある助手となった。ただ、そのときの私はまだよく分かっていなかったので、プタホルが、「もうそろそろ、ファラオの頭蓋切開に取りかかれるだろう。シヌへ、準備はよいか」と言ったときには仰天した。

こうして私は簡素な医師の腰布を身に着けたまま、プタホルと並んで王の輿に乗ることになった。止血師は轅に座らされ、ファラオの奴隷たちは輿をほとんど揺らすことなく淡々と急いで船着場へと向かった。岸にはファラオ専用の船が待っていて、選り抜きの漕ぎ手が漕ぎ始めると、水面に浮かんでいるというよりも、飛ぶような速さで進んでいった。私たちはファラオ専用の船着場から、大急ぎで黄金の宮殿へと連れていかれたが、私はなぜ急ぐのか疑問にも思わなかった。テーベの町ではすでに兵士が行進していて、門は閉じられ、商人は売り物を倉庫にしまい、戸や窓にしっかりと鍵をかけていた。こうした動きはすべて、偉大なるファラオがもうすぐお隠れになるだろうということを示していた。

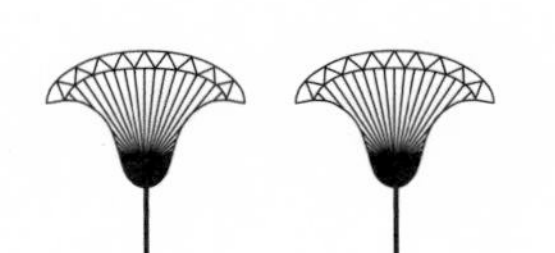

第三の書　テーベの熱狂

1

黄金の宮殿の周壁には、身分の高い者も低い者も、多くの民が集まっていて、立ち入り禁止の岸辺にも、富裕層の木造の手漕ぎ船や、貧民層が使う目張りされた葦舟がひしめきあっていた。私たちを見た民の間では、王の頭蓋切開医師がやってきたという知らせが、まるで遠くで聞こえる波音のように口々にささやかれた。ファラオが頭蓋切開されてから、三日と生き延びた例がないことは誰もが知っていたので、民たちは両手をあげて弔意を示し、哀愁に満ちた嘆きが私たちの来訪を告げるかのように宮殿へと伝わっていった。

私たちが百合の門から王家の居室へと案内されると、高位の廷臣は、ファラオに死をもたらすためにやってきたプタホルと私にひれ伏した。身を清めるための臨時の部屋が用意されていたが、プタホルは侍医と二言（ふたこと）、三言（みこと）ことばを交わすと、弔意の印に両手をあげ、速やかに一連の清めの儀式を終わらせた。聖なる火が運び込まれると、私たちはいくつもの豪華な居室を通り抜け、王の寝室に向かった。

偉大なるファラオは、黄金の天蓋がついた寝台に横たわっていた。天蓋の柱はファラオを守る神々の姿をし、寝台を支える脚は獅子の脚を模していた。ファラオは権力の象徴を示すすべての被り物や衣服を解かれ、むくんだ体には下着もつけていなかった。衰弱し、意識もなく、痩せ細った顔を横に向け、苦しげに喘ぎながら唇の端から涎（よだれ）を垂らしていた。地上の権力と名誉が儚く影のように消え去ったファラオと、生命の家に横たわる瀕死の老人とは何が違うのだろう。寝室の壁一面にはいまだ、羽飾りをつけた馬が引く王家の戦車に乗って力強く弓を引くファラオと、その足元に矢で射抜かれ倒れている何頭もの獅子の姿が描かれていた。その壁は赤、金、青で彩られ、床には、魚が泳ぎ、カモが羽ばたき、葦が風に揺れる様子も描かれていた。

私たちは死にゆくファラオの前にひれ伏した。ファラオが死ぬと悟っている者は皆、プタホルの施術はすべて無駄だと分かっていた。いつの時代も、自然死でない限り頭蓋切開は最後の手段として行われなければならず、今まさにそのときを迎え、私たちは支度を始めた。

私は黒檀の医療箱を開け、刃、穿孔機、鉗子をもう一度火で消毒し、プタホルに聖なる黒曜石の刃を差し出した。すでに王立医師が瀕死のファラオの頭を剃り上げて消毒を済ませていたので、プタホルは止血師を寝台に腰かけさせ、ファラオの頭を脇から抱えるよう指示した。

そのとき、偉大なる王妃ティィが寝台に歩み寄ってそれを止めた。彼女はこのときまで悲しみの意を示して両手をあげ、まるで神像のように微動だにせず壁際に立っていた。ティィのうしろには若き王位継承者アメンヘテプとその姉バケトアメンが立っていたが、私はこれまで彼らに目を向ける勇気はなかった。ところが今、思いがけないことが起こったので彼らに目を向け、神殿にあった王家の肖像から彼らを見分けた。王位継承者は私と同じ年頃だが、背は私よりも高かった。長いあごをまっすぐに上げ、目はきつく閉じていた。手足は病的なほど細く、瞼（まぶた）と頬はふるえていた。美しく高貴な佇（たたず）まいをした王女バケトアメンは、切れ長で楕円形の目をしていた。口と頬には朱色の紅を差し、王族にふさわしい亜麻布を身に着け、神々しい手足がうっすらと透けて見えていた。しかし、その二人にも増して周囲を圧倒していたのは、小柄ながら年齢を重ねて貫禄がある王妃ティイであった。王妃の肌は浅黒く、幅広い頬骨が張り出していた。王妃はもともと平民の生まれで、黒人の血が混じっていると言われていたが、噂を聞いただけで真偽のほどは分からない。たとえ王妃の両親に肩書きなどなくても、王妃の目は鋭くて賢く、物怖じもせず、その振る舞いに威厳があったのはたしかだ。

　王妃は手をあげ、幅広の褐色の足で踏みつけた土埃でも見るかのように止血師を見た。止血師は読み書きもできない卑しい生まれの牛追いなので、王妃の行動も無理はない。男は俯(うつむ)いて両手をだらりと下げ、ぽかんと口を開け、まぬけで下品な顔をしていた。才能も知性もないが、その場にいるだけで出血を止めるという能力を買われて、土を耕し、牛を追う日々から神殿に雇いあげられたのだ。何度洗い清めても牛の糞のにおいが消えないこの男に、なぜそんな能力があるのかは男自身も説明できなかった。これは才能でも、あえて訓練したものでもなく、勉学や修行で身につくものでもなかった。石ころに宝石が入り込んでいるように、どういうわけかその能力がこの男に備わっていたのだ。

「神に触れてはならぬ」偉大なる王妃は言った。

「どうしてもというのであれば、私(わたくし)が王の御頭(みかしら)を持ちましょう」

　プタホルは、この施術は大量の出血を伴い、不快なものだからと反対した。しかし、王妃は臆することなく寝台の端に深く腰をかけ、ファラオの口から垂れる涎を気にも留めずに瀕死の伴侶の頭をそっと腕に抱えた。

「王は私のもの。王に触れていいのは私だけです。王よ、どうか私の腕から黄泉の国へと旅立たれよ」

「神よ、父である太陽の船に乗り、至福の国へ向かいたまえ」

プタホルはこう唱えると、黒曜石の刃でファラオの頭皮を切り開いた。

「太陽からお生まれになり、そして太陽のもとに戻られる御身とその御名(みな)を、すべての民が永久(とわ)に称えましょう。セトとすべての悪魔の名にかけて。止血師よ、何をぐずぐずしているのだ」

腕のいい医師が患者の痛みを紛らわせようと、とりとめのない話をするように、プタホルは適当なことを喋りながら、施術から王妃の気を逸らそうとしていた。しかし、ファラオの頭部からゆっくりと血が流れ、王妃の腕に染みてくると、王妃はびくりとし、顔から血の気が引いてきたため、最後の言葉は、ぼんやりと扉のそばにもたれかかっている半目の止血師に投げられたものだった。止血師はおそらく牛や水路のことでも考えていたのだろうが、はっと正気になって自分の仕事を思い出すと、近くへ歩み寄り、両手をあげながらファラオを見た。すると、たちまち出血が止まったので、私は頭部を洗って清めた。

「奥方よ、お許しください」と言いながら、プタホルは私から穿孔機を受け取った。

「黄金の船に乗り、父上である太陽のもとへ向かいたまえ。アメン神よ、どうかご加護を」

プタホルの慣れた手つきで素早く回転させられた穿孔機は、キイキイと音を立てながら頭蓋骨に吸い込まれていった。そのとき王位継承者が目を開いて一歩踏み出し、顔をふるわせながら言った。

「アメンではない、ご加護を与えしはラー・ヘラクティ。その御姿はアテン神だ」

王子が何について話しているのかは分からなかったが、エジプトの千の神々をすべて把握している者などいないし、三柱神や九柱神ですらあやふやな下級神官の私は、何であれ敬意を込めて手をあげるほかなかった。

「アテン神でしたな」プタホルはなだめるように呟いた。「いやはや、アテンであったのに、わしの口がすべってしまった」

そう言いながら鋭くとがらせた黒曜石の刃と、黒檀の柄がついた槌（つち）を再び手にして、少しずつ頭蓋骨を外し始めた。

「そうじゃ、ファラオが神のような賢明さをもって、アテン神殿を建造されたのだった。王子がお生まれになった直後ではなかったかな、美しきティイよ。さて、しばしお待ちを」

プタホルは、寝台の横でふるえる両手を握りしめながら顔を引きつらせて立ち尽くす王位継承者の様子を心配そうに伺った。

「少しワインを飲めばわしの手のふるえは止まり、王子も気分が落ち着くだろう。施術が終わったら王宮の酒壺の封を開けてもいいのではないかな。ほら！」

私が鉗子を手渡して、プタホルが骨片を引き抜くと、王妃の腕の中でファラオの頭がぱっくりと開いた。

「シヌヘ、明かりをここへ」

プタホルは最も困難な山場を乗り越えたので、ほっと一息ついた。私も思わず息を漏らすと、意識のないファラオにも通じたのか、王の手足がぴくりと動き、呼吸が穏やかになり、さらに深い眠りに入っていった。しばらくの間、煌々と照らされた明かりの下で、プタホルは頭に開けた穴から盛り上がっているファラオの脳をじっとのぞき込んでいた。灰青色(はいあおいろ)をした脳は、かすかにふるえていた。

プタホルは「ふむ」と考え深げに言った。

「やれることはすべてやった。あとはアテン神のみぞ知ることで、我々にできることはない」

プタホルはそっと骨片を元に戻し、接着剤を隙間に塗ってから頭皮を元に戻して傷を縫い合わせた。王妃は高価な木材で作られた枕にファラオの頭を戻してプタホルを見た。流れ出た血が王妃の腕にこびりついていたが、王妃は気にも留めていなかった。プタホルは王妃の物怖じしない視線をお辞儀すらせずに受け止め、低い声で言った。

「神のご加護があれば、夜明けまではお命があるでしょう」

そしてプタホルは哀悼の意を示して手をあげ、私もそれに倣(なら)った。次にプタホルは慈悲の意を示して手をあげたが、私は王家の者に慈悲を示すなど畏れ多く、それに倣いはしなかった。使い終わった手術道具を聖なる火で消毒し、黒檀の医療箱に戻した。

「そなたにはたくさんの褒美があるでしょう」王妃はそう言うと、身振りで私たちに退出を促した。

宮殿の広間には私たちのために食事が用意され、プタホルは壁際にいくつものワインの壺が並んでいるのを見て喜んだ。一つひとつの封を丁寧に確かめてから、そのうちの一つを開けさせると、奴隷が私たちの手に水をかけに来た。そこで私は、どうして王妃や王子に対して、あんな無礼な口の利き方をしたのかとプタホルに尋ねた。

「たしかにファラオは生きながらにして神だ」そう言いながらにやりと笑ったプタホルは、いつもよりもずっと老いたヒヒを思わせた。「たしかにファラオのために神殿が建造され、地上のあらゆるところから貢ぎ物が届けられるが、お前も医師として見たように、ファラオも我々と同じ、いつか死を迎えるただの人間だ。偉大なる王妃も女の特性を持ち合わせてはいるが、我々と同じ人間なのだ。それにわしが何を言おうと、王族の耳にはハエの羽音にしか聞こえないし、わしが周りのハエと同じように羽音を立てても、わしの話に耳を貸しはせんだろう。だが今はどうだ。プタホルはおかしな奴だが、たいしたものだと皆が言うではないか。高齢だし悪気があるわけではないから、多少の戯言（たわごと）は大目に見てやれ、となる。そしてわしは王族の記憶に残り、高価な褒美を与えられるというわけだ。よく覚えておくがいい。為政者に耳を傾けてもらいたいなら、他人とは異なり、同輩に話すのと同じように話すのだ。そうすれば為政者はお前の言葉を聞くか、あるいは杖で打ち据えて宮殿の庭から追い払うだろう。だが、いずれにせよお前のことは記憶に残るはずだ。身分の低い者がファラオの記憶に残るのはめったにないことだ」

　プタホルはワインを飲んで上機嫌になった。止血師は蜂蜜で味付けした肉を手づかみで頬張りながら、ぼうっとしていたのが嘘のように喋り始めた。「もうおれは泥煉瓦の小屋にいるわけじゃない」

　止血師はまるでビールのようにワインをがぶ飲みしていたから、目を見開いて、赤い顔をしていた。そしてもう一度言った。「もう、泥煉瓦じゃないぞ、おい！」

　召使いが止血師の手に水をかけると、止血師は広間じゅうにその水をまき散らした。プタホルはおおらかに止血師を見守り、「我々はファラオが息を引き取るか回復するまで宮殿を離れることができないし、せっかくの機会だからファラオの厩（うまや）を見てくるといい。ファラオが息を引き取れば、私たちも死ななくてはならないのだから」と言った。

その運命（さだめ）を信じた止血師は、意気消沈した。しかし、泥煉瓦の小屋で死ぬわけではないことを思い出し、機会のあるうちにとファラオの厩を見に行った。プタホルは止血師に付き添う召使いに、「そこで寝かせてやるのが一番心地いいだろう」と伝えた。

アメンヘテプ三世が本当にテーベにアテンという名の神にも神殿を建造したのかを知らなかった私は、プタホルと二人きりになってからアテン神について尋ねてみた。プタホルは、ラー・ヘラクティはアメンヘテプ一族の神だと教えてくれた。最も偉大なる兵隊王トトメス四世は、当時自分の上に王位継承者が大勢いたので、自分が為政者になるとは思ってもいなかった。しかし、砂漠にあるスフィンクスのもとで見た夢にラー・ヘラクティが現れ、トトメスがその頭上に上下エジプトの二重冠を戴くことになるだろうと予言したのだ。まだ若くて無鉄砲だったプタホルがピラミッドまで旅をしたときに、巨大なスフィンクスの足の間にトトメスの記念碑と、王が神の出現を語る様子を描いた壁画を見てきたのだから、これは本当のことだろう。それからというもの、アメンヘテプ一族は、下エジプトのヘリオポリスに宿る、アテン神の姿をしたラー・ヘラクティを奉っているのだ。アテン神はアメン神よりも古くから存在する神だが、偉大なる王の伴侶がヘリオポリスでアテン神に祈りを捧げたあとに男児が生まれるまでは忘れ去られていた。男児が生まれたあと、テーベにアテン神のための神殿を建てたが、訪れる者は王族しかいなかった。アテン神は双角の間に太陽を掲げる雄牛の姿で表され、その中には隼の姿をしたホルスも描かれている。

「つまり王位継承者はアテン神の御子ということになるのう」プタホルはそう言ってワインを飲んだ。

「王妃はラー・ヘラクティの神殿でお告げを受け、それから男児を産んだのだから。同時にその神殿から、権力に目が眩(くら)んだ、お気に入りの神官も連れ帰ったのだ。その神官の名はアイといい、自分の妻を王位継承者の乳母にした。彼にはネフェルトイティという名の娘がいる。娘は王位継承者と同じ女から乳を飲み、子どもの頃は宮殿で兄妹のように一緒に遊んできたのだが、これがどうなるかは火を見るよりも明らかだ」プタホルはさらにワインをあおり、深くため息をついた。

「まったく、年を取ると、ワインと自分には無関係のくだらない噂話が何よりの楽しみだな。おお、シヌヘよ、この老いた切開医師の額(ひたい)の奥に、どれほど多くの秘密が葬られたか知りたいか。王族にかかわる秘密もあるかもしれんぞ。これまでファラオの後宮で一度も男児が生まれてこなかったのは、医学的常識に反すると多くの者が怪しんでいる。今、頭に穴を開けられて横たわっているお方は、若さあふれる頃に狩人(かりゅうど)として名を馳せ、千頭もの獅子と五百頭の野牛を仕留め、天蓋(てんがい)の下で何人の乙女を押し倒したかは後宮の付き人ですら把握しておらんだろう。それでも男児は王妃ティイとの間にもうけた王子しかおらんのだ」

　私もワインのせいか落ち着かず、ため息をついて指にはめた緑色の石を眺めた。プタホルはそんなことは気にもかけずに話し続けた。

「今横たわっているお方が偉大なる王妃と出会ったのは、狩りに行く途中だった。当時ティイはナイル川の葦の茂みに佇むただの鳥刺しの娘だったそうだが、王は娘の賢さを見抜き、自らの横に据え、身分の低い娘の親をも敬い、彼らの墓を高価な宝物で満たしてやったという。後宮の女たちが男児を産みさえしなければ、ティイも王のお愉しみに異を唱えはしなかった。実際のところ、後宮の女たちが男児を産むことがなかったのは王妃にとってまたとない幸運だった。当時、偉大なる王妃は、ヘカ[1]とネケク[2]を握る王の手と腕をしっかりと握りしめておった。今その王は横たわっているがな。王は国が繁栄するように、そして川の水がナイル川とは逆の方角に流れるナハリンの地での戦を避けるために、ミタンニ王の娘を娶ったのだが、ティイは王女にまつわるほら話を王に吹き込み、男が欲望を向ける王女のあの部分がヤギの蹄の形をしているとか、においもヤギのようだと言って信じ込ませ、ほかにも色々な噂を流したものだから、王女はのちに本当に気がふれてしまったそうだ」

プタホルは私を見てから周りを見渡して慌てて付け足した。

「しかしな、シヌへ。偉大なる王妃の心の広さと賢さ、優れた者を廷臣に選ぶお力は皆も知っていることだし、これは意地の悪い者の噂話なのだから、こんな話に惑わされてはならんぞ。噂は噂だ」

プタホルは杯からワインを少し床に垂らし、神妙な面持ちで顔をあげた。そしてちらりと周囲に目をやると笑い出した。

「やあ、ハエ叩きの運び手ではないか」とプタホルは大声で言った。「おぬしだけか。こちらに来て、少しばかり一緒に飲もうではないか。実に久しぶりだな」

1 上エジプトを象徴する曲がり杖のこと
2 下エジプトの農耕を象徴する打ち棒。ファラオが1と2を王笏として両手に持つ姿がよく見られる私は飛び上がるように立ち上がると、床に両手がつくほど深くお辞儀をした。やってきたのは、王笏（おうしゃく）持ち、かつ印章持ち[3]である、王の右に控える廷臣だった。華々しい権威の象徴を持つ身にはふさわしくないが、彼は一人でやってきた。老いた顔は悲しみに打ちひしがれ、頬には涙が伝っていた。ファラオのためだけでなく、自分を思って涙していたのだろう。昔から身分の高い者にとって身分の低い者は空気と同じような存在で、わざわざ見る必要などないので、私のほうは見向きもしなかった。腰を下ろして印章と王笏を床に投げ出すと、ため息をついて苛立たしげに言った。

「頭蓋切開医よ、おまえは戯言のおかげで普段は色々見過ごされているのだ。だが、悲しみに沈んでいる場で笑うのはよくないぞ」廷臣は手をあげて、ファラオがあとどれくらい生きられるのかを尋ねた。

「明け方までであろう」プタホルは言った。「かつてある知恵者が言ったように、今、我々は泥煉瓦の小屋にいるわけではないし、酒は喜びにも悲しみにもふさわしいものだから、一杯くらい飲んでもかまわんだろう。ところで、なぜおぬしは影のように一人でさまよっているのだ。さっきまで付き人や貴族たちが蜂蜜菓子にたかるハエのように付きまとっていたのに、あいつらはどこにいるのだ」

廷臣は頬の涙を拭い、寂しそうに微笑んだ。

「権力は人間の手中にある葦の茎と同じようなものだ。茎は折れるが、賢い鳥はそれが折れる前に別の葦の穂先に飛び移る。だからプタホル、おまえと酒を酌（く）み交わしているともいえるな。本来なら私がよしとするところではないのだが、おまえの言う通りだ。酒は心の悲しみを癒してくれる」

「もうそんなことになっているのか」プタホルは尋ねた。廷臣は両手を広げて無力さを示した。

「私はもう死の床にあるファラオのおそばに近寄ることすら叶わない。アメン神にかけてどれだけ忠義を尽くしても、世間は手のひらを返すものだ。王妃はファラオの印章を取り上げ、もはや軍も王妃の言いなりだ。その横には偽りの神官、そして王位継承者がいる。王位継承者はただ前を見ているだけで、どこへ行くにも子牛のように世話係に連れていかれるままだ」

「ところで」廷臣が来てから召使いたちは姿を消してしまったので、プタホルは廷臣にワインを注いで言った。「若い頃にピラミッドを訪れたとき、多くの旅人と同じように、自分の名を偉大なスフィンクスの脚に刻んだのだと、ちょうど今、我が友シヌヘに話していたところなのだ」

廷臣は礼儀正しく私のほうを振り向いたが、私を見たわけではなかった。

「ああ、アテンか」と言うと、敬虔な様子でアメン神の印を切った。「為政者が関心をなくしてから何年も経ち、アテン神殿の門扉はさびついたままだ。ご自分の最期を前に、治癒の祈禱にと異国の神を呼び寄せたが、あれも酔狂なことだった」

廷臣は再び私のほうをちらりと見て言葉を継いだ。「神は気まぐれだから、酔狂なことをしても許される」

「それでも王位継承者はアテン神のことをお話しになる」とプタホルは言った。

「あの王位継承者か」それはずいぶんと不遜な言い方だった。

「あのお方は病んでいて気がふれている。私に言わせれば、ファラオが死者の家に入られる前に、偉大なる王の伴侶が付けひげと獅子の尾をつけ、頭に王の被り物をかぶって王座に座り、采配を振るうだろうよ。あの神官が王妃を焚きつけているのだろうが、王妃がエジプトを支配したいならアメン神と組まねばどうにもならん」廷臣はワインを飲んで目を潤ませた。「まったくもって、神々は実に気まぐれだ。私はアメン神に貢ぐだけ貢ぎ、上級神官を父と仰いで、上級土木技師としてエジプトの大地をアメン神殿で埋め尽くしてきたというのに、今や感謝の意を示すのはセトと悪魔どもくらいだ」廷臣はワインを飲むと泣き始めた。「私は老いた犬なのだ」そして鼻をすすった。「背中の毛がすっかり抜け落ちた年老いた犬なのだ。かつてファラオは王の足置きだった私の頭に、その御足を置いて、地面に押しつけてくださったというのに」彼はさらにワインを飲み、金の王笏を床に投げつけ、身に着けていた高価な衣服を引き裂いた。「無意味なことこの上ない。だが私には贅を凝らした墓がある。奴らに私の墓を取り上げることはできない。たとえ私がただの老いぼれた毛のない犬だとしても、王の右側に控える私から永遠の安息を奪うことなどできんのだ」廷臣は両手で頭を抱え、苦しそうに泣いた。

プタホルは優しく落ち着かせるように廷臣の頭をなでながら、後頭部のこぶを指で探った。「おぬしは面白い頭をしておるな。頭蓋切開を生業とするわしが、ただで切開してやってもいいぞ」廷臣はプタホルの手を振り払い、引きつった表情で顔をあげた。プタホルは調子に乗って言った。「遠慮することはない。おぬしの頭蓋骨はとても興味深い。長年の友情に免じて、貢ぎ物なぞ要らんから、ただで頭蓋切開をしてやろう」

廷臣はテーブルにつかまりながら立ち上がり、憤然と前方をにらみつけたが、プタホルは廷臣の腕をつかんだまま、頑なに続けた。「なに、一瞬で済む。丁寧にやるから、明日にはファラオとともに西方の地へ旅立つことができるだろう」

「からかいおって」彼はそう言って、用心深くテーブルを支えにして立ち上がると威厳を取り戻し、「おまえはアメン神を信じていない」と言い、床にかがんで王笏を拾い上げた。さらに「けしからん。実にけしからん奴だ。だが、私にはもう人を罰する権限はないから、おまえの愚かさに免じて聞き流してやろう」と言って、左手でヘカとネケクを拾い上げて立ち去ったが、疲れ切ったその背中には哀愁が漂っていた。廷臣が去ると、広間に召使いたちが戻り、私たちの手に水をかけ、高価な香油を塗り込んでくれた。

「シヌへよ、わしはもう老いて足元がおぼつかんから、手を引いてくれ」プタホルの手を取って外に出ると、すっかり夜になっていて、テーベの町の明かりが東の空を赤く染めていた。花の香る庭園で頭上に星がまたたくなか、ワインのせいでテーベの熱気が私の血潮にわき立つのを感じた。

「師よ、夜空にテーベの光がゆらめいているからか、私は愛に飢えているのです」

「愛などありはせぬ」プタホルはきっぱりと言った。

「男は、床をともにする女がいなければ寂しいものだ。しかし男が女のもとへ赴き、ともに夜を明かしたとしても、さらに寂しさが増すのだよ。昔からそういうものだし、これからもそれは変わりはせん」

「なぜですか」

「それは神ですら分からん。わしに愛のことなど聞かんでくれ。さもないと頭に穴をあけてやるぞ。そうすればお前は数々の悲しみから救われるだろう。礼などいらんし、ただでやってやろう」

私は奴隷がするようにプタホルの世話をしたほうがいいだろうと思い、彼を抱きかかえて、与えられた部屋に運んだ。老いたプタホルはあまりに小さく、彼を運んでも息があがることはなかった。寝床に寝かせると、プタホルはワインの入った杯を探して手を伸ばしかけ、すぐに寝入ってしまった。私は寒い夜に凍えないよう彼に柔らかい毛皮をかけてやった。若かった私は、王が亡くなろうとしている夜にとても眠る気にはなれなかったので、再び外に出た。

周壁のそばをねぐらにしている民の低い声が、まるで遠くの葦の茂みの風音のように花園まで届いていた。

2

花の香りに包まれながら夜を明かすことにした。テーベの明かりが東の空を狂おしい赤色に染め上げるなか、夏の太陽に照らされたナイル川のような緑色の瞳のことを思い出していると、花園に誰かいることに気づいた。

月は細く、星の光はかすかにふるえるほどだったので、こちらに近づいてくるのが男か女かも分からなかった。何者かがそばにきて、私の顔をのぞき込んだ。私は思わず後ずさりすると、子どもっぽく甲高い声が横柄に言った。「孤独な者よ、君だったのか」その声と痩せぎすな体つきから、目の前にいるのが王位継承者だと分かり、声も出せずにひれ伏した。ところが、彼は苛立たしげに私を足蹴にして言った。

「たわけ者、立ち上がれ！　誰も見ていないのにひれ伏す必要なんてない。お辞儀は神のために取っておけばいい。ぼくはアテン神の息子だ。アテン神は唯一の神で、ほかの神はすべてアテンの化身にすぎない。そのことは知っているか」

彼は私の答えを待たずに付け加えた。「ほかの神というのは、アメン神以外だぞ。あれは偽りの神だ」

「なんということを！」私は恐ろしくなり、思わず両手で拒絶の意を示して言った。

「ふざけるな。君が父上のそばに立ち、あのとぼけたプタホルに刃と槌を渡していたのは知っている。だから君に『孤独な者』と名づけたんだ。プタホルには母上が『老いたヒヒ』という名をつけている。君たちが死ぬことになれば、宮殿から出る前にこの名を与えられるだろう。君の名を考えたのはぼくなんだ」

こんなわけの分からないことを話すなんて、この方は本当に病んでいて気がふれているに違いないと思ったが、ファラオが亡くなったら、私たちは死ぬ運命にあるとプタホルも言っていたし、止血師はそれを信じていた。伸びかけの髪がむずむずし始めた。まだ死にたくないので、拒絶の意を示そうと両手をあげた。

王位継承者の呼吸は荒く、そばで聞いていても途切れがちで、手をふるわせながら独り言を言っていた。

「落ち着かないんだ。どこか別の場所へ行きたい。ぼくの神が現れるのは分かっているが、怖いんだ。孤独な者よ、ぼくと一緒にいてほしい。もし神が現れたら、ぼくの体を力づくで支配し、舌も自由がきかなくなってしまうだろう」

彼は病気でうわごとを言っているのだと思い、私はふるえあがったが、王子に「来い！」と命じられたのでついていくほかなかった。花園を出て王家の湖を通り過ぎると、周壁の向こうから悲しみに沈む民のざわめきが聞こえてきた。厩と犬小屋の脇を通り抜け、番人に止められることなく、使用人の通用門から外に出た。ファラオが亡くなる前に宮殿の外に出てはならないとプタホルが言っていたのでかなり不安だったが、王位継承者に逆らえるわけがなかった。

彼は体を固くこわばらせ、滑るように歩いたので、私はついていくのに必死だった。彼は腰布だけを身に着け、月が青白い肌と細い足、女のような太い腿を照らしていた。彼の突き出た耳と顔をも照らし、その顔は何かに苛まれ、まるで他人には見えていないものをずっと追いかけているかのような狂おしい表情をしていた。

岸に着くと、王子は言った。「舟に乗るぞ。ぼくは東に向かい、父上をお迎えせねばならない」

舟はたくさんあったが、王子は近くにあった葦舟に乗り込んだので、私もあとに従って向こう岸へと漕ぎ始めた。舟を盗んでも、誰も私たちを止める者はいなかった。夜はざわざわとうごめき、川にはほかの舟も浮かんでいた。テーベの町の明かりが空を赤く燃え上がらせている光景は壮大だった。岸に着いて舟を降りると、王子は振り返りもせずに慣れた道を行くように歩き始めた。不安でいっぱいだったが、ほかにどうしようもないので、王子のあとを追った。ほかにも人影はあったが、今夜ファラオがお隠れになることをテーベの誰もが知っていたので、番人に尋問されることはなかった。

かなり寒い夜だったが、王子を追う私の背には汗が流れ、疲弊しながらも歩き続ける華奢な王子の体がここまでもつことに舌を巻いた。徐々に星々の位置が変わり、月は沈んでいったが、王子は歩き続けた。私たちは谷を越え、荒れた砂漠にたどり着いた。テーベは遥か遠く、テーベの番人である東の三つの丘が黒々と並んでいた。王子が来た道を歩いて帰るのはどう考えても無理だろうと思った私は、なんとかして帰りの輿を手配しなくてはと考えていた。

ようやく彼は息を切らしながら砂の上にへたり込み、怯えながら言った。

「シヌへ、手がふるえて、動悸も激しいんだ。手を握ってくれないか。この砂漠には君とぼくしかいない。そして君がついてこられないところへ行くときが迫っている。でも、ぼくは一人でいたくないんだ」

王子の手首を握っていると、王子の全身が痙攣(けいれん)し、冷や汗をかいているのが分かった。辺りは荒涼とし、どこか遠くのほうからジャッカルの死の遠吠えが聞こえてきた。ゆっくりと星が輝きを失い始め、辺りの気配が死んだような灰色に変わった。すると、突然王子が私の手を振り払って立ち上がり、東の丘のほうに顔を向けた。

「神のお出ましだ！」そう言ったときの顔は狂気に満ちて輝いていた。「神のお出ましだ！」王子はさらに声高に言った。「神がお出ましになるぞ！」

王子が砂漠に向かって叫ぶと、周囲に光が満ち始め、目の前の丘が黄金色に燃え、太陽が昇った。王子は雄叫びをあげると、地面に崩れ落ちて気を失った。手足と口元が痙攣し、砂を蹴っていた。しかし、同じような叫び声を生命の家の庭でも聞いたことがあったし、何をするべきかよく分かっていたから、私は慌てなかった。口に噛ませる木片がなかったので、自分の腰布を破って丸め、王子の口に押し込み、手足をさすった。意識が戻ったら王子は混乱するだろうから、助けを求めようと辺りを見渡したが、テーベは遥か彼方にあり、近くには小さな小屋すら見当たらなかった。

そのとき、隼が鳴き声をあげて私のそばを通過した。太陽の光の中からまっすぐに飛んできて、頭上で大きく弧を描いた。再び下降し、王位継承者の額に止まろうとしたように見えた。私は驚きのあまり、思わずアメン神の印を切った。ひょっとしたら王子がいう神とはホルスのことで、神が隼の姿で現れたのかもしれない。王子が苦しそうにうめいたので、私は彼の様子を見ようとかがんだ。再び頭をあげると、隼は人間の姿になっていた。目の前に、朝日を背に受け、美しく神のように気高い若者が立っていた。手に槍を持ち、貧しい民が着るごわついた肩衣をかけていた。私は神など信じていなかったが、念のため、地に額がつくほど深くお辞儀をした。

「どうしたのだ」彼は下エジプトの訛りで尋ね、王位継承者を指した。「その少年は病んでいるのか」

人間だと分かると私は気恥ずかしくなり、膝立ちになって普通に挨拶をした。

「もし何かを盗むつもりなら、金目のものは持っていない。だが、病気の少年がいるから、手を貸してくれるなら、神のご加護があるだろう」

彼が隼のような声をあげると、上空から隼が石礫のように急降下してきて、彼の肩に止まった。もしかしたら私は神と出会ったのかもしれない。たとえ取るに足らない神だとしても気をつけたほうがいいと思った私は、丁寧に話すことにし、彼が何者で、どこから来て、どこに行くのかといったことを丁重に尋ねた。

「俺は隼の子、ホルエムヘブだ」と彼は誇らしげに言った。

「両親はただのチーズ職人だが、俺が生まれた日に、俺が多くの人の上に立つだろうと予言されたのだ。ファラオが病を患っていると聞いて、権力を守るためには腕っぷしの強い奴が必要になるだろうと思ったから、ファラオの兵士として雇われに来た。町に宿がなかったし、テーベの住民は暗くなると槍を恐れるようだから、隼に導かれてここまで来たのだ」

彼の体は若い獅子のように力強く、視線はまっすぐに飛ぶ矢のように鋭かった。その姿を見た私は、多くの女が「美しい少年よ、寂しい私を楽しませたくはないかしら」と彼に言い寄ってくるのだろうと羨んだ。

王位継承者は手で顔を覆い、足を折り曲げてうめき声をあげた。私は口につめこんだ布を取り出し、気つけのための水があればいいのにと思った。ホルエムヘブは王子を興味深そうに眺めてそっけなく聞いた。

「彼は死ぬのか？」

「いいえ、死にません」私は苛立って答えた。「この方は聖なる病を患っているのです」

ホルエムヘブは私を見て、槍を握りしめた。

「たとえ俺が裸足で、貧しい身なりをしているからといって、俺を見下さないほうがいいぞ。多少は読み書きもできるし、いずれ人の上に立つのだ。この少年に入った神は何だ？」

聖なる病と聞くと、神が体に入り込んだせいでおかしくなると信じる人は多かった。

「この方にはご自身の特別な神がいます。彼は少し正気を失っているんだと思います。意識が戻ったら、町までお連れするのを手伝ってもらえませんか。輿を見つけて、お住まいまで送って差し上げなくては」

「ふるえているぞ」そう言いながら、ホルエムヘブは肩衣を脱いで王位継承者にかけてやった。

「テーベの朝は寒いが、俺の血は温かいからな。俺の特別な神はホルスだが、それ以外にも多くの神々を知っているから、俺に運をもたらしてくれた神々の名を読み上げてやってもいい。この少年は肉体労働をしていないようだし、裕福な家の息子だろう。色白で皮膚も薄い。ところでお前は何者だ」

彼はよく喋った。テーベを目指して長旅をしてきた貧しい若者は、邪険に扱われて屈辱を受けたのだろう。「私は医師です。テーベのアメン神殿で下級神官の聖別も受けています」

「お前は彼をここに連れてきて治そうとしたんだな。だが、もっとちゃんと服を着せてくるべきだったな。いや、医師としての能力を疑っているわけではないぞ」彼は礼儀正しく言い添えた。

冷えていた砂が太陽の光で赤くきらめき、ホルエムヘブの槍が赤く染まり、隼が鳴き声をあげながら彼の頭上を旋回していた。すると王位継承者が起き上がり、寒さで歯を鳴らしながら弱々しくうめいて、不思議そうに辺りを見回した。

「ぼくは見たぞ。その瞬間は百年にも感じられ、ぼくには年月などなくなり、あの方が千もの祝福の手をぼくの頭上にかざし、差し出されたそれぞれの手には永遠の生命の印があった。これは信じるほかないだろう」

「舌を噛んでいないといいのですが」私は心配して言った。「歯の間に挟める木片がなかったもので」

しかし、私の声は王子の耳にはハエの羽音でしかなかった。王子はホルエムヘブを見て驚き、目を輝かせて美しく微笑んだ。

「唯一の神、アテンが送ったのは君か」王子は半信半疑で尋ねた。

「俺は隼のあとを追ってきただけだ。隼に導かれてここにいる。それ以外のことは分からん」

王位継承者はホルエムヘブの手に槍があるのを見て、額にしわを寄せた。

「君は槍を持っているな」王子は非難がましく言った。

ホルエムヘブは槍を見せて言った。

「この柄はいい木でできているぞ。それに、銅で鍛えられたこの穂先はファラオの敵の血に飢えている。その名も『喉笛切り』だ」

「血はだめだ。血はアテン神の前で忌まわしきものだ。血を流すことほどおぞましいものはない」

プタホルがファラオの頭蓋骨を切り開いたとき、私は王位継承者がきつく目を閉じていたのを見ていたが、彼が血を見ると気分が悪くなって気を失う類の人だとは知らなかった。

「民は血を流すことで粛清され、強くなる」とホルエムヘブは言った。「血が流れれば神々は豊かになり、すべてが丸くおさまる。戦が続く限り、血は流されるものだ」

「これからは二度と戦が起こることはない」王位継承者は言った。

「この少年はどうかしている。民は生きていくために互いの正しさを争ってきたし、いつの世も戦はあった。これからもそれは変わらない」

「すべての民は神の子だ。どんな言語を話そうと、どんな肌の色であろうと、黒い大地、赤い大地に住んでいようと皆平等なのだ」王位継承者はそう言って太陽を見つめた。

「ぼくは神を見たのだから、あの神から生まれ、あの神のもとに帰っていく。だから、すべての国にあの神の神殿を建造し、各国の支配者に生命の象徴[4]を送るつもりだ」

「彼はおかしいぞ」ホルエムヘブは私に向かって言い「治療が必要なわけだ」と気の毒そうに頭を振った。

「彼の神はさっき姿を現したばかりです」私はすでにホルエムヘブのことを気に入っていたので、真剣に注意を促そうとして言った。「聖なる病によって現れた神が何を語りかけたのか、私たちは判断を下せる立場にないし、誰もが信仰の自由を許されるべきです」

「俺が信じているのは自分の槍と隼だ」

そのとき、王位継承者が太陽に手をかざして一礼した。その顔は狂信的でありながらも美しく、私たちとは違う世界を見ているかのようだった。王子が神に心ゆくまで祈りを捧げたあと、私たちは町へ戻ることにした。王子は抵抗しなかったが、発作のせいで手足が傷だらけで、ふらついて痛みを訴えていた。仕方がないので二人で王子を担ぐと、隼が私たちの前を飛んでいった。

水路が引かれ、農作物が栽培されている辺りまでやってくると、王族用の輿が私たちを待っているのが見えた。奴隷たちがひざまずくと、頭を剃り上げ、浅黒く、陰りがありながらも端正で恰幅(かっぷく)のいい神官が輿から下りてきた。この人がプタホルの言っていたラー・ヘラクティの神官だと思ったので、彼の前で手を膝まで下げてお辞儀をした。しかし、神官は私のことなど気にも留めず、王位継承者の前に身を投げ出して王に対する礼をしたので、アメンヘテプ三世がお隠れになったことが分かった。奴隷たちが慌ただしく新たなファラオの世話をし始め、ファラオの手足を洗ってさすり、聖油を塗って、王族にふさわしい亜麻布の服を着せ、頭にファラオの頭巾をかぶせた。

その間に神官アイが私に話しかけてきた。「シヌヘよ、彼は神とまみえたのか」

「神とまみえられました。悪いことが起こらないようにお守りしていたのです。ところで、なぜ私の名をご存じなのですか」

彼は笑みを浮かべて言った。「時が来るまでは、宮殿で起こるすべてのことを把握するのがわしの仕事だ。おぬしの名も、医師であることも知っておる。だからあの方をお任せしても大丈夫だと思ったのだ。おぬしがアメンの神官で、誓いを立てていることも知っておる」

彼は凄みのある声で言ったが、私は両手を広げて尋ねた。「アメン神への誓いが何になるのでしょう」

「おぬしの言う通りだ。だが、悔やむ必要はない。教えておこう、あの方は神が近づくと動揺される。そうなると何をしても無駄で、警護の者がそばに近づくこともお許しにならない。それでもおぬしたちは一晩じゅう安全だったし、恐ろしいことは何も起こらなかったであろう。そして見ての通り、輿も用意してある。ところであの槍男は何者なのだ」

アイは、少し離れたところに立ち、肩に隼をとまらせて槍の穂先を確かめているホルエムヘブを指した。

「ファラオの秘密が外に漏れるのはまずい。あいつには死んでもらったほうがいいかもしれんな」

4　アンクとも呼ばれるエジプト十字

「彼は寒さでふるえるファラオに自分の肩衣をかけてくれました。彼はファラオのためならためらうことなく敵に槍を掲げるでしょう。神官アイ、彼は死なせるよりも生かしておいたほうが役に立つのではありませんか」するとアイはホルエムヘブへ向かって無造作に黄金の腕輪を投げて言った。

「槍男よ、いつか黄金の宮殿に顔を見せにくるがよい」

しかし、ホルエムヘブは足元に落ちた腕輪を拾わず、反抗的な態度でアイを見て言った。

「俺に命令できるのはファラオだけだ。俺が間違っていなければ、ファラオはそこの頭巾をかぶったお方だ。隼が俺をファラオのもとへと導いた。それだけでも十分意味があるだろう」

アイは怒らずに「黄金には価値がある。持っていて損はない」と言うと、砂から腕輪を拾いあげ、自分の手首にはめた。

「ではお前のファラオに忠誠を尽くすがよい。だが、槍を持ったままあの方に近づいてはならん」

王位継承者が私たちのところにやってきた。青ざめて思いつめた顔をしていたが、「皆の者、ついてこい。真実は明らかになった。私に続いて新たな道を歩むのだ」と興奮さめやらぬまま力強く宣言したので、私はほっとした。

私たちは彼に続いて輿に乗ったが、ホルエムヘブは「槍にこそ真実がある」と呟いていた。しかし、輿が出発するときに槍を従者に渡したので、私たちは担ぎ棒に座ることができた。そして、輿の担ぎ手たちが急いで走り出した。船着場には船が待っていて、壁の周辺には白い服を着た民が集まっていたが、私たちは人目を引くことなく、来た道を宮殿へと戻った。

王位継承者の部屋に入ることが許された私たちは、表面に魚や動物が生き生きと描かれているクレタ島の大きな壺を見せられた。エジプトとは異なる芸術だったので、もし許されるならトトメスに見せただろう。疲れ切ってすっかり落ち着きを取り戻した王位継承者は、振る舞いや話し方も年相応になり、私たちに堅苦しい礼儀を求めることもなかった。そして偉大なる王母が息子を表敬しにやってくるというお触れがあったので、彼は私たち二人のことを覚えておくと約束し、退出を促した。退出するときにホルエムヘブは当惑しながら私を見た。

「困ったな。これからどこへ行けばいいのだろう」

「ここに残ればいいじゃないか。あの方は君を忘れないと約束した。だから君のことを思い出したときのためにここにいたほうがいい。神々は気まぐれで、すぐに忘れるものだ」

「ここに残って、あのハエどものように群れていろと言うのか」ホルエムヘブは、続々と王位継承者の部屋へ向かう貴族たちを指さして言った。「いや、俺の不安はもっと大きいのだ」彼は暗い顔で続けた。「血を恐れるファラオと、言葉や肌の色に関係なく、皆が皆平等な民を抱えたエジプトが、これからどうなるというのだ。兵士として生まれた俺の勘が、これは兵士にとってよくない前兆だと告げている。いずれにしても、俺は槍を取り返しに行く。従者に預けたままだったからな」

私は、友が懐かしくなったら生命の家を訪ねてくれ、と彼に伝えて別れた。

プタホルは私たちにあてがわれた部屋で目を赤くして不機嫌そうに待っていた。

「ファラオが息を引き取られたときに、お前はいなかったし、わしは寝ておった。だから、鳥の姿となったファラオの霊魂(バー)が鼻孔からまっすぐ太陽へと飛んでいくのを、何人もが目撃しておるというのに、わしらは見ておらん。こんな不思議なものはめったに見られるものではないから、わしとしても見届けたかったのだ。しかしお前はどこかに行っていて、わしを起こしてくれなかった。いったいどこの娘と過ごしていたのだ」

プタホルに夜の出来事を話すと、プタホルは驚きの意を示して両手をあげた。

「信じられん。つまり新しいファラオは正気ではないのか」

「そうは思いません」不思議なことに、自分が見守り、私に優しく接してくれたあの病んだ若者に心惹かれていたので、私はためらいながらも言った。

「あの方は新たな神に導かれたのだと思います。そのお考えがご自身の中ではっきりしてくれば、私たちはケメトの大地で奇跡を目の当たりにするかもしれません」

「アメン神よ、どうかそんなものから我々を守りたまえ」プタホルはぎょっとしたように言った。

「そんなことより道端の土埃のように喉が渇いてかなわんから、わしにワインを注いでくれ」

そこへ召使いが厩から止血師を連れてきた。止血師は、ファラオの馬は銅の器で水を飲み、厩は絵や色鮮やかな石で装飾されていたと感心しながら話したが、「でも牛はいなかった」と気落ちしていた。

「ファラオは牛を飼っていないのかもしれない。それから、藁の上で寝ている間におかしな夢をたくさん見たんだ。シヌヘが白い牝馬(ひんば)を生贄に連れていき、西方の地には生きていたときの母親がいて、台所仕事をしていたんだ」

「その夢なら簡単なことだ」プタホルは言った。「わしが間違っていなければ、わしら三人はもうすぐ死ぬ運命なのだから、白い牝馬はお前のことで、母親が西方の地にある家でお前を迎えるために食事を用意してくれているのだよ」

止血師はその言葉に飛びついた。「西方の地には大きくて立派な牛がいるんだろうな。母親が腰布を汚すなと注意してきたときに、近くで大きな牛の低い鳴き声が聞こえたんだ。その声で目が覚めたら、腹の虫が鳴っているのと、小便を漏らしていることに気づいた。ワインのせいだ。ビールのほうが好みで、ワインなんか飲み慣れていないってのに」

私たちが「裁きの家」に到着するまで、止血師はどうでもいいことを喋り続けた。裁きの家の司法の座には老いた印章持ちが座っていて、その前には法律が記された四〇もの羊皮紙の巻物が並んでいた。武装した兵士が、逃げられないように私たちを取り囲み、廷臣が羊皮紙に書かれた法律を読み上げた。そして、「頭蓋切開を行ったにもかかわらずファラオは回復されなかった。よってお前たちを死刑に処す」と言い渡した。私はプタホルのほうを見たが、彼は死刑執行人が刃を持って前に進み出ても微笑んでいるだけだった。

「止血師から始めるといい。もう西方の地で母親が豆粥（まめがゆ）を作って待っているのだ」

止血師は私たちに親しげに別れを告げ、アメン神の印を切って羊皮紙の巻物の前に従順にひざまずいた。そして、死刑執行人が裁きを受ける者の頭上に、刃を振り下ろした。空気を切る音が聞こえたが、刃は止血師の首に軽く触れるか触れないかのところで止まった。止血師は首にかすり傷一つないのに床に倒れたので、私たちは恐怖のあまり気を失ったのだろうと思った。私の番が来たので、恐れることなくひざまずいたが、死刑執行人は私に笑いかけると刃を首に当てただけで、それ以上私のことをふるえあがらせはしなかった。プタホルはあまりに背が低いのでひざまずく必要すらないと判断され、死刑執行人はプタホルの首のあたりで刃を振った。

　こうして私たち三人は死亡したものとされ、刑は執行されたことになった。私たちは新たな名を与えられ、その名は重い黄金の腕輪に刻まれていた。プタホルの腕輪には「老いたヒヒ」、私の腕輪には「孤独な者」と彫られていた。そして新しい服を着せられ、プタホルには医術に対する褒美として黄金が量られた。私にも黄金が量られ、生まれて初めて襞のついた高級な亜麻布の服と、銀や宝石で飾られた重い襟飾りを身に着けることになった。召使いたちが止血師を起こそうとしたが、彼が息を吹き返すことはなく、すでに石のように冷たくなって死んでいた。現にこの目で見たのだから間違いない。自分が死ぬと信じ込んでいたことが原因でなければ、なぜ彼が死んでしまったのかは分からない。愚かではあったが、彼には止血する力があったから、普通の人とは違っていたのだろう。

　ファラオが亡くなり、国じゅうが悲しみに包まれるなか、止血師の不思議な死の話が広がった。たしかに滑稽（こっけい）な話だから、それを聞いた者は大笑いせずにはいられず、膝を叩いて笑っていた。

　私も公には死んだことになっていたから、文書に署名する際にはシヌへという名前に加えて、「孤独な者」と書かなければならなかった。宮廷ではそれ以外の名で認知されることはなかった。

新しい服を身に着け、黄金の腕輪をつけて生命の家に戻ると、教師たちが私に向かって手を膝まで下げてお辞儀をしてきた。いずれにせよ、私はまだ学生の身だったので、頭蓋切開の段取りやファラオの死について細かく記録し、内容に相違ないことを署名する必要があった。作業に長い時間をかけ、最後に、鳥の姿となったファラオの霊魂がどのように鼻腔からまっすぐ太陽へ飛んでいったかを記して記録を締めくくった。すると、ほかの多くの人が証言しているように、ファラオは最後に意識を取り戻して「アメン神に祝福あれ」と言われたのではないかと問いつめられた。よくよく考えて、この点は真実だと認めるほうがよいと思った。その後、王の遺体を永遠に残すために死者の家で処置される七十日の間、毎日前庭で私の記録が読み上げられると聞いて私は喜んだ。ファラオの喪に服す期間、テーベの娼館や酒場はどこも店を閉める決まりになっていたから、酒や音楽を求める者は店の裏口から入らなければならなかった。

3

この七十日間が過ぎると、私は医学の過程を修了し、町のどこで開業してもよいと告げられた。もし私が特定の分野、たとえば歯科医や耳鼻科医、出産、手かざし[5]、刃の使い手といった生命の家で学べる十四の専門分野を深めるために、優れた専門医師や王立医師のもとで学業を続けたいなら、希望する分野を伝えるだけでよかった。これは特別待遇で、アメン神がいかにその使徒に報いるかを示していた。

5 手を患部に当てると治癒すると考えられた療法のこと

若かった私は、生命の家で学ぶことにもう興味がなかった。テーベの熱狂に浮かれ、富と名声を欲していたので、「孤独な者、シヌヘ」という名がテーベで忘れられないうちに医者として行動を起こしたかった。私はもらった黄金で富裕層が住む地域の外れに小さな家を買い、身の丈に合った家具を揃え、奴隷を買った。痩せっぽちで、片方の目は不自由だが、召使いとして用を足すには十分だと思われた。彼の名はカプタといい、自分なら、患者が診察の順番を待っている間に、盲目だった私の片方の目をご主人様が治してくれたのだと話せるから、いいこと尽くしだと言って、自分を売り込んできた。それで彼を買うことにしたのだ。

待合室として使う部屋には絵を描かせた。一つ目の絵は、知恵と医術の神イムホテップが私を指導する様子が描かれた。慣習に従って神の前にいる私は小さく描かれ、絵の下には「最も賢く優れた弟子、センムトの息子、孤独な者、シヌヘ」と記されていた。次の絵は、私がアメン神に供物を捧げる姿が描かれた。これを見た患者は私を信頼するだろう。三つ目の絵は、鳥の姿になった偉大なるファラオが天から私を見下ろし、ファラオの召使いが私に与える黄金を量り、私に新しい白衣を着せようとしている様子が描かれた。トトメスは正式な芸術家ではなく、プタハ神殿の書に名が登録されているわけでもなかったが、彼は私の友人だったから、これらの絵は彼に頼んだ。トトメスは私たちの友情に敬意を表し、伝統的な画法で、顔料の中ではそれほど高価ではない赤や黄色を鮮やかに使い、素晴らしい絵を描いてくれた。初めてこれらの絵を目にした者は両手をあげて驚き、こう言った。

「センムトの息子、孤独な者、シヌヘはさぞ信頼でき、患者を治す能力があるに違いない」

すっかり準備が整うと、患者や病人を治療するときをじっと待った。しかし、いくら待っても患者はやってこなかった。ファラオに褒美としてもらった金銀が少し残っていたので、夜になると酒場に行き、ワインを飲んで心を慰めた。若く、怖いもの知らずで、自分は腕のいい医師だと思っていた。当時はあらゆる人々が市場や商人の家の前、酒場、娼館で上下エジプトのことを語り合っていたので、私とトトメスもワインを片手に上下エジプトのことを大いに語っては気を紛らわせた。

そして、廷臣が予言した通りになった。偉大なるファラオの遺体を永遠に保存するための処理が済み、王家の谷へ運ばれ、墓の扉が王家の印で封印されると、偉大なる王母がヘカとネケクを両手に持ち、王の付けひげをつけ、王の獅子の尾を腰に巻いて玉座へとのぼったのだ。王位継承者はファラオとして戴冠したわけではなく、権力を行使する前に身を清め、神に祈りを捧げることを望んだと伝えられた。偉大なる王母は、老いた廷臣を追い出し、自らの右に控える新たな廷臣として、無名の神官アイを据えた。それはつまり、アイがすべてのエジプト貴族の上に立つことを意味した。彼が黄金の宮殿の裁きの家で、法が記された四十もの羊皮紙の前に座り、徴税人や王立大工に命令を下し始めると、アメン神殿は蜂の巣をつついたような大騒ぎとなり、多くの不吉な予兆が現れ、王の生贄の儀式は失敗に終わった。また、奇妙な夢を見る者が多く現れ、神官は夢占いを行った。

自然の秩序に反した風が吹き、エジプトの地には二日連続で雨が降り、川岸の倉庫が水に浸かって穀物が腐ってしまった。さらにテーベの郊外にあるいくつかの池が赤く染まり、多くの民が見に行ったが、過去にも神官が腹を立てるとこういうことが起こったので、まだ恐怖にとらわれているわけではなかった。

民の間で色々な噂が飛び交い、落ち着かない状態だったが、兵舎では、エジプト人やシリア人、黒人、シャルダナ人のファラオに雇われている兵士に王母から十分な褒美が与えられ、将校には宮殿のバルコニーで金の鎖や勲章が与えられたため、秩序は保たれた。シリアでは駐屯地がきちんと秩序を保っていたし、幼少期にファラオの黄金の宮殿で教育を受けたビブロス、スミュルナ[6]、シドン、ガザの領主たちは、自分の父を亡くしたかのようにファラオの死を悼み、自分たちは王母の足元にある土埃であると王母に書簡を送ってきたから、強大なエジプトを脅かすものは何もなかった。

しかし、クシュの地、ヌビア、スーダンの国境では、いつの時代もファラオが逝去すると、黒人が新たなファラオの忍耐を試すかのように戦をするのが常だった。そのため、ファラオの死を知るや否や、南部駐屯地の総督は王の代理として鎮圧に出兵し、国境を越えて多くの村を焼き払い、家畜や奴隷、獅子の尾、ダチョウの羽などを戦利品として持ち帰り、クシュへ至る道は再び安全になった。要塞の壁に逆さ吊りにされた族長を見た盗賊は皆、ファラオの死を大いに恨んだ。

海洋の島々でも偉大なるファラオの死に哀悼の意を表し、バビロン王と、ヒッタイトを制圧するハッティの地の王も、王母に粘土板を送ってきた。ファラオの死を哀悼する旨に加え、自分たちにとって父や兄に等しいファラオの像を神殿に立てるために黄金を送ってほしいと言ってきた。ナハリンの地にあるミタンニ王国は、天上のファラオが亡くなる前に約束した通り、そして自らの父もそうしたように、新しいファラオの妻として娘を送ってきた。王女の名はタドゥキパといい、齢わずか六歳の子どもだったが、山ほどの高価な貢ぎ物を運ぶ召使いや奴隷、ロバとともにテーベにやってきた。ミタンニ王国は栄華を誇るシリアと北方の国々の間にあり、双子の川[7]がある地から海に続く隊商の通り道を守る要(かなめ)であったから、王位継承者は彼女を妻に迎えた。そのため、アメン神の天上の娘、獅子の頭をしたセクメト女神の神官たちは落胆し、神殿の門の蝶番(ちょうつがい)はさびてしまった。

トトメスと私はこうした話を声高に語り、ワインで心を癒し、シリアの音楽を聴き、踊り子たちを眺めた。私の血にはテーベの熱狂が流れていたが、毎朝、召使いのカプタが枕元にやってきて、膝まで両手を下げ、パンと塩漬けの魚を持ってきて、ビールを注いでくれた。私は身を清めて患者を待ち、患者がやってきたら診察して、彼らの悩み事に耳を傾けて治した。

しかし、患者は少なく、やってくるのは貧乏人ばかりで、高価な薬を使わずに治療することが多かったので、裕福とは程遠かった。抜歯をし、傷の縫合や焼灼をし、腹痛を和らげ、熱を下げてやった。また、不妊の治療をしたいという女もやってきた。彼女たちは私の目をじっと見てから大胆に服を開いて見せたが、受胎については神殿が司る分野だから、アメン神殿で神官の助けを求めるように勧めた。同じように、船員や外国兵との子を身ごもってしまった娘を助けてほしいという母親が顔を隠してやってきたが、彼女たちは、私の名が生命の家の書物から抹消されてテーベから追放されても、生きていけるほどの報酬をくれる金持ちではなかったから、助けてやれなかった。しかし、美しさを取り戻したいという女たちには、

6 トルコの都市名。現在のイズミル
7 チグリス川とユーフラテス川のこと

無害な飲み薬を調合してやった。また、夫が面倒がってその気にならないと不平を言う女たちには、夫の酒にこっそり混ぜる薬用の木の実を渡した。女たちは再び私のもとを訪れ、払えるだけの報酬をくれたが、ときには、夫がほかの女のところに行ってしまったと文句を言われることもあった。医師は、男に愛情を呼び起こさせ、女に「妹よ」と呼びかけて愛撫するように促すことはできても、男が誰にそうするかまでは分からない。とはいえ、文句を言ってきたのはごく少数で、多くの女は報酬を持ってきたことからすると、男が身近な女を選ぶのは事実なのだろう。

痩せた母親が骨と皮ばかりの子どもを連れてきたこともあった。目の周りにハエがたかっていたので、召使いのカプタに肉と果物を買ってこさせて親子に与えたが、こんなことをしても自分が豊かになるわけではなかった。次の日になると私の家の前には五人、そして十人と母親が子どもを連れてやってきたので、彼らを中に入れてやることができず、私は召使いに戸を閉めるよう言いつけた。そして大がかりな生贄の儀式がある日には神官が食べきれない肉を貧民に配ることがあるため、神殿に行くよう促した。

七十日間、神殿の前庭で私の名が読み上げられたので、その評判を聞いて裕福な患者が来ないかと期待したが、その見込みは外れた。実際に輿に乗って家の前までやってくる客はいたものの、彼らが私に期待していたのは、頭蓋切開医師の助手としての腕で、彼らの遺産相続に邪魔な人物の頭を切開してくれれば莫大な報酬を支払うというものだった。私は彼らに王の頭蓋切開医師であるプタホルのもとへ行くよう案内した。また、生きるのが辛く、治る見込みのない者が運ばれてくれば、苦しみを和らげてから、生命の家へ行くよう指示した。

毎晩、テーベの通りには松明やランプが灯り、酒場や娼館では音楽が流れ、テーベの空は赤く染まった。私は自分の心をワインで慰めたかったが、それだけでは物足りず、持ち金も底を尽き、きちんとした身なりを整えてワインで心を満たすために、とうとう家を担保にして神殿から金銀を借りるはめになった。

4

再び洪水の季節が訪れ、神殿の周壁まで水位があがった。やがて水が引くと、緑が芽吹き、鳥たちが巣作りをし、池では蓮の花が咲き、アカシアの香りが漂う季節となった。ある日、ホルエムヘブが私の家にやってきた。彼は王族用の亜麻布の服を身に着け、首に金の鎖を下げ、ファラオの将校の印である笏を手にしていた。しかし、槍はもう持っていなかった。私が彼に会えた喜びを示して両手をあげると、ホルエムヘブも両手をあげて微笑んだ。「孤独な者、シヌへ、お前の助言をもらいにきた」

「何を言っているんだ。君は雄牛のように強く、獅子のように勇猛だ。医師の私にできることなんかないだろう」

「医師としてじゃない。友として助言が欲しいのだ」

そう言って彼は腰を下ろした。召使いのカプタがホルエムヘブの手に水をかけた。私は彼に会えたことが嬉しく、母が送ってくれた焼き菓子と港で入手した高級なワインを振る舞った。

「昇進したんだな。君は王の将校だから、女たちが微笑んでくるだろう」

しかし彼は憂鬱そうに言った。「そんなものは全部くそくらえだ！」

ホルエムヘブは興奮して顔を赤くしながら「宮殿は俺の頭に糞を落とすハエばかりだ。テーベの石畳は固くて足が痛くなるし、サンダルのせいで爪先だって痛い」と言って、サンダルを脱ぎ捨てて爪先を揉んだ。

「俺は警備隊の将校だ。同じ階級の将校の中に、辮髪すら切っていない十歳のガキどもがいるんだが、自分たちが貴族出身だからといって俺をばかにしやがる。奴らには弓を引く腕力もないし、持っている刃は、肉料理は切れても、敵の血は流せないような金銀のメッキを施したおもちゃにすぎん。戦車を走らせても操るどころか、自分の手綱に絡まって、隣の戦車に車輪をぶつけるのがおちだろう。兵士たちはワインを飲み、宮殿の奴隷女と寝て、命令になど耳を貸さない。兵士の学校で古い文字を学んだ奴らは、戦を見たこともなければ、飢えや喉の渇き、敵を前にしたときの恐怖を経験したこともないのだ」

彼は忌々(いまいま)しそうに金の鎖を鳴らしながら言った。

「ファラオに頭を下げるだけで手に入る金の鎖や勲章が何になる。こんなものでは戦に勝てっこない。王母はあごに付けひげを、腰に獅子の尾をつけたが、どうやって兵士に女の統治者を敬わせるのだ。いや、お前の言いたいことは分かる。分かっているよ」

私がかつてプント国へ船団を送った偉大なる女王[8]のことを思い出させようとすると、ホルエムヘブは手をあげて遮(さえぎ)った。

「昔からそうだったし、今も変わりやしない。だが、偉大なるファラオの時代は今のように兵士が軽んじられることはなかった。テーベの奴らは、兵士は最も恥ずべき職業だと考え、兵士を締め出すのだ。俺の時間は無為に過ぎていく。黒人どもの雄叫びを聞いた途端、悲鳴をあげて逃げ出すような指導者の下で戦い方を学んでいる間に、俺の若さと力みなぎる日々が過ぎていくのだ。きっと奴らは荒くれどもの矢が耳元をかすっただけで気を失い、襲ってくる戦車の地鳴りを聞いたら母親の陰に隠れるだろう。隼にかけて、兵士の技量は実戦でこそ上がるものだし、武器を交えて初めてそいつが使いものになるかどうかが分かるってもんだ。だからもうここを出ていってやる」

彼が笏でテーブルを叩いたので、その勢いで杯が倒れ、召使いは驚いて外へ逃げ出した。

「ホルエムヘブ、君はやはり病気だ。目はまるで熱病患者のようにぎらぎらして、汗びっしょりじゃないか」

「俺は男だろ」そう言って立ち上がり、拳で胸を叩いた。「俺は片腕ででかい奴隷を一人ずつ持ち上げて、そいつらの頭蓋骨をかち合わせることだってできる。兵士が運ぶべき重い荷物も運ぶし、息切れせずに長時間走り続けるし、空腹や喉の渇き、砂漠に照りつける太陽の日差しも恐れはしない。だが、黄金の宮殿の女どもにとっては、こんなことはすべて恥ずべきことで、あごひげを剃る必要もないような男をうっとりと眺めている。女どもが好きなのは、腕が細く、胸毛もなく、娘のように細腰の男だ。あいつらがうっとり眺めるのは、日傘（ひがさ）を使い、唇に紅（べに）を差し、枝に止まっている小鳥のようにさえずる男だ。武骨で日に焼け、肉体労働者みたいな手をしている俺は見下されるんだよ」

彼は口を閉じ、しばらくの間じっと前を見つめてからワインを飲んだ。

「シヌヘ、お前は孤独だ。俺も孤独だ。俺は多くの人間に命令を下す者となり、上下エジプトが俺を必要とするときが来ると知っている。自分の将来が予測できるからこそ、ほかの誰よりも孤独だ。そのせいで心の中で炎が塊となって燃えあがり、息が苦しくて夜も眠れず、一人でいることに耐えられないんだ」

私は医者で、男と女について少しは知っているつもりだったからこう言った。

「その人は誰かの妻で、夫が妻を厳しく見張っているのか」

ホルエムヘブの目が激しく燃えあがったのを見て、私は慌てて床から杯を拾い、ワインを注いだ。彼は落ち着きを取り戻し、胸と喉元を押さえて言った。

「テーベは糞のにおいで息が詰まるし、ハエが俺を穢（けが）すから、俺はここを離れるんだ」と言ったものの、ホルエムヘブは私を見ると、低い声で言った。「シヌヘ、お前は医者だ。愛情に勝つ薬をくれないか」

「そんなのわけもない。酒に溶かせば、強壮剤となって雄のヒヒのように猛々しくなる木の実がある。きっと女たちは君の腕の中でため息をついて白目を剝くだろう。それが望みなら簡単なことだ」

「いや、そうじゃない。シヌヘ、誤解するな。俺の精力にはまったく問題ない。この狂おしい気持ちを落ち着かせてくれる薬が欲しい。心が石のように固くなる薬が欲しいのだ」

「そんな薬はない。薬なんかで微笑みや緑色の瞳の視線に勝てるわけがない。それは私もよく知っている。だが昔から、悪魔を追い出すのは別の悪魔だといわれている。それが本当かは分からないが、二番目の悪魔が最初の悪魔より性質（たち）が悪いことだってあるんじゃないか」

「どういう意味だ？」彼は苛立って聞いた。「まわりくどい言葉遊びは舌がもつれるだけでうんざりだ」

「君の心から最初の女を追い出してくれる別の女を見つければいい。それだけの話だ。テーベには化粧をし、薄い亜麻布を身に着けた魅力的で美しい女が山ほどいる。そのなかには、君に微笑んでくれる女もいるだろう。君は若くて雄々しく、手足も長く、金の鎖をかけている。それなのに、なぜ君を意中の女から引き離さなくてはならないんだ。たとえ結婚していても、愛があれば障害にはならないし、男を欲する女の狡猾さに勝るものはない。上下エジプトの昔話にもあるだろう。それに女の貞操は風のようなものだ。風は変わらず吹くが、風向きは変わる。それから、蠟（ろう）のようなものだともいうじゃないか。温めると溶けるのだと。笑われるのはいつも裏切られたほうだから、裏切るのは恥ではない。いつの世も同じことだ」

「結婚はしていない。貞操とか恥とか、お前はさっきからくだらないことばかり言う。あの方は俺が目の前にいるのに、俺を見もしないのだ。輿に乗られる際に手を差し伸べても、俺の手を取ろうともしない。日に焼けて真っ黒だから、汚（けが）らわしいと思っておられるのかもしれん」

「つまり、その人は貴族なのか？」

「あの方について話そうとしても無駄だ。あの方は月や星よりも美しく、それよりもさらに手の届かない存在だ。まったく、月を胸に抱くほうが簡単だろうよ。だから俺はあの方を忘れなければならん。そのためにもテーベを離れなければ。でないと死んでしまいそうだ」

「まさか偉大なる王母に惚れているわけじゃないだろうな」私は彼を笑わせようと軽い気持ちで言った。

「若い君の好みにしては年を取りすぎているし、肉付きがよすぎると思うが」

「それに、王母には神官がいる」ホルエムヘブは吐き捨てるように言った。「ファラオの生前からすでに関係があったのだろう」

「なんてことだ、君はテーベに来て、いくつもの毒入りの井戸から水を飲むはめになったんだな」私は両手をあげて彼の話を遮った。

「俺がお慕いしている方は唇と頬を朱色に染め、楕円形で濃い色の目をしている。亜麻布に覆い隠されたあの方の手足に触れた者はまだ誰もいない。その名はバケトアメン。御体にはファラオの血が流れているのだから、俺がどれだけ常軌を逸しているか分かるだろう。もし誰かに話すなり、俺にひと言でもあの方を思い出させるような言葉をかけようものなら、お前がどこにいようがすぐに殺して、お前の両足の間にその頭をはさみ込んで、お前の死体を壁に投げつけてやる。あの方の名を俺の耳に入れてみろ。容赦なくお前を殺してやる」

卑しい生まれの者がよりによってファラオの娘に目を向け、欲望にかられるなんて恐ろしいことだと思い、私は腰を抜かした。だからこう言った。

「死にゆく運命の者は誰も彼女に触れることなんてできないし、もしあの方が誰かと結婚するなら、相手は弟である王位継承者で、偉大なる王の伴侶としてその横に立つお方だ。ファラオの死の床の傍らにいたとき、王女の視線は明らかに弟にしか向いていなかった。あの方の手足は誰のことも温めはしないだろうし、楕円形のうつろな目には死が宿っている。だから言わせてもらうぞ。ホルエムヘブ、テーベを離れるんだ。ここは君のための場所じゃない」

しかし、ホルエムヘブは苛立たしげに言った。

「そんなことは百も承知だ。お前の話はハエの羽音にすぎん。それより、お前がさっき言っていた悪魔の話に戻そうじゃないか。俺は胸が張り裂けそうだし、酒の力も相まって誰でもいいから俺に微笑んでくれる女が欲しい。ただし、最高級の亜麻布を着て、頭にかつらをかぶり、朱色に染めた唇と頬、弧を描く月のような楕円形の目をした女でないと、その気にならんがな」

私は笑みを浮かべて言った。「なかなかいいことを言うじゃないか。友人として、どうすべきか一緒に考えよう。黄金はどのくらい持っているんだ」

「黄金なんか足元に転がっている糞みたいなもんだから、量っちゃいないさ。だがこの鎖と腕輪がある。これで足りるだろう？」ホルエムヘブは自慢げに言った。

「ひょっとしたら黄金はいらないかもな。君が微笑むだけでいいかもしれない。最高級の亜麻布を身に着けているような女は気まぐれだし、君の微笑みが誰かに火をつけることだってあるだろう。宮殿にそういう女はいないのか。せっかくの黄金を無駄にすることはない」

「宮殿の壁なんか小便をかけてやるさ。そういえば、将校仲間にクレタ島出身のケフタという奴がいるんだが、奴が俺にへらへら笑いかけてきたもんだから蹴飛ばしてやったら、俺のことを慕うようになったのだ。あいつが今晩、猫頭の神の神殿近くで催される宴に誘ってきたが、行く気がなかったから神の名は覚えていない」

「それはバステト女神のことだ。神殿の場所も知っているし、軽はずみな女が金持ちの恋人を望んで猫頭の神に供物を捧げるような場所だから、ちょうどいい」

「シヌヘ、お前が来ないなら俺は行かないぞ」ホルエムヘブは途端に決まり悪そうに言った。「俺は卑しい生まれで、人を蹴ったり笏を振り回したりするのは得意だが、テーベではどう振る舞ったらいいか、特にテーベの女にはどう接したらいいのかまったく分からん。シヌヘ、お前は見聞が広いし、テーベの生まれだ。だから一緒に来てくれ」

私はワインを飲んで酔っていたし、ホルエムヘブが信頼してくれたことに自尊心をくすぐられ、自分も女については無知に等しいとは言いたくなかった。ホルエムヘブが心を奮い立たせようとワインを飲んでいる間に、酔った勢いでカプタに輿を取りに行かせ、輿の担ぎ手と値段交渉をした。担ぎ手たちは私たちをバステト神殿まで運び、邸宅の前に松明が燃えているのを見ると、支払いについて文句を言い始めたが、ホルエムヘブが数回笏で打つと黙り込んだ。神殿の門のそばにいた若い女たちが私たちに微笑みかけ、一緒に神殿の神に供物を捧げようと誘ってきたが、女たちが身に着けているのは最高級の亜麻布ではなく、髪型も普通だったので、私たちは気に留めなかった。

私が先に立って屋敷に入ったが、朗らかな召使いたちは私たちの来訪を怪しむどころか、私たちの手に水をかけ、奴隷が花冠を頭にのせた。家の中からは温かい食事や香油、花の香りが入口のほうまで漂っていた。ワインで気が大きくなっていた私たちは広間に足を踏み入れた。

一歩足を踏み入れた途端、私の目には出迎えに来た一人の女しか映らなくなった。女は最高級の亜麻布を身に着け、こちらへ向かってくるときに、薄い生地から神々しい手足がうっすらと透けて見えた。頭には重そうな青いかつらをかぶり、いくつもの赤い宝石を身に着け、目尻は黒く、目の下は緑色に塗っていた。しかし、何にも増して緑色だったのは真夏の太陽に照らされたナイルのような瞳で、私の心はその瞳に溺れた。彼女こそ、以前アメン神殿の列柱室で出会ったネフェルネフェルネフェルゥだったのだ。私のことは覚えていないようだったが、私たちをもの問いたげに見ると、笏をあげて挨拶をしたホルエムヘブに微笑んだ。ケフタというクレタ島出身の若者も来ていて、ホルエムヘブを見るなり腰掛けにつまずきながら駆け寄ってきて、ホルエムヘブを友と呼んで抱擁した。私のことを気に留める者は誰もいなかったから、「心の妹」をじっくりと眺めることができた。彼女は私が思っていたより年上で、口元は微笑んでいても、目は緑色の石のように硬く、笑ってはいなかった。しかも、彼女が最初に見つめたのはホルエムヘブの金の鎖だった。それでも彼女を見ていると膝から崩れ落ちそうになった。

広間の壁には当代随一の画家の絵が飾ってあり、百合の細工が施された柱が天井を支えていた。そこにはほかの客も来ていて、女たちは既婚、未婚を問わず誰もが最も薄い亜麻布を身に着け、かつらをかぶり、たくさんの宝石をつけていた。彼女たちは自分を囲む男たちに笑いかけ、男たちは老人から若者まで、さまざまな美醜の者がいたが、彼らも黄金の装飾品を身に着け、襟飾りは宝石と黄金で重たげだった。床にはワインの壺や杯が転がり、踏みつけられた花も落ちていて、誰もが大声で話し、笑い声をあげていたが、シリア人の楽師が奏でる賑やかな音でその声はかき消された。皆かなり酔っ払っていて、悪酔いした一人の女は、召使いの差し出す器が間に合わず、服を汚してしまい、皆に笑われていた。

ケフタは私のことも友と呼んで抱擁してきたので、私の顔に香油がついた。そのときネフェルネフェル

ネフェルゥが私のほうをじっと見て言った。

「シヌへ！　以前シヌへと名乗る若者に会ったことがある。彼も医師を目指していたわ」

「私がそのシヌへです」そう言って彼女の目をのぞき込むと、体がふるえた。

「いいえ、あなたはあのシヌへではない」彼女はそう言うと、私を拒絶するように手をあげた。

「私の知っているシヌへは若い少年で、目はガセルのように輝いていた。あなたはもう一人前の男だし、振る舞いも大人のそれで、しわだって眉間に二本もあるじゃない。あの若者のようになめらかな肌でもないわ」

私は緑色の石がはめ込まれている指輪を見せたが、彼女は戸惑ったように首を振った。

「泥棒を迎え入れてしまったようね。あなたは私を慰めてくれたシヌへを亡き者にしようと、あの人の家に盗みに入ったのでしょう。そして、友情の印にあの人に贈った親指の指輪を抜き取って本当に殺してしまったんだわ。指輪だけでなく、彼の名も奪うなんて。かつて私が心を奪われたシヌへはもうどこにもいないのね」

彼女は悲しみを表して両手をあげた。私は苦しさで胸が締めつけられ、手足に悲しみが駆け抜けた。私は指輪を外し、彼女に差し出して言った。

「指輪をお返しします。邪魔者にはなりたくないですし、お楽しみの邪魔もしたくありませんから、失礼します」すると彼女は言った。

「行かないで！」そして、以前のように私の腕に軽く手を触れ、もう一度弱々しく言った。「行かないで」

このとき私は、彼女の腕が触れただけで炎よりもひどい火傷を負うと確信したが、それでも彼女なしでは決して幸せにはなれないと思った。召使いが私たちにワインを注いだので、心を落ち着かせようと口に含んだが、これほどワインを甘やかに感じたことはなかった。

さきほど悪酔いしていた女は、口をすすいで、またワインを飲んでいた。汚れた服を脱ぎ捨て、かつらも放り投げて全裸になり、両手で乳房を寄せ、谷間にワインを注ぐよう召使いに命じた。そして溜まったワインを欲しがる者に飲ませてまわった。女はふらつきながら広間を歩きまわり、声をあげて笑っていた。若くて美しいその女は誰の手にも負えず、ホルエムヘブのところにも行って胸からワインを飲むように勧めた。ホルエムヘブはかがんでそれを飲み、頭をあげた。彼は浅黒い顔で女の目をまっすぐ見つめ、女のむき出しの頭を両手にはさんで口づけをした。皆が笑い、女もつられて笑ったが、急に恥ずかしくなったのか、着替えを持ってこさせた。召使いが女に服を着せると、女はまたかつらをかぶり、ホルエムヘブの隣に座ったきり、もうワインを口にしようとはしなかった。シリア人が音楽を奏でるなか、私の血潮と体はテーベの熱狂を感じていた。今の世の終わりの時代に生まれた私は、心の妹と焦がれた女の隣に座り、彼女の緑色の瞳と赤い唇を眺めていられるなら、どうなろうとかまわなかった。

彼女とはあのまま会えずにいたほうがどれほどよかっただろう。しかし、私はホルエムヘブに導かれ、愛する女、ネフェルネフェルネフェルゥと再会したのだった。

5

私の隣に座り、緑色の冷ややかな目で探るように私を見てくる彼女に、「これがあなたの家ですか」と尋ねた。

「ここが私の家よ。来ているのも私の客。一人でいるのが嫌だから、毎晩誰かを呼んでいるの」

「あなたは裕福な方なんですね」そう言いながら、私は自分が相手に不釣り合いだと感じて落ち込んだ。

彼女は私のことを子ども扱いして笑い、おとぎ話になぞらえていたずらっぽく言った。

「私は巫女で、軽々しく扱われるような女ではないのよ。私に何を求めているの」

しかし、私にはどういう意味なのか、よく分からなかった。

「メトゥフェルとはどうなったのですか」聞けば苦しむに違いないのに、すべてを知りたくて尋ねた。彼女は私を探るように見て、化粧をした目尻に少ししわを寄せた。

「メトゥフェルが死んだことを知らないの？　ファラオが神殿の建設費として彼の父親に下賜された黄金に手をつけたの。それでメトゥフェルは死に、父親は王立大工ではなくなったのよ。知らなかった？」

「もしそれが本当なら」私は微笑みながら言った。「彼はアメン神を軽んじていたから、アメン神の罰が当たったのだ」そして、神官とメトゥフェルがアメン神像の顔に唾をこすりつけて磨き、自分たちの体に聖油を塗りたくったことを話した。彼女は微笑んだが、目は石のように硬く、どこか遠くのほうを見ていた。そうかと思うと、突然私に言った。

「シヌヘ、どうしてあのとき私についてこなかったの。私の居場所だって探せば分かったはずよ。私の指輪をはめたまま、私をないがしろにして別の女のところへ行くなんてひどいわ」

「私はまだ少年で、あなたが恐ろしかったのかもしれません。ですが、ネフェルネフェルネフェルゥ、夢の中であなたは私の心の妹でした。笑われてもかまいませんが、あなたにまた会えると期待していたから、私はまだ女に触れたことがないのです」

彼女は信じられないという素振りをして微笑んだ。

「そんなの嘘よ。あなたの目に映る私は、年を取った醜い女なのでしょう。だから軽口をたたいたり、嘘をついたりして面白がっているのね」

私を見つめる彼女の目は以前のように楽しそうに笑っていて、私には彼女が一気に若返って見え、彼女を見ているだけで私の心は痛いほどに膨れあがった。

「これまで一度も女に触れたことがないのは本当です。あなたの前では正直でいたいので、本当のことを言えば、あなただけを待ちこがれていたと言ったら嘘になります。若い女や老いた女、美しい女や醜い女、賢い女や愚かな女、多くの女が私の前を通り過ぎていきました。ですが、私は医師として彼女たちを見ただけで、誰にも心がときめくことはありませんでした。あなたが友情の印としてくれた指輪の石に、知らない間にまじないがかかっていたのだとしたら、どれほど楽でしょう。ひょっとしたらあなたの唇が私の唇に触れたときにまじないをかけられたのかもしれません。それほど夢見心地だったのです。ですが、これは言い訳にもなりませんね。だから何度なぜと聞いてくださっても、私にも分からないのです」

「あなたは子どもの頃に荷車から横木の上に落ちて股を打ち、それが悲しくて一人が好きになったのかもしれないわね」

彼女は、これまで一度も女に触れたことがないという私をからかうかのようにそっと触れてきた。彼女はわざとそんなことを言ったので、私は答える必要すらなかった。彼女は素早く手を引いてささやいた。

「シヌヘ、一緒にワインを飲んで心を癒しましょう。私たちはまだ一緒に愉しめるかもしれないわ」

私たちはワインを飲み、奴隷は数人の来客を輿へと運んでいき、ホルエムヘブは隣に座っている女を抱き寄せて妹と呼んでいた。女は微笑みながら彼の口に手をあて、次の日に後悔するようなばかなことは言うものではないとたしなめた。するとホルエムヘブは立ち上がり、ワインを手に大声で言った。

「今日から俺は二度とうしろを振り返らず、前だけを向き、何をしようと後悔はしない。隼にかけて、そして、一柱ずつ読み上げることはできないが、上下エジプトの千もの神にかけて誓う」

そして金の鎖を取って女の首にかけようとしたが、女はそれを拒否し、腹立たしそうに言った。「私はちゃんとした女で、街角に立つ娘ではないわ」そして怒ってその場を立ち去ったが、入口の辺りでほかの者に気づかれないようにホルエムヘブを手招きした。ホルエムヘブは女のあとを追い、その夜二人の姿を見ることはなかった。

すでに夜も更け、そろそろ客も帰る時間だったので、二人に気づく者はいなかった。それでもまだ多くの者が酒を飲み、腰掛けにつまずきながらふらふらと歩きまわり、楽隊から奪い取ったシストラム[9]を振りまわしていた。抱き合って兄だの友だのと呼び合ったと思いきや、今度は殴り合いを始め、禿げ頭だ、宦官だと罵り合う始末だった。女たちは恥じらいもなくかつらを脱ぎ、男たちになめらかな頭を触らせた。

上流階級の女たちが髪を剃り始めてからというもの、女の頭を愛撫することほど男たちの劣情をかきたてるものはなかった。二、三人の泥酔状態の男がネフェルネフェルネフェルゥに近寄ったが、彼女は手をあげてそれを遮り、そういう男が横入りしようとするたびに、私は相手の地位や立場など無視して爪先を踏みつけてやった。

私はワインではなく、彼女のそばでその手に触れていることに酔いしれていた。彼女が召使いに合図をすると、召使いは明かりを消し始め、テーブルや腰掛けを片付け、床に蹴散らされた花輪などを拾い集め、ワインの壺のそばで眠り込んでいる客たちを輿に運び始めた。そこで「私も帰らなくてはなりません」と言った。しかし、彼女を失いたくないあまり、その言葉の一つひとつが傷口に塩を塗るように胸に突き刺さり、そばにいられない時間が無意味に感じられた。

「どこへ行くの」彼女は驚いた様子で尋ねた。

「あなたと再会できたことでまた神を信じることができましたから、あなたとの再会を神々に感謝するためにテーベの神殿に供物を捧げに行き、そのあとはあなたの家の前で夜を明かそうと思います。あなたの家から出たら、あなたの道を飾るために木から花を摘み、没薬を買い求めてあなたの家の戸口に塗り込みましょう」

彼女は微笑みながら言った。「花や没薬ならすでに持っているから、いらないわ。酔ったあなたが見知

9　古代エジプトの打楽器のこと

らぬ女のもとへ迷い込んでしまうと腹立たしいから、行かないでいい」

私は喜びのあまり、彼女に触れようとしたが、彼女はそれを拒んで言った。

「だめよ！　召使いの目があるでしょう。たとえ一人住まいとはいえ、蔑まれるような女ではないのよ。だけど、あなたは私に正直でいようとしているから、私もあなたに誠実でありたいと思う。あなたがここに来た目的はまだ果たせないけれど、一緒に私のお庭へ行っておとぎ話を聞かせてあげるわ」

そして彼女は月明かりが照らす庭園へ私を連れていった。夜なので、色鮮やかな縁石で飾られた池に浮かぶ蓮の花は閉じていたが、ギンバイカとアカシアの香りが漂っていた。召使いが私たちの手に水をかけ、炙ったカモと蜂蜜漬けの果物を持ってくると、彼女は言った。「シヌへ、一緒に食べて楽しみましょう」

しかし、私は欲望に苛まれ、食べ物が喉を通らなかった。彼女は私をじらすように微笑み、美味しそうに目の前の料理を食べ、私のほうを見るたびに月の光が彼女の目に反射した。彼女は食べ終わると言った。「おとぎ話をすると言ったわね。朝まで時間があるし、私はまだ眠くないから、今から話してあげる。この話は、セトナ・カエアムスとバステトの巫女タブブについての話よ」

「その話は知っています」私はもどかしさを抑えきれずに言った。

「その話は何度も聞いたことがあります。どうかここに来てください。あなたをこの腕に抱き、この腕の中であなたが眠りにつけるように。妹よ、お願いです。あなたに焦がれるあまり、どうかしてしまいそうです。来てくれなければ石で自分の顔を傷つけ、欲望のあまり叫んでしまうかもしれない」

「シヌへ、もう黙って」彼女はそう言うと私に手を触れた。

「あなたの激情が恐ろしいわ。おとぎ話を話してあげるから落ち着いて。さて、昔々、カエアムスの息子セトナが、神殿でトト神の魔法の書を探していると、バステト神殿の巫女であるタブブを見かけました。一目で心を奪われたセトナは、彼女のもとに召使いを送り、一時間ともに過ごしてくれたら十デベンの黄金を与えよう、と伝えました。タブブは言いました。『私は巫女であって下々の女とは違うのです。もしお前の主人が本当にそう望むなら、自ら私の家に出向いてきなさい。そうすれば誰の目にも触れることなく、私は街角に立つ娘のように振る舞わなくて済むでしょう』これを聞いたセトナはたいそう喜び、急いでタブブの家に行きました。タブブは彼を歓迎し、ワインを振る舞いました。酒を堪能したセトナはそこへ赴いた目的を果たそうとしましたが、タブブにこう言われました。『あなたはもうすぐご自分が暮らすことになる家に入れるでしょう。私は巫女であり、下々の女とは違います。もしあなたの望みを叶えたいなら、あなたの財産、家、農地、すべての所有物を私に譲らなくてはなりません』セトナはタブブを見ると、法を修めた書記を呼び寄せ、すべての所有物をタブブに譲るという契約書を書かせました。するとタブブは立ち上がり、神々しい体が透けて見える最高級の亜麻布を身にまとい、手に入れた飾りをすべて身に着けました。しかし、セトナがここに来た目的を果たそうとすると、タブブはそれを遮って言いました。『あなたはもうすぐご自分が暮らすことになる家に入れるでしょう。ですが、私は巫女で、下々の女とは違うのです。あなたの心が妻に戻ってしまうのではと心配しなくて済むように、あなたは妻を家から追い出さなくてはなりません』セトナは彼女を見つめ、妻を追い出すために召使いを送りました。するとタブブは言いました。『私の部屋に入って横になってください。欲しいものを差し上げましょう』セトナは喜び勇んで寝床に横たわり、褒美を待っていると、そこに召使いがやってきてこう伝えました。『お子たちが門のところで母親を忍んで泣き騒いでおります』しかしセトナは聞く耳を持たず、ここに来た目的を果たそうとしました。するとタブブは言いました。『私は巫女であり、下々の女とは違います。私の子があなたの子と遺産争いをしなくて済むように、私があなたの子どもを殺すのを許さなくてはなりません』セトナはそれすらも許し、窓から子どもたちの遺体を投げ、犬や猫の餌にしてしまいました。セトナは犬や猫が子どもたちの肉を争う音を聞きながら、タブブと一緒にワインを飲みました」

そこで私は彼女の話を遮り、子どもの頃に聞いたときと同じように心をふるわせながら、続きを話した。「しかしそれはすべて夢でした。タブブの寝床に横になると、セトナはタブブの叫び声で目を覚ましました。体じゅうがかまどで燃えているかのように熱く、布切れさえまとっていなかったのです。その夢はもう一つの話で語られるネネフェルカプタハが見せたもので、すべてまやかしでした」

ネフェルネフェルネフェルゥは静かに続けた。「セトナは夢から覚めたけど、多くの者は死者の家で目覚める。シヌへ、あなたに伝えなければならないことがある。私も巫女で、下々の女とは違うの。私の名もタブブかもしれないわ」しかし、私を見つめる彼女の目に月明かりが美しく映り、私は彼女の言葉を信じなかった。そして彼女を抱きしめようとしたが、彼女はそれを拒んで尋ねた。

「愛のバステト女神がなぜ猫の姿をしているか知っているかしら」

「猫や神なんてどうでもいい」私は欲望のあまり目に涙を浮かべながら彼女を抱こうとした。しかし、彼女はそんな私の手を払いのけて言った。

「もうすぐその手で私の手足や胸に触れ、その腕に私を抱いたらいいわ。それであなたが落ち着くのならね。でも、その前に私の言うことを聞いてちょうだい。女もその情熱も猫のようなものよ。柔らかい足に鋭い爪を隠し持ち、情け容赦なく獲物の心臓に爪を突き立てて、飽きることなく弄(もてあそ)び、痛みを与え続ける。そして獲物が動かなくなってようやく食い尽くし、新しい獲物を探しに行くの。女はまさに猫なのよ。あなたの悪いようにはしたくないし、正直でありたいから、こんなことを話すのよ。ええ、あなたにひどいことをしたいわけじゃないわ」

彼女はそう言うと、さりげなく私の両手を取り、片方の手を彼女の胸に、もう片方を体にまわしたので、私はふるえ、目から涙がこぼれた。そうかと思うと、彼女は急に不機嫌になって私の手を払いのけた。

「私の名はタブブ。それが分かったら、私に傷つけられることのないようにここから立ち去り、二度と戻ってこないで。行かないのなら、あなたの身に何が起こっても私を責めるのはお門違いよ」

そして私に立ち去る時間を与えたものの、私はその場を動かなかった。すると彼女は遊びに飽きたかのように軽くため息をついて言った。

「好きにすればいいわ。あなたがここに来た目的を果たしましょう。疲れているからあまり激しくしないでちょうだい。あなたの腕の中で眠ってしまいそうなのよ」

私は彼女の部屋に連れていかれた。彼女は服を脱ぎ、象牙と黒檀でできた寝床で腕を広げて私を迎え入れた。私は体じゅうが、心臓も何もかもすべてが彼女の腕の中で焼け焦げて燃え尽きるのではないかと思った。しかし、まもなく彼女はあくびをして言った。

「本当に疲れたわ。こんなに不器用だなんて、私を愉しませるのは無理ね。あなたが女に触れたことがないのは本当だったわ。でも、若者が初めて女のもとを訪れるというのは得がたい贈り物よ。だからほかには何も求めないわ。欲しいものは手に入れたでしょうから、もう帰ってちょうだい。私は眠りたいの」

もう一度彼女を抱きしめようとしたが、あっさりと拒まれて館から追い出された。家に向かいながらも、まだ燃えさかる炎の中にいるように体じゅうがわき立ち、決して彼女のことは忘れられないだろうと思った。

6

翌日、私は慌ただしく患者にほかの医者を探すように勧め、召使いのカプタにも私のところに来た患者をすべて追い返すように伝えた。それから床屋に行き、身を清めて着替え、体に香油を塗り込んだ。そしていざネフェルネフェルネフェルゥに会いに行こうとしたとき、ホルエムヘブがやってきて私を引き留めた。

「シヌヘよ、すべてくそ食らえだ」

「忙しいんだ」私は焦る気持ちを抑えながら言った。

「でも召使いのところに行けば、塩漬けの魚と壺入りの冷たいビールを振る舞えるだろう」

今度こそ家を出ようとしたが、ホルエムヘブは私の腕をつかんで離さないし、なにせ力が強いから彼の話を聞くよりほかなかった。彼は魚にかぶりつき、ビールを飲みながら言った。

「昨日一緒にいた誰かの女房のことだ。たしかに優しかったが、今思えば、一番安い奴隷娘とたいして変わらないんじゃないかという気がする」彼は少し考え込んだ。

「そりゃあの女の体は色白で柔らかく、女が俺の力強さに嬉し泣きするのも酔っ払っているうちは気分がよかったが、何もそこまで面倒な思いをするほどでもないと思うんだ。亭主が旅に出ているとはいえ、既婚の女だ。戻ってきたらそいつを殺さなければ俺が殺されるだろう」

「そんな心配はしなくていい。テーベにそんな慣習はないからな。もし女といるときに亭主と鉢合わせしたって、手を膝まで下げて頭を下げればいい。そうすれば亭主は君にワインを振る舞って勝手に酔っ払うから、その間に君はその女と寝床で愉しめばいい。妻は君に満足し、亭主はどれだけ飲んでも妻に愚痴を言われないから、二人とも万々歳というわけだ。これは今も昔も変わらない」

「あの女の亭主は痩せっぽちの禿げ頭で、けちだそうだ。少なくとも俺にはそう言った」と言って、ホルエムヘブはビールを飲んだ。「戦での勝利に比べたら、黄金なんて俺にとっちゃ足元の土埃同然だから、あの女に俺の金の鎖をくれてやったんだ。そのお返しにかつらをもらったが、どうしろっていうんだ」

　ホルエムヘブは、懐から精巧に染められた艶やかな緑色のかつらを取り出し、無造作に振り回した。

「一つ悔やんでいるのは、飲み過ぎたせいで女の寝床の下に笏を忘れてきたことだ。笏がないと、兵士どもは俺に会っても挨拶すらしない。なあ、市場でかつらと将校の笏を交換できると思うか？　たしかに柔肌（やわはだ）だったが、もう二度とあの女の家に行くつもりはないいんだ」

それくらい問題ないだろう、と私は言い、もう一度急いでいると伝えた。しかし、ホルエムヘブはまったく腰をあげる気配がなく、口の中は泥を食べたような味がするし、手に残った女のにおいが忌々しいと言った。そして、私のにおいを嗅ぐと、香油のにおいがするから昨夜どこかの女と寝たのだろう、と聞いてきた。ネフェルネフェルネフェルゥをホルエムヘブが寝た女と同じように思われるのは心外だったから、床屋に行ったのだと答えた。目に見えない金の糸にからめ取られていて、私がしたことはホルエムヘブとはまったく違うのだという気持ちだったのだ。本当に意味があるのは、人の行いではなく、その行いに対して何を感じたかということだから、そういう意味では正しかったのかもしれない。

「俺が誓ったことを覚えているか。たしかに飲み過ぎて酔ってはいたが、これまで身構えて見てきた多くのことがはっきりと分かった。俺の周りで偉そうに財産や階級を吹聴する奴らは皆ハエと同じだ。俺の愛する人、王女バケトアメン、彼女も俺にたかるただの頑ななハエにすぎないのかもしれん。重要なのはただ一つ、権力だ。武器なくして権力はありえない。だから俺を兵士にした隼は正しかった」

「権力を持つのは実際に戦っている奴らではないぞ。自分の代わりに兵士を戦場に送り込む者こそが権力者じゃないか」

「俺はばかじゃない。そうさ。高座に座って命令を下している奴らは、最終的には命令など下していないのかもしれない。真に権力を持つのはその背後にいる奴らだと知っている。現にアメン神殿の神官評議会の者たちはエジプト全土で強大な力を持つし、王母の右側に控える神官の実権は絶大だ。もし組織した軍隊を戦地へ向かわせ、完全に従わせることができたら、たとえ誰も気づかなくても、そいつは本当の意味での支配者だ」

「やっぱり君は愚かだな。兵士はファラオに忠誠を誓わなければならない。だから常にファラオのほうが上なんだ」

「そうだな。兵士には忠誠が必要だ。それこそが命令体系の基本だからな。将校は忠誠心がなければ軍が成立しないことを知っている。部下を従わせるには笏で忠誠心を教え込むだけだが、将校自身も頂点に立つ者への忠誠心がなければ、部下が従うはずもなく、すべてが崩れるだろう。そこが問題だ。だから俺は、時が来るまでテーベに残る。手の届かないものを焦がれてはいるが、女と過ごしたことでかなり落ち着いたし、心に秘めた気持ちも少しは静めることができたから、もうただの腹痛と変わらない。だからシヌヘよ、いい助言に礼を言うぞ。助けが必要なときは黄金の宮殿に来い」

　彼は緑色のかつらを将校の笏と交換するために市場へと向かい、私は足と服を土埃で汚したくなかったので輿を呼び、担ぎ手にネフェルネフェルネフェルゥの家に急ぐよう命じた。召使いのカプタは、これまで私が日中に仕事場を抜け出して患者を粗末にしたことがなかったから、医師の報酬がもらえなくなるのではと心配して首を振った。しかし、私はただ一つのこと以外何も考えられず、体は炎で燃えているようだった。しかもそれは甘美な炎だった。

　使用人は私を中に入れ、ネフェルネフェルネフェルゥの部屋に通してくれた。彼女は姿見の前で化粧をしながら、緑色の石のような目で冷たく私を見つめた。

「シヌヘ、何の用？　あなたがいると退屈で仕方ないわ」

「私の望みはよく知っているはずです」私はそう言って、昨夜見せてくれた優しさを求めて彼女を抱き寄せようとした。すると彼女は容赦なく私を拒絶した。

「私の邪魔をするなんてどこまでまぬけなの。それとも嫌がらせのつもり？ 見て分からないかしら。墓で女王の額飾りを見つけたというシドンの商人がテーベに着いたから、出かける支度をしなければならないの。誰も持っていないようなものがずっと欲しかったのよ。今晩きっとお客さんの誰かが私にそれを贈ってくれるはず。だから香油を塗って美しく手入れをしないと」

彼女はまったく恥じらう様子もなく服を脱ぎ、寝床に横になり、女奴隷に香油を塗り込ませた。彼女の美しさを目にした私は喉から心臓が飛び出しそうで、手のひらにじっとりと汗をかいた。

「シヌへ、まだそこにいるの」女奴隷がいなくなったあとも、私の目を気にすることなく横たわったまま、彼女は尋ねた。「なぜまだいるの。私は服を着なくてはならないのよ」

そのとき、衝動に突き動かされて彼女に駆け寄ったが、彼女は難なく私を払いのけた。私は何もできず、欲情に苛まれてただ涙があふれた。「もし私が裕福だったら、額の宝石を買って贈るのに。それくらい分かっているはずです。ほかの誰かがあなたに触れるくらいなら死んだほうがましです」

「それは本当？」彼女は目を細めて静かに言った。「ほかの誰にも触れさせたくないのね。じゃあ、もし今日一日をあなたに捧げようと言ったら？ もし一緒に食事をして、ともに愉しもうと言ったら？ 明日のことは誰にも分からないのだから、今日にしましょう。私に何をくれるのかしら」

彼女は寝床の上で両手を広げて体を伸ばすと、すべすべした腹に浅いくぼみができた。彼女の頭や体には、普通ならあるべきところにさえ、一本も体毛がなかった。「何をくれるの？」彼女は繰り返し、体をくねらせて私を見た。

「あなたにあげられるものは何もありません」そう言って、私は辺りを見回した。象牙と黒檀でできた寝床があり、床にはラピスラズリとトルコ石の装飾が敷きつめられ、部屋にはいくつもの黄金の杯が並んでいた。「そうです、私にはあなたに贈れるようなものは何一つありません」そう言うと膝から崩れ落ちそうになり、力を振り絞って立ち去ろうとした。しかし彼女は私を引き留めた。

「シヌヘ、あなたが哀れだわ」弱々しく言うと、体をしなやかに伸ばした。「たしかにあなたは価値のあるものをくれたけれど、その価値を過大評価しているようね。あなたはまだ家や服や診療道具を持っているじゃない。まったくの貧乏人ではないはずよ」

　私は体じゅうがふるえたが、こう言った。

「全部あなたのものだ。ネフェルネフェルネフェルゥ、お望みのままに。もし今日一日を私と過ごしてくれるなら、全部あなたのものだ。私の家にそれほどの価値はないと思うが、診察するための設備は整っているし、生命の家の学生の親が裕福であれば、それなりの値段を払ってくれるだろう」

「そう思うの？」と言うと、彼女は私に背中を向け、姿見で自分の姿を眺め、細い指で黒い眉をなぞった。「なら、そうすればいいわ。書記を呼んできて、あなたの持ち物を私に譲ると書き記してちょうだい。私は一人住まいとはいえ、下々の女とは違うのだし、あなたに見捨てられたときのことを考えて自分の将来にも備えなくてはならないの」

彼女のあらわな背中を眺めていると、言葉が喉に詰まり、鼓動が激しくなったので、私は急いで書記を探して書類を作り、王立の書類保管庫に持っていかせた。私が戻ると、ネフェルネフェルネフェルゥの家の前に上流階級が使うような輿が控えていて、彼女は最高級の亜麻布を身に着け、頭には黄金のように輝く赤いかつらをかぶり、首や手や足首には見たこともないような宝石をつけていた。私は書記に作成してもらった書類を渡して言った。

「ネフェルネフェルネフェルゥ、今、私のものはすべてあなたのものになりました。私が身に着けているこの服さえも、すべてあなたのものです。明日のことは誰にも分からないのだから、一緒に食事をして今日一日を愉しみましょう」

彼女は書類を受け取ると、無造作に黒檀の箱にしまって言った。

「シヌヘ、あなたには悪いし、私も残念なのだけれど、どうやら月のものが始まってしまったようだから、私に触れることはできないわ。今日のところはもう帰ってちょうだい。頭が重くて、腰も石のようにこわばっているから、一人になって、定められた通りに身を清めたいの。日を改めてくれたらあなたの望みを叶えるわ」

彼女を見つめながら、私は悲しみで胸が締めつけられ、何も言うことができずにいた。すると彼女は苛立って床を蹴って言った。「私は忙しいの。さっさと行ってちょうだい」

もう一度彼女に触れようとすると、彼女は言った。「やめて、化粧が崩れるじゃないの」

私は家に戻り、新しい持ち主に渡すために持ち物を整理した。召使いのカプタが首を振りながら私のあとをついてきたが、やがて鬱陶しくなり、きつい口調で言った。

「私はもうお前の主人じゃない。お前の主人は別の者になったから、あとをつけまわすのはやめてくれ。新しい主人がやってきたら言いつけをよく聞くんだ。私より厳しく杖でしつけるだろうから、くすねるにしてもほどほどにしておけよ」

　すると彼は私の前にひれ伏し、悲しみの印に両手をあげ、悲痛な泣き声をあげて言った。

「ご主人様、どうか私を手放さないでください。老いぼれの心はご主人様と離れる悲しみで張り裂けてしまいます。お若くて単純なお方ですが、私はいつもご主人様に忠誠を誓ってきました。ご主人様からくすねるときも、どれくらいなら差し障りがないかとご主人様の財産をきちんと考えていました。太陽が照りつけるなか、よその医師の使用人に杖で打たれ、糞を投げつけられようとも、町のあちこちでご主人様の名と腕のよさを触れまわり、この老いた足を走らせたのですよ」

　彼の必死な訴えは私の心に響き、思わず感動して、彼の肩に手を置いて「カプタ、もう立ち上がるんだ」と言った。奴隷の売買証明書にカプタという名が書いてあったとはいえ、勘違いしてつけ上がると困るので、これまで一度も名前を呼んだことはなく、いつも「奴隷」「まぬけ」「怠け者」「盗人」と呼んでいた。

　私の口から自分の名前を聞いたカプタはいっそう激しく泣き出し、私の手と足に額をつけ、私の足を自分の頭の上に乗せた。私はいい加減腹が立ってきたので、彼を蹴って立ち上がれと命じた。

「泣いても無駄だ。だが、知っておいてほしいのは、たとえ虫の居所が悪くて戸をうるさく開け閉めしたり、食器をガチャガチャ鳴らしたりしていても、お前の働きには満足していたから、お前が憎らしくて他人に売るのではないということだ。たまに私からくすねていたが、それは今も昔も奴隷の権利だからかまわない。しかし、私のものはすべて他人のものになってしまい、家も、今着ているこの服も、私のものではないのだよ。ほかに差し出せるものがないから、お前を手放さなければならないのだ。だから私の前で泣かれてもどうすることもできない」

するとカプタは立ち上がって頭を掻きむしりながら、「なんてひどい日なのでしょう」と言った。そして険しい顔で考え込んで続けた。

「ご主人様はまだお若いのに、立派な医師でいらっしゃいますし、人生はまだまだこれからです。急いで金目のものをまとめて、暗くなったら逃げましょう。ずぼらな船長の船に隠れて川を下るのです。上下エジプトにはいくつもの町がありますから、もしどこかで裁判所の人間にご主人様だとばれたり、私が逃亡奴隷として手配されたりしたら、誰もご主人様のことを知らない赤い大地に逃げましょう。さっぱりしたワインと気のいい女がいる海洋の島にだって行けます。川がナイルとは逆の方角に流れるというミタンニ王国や今勢力を強めているバビロニアではエジプトの医術が重宝されていますから、ご主人様は豊かになり、私も人が敬う主人の使用人になれるというわけです。ご主人様、急ぎましょう、暗くなる前に荷造りをしなくては」

そう言って私の袖を引っ張った。

「カプタ、カプタ！　私の心は死のように真っ暗で、体すらもう自分のものではないのだから、ばかなことを言わないでくれ。傍目には分からないだろうが、私は銅の鎖よりも頑丈な足枷に囚われているのだ。テーベを離れる一瞬ごとに、燃えさかるかまどの中で生きるようなものだから、そんなことはできない」

カプタは、私がときどき治していた腫れ物だらけの足が痛むのか、床に座り込んで言った。

「ごもっともだと思いますが、ご主人様がちっとも供物を捧げないので、きっと私たちはアメン神に見放されたのです。ですが私はこんなにお若くて単純なご主人様と出会わせてくれたお礼に、ご主人様からくすねたもののうち、五分の一はきちんとお供えしておりました。それなのに私までも見捨てられたのです。しかもあっさりと！　ですから頭上の悪運を取り除いて、終わりよければすべてよしとしてくれるような神に急いで鞍替えして、すぐにお供えをしなくては」

「つまらないことを言うな」言ったそばから、こんなに主人に対して馴れ馴れしくなったものだから、名前で呼んだことを後悔した。「お前の言葉はハエの羽音にすぎないし、私のものはすべて他人の手に渡ったのだから、私たちには供えるものなど何もないということを忘れたのか」

「それは男ですか、女ですか」カプタは好奇心に駆られて尋ねてきた。

隠し事をする必要もないと思い、「女だ」と答えた。それを聞くなりカプタは再び泣き叫び、髪を掻きむしって言った。

「私なんかこの世に生まれなければよかった！　母が生み落としたその日にへその緒で絞め殺してくれればよかったんだ！　奴隷にとって、ご主人様にこんな仕打ちをする女にこき使われるほどひどいことはありません。よほど心ない女に違いありませんよ。きっと朝から晩まで足の痛む私を駆けずりまわらせ、私が泣き叫ぶまで針で刺し、老いた背中を杖で打ってくるでしょう。どうせそうなるに決まっています。若くて世間知らずなご主人様が私を使用人にしてくださったお礼にアメン神を崇め、供物を捧げてきたというのに」

「心ない女ではない」人というのは愚かなもので、私にはほかに心を許せる相手もいなかったので、ネフェルネフェルネフェルゥのことをカプタに話してしまった。

「寝床に横たわる裸体は月よりも美しく、高価な香油を塗った手足は艶やかで、目は真夏のナイルのような緑色をしている。カプタ、もしお前が彼女のそばで寝起きをして、彼女の吐いた息を吸い込むことができるなら、どれほど羨ましいことか」

これを聞いたカプタはさらに大声で泣き叫んだ。

「私はその女に荷役人として石切り場に売り飛ばされ、息が切れるほど働かされ、爪は血だらけになり、蹴飛ばされたロバのように泥まみれになって野垂れ死ぬに決まっています」

ネフェルネフェルネフェルゥの館では、カプタのような者に寝床やパンを与えることなどしないだろうから、心の中でカプタの話は本当かもしれないと思った。私の目からも涙があふれてきたが、カプタを思ってなのか、自分を哀れんでなのかは分からなかった。私の涙を見て驚いたカプタは黙って私を見つめた。泣いている姿を見られようが、すべてがどうでもよくなり、頭を抱えた。カプタは大きな手で私の頭を抱き、嘆きながら言った。

「すべてはご主人様をきちんとお守りしなかった私のせいです。ですが、一度も洗濯をしていない真っ白な布のように、ご主人様が穢れを知らなかったなんて、どうしたら予測できたでしょう。ましてやこんなことになるなんて知るよしもありません。たしかに酒場帰りのご主人様が一度も女を連れてこいと命じられなかったのを不思議に思っていました。私がご主人様に愉しんでもらおうと連れてきた娘たちは、私をドブネズミや肥溜めの鳥呼ばわりして不満たらたらで帰っていきました。あのなかには、まあまあ若いのも、見た目がいい娘もいましたのに、こうした気づかいはまったくの無駄だったわけです。もしかしたらご主人様は、夫婦喧嘩の腹いせに私の頭を杖で打ち、私の足に熱湯をかけるような女を妻に迎えることはないかもしれないと、内心喜んでいたのですよ。なんてまぬけだったのでしょう！　葦の小屋にちょっと燃えさしを投げ込んだだけで、すべて燃え尽きて灰になってしまうとは」カプタは続けた。

「ご主人様、なぜひと言でも私に相談されなかったのですか。そうは見えないでしょうが、私はこれまで実にさまざまなことを見聞きしてきたのですよ。遠い昔には女とも寝たものです。どんなに美しい女の抱擁よりも、パンとビールで腹を満たしたほうがずっといいに決まっています。ああ、ご主人様、女というのは男を操り、細い糸で肉を縛り上げるように枷でがんじがらめにし、サンダルに入り込んだ小石のようにいつまでも気になって仕方がないように仕向け、心を蝕んでしまうのですよ。ですから、男が女のもとを訪れる際は杖をお持ちにならなくては。ご主人様、アメン神の名にかけて、娘を連れ込んでおられたら、こんなことにはならなかったでしょうに。女がご主人様を僕（しもべ）にしてしまうなら、酒場や娼館での時間はまったくの無駄だったのですね」

カプタはまだ喋り続けていたが、何を言おうと私にはハエの羽音にしか聞こえなかった。やがてカプタはおとなしくなり、食事の支度をして私の手に水をかけた。しかし、私は体が火照るあまり、まったく食欲が湧かず、夜が来るとただ一つのことで頭がいっぱいになった。

カプタは台所でたっぷりと食べ、ビール壺を空にすると、悲しげな歌を歌い、髪を掻きむしってかまどの灰を頭にかぶり、やがて寝入った。私は落ち着かず眠れなかったので、暗闇のなか、外に出て、バステト神殿の辺りをさまよった。ネフェルネフェルネフェルゥの館の前には松明が煌々と燃えあがり、輿が到着しては来客が楽しそうに館に吸い込まれていくのを目にした。しかし、彼女に来るなと言われていた私は中に入れなかった。神殿の周りを歩きまわり、頭の中はまるで毒蛇が巣食っているようで、その毒が私の体に回っていた。薄暗がりのなか、娘たちが私の袖を引き、笑いながらささやきかけてきたので、我慢の限界だった私は、そのうちの一人のあとを追った。娘は報酬を要求し、私は最後の銅片を与え、バステト神殿の周壁のそばまでついていった。そこで娘は地面に横になり、服の前を開けて腕を広げたが、私は欲していたにもかかわらず、どうしても娘と交わることができなかった。辺りには小便のにおいが漂っていたので立ち去ろうとすると、娘は唾を吐きかけて私を罵った。

鞭で打たれたようにぐったりして家に戻ったが、寝床はかまどのように熱く、夢にうなされた。ネフェルネフェルネフェルゥの手に触れ、彼女の姿を一目でも見ないと身も細る思いだった私は、朝になると彼女の館へ行くために身を清め、服を身に着け、顔に香油を塗った。涙とビールで目を赤くしたカプタは、灰だらけの頭を振り乱してひれ伏し、私を止めようとした。しかし、私は心を鬼にしてカプタを足蹴にして家を出た。このとき踏みとどまっていればどれほどよかっただろう。

第四の書　ネフェルネフェルネフェルゥ

1

私がネフェルネフェルネフェルゥの館に着いたのは早朝だったので、彼女も召使いもまだ眠っていた。そこで召使いを叩き起こすと、彼は悪態をつきながら私に汚水をかけてきた。仕方なく、私は物乞いのように入口の階段に腰かけ、家の中から物音が聞こえてくるのを待ってから、再び中に入った。

寝床で休んでいる彼女の小さな顔は青白く、目はワインのせいか靄（もや）がかかったような緑色をしていた。

「シヌヘ、あなたを見るとうんざりするわ」と彼女は言った。「どれほどうんざりしているか分かるかしら。何のご用？」

「一緒に食事をしてあなたと愉しみたいのです」私は胸に悲しみをたたえながら言った。「昨日約束してくれたではありませんか」

「昨日は昨日、今日は今日よ」そう言うと、彼女は奴隷娘を呼んで、しわだらけになった自分の服を脱がせ、体に香油を塗って手足をもませた。それから、姿見を見ながら化粧を施し、真珠と宝石がはめ込まれた古めかしい金細工の飾りを取り出して額につけた。

「この額飾りの美しいこと。一晩じゅう取っ組み合いでもしたかのようにくたくただけど、それだけの価値はあったわ」

彼女はあくびをすると、体を目覚めさせるためにワインを飲んだ。私も勧められたが、彼女を見つめるばかりの私には何の味もしなかった。

「昨日は嘘をついたのですか。本当は障りなどなかったのでしょう」

昨日からうすうす気づいていたので、そのまま疑問をぶつけると彼女は言った。

「勘違いだったの。そろそろ時期だったのよ。でないと困ったことになるでしょう。シヌへ、あなたがか弱い私をあまりに激しく抱くものだから、身ごもったのではないかと気が気じゃなかったわ」

そう言って、薄っすらと笑みを浮かべた彼女の表情からしても、弄ばれていたのは明らかだった。

「その額飾りはシリアの王族の墓から見つかったものですね。昨日そんなことを言っていたようですから」

「あら、よく覚えているのね。たしかにこれはシリア商人の枕の下にあったものよ。あの男ったら脂ぎっていて豚のように大きなお腹で、玉ねぎくさくてたまらなかったけれど、欲しいものは手に入れたから、もう会うこともないわ。だから心配しなくていいのよ」

彼女はかつらと額飾りを外すと無造作に寝床の脇に放り投げ、再び寝床に横になった。あらわになった頭はなめらかで美しかった。彼女は全身で伸びをし、首のうしろで手を組んだ。

「シヌへ、私はとても疲れているの。それをいいことに、あなたは私の体を舐めるように見るのね。私は一人住まいとはいえ、下々の女とは違うってことを忘れないで。悪い噂を立てられるわけにはいかないわ」

「私のものは全部あなたのものになったのですから、もうあなたにあげられるものは何もないことはよく分かっているはずです」

寝床の端に頭を垂れると、彼女の香油と肌の香りがした。彼女は私の髪に手を触れたが、すぐにその手を引いたかと思うと笑い出し、横になったまま首を振った。

「男ってなんてしたたかでずる賢いのかしら。シヌヘ、あなたも私に嘘をついているわね。でもあなたのことが好きだから許してあげる。以前、私の腕に抱かれると炎よりもひどい火傷をすると言っていたけれど、それは違うわ。ひんやりとして気持ちのいい私の胸に触れてもかまわないのよ。この乳房も優しい愛撫を求めているんだもの」

ところが、私が彼女に触れようとすると、彼女は私を拒んで起き上がり、怒ったように言った。

「か弱い一人者だからって、ずる賢い男に体を触らせると思ったら大間違いよ。あなたの父親が港近くの貧民街に家を持っていることを内緒にしていたわよね。家そのものにたいした価値がなくても、その土地は船着場の近くだし、家具だって市場で売ったらいくらか足しにはなるでしょう。明日のことは誰にも分からないし、世間の評判を落とすわけにはいかないのだから、その家を私にくれるなら今日一日あなたと食事をして愉しんでもいいわ」

「父の財産は私のものではありません」私はふるえながら言った。「ネフェルネフェルネフェルゥ、私のものではないものを要求しないでください」

しかし彼女は首を傾(かし)げ、緑色の瞳で私を見つめ、小さな青白い顔で私に言った。

「シヌヘ、あなたは一人っ子で、ご両親にはあなたと遺産を分配すべき娘もいない。だから法律上、父親の財産はすべて息子であるあなたが受け継ぐってことはよく知っているはずよ。それに、目が見えなくなった父親があなたに印章を預けて資産管理を任せていることも隠していたわね」

それは本当だった。目が悪くなった父は、自分で名前も書けなくなり、私に印章を渡して資産管理を任せていた。父と母はいずれ適当な値段で家を売って郊外に農家を買い、墓に入って西方の地への永遠の旅が始まるまで、そこで老後を過ごす相談もしていた。

私を信頼している父と母を裏切るなんて、考えただけでも身がすくみ、私はひと言も発することができなかった。彼女は半分目を閉じて言った。

「シヌへ、あなたの両手で私の頭を抱き、あなたの唇で私の胸に触れてみて。あなたには私をか弱くしてしまう何かがあるの。あなたを思うと自分のことばかりではいられなくなるのよ。たいした価値がなくても、父親の財産を私にくれるなら、今日一日あなたと過ごしてもいいわ」

両手で彼女の頭を抱くと、それはなめらかで小さく、私は言葉にならない激情に衝き動かされて言った。

「あなたの願いのままに」自分の声がしわがれて聞こえた。しかし私が抱き寄せようとすると、彼女は言った。

「あなたはもうすぐ、ご自分が暮らすことになる家に入れるでしょう。でも、私は世間の評判を落としてはいけないし、ずる賢い男の口約束なんて信用しないから、まずは書記を探して、法に従って必要な書類を作ってちょうだい」

私は書記を探しに行った。彼女の館から離れていくその一歩一歩が苦痛でしかなかった。その日のうちに王立の文書保管庫へ届けることができるように、書記をできるだけ急かし、父の印章を押し、父の代理で名を書きつけた。私は書記に支払うための銀一片どころか、銅さえも持っていなかったので、売却後まで報酬を待ってもらうことにしたが、書記は不満げで、それも書類に書き足された。

ネフェルネフェルネフェルゥの館に戻ると、彼女はまだ休んでいると召使いに言われ、夕方、彼女が目覚めるまで待たなくてはならなかった。やっと彼女が目覚めて私を迎え入れてくれたので、書記の書いた証文の写しを渡すと、彼女はそれを無造作に黒檀の箱にしまった。

「シヌヘ、あなたはとても頑固なのね。私は誠実な人間だから約束は守りましょう。ここにやってきた目的を果たすといいわ」

そう言うと、彼女は寝床に横たわり私を受け入れたが、顔を背けて姿見に映る姿を見ながら、手であくびを噛み殺していたので、私と愉しんだとはとても言えず、私が待ち望んでいた歓喜は燃え尽きた灰のように味気ないものだった。私が起き上がると彼女は言った。

「シヌヘ、欲しいものは手に入れたでしょう。もう私のことは放っておいて。あなたといるのは本当に退屈だわ。不器用で力任せだし、あなたに触れられても痛いだけで、まったくよくないんだもの。床上手でないのはあなたのせいじゃないけれど、もう私にかまわないでちょうだい。いつか戻ってきてもいいけれど、今は十分私に満足したはずよ」

私は卵の殻のようにひび割れた心のまま、ふらふらと家に戻った。一人真っ暗な部屋で頭を抱え、悲しみと失望に浸りたかった。しかし、家の敷居には編み込んだかつらをかぶり、シリアの派手な服を着た来客が座っていた。彼は私を見るなり横柄に挨拶をし、私に医者としての助言を求めてきた。「この家はもう私のものではないので、診察もしていないのです」と私が言うと、彼は「足の腫れ物が痛いのです」とシリアの言葉を混ぜながら言った。「あなたの聡明な奴隷、カプタが足の腫れ物を治したいなら、あなたがいいと勧めてくれたのです。私を苦しみから解放してくれたら後悔はしないでしょう」

その男があまりに頑固なので、仕方なく診察室へ連れていき、身を清めるための湯を持ってこさせようと思い、カプタを呼んだが、返事がなかった。ふと、こぶと腫れ物だらけのシリア人の足を見て、それがカプタの足だと気づいた。カプタはかつらを取って顔を現し、声をあげて笑った。

「なんの茶番だ?」私は怒って杖でカプタを打ったので、彼の笑い声は瞬く間に悲鳴に変わった。私が杖を投げ捨てるとカプタは言った。

「私の主人はあなた様ではありませんから、気兼ねなく逃げるつもりだということをお伝えできます。ですから、この変装を見破られるか試してみたのですよ」

一度でも捕まってしまったら、そのあとどうやって生きていくのかと思い、カプタに逃亡奴隷の処罰の厳しさを思い出させようとした。しかし、カプタは言った。

「ビールをしこたま飲んだ夜に夢を見たのですよ。夢の中でご主人様は燃えさかるかまどの中にいました。私が厳しく小言を言って、ご主人様の首根っこをつかまえて川の中に投げ込むと、ご主人様はそのまま流されてしまいました。市場にいる夢占い師に尋ねてみましたら、ご主人様は大きな危険にさらされていて、私は図々しいご主人様にさんざん杖で打たれることになり、ご主人様には長い旅が待ち受けているというのです。ご主人様のお顔を見れば、どれだけ危険にさらされているのかが分かりますから、これは正夢ですよ。それに今私は杖で激しく打たれましたから、残りの夢も現実になることでしょう。私はどこまでもお供するつもりですから、正体がばれないようにこの衣装を用意したのです」

「カプタ、お前の忠義には感動するよ」私は少し皮肉交じりに言った。「たしかに私には長い旅が待っているかもしれないが、そうだとすれば行き先は死者の家だ。そこまでついてきたいとは思わないだろう」

「明日のことは誰にも分かりません。ご主人様はお若く、母牛がきれいに舐め終えていない生まれたての子牛も同然です。ですから、困難が待ち受ける死者の家や西方の地への旅にお一人で送り出すわけにはいきません。私がお供すれば私の経験を活かしてご主人様をお助けできると思うのです。ご主人様は突拍子もないことをしでかしますが、私はご主人様をお慕いしております。今まで数えきれないほど種付けをしてきましたが、息子はいないでしょうし、いたとしても彼らに会うことはないでしょうから、ご主人様のことを息子のように思っているのです。いえ、ご主人様を辱しめるつもりではなく、こういう気持ちでご主人様をお慕いしていると伝えたかったのです」

それはあまりにも厚かましかったが、カプタはもう私の奴隷ではないので、杖で打つのはやめた。恥と後悔というものは、大きければ大きいほど感覚が麻痺していくようで、私は部屋に閉じこもって頭から服をかぶり、朝まで死んだように眠った。それでも朝が来て私が一番に思い出したのは、ネフェルネフェルネフェルゥの瞳と体で、自分の両手に彼女のなめらかな頭を、そして自分の胸に彼女の乳房を感じるのだった。呪術などまったく信じていないが、自分でも気づかないうちに彼女に呪いをかけられていたのかもしれない。そのあとも彼女に会いに行くために身を清め、服を着て、顔に香油を塗ったことは覚えている。

2

ネフェルネフェルネフェルゥは庭園の蓮の池のたもとで私を出迎えた。瞳はナイルの水よりも深い緑色で、楽しそうにきらきらと輝いていた。「あら、シヌへ！　戻ってきたのね。ということは、私はまだ老いていなくて醜くもないってことかしら。何のご用？」

私は、飢えて倒れそうな者がパンを見るように彼女を眺めると、彼女は首を傾げ、不機嫌に言った。

「シヌへ、また私と愉しみたいのね。私は一人住まいとはいえ、下々の女とは違って自分の体面を守らなければならないのよ」

「昨日、父の全財産をあなたに渡しました。父はかつて尊敬された医師だったのに、今は貧しい者となり、ひょっとしたら老後は盲目の物乞いとして生きることになり、母は洗濯女になるかもしれません」

「昨日は昨日、今日は今日よ」彼女はそう言うと、目を細めて私を見た。「とやかく言うのはやめるわ。隣に座ってもかまわないし、私の手を取りたければそうしてもいいけれど、それ以上のことはだめよ。今日は嬉しいことがあったから、あなたとそれを分かち合いたいの」

彼女は悪戯っぽく微笑みながら私を眺め、自分の胸に軽く手を触れ、不満げに言った。

「なぜ私がこんなに嬉しいのか聞かないのね。まあいいわ、教えてあげる。下エジプトの貴族が重さ百デベンはありそうな金の器を持ってこの町にやってきたの。その器にはさまざまな美しい絵が描かれているのよ。その男は年寄りの痩せぎすだから、私の腰に骨が突き刺さりそうだけど、明日には金の器が我が家に飾られているんじゃないかしら。私は下々の女と違って自分の体面をきちんと守らなくてはならないのだから」

私が何も言わないので、彼女はがっかりしたように深くため息をつくと、うっとりと蓮の花を眺めた。そしてゆっくりと服を脱ぎ、池に入って泳ぎ始めた。蓮の陰に顔を出した彼女は、蓮の花よりもずっと美しかった。私の前に浮かび上がると、両手を首のうしろにまわして言った。

「シヌヘ、今日は口数が少ないのね。知らずに傷つけてしまったのかしら。だとしたら、私が悪かったわ」

私はもう黙っていられなかった。

「ネフェルネフェルネフェルゥ、私が何を求めているかよく分かっているはずだ」

「シヌヘ、顔が真っ赤で、こめかみの血管も脈打っているわ。今日は暑いから、服を脱いで一緒に池で涼みましょう。ここなら誰にも見られることはないから、心配しないで」

私は服を脱ぎ捨て、池に入って彼女の隣に行くと、彼女の脇腹が私の脇腹に触れた。彼女に触れようとすると、彼女は笑いながら身をかわして私の目に水をかけた。

「シヌヘ、何を求めているかはよく分かっているわ。私も恥ずかしくてあなたを見ることができない。でもあなたも知っての通り、私は下々の女とは違うのだから、まず何か贈り物をしないといけないことは知っているわね」

私は激昂して叫んだ。

「ネフェルネフェルネフェルゥ、あなたは私から何もかも奪ったというのに、なんてひどい人だ。私は恥ずかしくて二度と両親に顔を合わせることができない。私の名はまだ医師として生命の家に登録されているから、収入を得たらあなたに贈り物を用意できるでしょう。私の体は水の中にいても燃えるようで、あなたを見ているだけで自分の手を食いちぎってしまいそうなのに、もう勘弁してください」

彼女が軽々と水面に浮かぶと、乳房がうっすらと赤みを帯びた花のように水面から盛り上がって見えた。

「シヌへ、医師は目と手を使うわよね。つまり、たとえその名が何千回も生命の家に登録されたとしても、目や手がなければ医師とはいえないわ。あなたが両目をくりぬき、両手を切り落としてくれたら、今日一日、一緒に食事をして愉しもうかしら。それを貢ぎ物として戸口の上にぶら下げておいたら、来客が私のことをそれだけ価値のある女として敬い、私が下々の女とは違うってことが分かるかもしれないわ」

彼女は緑色に塗った瞼を少し閉じて私を見ると、そっけなく言った。

「いいえ、やっぱりあなたの目玉をもらっても使い道なんてないし、両手も腐って部屋にハエがたかるでしょうから、そんなものは要らないわ。裸で池に浸かるあなたを眺めているのはたまらないの。何かいい方法がないか一緒に考えましょう。あなたは不器用で未熟だから、今日一日、男が悦び女も愉しめる、あなたが知らない色々な技を手ほどきしてあげてもいいのよ。シヌへ、少し考えてみて」

私が手を伸ばそうとすると、彼女は素早く池から上がって、木陰で腕の水滴を払った。

「私はただのか弱い女にすぎないのに、男の人って図々しくて油断できないわ。あなたも同類よ。この期に及んでまだ私に嘘をつこうとするなんて、どうやら私に飽きたようだし、悲しくて涙が出そうだわ。もし私に飽きていないのなら、あなたのご両親が死者の町に準備している美しいお墓のことや、遺体処理や西方の地で必要なものを揃えるための金銀を神殿に蓄えていることを隠すはずがないもの」

これを聞いた私は血が出るほど胸を掻きむしって叫んだ。

「たしかにあなたの名はタブブだ。今こそ信じよう！」

「下々の女ではないからといって私を責めるのはお門違いよ。ここに来てなんて言った覚えはないし、自ら飛び込んできたのでしょう。でもいいわ。この程度のことが私たちの障害になるなら、あなたは私を愛しているわけではなく、からかっているだけということね。よく分かったわ」彼女は悲しそうに言った。

悲しみのあまり私の頬に涙が伝い、嗚咽しながら彼女に近づくと、彼女は立ったまま軽く私と体を触れ合わせた。

「考えるだけでも罪深く、神の道から外れたことだ。両親から永遠の命を奪い、罪を犯した奴隷や貧乏人のように、遺体を川に投げ込んで朽ちるままにしろというのか。そんなこと求めないでくれ」

しかし彼女はその裸体を私に押しつけて言った。

「ご両親の墓を渡してくれたらあなたの耳元で『兄よ』とささやいて、この腕であなたを燃えあがらせてあげる。それから男が悦ぶようなあなたの知らないいくつもの技を教えてあげるわ」

私は自分を抑えることができず、泣きながら答えた。

「あなたの望みのままに。私の名は未来永劫呪われるだろうが、私を呪縛するあなたの呪いは強力すぎてどうすることもできない」

「私は下々の女とは違って自分の家を構え、体面を守らなければならないのよ。私の前で呪術のことを口にするなんて不愉快だからやめてちょうだい。でも、あなたはご機嫌斜めで落ち込んでいるようだから、召使いに書記を探しに行かせる間、あなたの心が晴れるように一緒に食事をしてあげるわ。書類が整えば、愉しむこともできるでしょう」彼女は嬉しそうに笑いながら、館の中に駆けていった。

服を着てあとをついていくと、召使いが私の手に水を注ぎ、膝まで手を下げてお辞儀をした。背後で彼らが私のことをあざ笑う声が聞こえたが、ハエの羽音かのように聞こえないふりをした。彼らはネフェルネフェルネフェルゥが下りてくるとすぐに黙り、私たちは二人で食事をした。肉は五種類、焼き菓子は十二種類あり、混合酒も飲んだので、すぐに酔いがまわった。書記がやってきて、必要な内容をすべて書き取り、私は死者の町にある両親の墓とすべての副葬品、そして神殿に預けている財産も含め、一切をネフェルネフェルネフェルゥに譲ったので、両親は死後の永遠の命を失い、西方の地へ旅することも叶わなくなった。父の印章を押し、代理人として父の名を書くと、すぐに書記が王立の文書保管庫に届けに行ったので、その日のうちに法的に有効となった。書記が彼女にすべての証文の写しを渡すと、彼女はそれを無造作に黒檀の箱にしまって書記に報酬を支払い、書記は膝まで両手を下げて礼をすると去っていった。

書記がいなくなると、私は言った。「ネフェルネフェルネフェルゥ、私はこの瞬間から人間と神々の前で呪われ、辱(はずかし)めを受ける身です。私の行いにそれだけの価値があったのか、今こそ示してください」

すると彼女は微笑んで言った。「兄よ、あなたの心が晴れるようにワインを飲んで」私が彼女に触れようとすると、彼女は私を避けて壺から私の杯にワインを注いだ。しばらくすると、彼女は太陽を眺めて言った。「あら、ずいぶん時間が経ったのね。もうすぐ日が暮れるわ。シヌヘ、まだ何か欲しいの?」「私が何を欲しているか、よく分かっているはずだ」そう言うと、彼女は答えた。「シヌヘ、どの井戸が一番深くて、どの穴が底なしか知っているでしょう。明日にはこの館に飾られるはずの金の器が私を待っているの。だからそろそろ着替えて化粧をしないと」

私が彼女に触れようとすると、彼女は身を翻(ひるがえ)して甲高い声で笑い、大声で召使いを呼び、召使いが駆けつけてきた。彼女は召使いに言った。「この我慢ならない物乞いはいったいどこから入り込んだの。さっさと追い出して、二度と中に入れないでちょうだい。歯向かうようなら杖で打ってやるといいわ」

私はワインと怒りで呆然としているうちに召使いに放り出された。その後、閉じられた門を石で叩いていると、今度は杖で打たれた。そして騒ぎを聞いて集まってきた民に向かって、召使いはこう言った。「ご主人様は下々の女とは違い、ご自分の家をお持ちだというのに、この酔っ払いはご主人様のことを侮辱したのだ」

彼らは気を失うまで私を杖で打ち、路上に転がしたまま放置したので、民は私に唾を吐き、犬は私の服に小便をひっかけた。

意識が戻り、自分のひどい有り様に気づいても、起き上がる気力はなく、朝まで身じろぎもせずに横たわっていた。もう二度と誰とも顔を合わせられないと思っていた私を、暗がりが守ってくれた。王位継承者は私に「孤独な者」という名を与えたが、この夜の私は紛れもなくこの世で最も孤独だった。

夜が明けて、人々が道を行き交い始め、商人が店先に売り物を出し、牛が車を引き始めると、ようやく起き上がって町の外に行き、三日三晩飲まず食わずのまま葦の茂みにひそんだ。体も心もひどく傷ついていた。もしその間に誰かが話しかけてきたら、大声で叫び、発狂していただろう。

3

三日目になってようやく顔と足をすすぎ、服にこびりついた血を洗い流すと、町に引き返して自分の家に戻った。しかし、その家はすでに私のものではなく、門には知らない医師の看板が掲げられていた。カプタを呼ぶと、彼は小走りにやってきて、私を見るなり喜びで涙を流し、私の膝に抱きついてきた。

「ご主人様、誰に命令されようが、私にとっては今でもあなた様がご主人様です。この家には、自分が大した医者だとうぬぼれている若造が住み始め、ご主人様の服を着て悦に入っています。その母親は台所で私の足に熱湯をかけ、私のことをドブネズミだの糞にたかるハエだのと呼ぶのです。患者たちは、新しい医者は手際がよくないうえに、治療そのものが痛くてたまらないし、何よりも自分たちの苦しみを分かってくれないと言っていますよ」

彼はたった一つの目を血走らせながら喋り続け、怯えたように見つめるので、私は耐えかねて言った。

「カプタ、何があったのかすべて話してくれ。私の心は石も同然で、もう何も感じないのだから」

するとカプタは両手をあげて深い悲しみを表して言った。

「ご主人様がこんな悲しみを経験しなくて済むなら、たった一つ残ったこの目を差し出したでしょう。今日は悪い日ですが、ご主人様がお戻りになってよかった。実は、ご両親がお亡くなりになったのですよ」

「父と母が」と言い、慣習に従って両手をあげたが、胸の中で心臓が大きな音を立てた。

「ご両親は昨日立ち退きを言い渡されていたので、今朝、管財人たちがご両親の家に行ったのです。ですが、お二人は寝床に横になったまま、すでに息をしておられませんでした。新しい所有者が明日には家を取り壊すよう命じていますから、今日のうちにご遺体を引き取り、死者の家に運ばなければなりません」

「両親は立ち退きになった理由を知っていたのか」私はカプタの顔を見られなかった。

「亡くなる前、お父上のセンムト様はご主人様を訪ねてこられました。もう目が見えなかったので、お母上に手を引かれていましたが、お二人ともお年を召され、おぼつかない足取りで歩いてこられました。ですが私はご主人様がどこにいらっしゃるのか知りませんでした。するとお父上は、そのほうがよかったのかもしれないとおっしゃったのです。お二人は管財人に家を追い出され、棚の箱や持ち物にはすべて差し押さえの札が貼られていたので、そのとき着ていたよれよれの服しかお持ちでなかったのですよ。お父上が管財人たちにわけを尋ねたところ、息子のシヌへが悪い女に黄金を渡すために、両親の家と墓を売り払ったのだとあざ笑ったそうです。お父上はしばらくためらわれてから、書記に手紙を書いてもらいたいから銅を恵んでくれないかと私におっしゃいました。ちょうどそのとき、新しい主人の母親が私を呼びに来て、私が物乞いと長いこと話していると思って杖で打ってきたのです。まだ新たな主人からはくすねていませんが、ご主人様やその前の主人から盗んだ銅や銀の貯えがありますから、私がお父上に銅を差し上げたいと思っていたことは信じてください。ですが、私が通りへ戻ると、ご両親の姿はありませんでした。お二人を追いかけようとしたところ、新しい主人の母親に邪魔をされ、しかも夜の間に逃げ出さないようにと、かまどの穴に閉じ込められてしまいました」

「つまり、父は私に何も言い残さなかったのか」と私は聞いた。するとカプタは「お父上はひと言も残されませんでした」と答えた。

私の心はまるで石のように何も感じなかったが、私の思考は冷たい空気中を飛ぶ鳥のようにはっきりとして穏やかだった。しばらく考えてからカプタに言った。

「お前の銅と銀をすべて私にくれないか。お前は私に全財産を渡すことになるが、私は両親を死者の家に送り届けなければならないのに、遺体を保存するための費用も払えないんだ。私が返せないとしてもアメン神やほかの神がきっとお前に報いてくれるだろう」

カプタは嘆き悲しんで涙を浮かべ、何度も両手をあげて深い悲しみを示したが、ついには犬が地面に隠した骨を掘り出すときのようにうしろを振り返りながら、庭の隅に行った。そこで石をひっくり返し、その下からカプタがこれまでの奴隷の生涯で蓄えた二デベンにも満たない銅や銀を結びつけたぼろ布を取り出した。悲しみにくれながらも、すべてを差し出してくれたカプタがどうか報われ、彼の遺体が永遠に残らんことを。

私の友人やプタホル、ホルエムヘブが黄金を貸してくれたかもしれないし、トトメスも助けてくれたかもしれないが、若かった私は自分の恥ずべき行為が皆に知れ渡っていると信じ込み、友の顔を見るくらいなら死んだほうがましだと思っていた。自分の行いによって私は人と神の前で呪われた身となったのだ。

奴隷を呼びつける意地悪そうな声がしたかと思うと、新しい主人の母親がワニのような顔で手に杖を握りしめてやってきたので、カプタは急いで私のもとから走り去った。そのため、私はカプタに感謝を伝えることができなかった。カプタは杖が触れる前から泣き叫んでいたが、すでに自分の銅と銀を思って泣いていたから、泣き真似をする必要はなかっただろう。

急いで父の家に行くと、戸は壊され、家財道具は管財人に差し押さえられていた。庭には近所の人たちが両手をあげて悲しみを示して立っていたが、誰も私に話しかけようとはせず、ただ恐ろしいものを見るように私に道を空けた。中に入ると、センムトとキパが寝床に横たわっていて、二人の顔はまだ生きているかのように赤みが差していた。床にはまだ火がついている火鉢が置いてあり、彼らは戸を閉め切って死んでいた。私は差し押さえの札が貼られている毛布で二人をくるみ、遺体運びを手伝ってくれるロバ引きを連れてきて、二人で遺体をロバの背に乗せ、死者の家まで運んだ。しかし、私の持っている銀は最も安い遺体処理の費用にさえ足りず、遺体を引き取ってもらえなかったので、私は遺体洗浄人に言った。

「私はセンムトの息子、シヌへといい、この名は生命の家に登録されていますが、今はわけあって、両親の埋葬費用を持っていません。アメン神とすべてのエジプトの神々にかけて、遺体処理にかかる期間、私の持てるすべての技能でお仕えしますので、どうか両親の遺体を保存してもらえないでしょうか」

彼らはさんざん私の強情ぶりを罵ったが、最後には疫病の痕のある遺体洗浄人がカプタからもらった銀と銅を受け取り、父のあごの下に銅を刺して貧乏人用の水槽に投げ入れた。母の遺体も同じようにして水槽に投げ入れられた。水槽は三十あり、毎日一つの槽がいっぱいになると、一つが空になった。死後も長い間保存できるように塩分とナトロンに三十日間漬けられるのだが、貧乏人の遺体はそれ以上の処置がされないことを当時の私は知らなかった。

管財人の差し押さえの札が貼られた毛布を戻すために、私はもう一度父の家に行かなければならなかった。遺体洗浄人は私をからかいながら「朝には仕事に戻れ。さもないとお前の両親の遺体を引き上げて犬の餌にしてやるぞ」と言った。彼は私が嘘つきで、本当の医師ではないと思ったのだろう。

父の家に戻ると、崩れかけた泥煉瓦が私に向かって叫んでいるように感じたが、私の心は石のように硬く閉ざされていた。泥煉瓦の一つひとつ、庭の古いシカモアの木、子どもの頃に遊んだ池、すべてが何かを訴えていた。私はいたたまれず、急いで毛布を戻してその場を立ち去ろうとしたが、門のところで、同じ通りの角にある香辛料店の隣で開業している書記と出くわした。彼は私を見るなり両手をあげて悲しみを表した。

「高潔なるセンムトの息子、シヌへではありませんか」

「はい、そうですが」

「父上はあなたに会えませんでしたが、あなたに伝えたいことを私に託したので、どうか逃げないでください」それを聞いた私は両手で頭を抱えて地面に崩れ落ちた。書記は紙を取り出して私に読み上げた。

「その名が生命の書に記された者センムトと、その妻キパが、ファラオの宮殿で『孤独な者』と名づけられた息子シヌへにこの言葉を送る。神々がお前を私たちに送ってくださってからというもの、お前が生きた一日一日が喜びでしかなく、お前を心から誇らしく思い、一度たりとも悲しみをもたらしたことはなかった。今お前は逆境に立たされ、助けてやりたくても私たちにはどうすることもできず、とても心配している。私たちはお前の行いはすべて正しく、そうせざるを得なかったのだと信じている。墓を売ることになったが、理由がなければそんなことはしなかっただろうから、私たちのために悲しむ必要はない。逃げ惑う者にとっては家が、疲れ切った者にとっては眠ることが喜びであるように、私たちにとっては死が喜びなのだから、管財人が急かす今、死を先延ばしにする必要はない。私たちの長い人生には多くの喜びがあったが、最も大きな喜びはシヌへ、お前が、すっかり年老いて孤独だった私たちのところに川を下ってやってきたことだ。だからお前に祝福を。私たちに墓はないが、すべては無意味なもので、むしろ無に帰したほうが、西方の地へ旅に出てこれ以上辛く危険な思いをするよりも幸せなのだろうから、詫びる必要はない。私たちの死が安らかであったことを、そして死ぬ前にお前の幸せを願ったことを忘れないでくれ。すべてのエジプトの神々がお前を危険から守り、悲しみから救い、私たちのように自分の子どもから喜びを得んことを。お前の父センムトと母キパがここに願う」

石と化していた私の心は粉々に砕け、涙があふれ出して地面にこぼれ落ちた。書記は言った。

「これが手紙です。父上の印章はなく、名前も書けなかったが、父上の言葉を私がひと言も違わずに書き取ったことは信じてくれるでしょう。その証拠にあなたの母上の涙がここと、ここに滲んでいるのだから」

そう言って彼は手紙を見せてくれた。しかし、私の目は涙があふれ、何も見ることはできなかった。彼は手紙を巻いて私に渡した。

「あなたの父、センムトは高潔な方で、キパも普通の女性と同じように口が悪いときもあったが、いい方でした。それもあって、父上が私に報酬をまったく払えなくても、彼のためにこれを書いたのですよ。紙もいいもので、きれいにすればまた使えますから、あなたに差し上げましょう」

私は少し考えて言った。「ご親切な方、私もあなたに報酬として渡せるものが何もありません。この肩衣は汚れてしわだらけですが、もとはいい生地なのでこれを持っていってください」

私は肩衣を脱いで彼に渡し、彼はためらいながら手にすると驚いて言った。

「シヌへ、あなたはなんて気前がいいのでしょう。たとえあなたがご両親からすべてを奪い、身ぐるみはがして死に追いやったのだと誰かが言っても、私はあなたを弁護しましょう。ですが、肩衣がなかったら、太陽があなたの背中に照りつけ、奴隷のように真っ赤に焼けて水膨れができてしまうだろうから、これは受け取れません」

「あなたがしてくださった仕事がどれほど私の慰めになることか。だからどうか受け取ってください。すべてのエジプトの神々のご加護があらんことを、そしてあなたの肉体が永遠に残らんことを」

彼は肩衣を受け取ると、両手で頭上に掲げて嬉しそうに立ち去っていった。私は奴隷や牛飼いのように腰布だけを身に着け、昼夜三十日間、遺体洗浄人の手伝いをするために死者の家に戻った。

4

私はこれまで医師として死や苦しみを嫌というほど目にし、悪臭や腫れ物や膿んだ傷口には慣れていると思っていたが、死者の家で働き始めてみると、自分が何も知らないひよっこだということに気づいた。貧乏人の遺体は強い臭気が漂うナトロンと塩の槽に漬けられているだけなので、特に面倒なことはなく、私はすぐに鉤を使って遺体を槽の中で動かすこつを覚えた。しかし、身分の高い者の遺体を扱うにはより高度な技術が必要で、内臓をすすいで壺に詰める作業はあらゆる感情を無にしなければできるものではなかった。最も心を無にする必要があったのは、アメン神が人の死後、生前にも増して徹底的に搾取していたことで、実際にはいつも同じごま油を使っているにもかかわらず、ミイラ職人は高価な香油や軟膏、防腐剤を使うのだと遺族に嘘をつき、持っている財産によって遺体処理にかかる値段を変えていた。貴族の遺体だけはあらゆる技術を駆使して処理されるが、それ以外は遺体に穴をあけて内臓を溶かす油を注入し、その後、樹脂を染み込ませた葦を詰め込むだけだった。貧乏人にはその処置すら施されず、三十日目に鉤で引っかけて水槽から引き出され、乾燥させてから遺族に引き渡された。

神官に監視されていたにもかかわらず、遺体洗浄人とミイラ職人は色々なものを盗んでいて、彼らはそれを当然の権利と捉えていた。薬草や高価な香油、軟膏、包帯を盗んでは売りさばき、それらが周りまわってくると再び自分の懐に入れるのだ。死者の家での働き手を見つけるのは簡単ではなかったし、職人は気が向けばそれなりに仕事をこなしていたから、神官が盗難を防ぐのは難しかった。遺体洗浄人に雇われるのは、役人から逃れ、神に呪われた罪人で、彼らの体には塩分とナトロンのにおいと死臭が染みつき、そのにおいが遠くまで漂うものだから、人々に避けられ、酒場や娼館にも出入り禁止となっていた。

遺体洗浄人は、自らこの仕事に志願した私のことを同類だと思い込み、何も隠そうとしなかった。もし自分がここまで落ちぶれていなければ、遺体洗浄人が貴族の遺体を粗末に扱い、魔術に使える部分を切り刻んで魔術師に売りさばくのを目にして、恐ろしさのあまりとっくに逃げ出していただろう。西方の地が実在するなら——両親のためにはあってほしいと思うが——多くの死者は墓のために神殿にあれほど金銀を積ぎ込んだのに、なぜ長旅の支度がこんなにも粗末なのかと不審に思うだろう。

遺体洗浄人はいくら金を出したとしても、最も身分の低い街角の女にさえ嫌がられたし、黒人女にも疎まれるほどだったから、死者の家が最も喜びでわき立つのは、若い女の遺体が持ち込まれたときだった。美醜のほどは問題ではなく、遺体はすぐには水槽に入れられず、その晩、遺体洗浄人の夜伽（よとぎ）をし、彼らは言い争いながらくじ引きで順番を決めていた。以前は仲間内で金銀を集め、大きな戦のあとでエジプトに連れてこられた奴隷娘を安く買って皆で愉しんでいたようだが、死者の家のあまりにも劣悪な環境に奴隷女が発狂して悪評が立ったため、神官は死者の家に奴隷女を売るのを禁じたのだ。それからというもの、遺体洗浄人は自分たちで食事を作り、洗濯し、遺体を慰みものにするようになった。彼らに言わせると、昔、偉大なる王の時代に、死者の家に連れてこられた女が洗浄人の手で息を吹き返し、アメン神の偉大な奇跡として女の両親と夫に大変喜ばれたことがあったそうだ。そのため自分たちは、生き返らせても誰も喜ばないような年寄りを除き、死者の家に持ち込まれる遺体を温めて奇跡を起こそうとしているのだと豪語していた。これは死者の家が閉まる夜中にこっそり行われていたので、神官が関知していたかは分からない。

一度死者の家に入り、遺体洗浄人として働くようになると、人々から蔑まれるため、ほとんど外に出ることもなく、遺体に囲まれて一生を終えるのが常だった。初めの頃は最も気性が荒い乱暴な者たちに、面白半分で一番汚い仕事をやらされていたから、遺体への接し方や辱め方を聞いているだけでも恐ろしく、彼らを神に呪われた存在だと思っていた。そのうちに遺体洗浄人やミイラ職人たちも自分の仕事に誇りを持ち、高度な技術を身につけ、その技術が腕のいい者に受け継がれていることに気づいた。生命の家の医師と同じように、ここでも専門分野があり、頭部、腹部、心臓、肺を扱う者にそれぞれ分かれ、遺体のすべての部位を永遠に保存するための処置を施していたのだ。

その中の一人、ラモセという名の老いた男は、遺体処置の中でも最も難しいとされる仕事を担っていた。彼は鉤のついた道具で遺体の脳を鼻から取り出し、頭蓋を洗浄用の油で洗う仕事をしていた。彼は私の手先が器用だと気づくと色々なことを教えてくれるようになり、死者の家で過ごす期間が半分ほど過ぎた頃には助手にしてくれたので、私も過ごしやすくなった。私の目にはほとんどの遺体洗浄人が惨めな動物のように映り、ものの考え方も話す内容も陽光の下で生きている者と比べると、とても同じ人間とは思えなかったが、ラモセは甲羅(こうら)の中で静かに生きている亀を思わせた。彼の首は亀のように曲がり、顔や手も亀のようにしわだらけだった。私は死者の家の仕事の中で最も清潔で尊いとされているラモセの仕事を手伝った。仲間内で一目置かれていた彼のおかげで、ほかの者に脅されたり、内臓を投げつけられたり、汚水をかけられたりすることもなくなった。ラモセは一度も声を荒げたことがないのに、なぜそれほど威厳があったのかは不思議だった。

遺体処置にかかる費用は決して安くないのに、遺体洗浄人が貧乏人の遺体処置をほとんどせずに色々と盗んでいることを知った私は、両親に永遠の命を与えるためにできる限り自分も盗もうと決心した。両親に対して犯した私の罪はあまりに重く、少々盗みを重ねたくらいでは変わらないだろうと思ったのだ。ラモセが扱うのは貴族の遺体に限られていて、彼は助手である私に、貴族の遺体から何をどれだけ盗んでいいかといった匙加減まで親切に教えてくれた。

こうして私は両親の遺体を貧乏人の遺体が投げ込まれている水槽から引きあげ、体腔に樹脂を染み込ませた葦を詰め込み、包帯で遺体を巻くことまではできた。しかし、何かを盗むにしても、ラモセですら超えてはいけない一線があったので、これ以上のことはできなかった。

死者の家のほら穴で静かにゆっくりと作業を進める合間に、ラモセは多くのことを教えてくれた。やがて、私は勇気を出して少しずつ質問をするようになったが、ラモセは私が「なぜ」と聞いても驚きはしなかった。人間には適応力があり、どんなことにも慣れるもので、この頃には死者の家の鼻につく悪臭にも慣れてきた。そしてラモセの知識のおかげで恐怖心は徐々に薄れ、鉤と油の壺に囲まれて処置をする間に、彼にたくさんの問いを投げかけた。

手始めに、来る日も来る日も死と隣り合わせで生活しているのだから、少しはおとなしくなりそうなものなのに、なぜ遺体洗浄人は神をも畏れぬ話し方をし、欲望しか頭になく、女の遺体を取り合うのかと尋ねた。

「人の遺体はそのまま放置すれば朽ち果てるが、そいつの希望や願いは泥の中でうごめいている。泥の中には生への欲望があり、その欲望が動物や人間を、そして神々をも生み出したのだとわしは思う。だから死が身近であればあるほど、下層の者である彼らの欲望は泥の中の欲望に刺激されて、より強くなるのだろう。賢い者は死によって安らぐが、下層の者にとっての死は獣の死そのもので、矢に射られてもなお自らの種を砂にまき散らすのだ。ここにいる者たちも矢に心臓を貫かれて、死者の家にたどり着いたのだよ。だから彼らの振る舞いを蔑むのではなく、むしろ哀れんでやることだ。冷え切った遺体は何も感じることはないのだから、あいつらは遺体を傷つけ、辱めているのではなく、むしろ、泥に戻りながら自らを傷つけているのだ」

ラモセは短い鉗子を貴族の遺体の鼻にそっと差し込み、頭蓋の薄い骨を砕くと、長くてよくしなる鉗子で油を張った器に脳を掻き出していった。

「なぜですか。もう冷たくて何も感じないというのに、なぜ人間の肉体を永遠に保存しなくてはならないのですか」

ラモセは、亀のような小さくて丸い目で私をちらりと見ると、前衣で両手を拭いて、脳を入れる器の横に置いてある壺からビールを飲んだ。

「昔も今もそうしてきたからだ。大昔から続いてきたことを私に説明できるものか。墓では人間の精神であるカーが肉体に戻って供物を食み、墓の前に備えられる花を見て喜ぶ。だが、カーが食む量はわずかだから人間が見ても気づかない。だから、王への供物は王の墓から貴族や上流階級の墓へと運ばれ、同じ供物が複数の死者に捧げられ、夜になると供物を管理する神官が食ってしまうのだ。人間の霊魂であるバーは人間が息を引き取る瞬間に鼻から抜け出ていくというが、どこへ飛んでいくのかわしは知らん。それでもこれまで多くの者がそう証言してきたのだ。カーと人間の違いは、人間は光の下で影ができるが、カーには影がないということだ。それ以外は同じようなものだと言われている」

「あなたの話はハエの羽音のように聞こえます。私はそこまで愚かではありませんし、これまで何度も飽きるほど見聞きしてきた古くさいことを言う必要はありません。本当のところを教えてください」

ラモセはもう一度ビールを飲み、器の中で小さな肉片となって油に浮いている脳をぼんやりと眺めた。

「そんなことを聞くとは、お前もまだ若く、気持ちが高ぶっているようだな」

そう言って、一人、口を開けて静かに笑った。

「お前の心は病んでいるようだ。わしの心は老いて古傷だらけだから、何を聞かれても動じることはない。死後も遺体を保存することが、果たして人間にとっていいことなのかと聞かれても答えられないし、たとえ神官であっても答えられる者はいないだろう。昔からそうしてきたから、これからも踏襲するのが最も確実なのだ。そうすれば少なくとも間違いは起こらない。一つ確かなのは、西方の地から戻ってきて、そこがどんなところかを伝えた者はまだいないということだ。もちろん、愛する人々のカーが夢の中に現れて、助言を与えたり、道を示したり、警告を与えたりするという者はいるが、夢は夢にすぎんし、朝になれば消えてしまう。ただ昔、ある女が死者の家で息を吹き返し、夫と両親のもとへ戻って長生きしたのは本当のことだ。おそらくよくあるように、女を盗んで好きにしようとした者がまじないをかけて死んだように見せただけだと思うがな。女は死んだときに黄泉の国の真っ暗な穴に落ち、さまざまな化け物にまとわりつかれ、雄のヒヒに抱きつかれ、ワニの頭をした化け物に乳首を噛まれたというが、この話はすべて神殿の記録に書き取られているから、知りたい者は金を出せば読める。だが、いったい誰が女の話を信じるだろう。いずれにしても、死の体験は女に大きな影響を与え、それからというもの死ぬまで毎日神殿に通い、持参金と夫の財産を供物に使い果たし、子どもたちは母親が本当に死んだとき、貧しさのあまり遺体を処置する費用も払えなくなった。代わりに神殿が女の墓を用意してやり、遺体を処置してやったのだ。知っての通り、その墓は今でも死者の町で見物できる」

ラモセの話を聞き、死者の家での出来事を見聞きするにつれ、遺体を保存することが両親にとっていいことなのか、だんだん分からなくなってきた。しかし、両親には恩があるので、遺体をきちんと保存しようと心に決めた。生前、老いた両親の唯一の望みだった遺体の保存を実現するために、ラモセの手を借りて遺体処置をし、包帯で巻くまで四十日と四十夜の間、必要なものを盗むために死者の家に留まった。問題は両親の遺体を納める墓がなく、木棺すらないことだった。そこで、二人が永遠に一緒にいられるように、雄牛の皮に二人を包んで縫い合わせた。

いざ死者の家から去ろうというときに迷いが生じた。私の手先の器用さを評価していたラモセも、助手として残ってほしいと言ってくれた。死者の家に留まれば十分な収入を得られるうえに、友人に私の居場所を知られることもなく、色々盗みながら死者の家のほら穴の中で過ごし、普通の人生の悩みや苦しみを経験することもなかっただろう。いずれにせよ私は死者の家に残らなかったのだが、死者の家のほら穴生活にも慣れ、何も欲していなかったというのに、なぜ残らなかったのか、その理由は自分でも分からない。

「遺体は冷たく、もう動くことはない」ラモセは言った。「生者よりも死者に囲まれて生きるほうがよほどいいから、ここに残ったらどうだ。生前と違って、人は死んでしまえば誰も傷つけず、苦しめることもない。お前の心臓にも矢が貫通したのだろう。でなければここにいるはずがない。なぜ、老いて傷だらけになり何も感じなくなるまでお前の心を苦しめようと毒矢を放ち、目をつぶし、手を切り落とそうとする者がうようよしている世に戻ろうとするのだ」

「ラモセ、あなたはなぜ死者の家にやってきたのですか。あなたは賢く腕も確かで、ほかの仕事でも十分やっていけたでしょうに。どうしてここに来ることになったのですか」

ラモセは私の目を見ずに激しく首を振り、亀のように首を縮めた。「やむを得ない事情がなければ誰もここにたどり着かないということは、よく知っているだろう」そして、「これが答えだ」と言った。

それからもう一度忍び笑いをし、冷たいビールを飲んだ。

「何もかも無意味で、特に欲しいものもないわしにとって、ここが性に合うのだ。これだけは伝えておこう。一度でも死者の家で過ごした者は、たとえ外に出たとしても死者の家に留まり続けるだろう。死者の家にいたお前の中には死者の家が居座り、もう逃れることはできない」

当時の私はラモセの話をよく理解せず、なんて愚かなことを言うのだろうとしか思わなかった。その後私は、できる限り体を洗い清めてから死者の家をあとにした。遺体洗浄人たちが背後から罵詈雑言を浴びせ、野次を飛ばしてきたが、それは悪気があったわけでなく、ほかの言い方を知らないだけだった。彼らは私が両親の遺体を納めた雄牛の皮袋を運ぶのを手伝ってくれた。身を清めたにもかかわらず、路上に出ると人々が鼻をつまんで私を避け、蔑むような身振りをしてきた。死者の家の臭気が染みついていたせいで、川の向こう岸へ乗せてくれる渡し守も見つからなかった。仕方なく夜になるのを待ち、番人の目をはばかることなく岸辺にあった葦舟を盗んで向こう岸に渡り、両親の遺体を死者の町へと運んだ。

5

両親が供物に不自由せずに永遠の命を得られるように、裕福な者や貴族の墓に両親の遺体を埋葬したかったが、死者の町は夜も厳しく監視されていたので、ちょうどいい場所を見つけることはできなかった。牛の皮袋を背負って砂漠を歩いていると、太陽が私の背に照りつけ、手足から力が抜け、息が荒くなり、死ぬのではないかと思った。それでも牛の革袋を背負って山を登り、墓泥棒しか通らないような細く危険な道を進み、古(いにしえ)のファラオたちが眠っている禁じられた谷にたどり着いた。夜になるとジャッカルが遠吠えをし、砂漠の毒蛇が音を立てて威嚇し、熱い岩の上をサソリが動きまわっていたが、私はあらゆる危険にも鈍くなっていて、死が私を望むなら喜んで迎え入れたいと思っていた。再び陽光の下に出てみたものの、人々の姿を見ると自分の恥が毒のように体を蝕み、自分の人生に意味があるとはとても思えなかった。
死はそれを願う者を避けて通り、生きることに執着する者をこそ求める、ということを当時の私は知らなかった。蛇は私に道を譲り、サソリは私を刺すこともなく、じりじりと照りつける太陽でさえ私を窒息させることはなかった。谷にいる番人は目が見えず耳も聞こえなかったので私に気づかず、私が谷に下りたときに転がり落ちた石の音も聞こえていなかった。私がたどり着いたのは夜で、王の墓は神官の強力な呪文で封印されていたので、番人は夜の谷を恐れていたのかもしれない。たとえ番人が、月明かりの下で雄牛の皮袋を背負って動きまわる私を見て、山あいに石が落ちる音を聞いたとしても、死者が谷をさまよっているのだと思い、服をかぶって顔を背けただろう。もし彼らに見つかっていれば、私は即座に殺され、ジャッカルの餌として放置されただろうが、番人の居場所を知らない私に、彼らを避けることなど不可能だったし、あえて隠れるつもりもなかった。やがて私の前に穏やかで圧倒的な静寂に包まれた王家の谷が現れた。谷には陰鬱な雰囲気が漂っていたにもかかわらず、ここに眠る多くのファラオが生前玉座についていたときよりも堂々たる威厳を放っているように見えた。

ここまで来たのだから、両親にとって最もふさわしい場所を見つけようと思い、神官たちが封印した偉大なるファラオの墓の扉の前を一晩じゅう歩いて探しまわった。私に墓を奪われたも同然の両親にとって、ファラオがアメン神の船に乗った時期が比較的新しく、川のほとりの葬祭神殿できちんと祀(まつ)られ、新鮮な供物がある墓にしようと思った。

月が沈む頃、偉大なるファラオの墓の扉のそばに穴を掘り、両親の遺体を納めた雄牛の皮袋を埋めて砂をかけた。どこか遠くでジャッカルが吠えていたので、砂漠を歩くアヌビスが、両親を最期の旅路へ導いてくれるだろうと確信した。そして金持ちが頼りにしている死者の書や、定められた惜別の言葉などなくても、両親の心臓はオシリス神による天秤の審判に十分耐えうるだろうと思った。両親の上に砂をかけながら、だんだんと胸のつかえが取れ、徐々に心が軽くなるのを感じた。偉大なるファラオのすぐそばで両親の永遠の生が始まり、ファラオのための供物をうやうやしくいただくことだろう。そして西方の地でファラオの黄金の船を漕ぐことを許され、ファラオのパンを食し、ファラオのワインを味わうのだ。その夜の私にとって死への誘惑は没薬よりも甘美なものだったから、番人の槍を恐れず、身の危険も顧みなかったのだが、自分の力だけでこれを成し遂げたとはとても思えなかった。

砂をかけているときに何か硬い感触が手に伝わった。それは赤い石に聖なる印が彫られ、目の部分に小さい宝石がはめ込まれた聖なるスカラベだった。それを目にした途端、全身がふるえ、涙の粒が砂にこぼれ落ちた。両親が王家の谷の真ん中で満たされ、安息を得られたという印のように思えた。おそらくこのスカラベはファラオの副葬品からこぼれ落ちて、砂に埋まっていたものなのだろうが、それでも私はそう思いたかった。

月が沈み、空が死を思わせる灰色に染まった。私は砂にひざまずいて礼をし、両手をあげて父センムトと母キパに別れを告げた。私自身はもう信じていなかったが、ただ両親のために西方の地があればいいと思い、彼らの肉体が永遠に残り、西方の地での人生が喜びに満ちたものであることを願った。そして私はその場をあとにし、うしろを振り返ることはなかった。番人が起き出して食事用の火を熾していたが、聖なるスカラベを持っていたおかげか気づかれることはなかった。スカラベの威力は絶大で、岩場で足をすべらせることもなく、もう革袋を背負っていないのにサソリや蛇が襲いかかってくることもなかった。その日の夜にナイルの川岸にたどり着くことができたので、ナイル川の水を飲み、葦の茂みに倒れて眠り込んだ。足は傷だらけで血まみれになり、手の皮もむけて血がにじみ、砂漠の太陽が私の目を眩まし、体は真っ赤に日焼けして水膨れだらけだった。それでも私は生きていた。あまりに疲れ切っていたので、体じゅうを苛む痛みにもかかわらず熟睡した。

6

朝、アメン神が黄金の船に乗って天空にのぼり、カモの鳴き声で目覚めると、川の流れに乗って町のざわめきが聞こえてきた。手漕ぎ船や船団が汚れ一つない帆を張って川を行き来し、洗濯女が大声で笑ったり喋ったりしながら棒で汚れ物を叩いていた。朝の空気はさわやかに澄んでいたが、私の心は空っぽで、生きる気力は灰のように燃え尽きていた。

自分の存在に何かしら意味を与えてくれるのは、体の痛みだけだった。両親を死に追いやってしまった私にとって、彼らに永遠の命を用意することだけが生きる目標だった。犯した罪をできる限り償ったつもりだが、その後の私の人生には何の意味も目指すべきところもなかった。私の服は奴隷が身に着けるようなぼろ布の腰巻きだけで、背中は日に焼けてかさぶただらけで、食べ物を買おうにも銅の一片すら持っていなかった。うろつけばすぐに番人に見つかり、私が何者でどこから来たのかと大声で詰問されるに違いなかったが、自分の恥をさらし、シヌヘという名は未来永劫呪われ、恥にまみれていると思い込んでいたので、詰問されても何も答えられなかっただろう。私の恥を知った友人が両手をあげて背を向け、私を拒絶する姿を見るのは耐えがたいし、何より彼らにいやな思いをさせるのは忍びなく、訪ねることもできなかった。この世での悪事はもう十分重ねたと感じていた。

こんなことを考えている間に、近くで何かがうごめいていることに気づいた。最初は悪夢から現れた亡霊か何かだと思い、人間だとは思わなかった。鼻のあるべきところに穴が開き、耳は切り落とされ、がりがりに痩せていたが、よく見ると、以前はがっしりと強靭な体をしていたらしく、ごつごつとした大きな手は重い荷物でも運んで荒縄がこすれたのか、すり傷だらけだった。

彼は私の視線に気づくと話しかけてきた。「何をそんなにきつく握りしめているのだ」

私は手を開いて、王家の谷の砂の中で見つけたファラオのスカラベを見せた。すると男は言った。

「それを俺によこせ。それを持っていたら幸運がやってくる。貧しい俺には幸運が必要なんだ」

「私だって貧しいさ。このスカラベ以外、何も持っていないんだ。これは護符として持ち歩き、幸運を授かりたい」

すると彼は言った。「こんなに小さな石には十分すぎると思うが、貧しく惨めな俺がお前に銀のかけらをやろう。お前の貧しさに同情するよ。だから銀をやるのだ」そして腰帯から本当に銀の一片を取り出してきた。しかし、このスカラベが幸運をもたらしてくれると信じたかった私は、自分のために取っておこうと決心し、男の申し出を断った。すると男は怒ったように言った。

「お前は長い時間眠りこけていたのだから、その間に息の根をとめることもできたんだぞ。お前が起きるまで待ってやったというのに、こんな恩知らずなら、さっさと殺しちまえばよかった」

「お前の鼻と耳を見る限り、お前は罪人で鉱山から逃げてきたのだろう。私は孤独で、行く当てもないのだから、寝ている間に殺してくれればよかったんだ。番人がお前を見つけたらすぐにでも捕らえて、杖で叩きのめしてから周壁に逆さ吊りにするか、逃亡してきた鉱山に送り返すのがおちだろうから、気をつけてここから逃げるんだな」

するとと彼は言った。「今からでも殺してやろうか。俺は落ちぶれちゃいるが、力は強いんだ。だが石ころのためにそこまでしようとは思わん。ここは死者の町に近くて、番人がお前の叫び声を聞きつけるかもしれんからな。お前は俺よりも幸運を必要としているようだから、そいつは持っておけ。それにしても俺が奴隷の身から解放され、番人を恐れなくていいってことを知らないとは、お前は異国の者なのか。俺は町にも入れる身だが、子どもたちが俺の顔を怖がるから近づかないようにしているだけだ」

「鼻と耳がなく、生涯を鉱山で過ごす判決を下された者がどうやって自由になれるというんだ」

私は男が嘘をついていると思い、からかうように言った。

「お前が何と言おうと腹を立てたりはせんぞ。俺は寛大で神を畏れているから、お前が寝ていても殺さなかったのだ。それにしても本当に知らないのか。王位継承者が上下エジプトの冠を戴冠し、すべての奴隷の足枷を緩めて、鉱山や石切り場で働かせている奴隷を解放しろと命じ、今後そこで働くのは報酬をもらって働く自由民になったんだぞ」男は一人でしばらく笑っていた。「この葦の茂みには死者の町の供物で食いつないでいる俺たちみたいな屈強な男がごろごろいる。お前も知っての通り、鉱山で働く奴隷になることほど恐ろしいことはないから、番人が死者を恐れていても、俺たちは死者なんか怖くない。俺たちの多くは神をも畏れないが、俺は十年鉱山で働いていたとはいえ、万全を期して神を信じ、畏れるのだ」

このとき初めて、アメンヘテプ四世として王位を継承した新しいファラオが、すべての奴隷や囚人を解放したことを知った。エジプトには自ら鉱山で働きたいという変わり者はいなかったから、これにより東部の海岸沿いにある鉱山と石切り場、そしてシナイ山の鉱山から奴隷がいなくなった。ファラオは新しい神を信仰し、人形遊びをする年頃のミタンニ王国の王女がその王妃となったのだ。

「あの方の神はかなり変わっている」かつて鉱山の奴隷だった男は言った。「その神がファラオに色々とおかしなことをさせるんだ。鉱山には人っ子一人いなくなり、盗人や人殺しが大手を振って上下エジプトを歩きまわっている。こんなことではエジプトが豊かになるわけがない。俺は無実でありながら鉱山に送り込まれたが、そんなことは今も昔も変わりゃしない。だが、一人の善人のために、百人、千人と犯罪者を解き放つなんてどうかしている。とはいえ、ファラオが考えることなんて、俺は知ったこっちゃないがな」

そう話しながら彼は私を見て、私の手を触り、背中のかさぶたを調べた。死者の家のにおいを気にする様子もなく、若い私を気の毒に思ったのかこう言った。

「背中に火傷をしているな。油を持っているから塗ってやるが、かまわんだろうな」彼は私の背中と手足に油を塗りながら言った。「アメン神にかけて、俺が打たれて傷つき、この身にふりかかった不正を嘆き、神を呪ったときには誰も油など塗ってはくれなかったのに、お前にこんなことをしてやったからといって、いったい俺にどんな得があるというんだ」

　奴隷や有罪判決を下された者が口をそろえて身の潔白を主張することはもちろん知っていたが、優しくしてくれたこの男に自分も同じようにしたいと思ったし、もし彼がいなくなったら、また一人孤独に取り残されるのかと思うと恐ろしかった。そこで彼に言った。

「悩みを分かち合えるかもしれないから、何があったのか話してくれないか」

「悩みなんざ銅山での最初の年に杖で打たれすぎてどこかにいっちまった。憎しみのほうがしぶとく、それが打ち砕かれて吐き出されるまでに五年はかかった。そのあとは人間らしい感情はすべて消え失せ、何も感じなくなった。俺の指がお前のかさぶたをこするたびに痛いだろうが、だからといってなんで俺が自分の話をしてお前を楽しませなくちゃならんのだ。だがいいだろう。俺だって昔は自由で、土地を耕し、作物を育て、小屋と牛と妻がいて、壺入りビールも飲んだものだ。ところが、隣人にアヌキスという男がいたんだ。そいつの肉体なんか朽ちてしまえ。奴は広大な土地を持ち、砂の数ほどたくさんの牛を飼っていて、その怒鳴り声は海の轟（とどろき）のようだった。なのに、奴は俺の小さな土地を欲しがった。数々の嫌がらせをして、洪水が起きて測量するたびに境界石を俺の小屋のほうへずらし、しまいに俺は土地を失ったのだ。測量士は賄賂（わいろ）を渡され、俺の話には耳を貸さなかったから、どうすることもできなかった。それから俺の畑に水が流れないように水路を詰まらせたもんだから、牛は喉が渇き、穀物は枯れ、壺のビールもなくなった。奴は冬の間はテーベの大きな屋敷に住み、夏は広大な土地のどこかで涼んでいて、俺の陳情を聞くどころか、奴の召使いが杖で俺を打ち、近づこうものなら犬をけしかけてきたんだ」

鼻なし男は深いため息をつき、私の背中に油を塗り続けた。そして続きを話した。「それでも神が俺に美しい娘を授けなかったら、俺はまだ自分の小屋で暮らしていたかもしれん。俺は貧乏人の子だくさんで五人の息子と三人の娘がいた。息子の一人は小さい頃に通りすがりのシリア商人にさらわれてしまったが、子どもたちは大きくなるとよく手伝ってくれ、喜びをもたらしてくれた。なかでも一番下の娘はとりわけ美しく、心から自慢だったから、重労働をさせず、日焼けしないようにし、水運びもさせなかった。ちょっとでも知恵があったら、娘の髪を切って顔に煤を塗っておいただろう。隣人のアヌキスが娘を見初めてからは心が休まる暇もなかった。奴は、俺の牛が奴の土地を踏み荒らし、俺の息子が奴の土地の溝をせき止め、井戸に死骸を投げ込んだと訴えやがった。そのうえ、不作の年に俺が奴の穀物を盗んだと証言したんだ。当然、召使いは主人の言いなりだから、裁判官は俺の言うことに耳を貸すわけがない。しかし奴は俺が娘を差し出せば畑を取りあげはしないと言った。そんなこと俺には受け入れられなかった。娘の美しさをもってすれば、立派な男を夫にできるし、そういう夫なら俺が年老いたときに面倒を見てくれるだろうからな。あるとき、とうとう奴の召使いたちが俺に襲いかかってきて、俺は杖しか持っていなかったとはいえ、そのうちの一人の頭を殴って死なせてしまった。そして俺は耳と鼻を切り落とされて鉱山に送られ、妻と子どもたちは残された借金のために売り飛ばされて奴隷になり、下の娘はアヌキスが堪能したあと、召使いのものになったんだ。今も俺は無実だと信じている。それから十年経ち、王のおかげで自由になり、家に急いで戻ったが、小屋はすでに壊され、土地には見知らぬ牛がいて、娘は俺を見ても父だと認めようとせず、牛飼いの家で俺の足に熱湯をかける始末だった。だが、アヌキスは死んでいて、テーベの死者の町にある立派な墓に葬られ、その扉には長い文言が彫ってあると聞いた。奴の墓の扉に何が書いてあるのかを読んで心を慰めようと思い、テーベに来て人に尋ねながらようやく墓を見つけたが、俺は字が読めないし、読み上げてくれる奴もいない」

「私は字が読めるから、私でよければ読んであげよう」

「もしそうしてくれるなら、お前の肉体が永遠に残らんことを願う。俺は貧乏人だから、書かれたことはすべて信じる。死ぬ前にアヌキスについて書かれていることを知りたいんだ」

彼は私の体に油を塗り、腰布を洗ってくれた。私たちは一緒に死者の町へ行ったが、番人に止められることもなかった。墓の間を抜けていくと、彼は肉やさまざまな焼き菓子、果物、花が供えられている大きな墓を私に見せた。封をしたワインの壺も置かれていた。男は供物を食い、私にもそれを分け、墓の扉に書かれていることを読んでくれと頼んだ。そこで私は読み上げてやった。

「我、アヌキスは穀物を育て、果樹を植え、豊かな収穫を得て、収穫の五分の一を神に供えた。ナイル川は我に恵みをもたらし、我は隣人の畑に水を導き、不作の年には隣人に穀物を分け与えたので、我が土地では隣人も含め、誰もが腹を満たされた。我は孤児の涙を拭き、未亡人の力になり、すべての者の借金を免除し、我が名はこの大地の端から端まで称えられた。牛を失った者には我、アヌキスが健やかな牛を与えた。境界石を守り、隣人の土地に水を分け与え、我はその人生を通じ、心正しく寛大な者であった。これらすべての我が行いゆえに、慈悲深い神々よ、我、アヌキスの西方の地への旅がたやすいものにならんことを」

鼻なし男は熱心に聞き、私が読み終わると苦々しく泣いて言った。

「俺は貧しい男だから、書かれていることはすべて本当なのだろう。つまりアヌキスは寛大な男で死後も敬われているということか。のちの世代もこの墓の扉に刻まれた言葉を読んで奴を敬うのか。そして俺は耳も鼻もない惨めな犯罪者で、行き会う者全員が俺の恥を目にし、俺が死んだら遺体は川に投げ込まれ、消え失せるというのか。この世のものごとはすべて無意味だというのか」

彼はワインの封を開けてそれを飲んだ。番人がやってきて杖で脅してきたが、彼は言った。

「アヌキスには生前世話になった。だから奴の墓の前で飲み食いして、奴の行いに敬意を表したいのだ。俺や俺の隣にいる文字を読める友に手を出したり、大声でほかの仲間を呼んだりしてみろ。葦の茂みに屈強な奴が何人も潜(ひそ)んでいるし、なかには短剣を持っている奴もいるから、夜になったらお前の喉を切り裂いてやる。だが、俺は寛容で信心深く、他人に害を及ぼしたくはない。お前の身のためにも、このまま知らんふりをしたほうがいいぞ」

彼は番人に向かって唸った。ぼろ布をまとった鼻と耳のない男がすごむ姿は恐ろしい光景だったので、番人は彼の言葉を信じ、辺りを見回すと立ち去った。私たちはアヌキスの墓のそばでさんざん飲み食いした。供物がある屋根の下は日陰ができて涼しかった。鼻なしはワインを飲んで言った。

「やっと分かったぞ。自分から娘をアヌキスに差し出せばよかったんだ。今でこそアヌキスの召使いの擦り切れた敷布になっちゃいるが、娘は美人で生娘だったから、娘を差し出していれば小屋も残り、何かしら褒美もよこしたかもしれん。この世界には金持ちと強者以外に正義はなく、貧乏人の言葉はファラオにまで届かないということがようやく分かった」

　彼は壺を掲げ、大声で笑い出した。

「正しきアヌキスよ、お前に乾杯だ。お前の肉体が永遠に残らんことを。西方の地はお前たちのような者が神々にいじめられず、楽しい生活を送るところのようだから、お前のあとを追って西方の地に行きたいとは思わん。だが、お前がこの世で俺とけじめをつけるには、お前の墓に埋葬された黄金の杯や宝飾品を平等に分配するのが、お前の言う正しい行いの続きだろうよ。明日の夜、月が雲に隠れたらお前に会いに来よう」

「鼻なしよ、何を言っているんだ」私は驚いて尋ね、思わずアメン神の聖なる印を切った。「まさか、神と人の数々の罪の中で最も恥ずべき墓荒らしをするつもりじゃないだろうな」

　酒で気が強くなっていた鼻なしは言った。

「知ったような顔で何をくそみたいなことを言うんだ。アヌキスは俺に借りがあって、俺は奴ほど寛大じゃないから、きっちり貸しを返してもらうだけだ。俺の邪魔をするならお前の首をへし折ってやるが、お前に知恵があるなら手伝ってくれ。二つよりも四つの目で見たほうがよく見えるし、二人なら墓からたくさん運び出せるだろ。夜になって、月が隠れたら墓を破るぞ」

「打ちのめされて周壁に逆さ吊りにされるのはごめんだ」私は怯えて言った。しかし、もし逆さ吊りになった私の姿を友人に見られても、私が犯した恥に比べれば大したことではないし、もはや死を恐れているわけでもないと気づいた。

そこで二人で存分に飲み食いし、空になったワインの壺を割って、破片を墓の周りにまき散らした。番人たちは私たちに恐れをなし、背を向けていた。夜になると、死者の町にある墓地を警備する兵士が船でやってきたが、新たなファラオは戴冠後のしきたりに反して兵士たちに褒美を与えなかったため、彼らは不満だらけで、松明を灯すと、屋根の下に供えてあった多くのワインの壺を空にし、墓を荒らし始めた。私と鼻なしがアヌキスの墓をこじ開けて、棺をひっくり返し、運べるだけの黄金の杯や値打ちの品を運び出しても、誰にも邪魔されることはなかった。明け方になると、シリア商人の一団が墓荒らしで得た盗品を買い取ろうと岸辺で待ち構えていた。私たちは盗品を売りさばき、二百デベン近くの金銀を得て、二人で山分けした。盗品で得た額は実際の価値のほんの一部で、手にした黄金は純金ではなかったが、それでも鼻なしは喜んだ。

「俺は金持ちになるぞ。この仕事は船着場で荷担ぎをしたり、水路から水を汲み上げて畑に撒いたりするよりずっと実入りがいい」

「水を汲む井戸の壺もいつかは割れるぞ」と私は言った。私たちはそこで別れ、私は商人の船で川の向こう岸へ渡り、テーベに戻った。死者の家のにおいも消えかけていたから、新しい服を買い、酒場で食事をした。その日は一日じゅう死者の町からラッパを吹き鳴らす音と武器がぶつかる音が聞こえてきた。戦車が墓場へ続く道を走り抜け、ファラオの警備隊が、墓荒らしをする兵士や鉱山から戻ってきた者を槍で追い立て、その断末魔の叫びが町まで届いていたのだ。その夜、周壁は逆さ吊りにされた死体であふれ、テーベには秩序が戻った。

7

宿屋で一晩寝たあと、私はかつての自分の家に行き、カプタを呼んだ。足を引きずりながら出てきたカプタは頬が腫れあがっていたが、私を見るなり喜びのあまりたった一つの目で泣き始め、私の足元に身を投げ出して言った。

「ご主人様、お戻りになったのですね。もう死んでしまわれたと思っていました。もし生きていらしたら、きっと私のところにやってきて、もっと銅や銀を無心されると思っていたのです。一度味をしめると繰り返すものですからね。ご主人様はおいでにならなかったとはいえ、この頬と昨日蹴られた膝からもお分かりの通り、私は新たな主人――あいつの肉体なんか朽ちてしまえ――からもできる限りくすね始めていたのですよ。あのワニ面の母親――あいつも塵となってしまえ――は私を売り飛ばすと脅してくるので、恐ろしくてたまらないのです。ご主人様、お供いたしますから、このとんでもない家から早く逃げ出しましょう」

私がためらっていると、その様子を見たカプタは勘違いをしたようでこう言った。

「私はあいつから本当にたくさんくすねたのですよ。あのワニ面の母親とその息子から私を救い出してくださるなら、しばらくの間ご主人様の面倒を見て差し上げられます。手持ちの金銀がなくなったら、私が働きましょう」

「カプタ、私はお前に借りを返しに来たのだよ」と言って、カプタにもらった何倍もの金銀をカプタの手に持たせた。「もし望むなら、新しい主人からお前を買い取ってやろう。そのあとはどこに行くのも自由だ」

カプタは手の中にある金銀の重みに喜び、年寄りのくせに足を引きずっていたことも忘れて飛び跳ねたが、ふと恥じ入って言った。

「私の蓄えを差し上げたときは悲しくて泣きましたが、私の落ち度と思わないでください。今更自由の身にしてくださっても、生まれてからずっと奴隷だったのですから、どこへ行く当てがありましょう。ご主人様なしでは、母猫に捨てられた盲目の子猫か子羊と同じこと。私を自由にするために、ご自分のものになった金銀を使うなんてとんでもありません」

カプタはたった一つの目を忙しく瞬きさせながら抜け目なく頭を働かせていた。

「ご主人様をお待ちする間に、毎日のように船の発着について調べておりました。神に十分な供え物をすれば旅ができそうな、大きくて頑丈な船がもうすぐスミュルナへ出航します。悪いことばかりだったアメン神を見捨ててからというもの、残念ながらまだ信じるに足る強力な神を見つけられていないのです。色々な神のことを見聞きし、ファラオに気に入られようと多くの人が訪れている新しいファラオの神も試してみました。ですが、聞くところによると、その神はただ真実のみに生きるそうで、私にとっては厄介で、あまりご利益はなさそうなのです」

そこで私はスカラベのことを思い出してカプタに渡した。

「ほら、小さいがとても強力な神をお前にやろう。すでに財布に金銀を授けてくれたし、きっとお前に幸運をもたらしてくれるはずだから大切にするといい。本気で逃げたいなら、シリア人の格好をして逃げるといいが、逃亡者として捕まっても私を責めるなよ。この小さな神がお前を守ってくれることを祈るよ。私は、テーベはおろかエジプト全土で誰の顔もまともに見ることができない身だ。それでもどこかで生きていかなくてはならないから、私もここを去ろう。もうテーベには戻らないし、スミュルナへの旅費を考えると節約したほうがよさそうだ」

「ご主人様、明日のことは誰にも分かりませんし、一度でもナイルの水を飲んだ者は、ほかの水で渇きを癒すことはできないのですから、何事も断言なさらないほうがよろしいですよ。ですが、それ以外の点ではご主人様のお考えとご決心は理に適っていますし、私がいなければご主人様はまともに服すらお召しになれない子どもも同然なのですから、お供させていただけるなら後悔はさせません。ご主人様はその話になると白目を剥いて、人の顔も見られないとおっしゃいますが、まだお若いのですからきっと忘れられます。人の悪事は、水に投げ込む石のようなものです。その瞬間は音がして水が泡立ちますが、少し経てば水面は穏やかになり、石は跡形もなく消えてなくなるのです。人の記憶も同じですよ。時間が経てば、皆がご主人様とご主人様のしでかしたことを忘れますから戻ってくることができるでしょうし、そのときに逃亡奴隷の名簿が出まわっていても、ご主人様の力で私を助けられるように、十分なお力と富を蓄えていただきたいものです」

「ここを出たら二度と戻らない」私はきっぱりと言った。ちょうどそのとき、ワニ面の母親が金切り声でカプタを呼んだ。私は姿を隠し、曲がり角でカプタを待っていると、しばらくしてカプタが、包みが一つ入ったかごを腕に持ち、手の中で銅を鳴らしながらやってきた。

「ワニどもの女大将が市場へ買い物に行けと言ってきました」カプタは嬉しそうに言った。「いつもケチケチしてちょっとしか銅を渡さないのですが、スミュルナはここからかなり遠いでしょうから、ないよりはましです」

カプタはかごの中に服とかつらを隠していた。私たちは岸に向かい、カプタは葦の茂みで服を着替え、私はカプタに金持ちの召使いや従者が持つような立派な杖を買ってやった。そしてシリア船が発着する船着場に行くと、「ガーフィッシュ」という名の大きな船を見つけた。大人の男ほどもある太い綱が舳先(へさき)から船尾まで渡され、三本の帆柱に出航の旗を掲げていた。船長はエジプトの医学を敬うシリア人で、多くの船員が病気だったこともあり、私が医者だと聞くととても喜んだ。船長は旅費を受け取らず、食事代だけで船客簿に私たちの名を記載してくれたから、スカラベは本当に幸運をもたらしてくれたようだ。それ以来カプタはスカラベを神としてたいそう敬い、毎日のように高価な香油を塗り込んで上質な布に包んで持ち歩いた。

船が船着場を離れて奴隷が船を漕ぎ始めると、出航してから十八日後に上下エジプトの境界を通過し、さらに十八日後には海の手前で川が二手に分かれるところ[1]までやってきて、その二日後に海に到達した。船旅の間、さまざまな町や神殿、畑や牛の群れを横目に通り過ぎたが、エジプトの繁栄を見ても私の心は晴れず、できるだけ早く黒い大地から離れたいという思いが募るばかりだった。目の前に見渡す限りの海が広がり、対岸が見えなくなると、今度はカプタが落ち着きをなくし、たとえ盗賊が多くいて危険だろうとも、ここで上陸して陸路でスミュルナに行きたいと言い出した。そのうえ、船長が禁止したにもかかわらず、船の漕ぎ手と船員が不平を言い合い、船乗りの慣習に従って鋭い石で顔を傷つけ血を流し始めたから、多くの乗客が怖がり、カプタの不安はいっそう増したようだった。船長は漕ぎ手と船員を鞭で打ったが、それでも彼らの騒ぎはやまなかったので、多くの乗客も不平を言い、神々に供物を捧げ始めた。エジプト人はアメン神に助けを求め、シリア人はあごひげを掻きむしり、出身地によってスミュルナ、シドン、バビロンといった町のバアルに助けを求めた。

この様子を見た私は、そんなに恐ろしいなら私たちの神に祈ったらどうかとカプタに言うと、カプタは布から聖なるスカラベを取り出してその前に身を投げ出し、海の神の怒りを鎮めようと銀一片を海に投げ込み、自分自身と失った銀を思って泣き始めた。船員たちは叫ぶのをやめて帆をあげ、船が揺れて傾き始めると、漕ぎ手たちはビールとパンを与えられた。

船が揺れ始めると、カプタは顔色が悪くなり、何も言わずにずっと大綱を握りしめていた。しばらくすると悲しそうな声で、胃袋が耳まで持ち上がってきそうだの、死にそうだのと言い出した。カプタは、海水は塩をたくさん含んでいるから溺れ死んでも肉体は永遠に残り、西方の地に行けると言って、旅に誘った私を責めずに、神の怒りが鎮まることを願った。カプタの言葉を聞いた船員たちは大笑いし、海には怪物がわんさといて、海底にたどり着く前に貪り食われることになると教えてきた。

風が強くなり、船の揺れはさらに激しくなったが、船長は陸が見えなくなるまで船を進めた。彼がいったいどうやって見えなくなった陸地を見つけ出すのか分からず、さすがに私も不安になってきた。だんだん頭がふらつき、妙な気分になってきたので、カプタを笑うのはやめた。しばらくするとカプタは嘔吐して甲板に倒れ込み、青ざめた顔をしてひと言も喋らなくなった。ほかの多くの乗客も顔色が変わり、嘔吐して死にそうだと苦しみ始めたので、私は慌てて船長のところに行った。そして、神々がこの船に呪いをかけたのか、医師の力ではどうにもできない恐ろしい流行り病が発生したので、まだ陸が見つけられるうちに引き返して港へ戻らないと、医師として責任が取れないと伝えた。また、船長の領域に立ち入るつもりはないと断りを入れつつ、荒れ狂う嵐が船を揺らすので、継ぎ目がギイギイ軋（きし）んで恐ろしいということも付け加えた。

船長は、「船を速めるのにちょうどいい風が吹いただけだから、嵐だといって神々をからかわないほうがいい」と言って私をなだめた。そして、「乗客の間で一斉に発生した病は、客たちが食事代のもとを取ろうと食い意地を張って食べ過ぎたせいだから、この船を所有するスミュルナの商館にとってははた迷惑なのだ。だからスミュルナで商館から供物を捧げられた海の神は、乗客たちが胃の中に食べ物をため込まないように、そして食糧庫を空にすることがないようにしたのだろう」と言った。

船長の説明でも安心できなかった私は、もう少しで暗くなるが本当に陸を見つけられるのか、と聞いた。すると彼は、船長の船室には数々の神がいて、昼も夜も正しい方向に導いてくれるので、昼は太陽が、夜は星が輝いている限り大丈夫だと言った。そんな神々など存在するとは思えないから、きっと嘘に違いないと思った。そこで私は、ではほかの乗客と違って私の病がそこまでひどくないのはどうしてかと船長に尋ねた。すると彼は、私の場合は食事代を支払っていて、商館の懐に響かない程度しか食べないのだから当然だと言った。カプタの場合、召使いはまた別で、病気になるかどうかは運次第だと言うのだった。とにかくスミュルナの地に上陸する頃には乗客の全員が若いヤギのようにぴんぴんしているはずだと船長が自身のあごひげにかけて誓ったので、私は医師としての評判を気にせずに済んだ。それでも乗客たちのひどい状態を見ていると、船長の言葉を簡単には信じられなかった。生まれてすぐに葦舟に乗せられて、ナイル川に揺られたことが理由でないとすれば、なぜ私が皆ほど気分が悪くならなかったのかはよく分からなかった。

カプタやほかの乗客をできる限り介抱しようとしたが、乗客に触れようとすれば罵られ、カプタに精のつくものを食べさせようとすれば顔を背けられ、カバのような大きなゲップをされた。それにしても、カプタが食事に手をつけないなんて初めてのことで、本当に死んでしまうのかもしれないと思い、いつものばかばかしいお喋りも聞けず、心配は増していった。

夜になり、船の揺れや帆が風にはためく大きな音、船腹に打ちつける波の音に怯えながらも、ようやく私は眠りに落ちた。数日が経つと、乗客は誰一人死ぬことなく、それどころか多くの者が食事をし、甲板を行ったり来たりするようになった。カプタだけが起き上がれず、食べ物にも手をつけなかったが、スカラベに祈り始めたので、生きて陸地にたどり着く希望を持ち始めた兆しだと思えた。

七日目になって、再び陸地が見え始めると、船長は、ヨッパ[2]とテュロス[3]を通り過ぎ、順調にスミュルナへ向かっていると教えてくれた。いったいどうしてそれが分かるのか、いまだに私は分からない。翌日にスミュルナが見えてくると、船長は海の神々や船室の神にたっぷりと供物を捧げた。帆を下ろし、漕ぎ手は櫂を水に入れ、船はスミュルナに入港した。

穏やかな海面に到達すると、カプタは立ち上がり、スカラベの名にかけて二度と甲板には足を踏み入れないと誓ったのだった。

2 現イスラエルのテルアビブ地区にある港町
3 現レバノン、フェニキアの古代都市

第五の書　カブール人

1

私が訪れたシリアの町について記そうと思うが、黒い大地とは何もかもが違うといえば一番分かりやすいだろうか。たとえば、シリアにはエジプトのような川はなく、空から降りそそぐ水が大地を潤していた。すべての谷は丘陵と連なり、丘陵を越えるとまた谷があり、谷ごとに異なる民が住み、それぞれの領主が独立してその地を治めつつ、ファラオに税を納めていた。少なくとも私が知る時代はそうだった。

シリアの民はそれぞれの町によって異なる言葉や方言を話し、湾岸に住む民は漁業か交易で生計を立て、内地に住む者は農耕か、エジプト駐屯軍の目の届かないところで略奪しあって生き延びていた。エジプトより寒く、外で用を足す――これはエジプト人にとっては信じられない習慣だったが――とき以外、肌をさらすのは恥と考えていて、羊毛を精緻に織った色彩豊かな衣服で頭から爪先まで覆っていた。また、髪を長く伸ばし、ひげをたくわえ、食事は屋内でとっていた。また町ごとに土着の神がいて、人を生贄として求めていた。理由はともかく、大きな違いはこんなところで、ここまで言えば赤い大地は何もかもがエジプトと異なるのが伝わっただろう。

シリア人の独特な習慣、絶えることのない陰謀、納税のごまかしや君主間の争いは、いつの世もエジプトの支配者にとって頭痛の種だった。そのため、ファラオへの納税管理や駐屯地の統率を任されてシリアの町に送り込まれたエジプトの貴族は、この任務を名誉というより罰と受け止める者が多く、好奇心からこの土地の衣服を身に着けてこの地に馴染み、彼らの習慣を取り入れて異国の神に供物を捧げるような変わり者を除き、ほとんどの者は川のほとりへ帰りたがっていた。任務期間中、彼らはシリア人とかかわることなく、スミュルナにあるアメン神殿やエジプトの居留地で自分たちの習慣を維持し、宴を開いてはエジプトにいるかのように過ごしていた。

スミュルナに滞在した二年の間、私は世界中どこに行っても知識階級と意思疎通ができるといわれているバビロンの文字と言葉を学んだ。誰もが知っているように、バビロンの文字は尖筆（せんぴつ）を粘土板に押し付けて記し、諸国の王が書簡のやりとりをする際もこの方法が用いられていた。その理由は私には分からないが、紙は燃えてしまうのに対して、粘土板であれば、王や支配者たちが都合よく忘れてしまう同盟や神聖な取り決めを永遠に書き残せるからかもしれない。

シリアではあらゆることがエジプトとまったく異なると記したが、患者が医師のもとを訪れるのではなく、医師が自ら患者を探しに行くという点でもエジプトと異なっていた。この土地では、医師が現れるのは神のお導きだと考えられているため、病を患った者は自分の家に来た医師をそのまま迎え入れるのだ。また、回復すると感謝の心を忘れてしまう患者が多いなか、医師にとってありがたいことに、謝礼は治療の前に支払われた。さらに、貴族や金持ちには専属の医師がいて、健康なときは医師に謝礼を支払うが、病気になったら何も払わず、回復してからまた支払うという習慣もあった。

私はスミュルナでひっそりと医院を開業しようと考えていたが、カプタは反対した。そして、開業するのであれば、有り金で豪華な衣服を買って人を雇い、人々が集まる場所で私の評判と患者のほうから訪ねる必要があることを触れまわるべきだと言った。そのうえ、少なくとも謝礼に黄金を出せる患者しか診るべきでないと言うのだ。私は、誰も私の腕を知らないうえに、黒い大地と習慣がまったく違う土地でそんなことをするのは愚かだと言った。それでもカプタはこう決めるとロバのように頑固なので、私にはどうすることもできなかった。

カプタに連れられて、スミュルナで最も評判の高い医師のところに行き、カプタに言われた通り、彼らにこう言った。

「私は新しいファラオに『孤独な者』という名を与えられ、母国では名が知れているシヌへというエジプトの医師です。私は旅のお供に小さいながら非常に強力な神を連れておりまして、この神がお望みであれば、死者を蘇らせ、目が見えない者の視力を取り戻すことができます。ですが、ところ変われば知識も変わるというもの、病も地域によって異なります。そこで、私はさまざまな病を診て患者を治療し、あなた方の知識や知恵を学びたくてこの地にやってきました。許可を持って開業されているあなた方の邪魔をする気も、競い合おうという気もありません。黄金も私にとっては足元の塵同然です。そこで、あなた方の神の怒りを買ったために治療が困難な患者、特に手術が必要な患者を私のもとに送っていただき、刃物を使わないあなた方に代わって私の神が彼らの病を治してくださるかどうかを確かめたいのですが、いかがでしょうか。この地にやってきたのは黄金ではなく知識を得るためですから、このような患者を治すことができましたら、私が受け取る謝礼の半分をあなた方にお渡しします。もし治らなければ、私は差し出された謝礼とともに患者をあなた方のもとへお返ししましょう」

路上や市場で患者を探しているスミュルナの医師たちにこのような話をすると、彼らは肩衣を翻し、あごひげをしごいて答えた。

「お前さんはたしかに若いが、おそらく神が分別を与えられたのであろう。お前さんの話は実に耳に心地よい。特に黄金と謝礼については賢明な提案だ。それに、我々が刃物を使うとほとんどの患者が死んでしまうので、手術についても好都合だ。ただ一つ、呪術は使わないでもらいたい。我々の呪術は非常に強力で、スミュルナやほかの湾岸都市でも競争がかなり激しいのだ」

町には、呪術で治せるという話を真に受けた病人の家に住み着き、病人が治るか死ぬまで私腹を肥やす無学の輩が大勢いたから、彼らの話は本当だった。エジプトでは誰もが知っているように、呪術は神殿でしか行われず、しかも上級神官でないと許されない技で、それ以外の者は処罰を恐れながらこっそり呪術を行うのが常だったから、この点もエジプトと異なっていた。

こうして、スミュルナの医師が治せなかった患者を治療するようになり、私でも治せなかった患者は彼らのもとに送り返した。定められた手順に従い、アメン神殿の聖なる火で消毒した刃物を使い、スミュルナの医師たちがあごひげをしごいて驚嘆するような手術をこなしていった。また、医師や呪術師に、唾液と埃の混ぜものを目に塗るという、意味のない治療をされた盲目の患者の視力を取り戻してやった。エジプト流の針治療を施したのだが、これは一時的なもので、しばらくするとまた視力を失ったが、それでも私の評判はかなり上がった。

スミュルナの商人や金持ちは非常に怠惰で贅沢な生活を送っており、エジプト人よりも肥えているため、息切れや胃の不調を訴える患者が多かった。彼らに刃物を使った治療をすると、彼らは豚のように血を流した。スミュルナの医師たちは薬草に関する知識が乏しく、私は薬が底をつきそうになると、かつて学んだことを役立て、星や月の動きに従ってしかるべき日に必要な薬草を自分で集めた。肥満の患者には、胃の不調を整えて息切れの症状を和らげる高価な薬を処方し、患者の経済状態に応じて謝礼の額を変え、町医者や支配者には贈り物をしたので、誰とも不仲にならずに済んだ。カプタは乞食や語り部に食事を与えては私の評判を吹聴し、私の名が忘れられないよう彼らに路上や市場で私の評判を声高に語らせた。

私は多くの黄金を得たので、すぐに使わない黄金は、そのときどきの懐具合によって、寄付する分も含めてスミュルナの商館に投資した。エジプトや大海原の島やハッティの地に向かう交易船への投資のうち、百分の一や五百分の一が私の持ち分となり、多くの船から分け前を得た。なかには航海から戻らない船もあったが、多くはちゃんと帰港し、私の掛け金は二倍、三倍となって商館の帳簿に記されるようになった。この商習慣はエジプトにはないスミュルナ独自のもので、貧乏人でも十人、二十人の仲間で銅片を集め、その銅を交易船や積荷の千分の一に注ぎ込んでは、一山を当てたり、逆に大損を被ったりしていた。投資することによって、自宅に泥棒や強盗を呼び寄せるような金銀を置かずに済んだし、商館の帳簿にすべての財産が記録されているおかげで、必要なときは商館から渡された粘土板を見せれば、ほかの商館でも金銀を引き出すことができ、ビブロスやシドンといった町に患者の治療へ赴くときも金銀を持ち歩かずに済んだ。実際には、私が治した患者や、かかりつけの町医者が信頼できなくなってスミュルナまで私を訪ねてきた患者から金銀を受け取っていたので、商館に行く必要もなかった。

やがて私は次々と成功をおさめて裕福になり、カプタは太って高価な服や香油を使うようになり、あろうことか私に対してぞんざいな口を利くようになったので、杖で打ってやった。どうしてこんなに成功したのかは説明できないが、私は若く、自分の腕に自信があり、治療中に刃を握る手がふるえることもなく、失うものもなかったから、思い切って治療をすることができた。だからといってシリアの医術を見下したりはせず、シリアの薬がいいと思えば使った。特にシリアでは、刃を使わない代わりに、患者の苦しみは大きいものの熱した鉄ごての使い方に優れていた。私の成功は、聖なるスカラベのおかげかもしれないから、スカラベを神として崇拝していたカプタに金銀をあしらったスカラベ用の小さな住み家を作らせた。実際にスカラベが糞を転がしているところは見たことがないが、フンコロガシのように玉が作れるだろうと、カプタは毎日スカラベに新鮮な牛の糞を供えた。スカラベが成功をもたらしたという確信はなかったが、念のため私もスカラベを丁重に扱い、カプタにもきちんとスカラベに仕えるように言うと、カプタは自分のことを召使いではなく、神官であると思い込み始めた。

誰のことも羨まず、誰とも競わず、贈り物を惜しまず、ほかの医師が見放した患者を喜んで受け入れ、黄金よりも知識を重んじたため、私の成功は留まるところを知らなかった。生きていくのに十分な財産と地位を手に入れ、知識を優先して貧乏人も治療し、彼らの病から学んでいたが、命を救えなかった患者もいた。普通なら患者を救えなかった医者の評判は下がるものだが、私を責める者はなく、「エジプト人シヌヘですら治すことができなかったのだから、そいつのバアルがそう望んだのだ」と言われた。スミュルナでの私の評判はそれほど高くなっていた。

それでも私は孤独で、生きる喜びを得られたわけではなかった。ワインを飲んでも心は満たされず、顔が煤のように黒くなるだけで、飲めば気分が落ち込んだ。暇になると自分の行いを思い出して罪悪感に苛まれ、灰汁(あく)を飲んだかのように苦しくなったので、暇な時間をバビロンの知識と文字と言語を学ぶことに費やすことにした。すると、ようやく眠れるようになった。

2

私はシリアの神々についても調べた。ほかの多くのシリアの風習と同様、スミュルナの神はエジプトの神と異なっていた。スミュルナのバアルは、この地における偉大な神で、町の人々には寛大である代わりに、神官には去勢を強いて人間の生贄を要求するような無慈悲な神だった。海にも生贄が必要で、スミュルナの商人や支配者は常に生贄を探しまわり、体の不自由な奴隷はもちろんのこと、小さな子どもでもバアルに捧げられることがあった。貧しい民は些細な罪でも恐ろしい処罰が待っていて、たとえば家族のために魚を盗むと、祭壇で切り刻まれてバアルの生贄にされた。その一方で、「人間は人をだますために生まれたのだ」と考えられており、ものの重量をごまかしたり黄金に銀を混ぜたりした者は、罰を受けないうえに、抜け目のない商人として評価された。また、エジプトや湾岸の諸国でさらってきた子どもをバアルの生贄に捧げた船員や船長は、偉大な功績として称えられた。

彼らの女神は複数の乳房を持ち、薄い衣服と装飾品を身に着けたアスタルト女神で、ニネヴェのイシュタル女神と同じく、イシュタルと呼ばれていた。イシュタルに仕える女たちは決して処女ではなかったが、どういうわけか「神殿の乙女」と呼ばれていた。彼女たちの仕事は神殿の参拝客に金銀を多く奉納させるために彼らを悦ばせることで、男たちがアスタルト女神に多くの金銀を納めるほど、神に望ましい行いをしたと見なされていた。彼女たちは子どもの頃から男を悦ばせるさまざまな技を教え込まれ、仲間内で競い合っていた。エジプトでは神殿の中で女と愉しむのは大罪とされ、もしそれが発覚したら鉱山に送り込まれ、神殿を清めなければならないから、この点についてもエジプトとは異なっていた。

スミュルナの商人は自分の女を厳しく監視し、家に閉じ込め、よその男を誘惑しないように頭から爪先まで隠れる厚手の服を着せていたが、自分たちは神が喜ぶからといって気晴らしに神殿に通っていた。スミュルナにはエジプトのような娼館はないので、神殿の乙女で満足しない者は自分の妻を迎えるか、市場で奴隷娘を買って愉しむのが習わしだった。スミュルナの港には次々と船が到着し、太った者や痩せた者、子どもや少女など、さまざまな肌の色や体つきの奴隷が毎日売買されていたので、それぞれの好みに合う奴隷を見つけることができた。年寄りや歯のない者、片足の奴隷や不治の病を患う者、体の不自由な奴隷は町が安く買い取り、神像に目隠しをしてからバアルへの生贄にされ、生贄の血が流されるとそのにおいで神が喜んでいると見なし、うまく神を出し抜いたと胸を叩いてほくそ笑むのだった。

この町の神であるバアルとはいい関係を保っておきたかったので、私もバアルに供物を捧げたが、私はエジプト人だから、人ではなく黄金を捧げた。夜ごとに門が開くアスタルト神殿にも何度か通い、神殿の乙女とはとうてい呼びがたいが、女たちが女神に捧げる、艶（なま）めかしい踊りを眺めたり、音楽を聴いたりした。女たちと愉しむのが習わしだったから、私もそれに従い、未知の技を教わったときは大いに感心した。しかし、すべては好奇心からしたことで、一緒にいても心からは喜べず、さまざまな閨技を一通り知ってからはすっかり飽きて女たちにも愛想がつき、神殿に行くのもやめてしまった。

心を閉ざし、眉間にしわを寄せて老け込んでいく私の様子を見たカプタは、しばしば首を振って私のことを心配していた。私は居留地のエジプト人と付き合いがなく、旅や戦で夫がいない隙にその妻と愉しむこともせず、外国人の妻を迎えるわけにもいかなかったので、カプタは女奴隷を買ってはどうかと言ってきた。そして、ある日、私の資産を管理していたカプタは、私の金銀で自分好みの奴隷娘を買い、私が一日の診察を終えてゆっくり休もうかという夜に、身を清め、香油を塗って身なりを整えた娘を私のもとに連れてきた。

どこかの島出身の娘で、色白で歯並びがよく、痩せておらず、若い牝牛のように優しくつぶらな目をしていた。娘は見知らぬ町に連れてこられて不安そうだったが、私のことを尊敬の眼差しで眺めた。カプタは私に娘を見せながら、娘の美しさをとうとうと語るので、カプタのためにも娘と愉しんでみようと思った。もう一人にならなくていいのだとできる限りのことはしたが、娘といても心から喜べず、妹と呼ぶことはできなかった。

しかし、なまじ親切に接したことですっかり娘は思い上がり、私が患者を診察している間もしょっちゅう邪魔をしに来るようになった。娘は大食いで肉がつき、装飾品や新しい服を頻繁に欲しがり、もの欲しそうな目で私のあとをつけまわし、ことあるごとに私と愉しみたがった。内地や湾岸の町へ旅に出ても効果はなく、家に戻ると一番に私を出迎えては再会を喜んで泣き、ともに愉しもうと私のあとをついてまわった。怒りにまかせて杖で打っても、ますます喜んで私の力強さを崇める始末だったから、家での生活が耐えがたくなってきた。カプタの好みで選んだのだから、カプタが娘と愉しんだら平穏を取り戻せるだろうと思い、娘をカプタに与えようとしたが、娘はカプタに噛みついて蹴飛ばし、片言で覚えたスミュルナの言葉や、私たちには分からない生まれ故郷の海の言葉でカプタに悪態をついた。二人で彼女を杖で打っても、強く打つほどますます私に執着し、手の施しようがなかった。

そんなある日、スカラベが幸運をもたらしてくれた。内地にあるアムルの王、アジルが私の評判を聞きつけてやってきたのだ。歯の処置を頼まれた私は、近隣の領主との戦で失った歯の代わりに、象牙で新しい歯を作り、不揃いの歯を黄金で覆ってやった。できる限りのことをすると、彼はアムルとスミュルナの問題を話し合うためにスミュルナに滞在する間、毎日のように私のもとを訪れるようになった。そして、彼は私の奴隷娘——私たちは異教徒の名を発音できなかったので海の島にちなんでケフティウと名づけていた——を目にし、娘のことを見初めたのだった。アジルは雄牛のように力強く、色白だった。女は珍しいものに惹かれるもので、ケフティウもアジルの真っ黒な艶々したあごひげや、自信にあふれて輝く瞳を熱っぽく見つめていた。アジルが特に気に入ったのは、若いケフティウの豊満な体つきだった。娘は、首は覆いつつも胸元をあらわにするクレタの服を着ていたから、全身を布で覆っている女ばかりを見てきたアジルをその気にさせるには十分だった。ついにアジルは欲望に耐えきれず、深くため息をついて言った。

「エジプト人シヌへよ、もちろんおまえは俺の友人だ。俺の歯を治し、口を開ければ金色に輝くようにしてくれたのだから、アムルでの俺の評判は否応なく高まるだろう。すべてはおまえのおかげだから、おまえが両手をあげて仰天するほどの褒美を遣わすつもりだ。だからおまえを傷つけたくはないのだが、おまえの家にいるあの女を見てからというもの、気になって仕方がない。まるで山猫に体を掻きむしられているようで、病かと思うほどあの女が欲しくてたまらないのだ。おまえにもこの病は治せないだろう。おまえがあの女を愛していて、あの女が夜な夜なおまえを温めているのはよく分かっているが、あんな女はこれまで見たことがない。あの女を譲ってくれれば、奴隷の身から解放し、俺の妻の一人として迎えよう。俺は高潔な男だから、すべてを包み隠さず伝えるし、おまえの言い値は支払う。だが、もしあの女を渡さないなら、力づくで奪い、探しても決して見つからないように我が国に連れていく。おまえがあの女と逃亡しても、俺の手下が地の果てまでも追いかけておまえを殺し、あの女を俺のもとに連れてくることになるだろう。おまえの友として、俺は正直者で嘘をつきたくないから、言いたいことはあらかじめ言っておくぞ」

これを聞いた私は喜びのあまり両手をあげたが、カプタは髪を掻きむしり泣き叫びながら言った。

「ご主人の心を喜びで満たすたった一人の女を取り上げられるとは、なんてひどい日なのでしょう。こんなことならご主人様は生まれてこないほうがよかったくらいです！　ご覧のようにこの女は満月よりも美しく、メロンのような乳房をしており、王がまだ見ぬあの白い腹は穀物を積み上げたように丸く、ご主人様にとっては黄金や宝石、香木よりも大切で、ほかに代わりなどないのです」

私たちは二人とも娘を追い出したくてたまらなかったのだが、スミュルナで商いのコツを学んでいたカプタは、できるだけ高値で娘を売ろうとして、あえてこのように言ったのだ。これを聞いたケフティウも、「ご主人様を見捨てはしません」と言って泣きながらも、指の間から王アジルと彼のあごひげをちらちらとのぞき見ていた。

私は両手をあげて彼らを落ち着かせ、真剣に言った。

「アムルの王、我が友アジルよ！　たしかに私は心からこの女を愛しているが、お前との友情は何にも増して代えがたいものだから、友情の証としてこの女を贈ろう。私の勘違いでなければ、この女にも何匹もの山猫が潜んでいて、すでに心はお前に傾いているようだから、お前の内に巣食う山猫とともに、この女を大切にしてくれ」

アジルは大きな声をあげて喜んだ。

「シヌへ、本当にいいのか。すべての悪はエジプトからやってくるというのに、エジプト人であるおまえは今日から俺の兄弟で親友だ。おまえの名はアムルじゅうで称えられ、俺の客人として訪れるときは、どんな貴族や王族がいようと、最上位の客人として俺の右手に座るがいい。ここでそれを誓おう」

そう言って笑うと、アジルの歯が金色にちらちらと光った。アジルは、泣き止んだケフティウを見て、ふと真顔になった。アジルの目は熾火（おきび）のように熱く燃え始め、二つのメロンがぶるんと揺れるほどの勢いで娘を腕にがっしりと抱えあげると、彼女の体重をものともせずに輿に放り込んだ。そのままアジルは三日三晩にわたってケフティウと宿に閉じこもったので、その間私だけでなく、ほかの誰もスミュルナの町でアジルの姿を見た者はいなかった。何はともあれ、カプタと私はあのとんでもない娘を厄介払いできて大いに喜んだ。それでもカプタは、アジルに相応な代金を要求できただろうに、何も要求しなかったことを責めてきたので、私は言った。

「娘を贈り物として譲ることでアジルとの友情を深めることができたのだ。アムルはロバと羊しか飼っていないような小さな国だが、明日のことは誰にも分からないし、王は王だから、私たちの友情は黄金よりも価値があるだろう」

カプタは頭を振ったが、ケフティウとおさらばできたことに変わりないので、スカラベに没薬を塗り込み、新鮮な糞を供えた。

アムルに戻る前に私のもとにやってきたアジルは、地につくほど頭を下げて言った。

「シヌへ、おまえがくれた女は贈り物なんかで礼ができるような代物ではないから、何の褒美もやれそうにない。あの女は想像よりもずっと素晴らしく、あの目ときたら底なしの井戸のようで、脂を搾った木の実のようにすっかり種を搾り取られてしまったというのに、俺はあの女に飽きることがない。正直なところ、アムルの国は、国を通行する商人から通行税を取るか、近隣の国と戦をする以外に黄金を得る手段がなく、あまり裕福ではないのだ。しかも戦になると、エジプト人が首にたかるアブのようにすぐやってくるから損を被るほうが多い。昔から我が国の自由を奪ってきたエジプトが憎らしいぞ。もはや過去の王たちのように隣国とおちおち戦もできなければ、商人から略奪することもできん。だから、おまえのくれたものにふさわしい褒美をやれんのだ。だが、俺を訪ねに来てくれたら、俺の支配下にあるものはなんでもおまえに与えると約束しよう。ただし、この女はやれないし、所有している数少ない馬も戦車を引くために必要だからだめだ。それ以外ならなんでもいいぞ。もしおまえの機嫌を損ねる奴がいたら、そいつがどこにいようが部下に始末させるから、俺に知らせろ。ここだけの話だが、このスミュルナの町には俺の部下が潜んでいるし、ほかのシリアの町にもいるのだ。どんな奴だろうと俺に言えば、おまえの名が表に出ることなくそいつの息の根を止めてやる。それを伝えたくておまえだけに教えたのだ。おまえとの友情はそれほど固いということだ」

こう言うとアジルはシリア流に私を抱擁し、首にかけていた金の首飾りを外して、私の首にかけてくれた。しかし、そのときに大きなため息をついたので、彼にとっては大きな損失で、どれほど私を敬い、称賛してくれているかが分かった。そこで私は、スミュルナの金持ちの船主から妻の難産を救った礼にもらった金の首飾りを自分の首から外して彼の首にかけてやった。アジルは実質何も失わずに済み、私たちは和やかに別れた。

3

ケフティウから解放されて、私の心は鳥のように軽くなり、何か新しいものを見たくて落ち着かず、スミュルナを離れたくなってきた。春が訪れて緑が芽吹くなか、港では長い航海に向けた準備が進められていた。神官たちは、去年の秋に切り傷で血だらけになって文句を言いながら埋葬したタンムーズ神を掘り起こすために、町の外に出かけた。

大地は柔らかな緑に覆われ、木々には葉が生い茂り、鳩は身を寄せ合い、水辺ではカエルがにぎやかに鳴いていて、私は心が落ち着かないまま民に紛れて神官についていった。神官は墓の入口から置き石を取り除いて神像を掘り起こすと、神が蘇ったと言って喜びの声をあげた。周りを取り囲んでいる民も歓声をあげ、暴れまわったり、木の枝を折ったり、墓の周辺にあるにわか仕立ての露店でビールやワインを飲んだりした。女たちも歓声をあげ、木で作られた巨大な男性器を載せた荷台を引っ張り、夜になると服を脱いで野を駆けまわり、既婚か未婚かを問わず相手を見つけて、野も山もざわめいた。これもエジプト人とまったく違うところだった。彼らは神に対しても若い民らしくそれ相応に仕えていて、そんな彼らを見ていると、ほかのどの国よりも古くからある黒い大地と同じように、自分が生まれながらに老人であるかのように思われ、羨ましさでいっぱいになった。

春の訪れとともに、砂漠からカブール人がやってきて、シリアの国境の国々を北から南まで略奪し、村を焼き払い、町を包囲しているという知らせが届いた。そこへ、タニスからシナイ砂漠を突っ切ってファラオ軍が到着し、カブール人と一戦を交え、カブール人の将校を拘束し、砂漠へ蹴散らしたことも伝えられた。こうしたことは毎年春になると起こっていたが、これまでカブール人がエジプトの駐屯地のある町を襲うことはなかったのに、今回は駐屯地のあるカトナの町で略奪をし、カトナの王を殺害し、女子どもを含め全員を刺し殺しただけではなく、エジプト人を奴隷として売ったので、この前代未聞の出来事にスミュルナの民は不安を募らせた。

シリアでの戦はこうして始まった。これまで戦を見たことがなかった私は、戦がどういうものなのか、武器や木槌でどんな負傷を負うのかを実際に目で見て確かめたくなり、ファラオ軍のもとを訪れようと思った。何よりも軍の司令官であるホルエムヘブの顔を見て声を聞き、孤独を慰めたかったというのが大きかった。彼が私の行いを恥だと思い、会う必要はないと考えているのではないかと逡巡したが、この二年間という時の中で多くのことを経験し、心が麻痺していたのか、自分の恥を思い出しても以前ほど心が苛まれることはなかったので、旅に出ることにした。船に乗って南に行き、ファラオ軍の兵站(へいたん)部隊や穀物用の荷馬車を引く雄牛、油壷やワインの壺、玉ねぎの袋を運ぶロバとともに、湾岸から内地へと向かった。

やがて山あいにある城壁に囲まれたエルサレムという名の小さな町に到着した。そこには小さなエジプトの駐屯地があり、ホルエムヘブはこの町を行軍のための基地にしていた。ホルエムヘブが率いていたのは戦車部隊と、二千人の弓矢隊、槍隊だけだったのに対し、この春のカブール人の数は砂漠の砂よりも多いといわれていたので、スミュルナでの噂はファラオ軍の力をかなり誇張していたことになる。

ホルエムヘブは汚い泥煉瓦の小屋に私を迎え入れて言った。

「俺は、医師であり俺の友だったシヌヘという男を知っている」そして、シリア風の衣服を身に着けている私の姿を見て驚いた。私も彼と同じく年を重ね、顔つきが変わっていたが、私だと分かると金糸で編んだ将校の笏を掲げ、笑みを浮かべて言った。

「アメン神にかけて、シヌヘじゃないか。死んだとばかり思っていたぞ！」

彼は参謀将校や書記たちを地図や書類と一緒に部屋から追い出すと、ワインを持ってこさせて私に振舞った。

「俺たちが赤い大地の、くそだらけのぼろ小屋で出会うとは、アメン神のお導きとはおかしなものだな」

彼の声を聞いて胸が弾み、どれほど彼に会いたかったのかということに気づかされた。これまでの波乱に満ちた私の人生をかいつまんで話すと、ホルエムヘブは言った。

「実はカブールのくそ野郎どもに、俺の名を二度と忘れず、この世に生まれたことを後悔するほどの打撃を与えてやるつもりなんだ。もしよければ医者として俺たちに同行し、栄光を分かち合わないか。初めてお前に会ったとき、俺の爪先は汚れていて、さぞかしまぬけな若造だっただろう。お前はそのときからすでに世の中のことをよく知っていて、色々と助言をしてくれた。俺も当時に比べれば見聞が広がったし、見ての通り黄金の笏を手にしている。ただ、この笏を手にできたのは、ファラオのおかしな命令によって採掘場から解放された者を狙う強盗や犯罪者を探し出して処刑するという、厄介な警備隊の仕事をやり遂げたからだ。そして今回、カブール人が襲ってくると聞いて、対抗できる部隊をファラオに頼んだところ、上級将校は誰も名乗りをあげなかった。奴らにとっちゃ、砂漠にいるよりもファラオの取り巻きでいたほうが黄金や勲章が降ってくるからな。俺も身を持って知ったが、鋭い槍を持ったカブール人の雄叫びは恐ろしい。やっと俺も戦の経験を積み、実戦で軍の訓練ができるというのに、ファラオの心配事といったら、俺がエルサレムにファラオの神を司る神殿を建てられるか、そして血を流すことなくカブール人を撤退させられるかってことだけだ」

ホルエムヘブは笑い出し、笏で脛(すね)をぴしゃりと打った。私も笑ったが、彼はすぐに笑うのをやめ、ワインを飲んで言った。

「シヌへ、正直な話、あのファラオのそばで暮らしていると自分の意に反して変わらざるを得ないし、俺も以前とはずいぶん変わったんだ。あの方は色々なことに考えを巡らし、ほかの神とは異なる自身の神について語るもんだから、俺はどうも落ち着かず、テーベにいると、まるで頭の中にアリが這いずりまわっているようで、酒と女なしには頭がはっきりしなくて夜も眠れないのだ。それほどあの方のアテン神は変わっている。丸い御姿をした神は、その手であらゆる創造物を祝福し、ありとあらゆるところにおられるが、その姿形を見ることはなく、その神の前では奴隷も貴族もないという。シヌへよ、これはすべて病んだあの方の戯言だと言ってくれ。あの方は小さな頃に狂った猿に噛みつかれたとしか思えん。でなければ、血を流さずにカブール人を追い返すなんて、おかしなことを考えるわけがないだろう。お前も戦で奴らの雄叫びを聞いたら俺が正しいと分かる。だが、もしこれがあの方のお考えなら、あの方は手を引くべきだな。俺はカブール人を戦車で轢き殺し、あの方の神の前で喜んで汚名を被ろう」

そしてさらにワインをあおって言った。

「俺の神はホルスだが、テーベで知ったアメン神にまつわる罵り言葉が兵士に効果的だというだけで、別にアメン神が悪だと思っているわけじゃない。だが、アメン神が強大になりすぎたせいで、新しい神がファラオの権力を強めようとアメン神と競うのもよく分かる。それは偉大なる王母が俺に言ったことだし、ファラオの右側でヘカを握っている神官アイも賛同していることだ。アメン神官が王族よりも上の立場でエジプトを支配するなんてことはあってはならんことだから、アテンの力でアメンを倒すか、少なくともアメンの力を抑え込もうとするのは、国の政治としても真っ当なことだし、兵士としても新しい神が必要とされる理由はよく分かる。ファラオが新しい神殿を建てて神官を雇って満足するなら俺だって反対しないが、あの方ときたら四六時中神のことを考え、何かにつけて神の話に結びつける。こんなことではあの方よりも周りにいる奴らのほうがおかしくなってしまう。あの方は真実に生きるというが、それは子どもに鋭利な刃物を持たせるのと同じことだ。刃物というのはいつも鞘におさめておき、必要なときだけ使うものだろ。狂人が刃物を手にすることほど危険なものはない。常人にとって真実は危険ではないが、支配者の真実は鞘におさめておかねばならないのだ」

　彼は再びワインをあおって続けた。

「テーベはあの方の神のせいで蛇の巣をつついたように大騒ぎになっているし、神々の論争に巻き込まれずにテーベから出られたことを隼に感謝しよう。アメン神官は、ファラオの出自について実に不愉快な話を広め、民をたきつけてファラオの神への反感をあおっている。人形遊びをしていたミタンニ王女が急死したあと、ファラオは偉大なる王の伴侶の座に、ネフェルトイティという神官アイの娘を据えたもんだから、ファラオの結婚も民の心を逆なでしたようだ。たしかにこのネフェルトイティは美しく、着こなしも魅力的だが、かなり頑なで、どこから見てもあの父親の娘だ」

　私は、不安そうにテーベを眺めていた大きな瞳の少女が、神像のように飾り立てられて牡羊参道を運ばれていく姿を見ていたので、「ミタンニの王女はなぜ亡くなったんだ?」と尋ねた。

「医者どもによると、エジプトの気候に耐えられなかったそうだ」ホルエムヘブはそう言って笑った。

「エジプトほど健やかな気候の国はないのだから、そんなの嘘に決まっている。お前も知っているだろうが、信じられないことに、ファラオの後宮ではテーベの貧民街よりも子どもの死亡率が高い。名前は出さないほうが賢明だが、俺に勇気があればアイの家の前に馬車を乗りつけるだろうな」

慣れたようにワインを飲み、黄金の笏で脛を打つホルエムヘブは、ただ威張り散らすだけの少年から成長し、血気盛んな男らしさを備えていた。

「もしファラオの神とお近づきになりたいなら、明日、ファラオのためにこの町の岩場に急ごしらえした神殿で聖別の儀式があるから見に来るといい。儀式についてはファラオに知らせることになっているが、戦死した者や血を流した者については伝える必要はないだろうから、ファラオは黄金の宮殿で神と祝っていればいいさ。俺は立場上、領主の家で休まねばならんが、お前は天幕に場所があれば、夜はそこで寝ろ。ここはとんでもなく害虫が多い。害虫も、空腹や喉の渇き、怪我や燃やされた村と同じように、戦にはつきものだから文句は言いたくないがな」

夜になり天幕に行くと、湾岸からエルサレムへ向かう間に親しくなった兵站将校が、居心地よく過ごせるよう計らってくれた。私が医師として軍に同行することを伝えると、医師といい関係でいたくない兵士などいないから、彼はできる限りのことをしてくれた。彼は一晩じゅうため息をつき、文句を言っていた。

「昼夜を問わず、まるでネズミにかじられるように恐怖に蝕まれるってのに、兵士になんて生まれてくるんじゃなかった。子どもの頃から食い物にありつくよりも笏で打たれるほうが多く、戦場ではロバのように肩に食料と水をかつぐものだから、首はかちかちに固まって、肩の筋も痛めちまった。敵に槍で突かれ、弓矢で刺され、捕虜にでもなろうもんなら打たれて手足を縛られ、かごの中の鳥も同然だ。兵士が飲むのは腐った水で、報酬は自分で敵から奪うか、自ら勝ち取るしかないが、それだって微々たるもんだ。やっとのことで解放されてエジプトに戻っても、兵士は虫食いの木みたいなもんで、使い道なんてありゃしない。ロバの背に乗せられて長距離を移動し、傷つき、病に侵されて横になることしかできない体になって、服は盗まれ、使用人は逃げ出してしまう。兵士になんか生まれなければよかった」

そして彼は私に、逃亡しようとしてホルエムヘブに逆さ吊りにされた二人の兵士を見せた。彼らは、仲間の弓矢隊の慈悲心から戦の練習と称して的(まと)にされたので、すでに死んでいた。また、何人かのカブール人の捕虜も見せた。がっしりとした体格で、分厚く大きな鼻をした彼らは、血まみれの頭で、憎しみに満ちた目をしていた。その後、私たちは寝るために天幕に向かった。

翌朝はラッパの音で起こされ、兵士が隊ごとに集まって隊列を組み、下級将校と隊長たちが兵士たちに大声で罵声をあびせ、小突いたり笏で打ったりしながら列の間を走りまわっていた。隊列が整うと、領主の薄汚れた泥煉瓦の小屋から、ホルエムヘブが黄金の笏を持って出てきた。ホルエムヘブが兵士に向かって話す間、召使いはその頭上に日傘を掲げ、周りにたかっているハエを追い払った。

「エジプトの兵士よ！　汚(けが)らわしい黒人ども、汚(きたな)らしいシリアの槍兵ども、それから、この家畜の群れの中で最もエジプト兵らしいシャルダナ人と戦車を御する者たちよ！　お前らのことをまとめてエジプト兵と呼ぼう。俺はお前らを辛抱強く訓練してきたが、行軍すれば互いの槍を絡ませ、走りながら弓を射れば、仲間に矢を当てる始末で、あげくに貴重な矢を失くすときた。それもこれもファラオのおかげだから、ファラオの体が未来永劫残らんことを！　もう訓練どころか、俺の我慢もここまでだ！　その代わり今日はお前らを戦場に連れていってやる。密偵によると、山の向こうにカブール人の野営地があるというが、奴らの数を確認する前に怖気づいて逃げてきやがったから、奴らが何人いるかは分からん。だが、お前らを皆殺しにできるほど大勢いることを願うぞ。そうすればお前らの忌々しい臆病面（おくびょうづら）とおさらばしてエジプトに戻り、戦利品と栄誉をこよなく愛する真の男どもによる軍隊を編成できるってもんだ。とにかく、今日はお前らに最後の機会をやろうじゃないか。そこの鼻の割れた下級将校よ、俺が話しているというのに尻を掻いているあの男を蹴っ飛ばせ。さあ、今日はお前らの最後の見せ場だ！」

ホルエムヘブが男たち一人ひとりを貫くように睨みつけたので、彼が再び話し始めたときには、誰一人身動きしなかった。

「お前らを戦場に連れていく前に言っておく。俺は先陣を切って戦場に乗り込むが、お前らが俺についてくるかなんて、いちいち振り返って確かめはしない。ホルスの息子である俺には、隼が道を示してくれるから、たとえ俺一人だとしても、今日カブール人を全滅させる。俺に続かず逃げ隠れしようとする奴は、生まれてきたことを後悔するくらいこの手で叩きのめしてやる。俺の笏はカブール人が持っている簡単に刃こぼれする銅の槍よりもしっかりとお前らに食い込むから、今晩、俺の笏からお前らの血が滴るだろうということは今言っておこう。カブール人の雄叫びはこれ以上ないほど恐ろしいが、所詮（しょせん）声だけだから怖いなら粘土で耳の穴をふさいでおけ。カブール人が叫んだら、どうせ命令など聞こえないから、耳をふさいだって変わりやしない。各隊長に従い、全員俺の隼に続け。カブール人についてもう一つ言っておくと、奴らの戦い方は牛の群れのようにでたらめだ。だがお前らは、俺が列を乱さんように訓練し、弓矢隊は命令や合図と同時に弓を射る訓練をしてきた。だから、合図の前に弓を射って矢を無駄にする奴らはセト神とすべての悪魔に焼き尽くされるだろう。女どもみたいに泣き叫びながら戦場に飛び出すんじゃないぞ。せめて腰布を巻いた男らしく突撃しろ。カブール人は焼き払った村の盗品をため込んでいる。俺は奴隷も雄牛もいらないから、奴らを倒した暁には家畜や家財道具をお前らで山分けして豊かになるといい。奴らの女もお前らのものだ。カブールの女は情熱的で美しく、勇猛な兵士を好むというから、夜には愉しめるだろう」

ホルエムヘブが部隊を見渡すと、男たちは声を一つにして叫び始め、槍で盾を叩き、弓を振りまわした。

ホルエムヘブは笑みを浮かべ、無造作に笏を高く掲げて言った。

「やる気がみなぎっているようだが、その前に神殿でアテンという名の新しい神の式典がある。この神は戦とは程遠いから、今日はお前らの役には立たんだろう。だから本隊は行軍を始め、後続部隊はファラオのお慈悲を授かるべく神殿の式典に参加しろ。今日は、お前らが命がけで食らいつくように逃げ出す元気もなくなるほど戦わせるつもりだから、長い行軍になるぞ」

彼が慣れた手つきで黄金の笏を振り上げると、部隊は再び勢いよく雄叫びをあげ、軽戦車に先導され、棒の先端にくくりつけた「獅子の尾」や「隼」、「ワニ」といった旗印に続いて各部隊が町を離れ、戦場へと進軍していった。一方、上級将校と後続部隊はホルエムヘブのあとに続いて、町外れにある高い岩場に建てられた神殿へと向かった。その道中、将校たちが愚痴をこぼしているのが聞こえた。

「総司令官が先陣を切るなんて聞いたことあるか。そんな総司令官のあとなんてついていけるものか。これまでずっと隊長や将校は輿に乗って部隊のうしろに控えていたのに、読み書きできる奴がいなかったら、どうやって兵士の行動を記録し、裏切り者を罰するというんだ」

これはホルエムヘブにも聞こえていたが、彼は笏を振りまわすだけで、何も言わずに笑っていた。神殿は小さく、材木と粘土で急ごしらえされたものだった。普通の神殿と違い、真ん中の広場に祭壇が設けられていたが、神はどこにも見えなかったので、兵士たちは戸惑って神はどこかと辺りを見回した。ホルエムヘブは言った。

「ファラオの神は丸く、太陽のようなものらしいから、目が耐えられるなら空を見上げるがいい。神はお前らをその手で祝福なさるが、今日の行軍を終えたら神の指はお前らの背を刺す熱い針のように感じるかもしれんな」

神像の前にひれ伏し、できることなら手で触れられる神を望んでいた兵士たちは、ファラオの神は遠すぎると文句を言った。しかし、痩せこけて剃髪もしてない白い肩衣を身に着けた若い神官が前に踏み出すと、兵士たちは口をつぐんだ。情熱にあふれ、瞳を輝かせた神官が、色とりどりの春の花と聖油やワインを祭壇に捧げると、兵士たちは声をあげて笑い出した。そして神官はファラオが自らの手によるアテン神の讃歌を歌った。かなり長く単調な歌で、兵士たちはぽかんと口を開けて聴いていたが、何も理解していなかった。神官は次のように歌った。

地平より昇るは至高のアテン

生あるものの先駆けよ！
東の空より昇るとき
この地は至福で満たされり
麗しきかな、偉大かな
地上高くに煌(きら)めかん
創りし御国(みくに)を光で抱き
照らす慈愛が地を結び
遠くに有りて地を照らし
高きに有りて地を踏まん

そして神官が、夜の暗闇や洞窟から這い出てくる獅子や蛇に言及すると、聴いている者はだんだんと恐ろしくなってきた。また彼は、日中の輝きを称えて、鳥が朝に羽ばたくのはアテン神を賞賛しているからだと歌った。さらに、新しい神は男の精に力を授けるから、女の腹に子が宿ると告げた。もしこの地上にアテン神の助けがなかったら、生まれてくる雛は卵の殻を割ってピイピイ鳴くことすらできない、という神官の歌に耳を傾けていると、どんな小さなことでもアテン神のおかげだと思わざるを得なかった。さらに神官は続けた。

そのさまざまな営みよ
我らに秘されし営みよ
唯一神、全能のお方よ
かくあれかしとこの地を創り
人も、家畜も、生あるものも
地上を歩みし、すべてのものを
空高く駆けし、すべてのものを
シリアとヌビアのその大地
偉大なエジプトの大地をも
すべてをあるべき姿におさめ
求めるものをすべてに与え
誰もが在り処（か）に落ち着きて
その一日を識（し）り賜う
話す言葉はさまざまなれど
御心ゆえに従いて
肌も姿も違えども
貴方はすべてを見分けられん

さらにアテン神が創造したという俗世のナイル川と、天上のナイル川の話をしたものだから、将校たちはこの神官がアメン神の領域に入り込んでいると文句を言った。アテン神は四季を生み出し、何百万という異なる姿となって、町、村、駐屯地、川、路上に存在するという。そして次のように歌い終えた。

貴方を宿す我が心
知るは選ばれし者のみぞ
其は貴方の息子ただ一人
お子を計に任じられ
その意の力強きこと
世界は貴方の手の中に
創造されよ、意のままに
光の中に人は生き
御姿隠れて人は絶え
貴方が生命（いのち）の源（もと）なれば
貴方を通じて人は生く
目に映りしは陽の光

その御姿が翳(かげ)る頃
誰もが働く手を休め
西に御姿沈むまで
この世を創造し給えり
貴方のお子ゆえ地を均(なら)し
その抱擁より生まれし子
其は真実に生きるラーのお子
上下エジプトを統べる王
ただ真実に生きる方
世の創造をせんがため
王冠戴く者となり
王の尊き伴侶のため
敬愛されし両国の
ネフェルトイティよ
永久(とわ)に咲き誇らんことを

兵士は爪先で砂をほじくりながら聞いていたが、これまでも、そしてこれからもそうであるように、この歌がファラオを称え、ファラオは神の御子だと宣言していることは理解できたので、歌が終わるとほっとして、ファラオの栄光を称えて雄叫びをあげた。ホルエムヘブが神官に退出を促すと、若い神官はファラオへの書簡に儀式のことを書き記すために、嬉しそうにその場を去った。しかし、爪先で砂をほじくり返していた多くの兵士は、これから戦場で暴力的な死を迎えるだろうから、この歌とそこに込められた意味は何の役にも立たないだろう。

4

後続部隊が行軍を始めると、そのあとに荷車を引く雄牛と荷を運ぶロバが続いた。ホルエムヘブは急いで戦車に乗ると部隊の先頭に回り込み、上級将校たちも日中の暑さに不平を言いながら輿に乗って行軍に加わった。私は友人の兵站将校と同じように、ロバの背にまたがり、必要になるだろうと思って医療箱も持参した。

部隊は短い食事休憩しか取らず、午後まで行軍を続けた。疲弊して足を痛めた多くの兵士は、下級将校に笏で打たれ、蹴り上げられても立ち上がれず、置いていかれた。男たちは歌ったり罵ったりしていたが、日が暮れて影が長くなる頃に山あいから矢が飛んできて、隊列は乱れ、悲鳴があがり、矢が刺さって肩をつかむ者や、頭から地面に倒れ込む者が出始めた。しかし、ホルエムヘブはひるむことなく速度を上げ、部隊は小走りであとを追い、軽戦車は来る者を蹴散らした。しばらくして、肩衣をずたずたに引き裂かれて顔周りにハエがたかっているカブール人の死体が道端に転がっているのを目にした。何人かが行軍の列を離れ、死体をひっくり返して記念に何か奪おうと探したが、めぼしいものは何もなかった。

兵站将校はロバの背で汗をかきながら、これが人生最期の日だと予感したのか、妻と子どもへの最期の言葉を私にことづけてきた。そしてテーベにいる妻の居所を私に教え、悲しそうに頭を振りながら、日が暮れる前に私が生き残っていたら、自分の遺体をカブール人に奪われないようにしてほしいと頼んできた。

ようやく視界が開けてカブール人の野営地にたどり着いた。ホルエムヘブがラッパを吹かせて中央に槍隊を、その両側に弓矢隊を配置して攻撃態勢を整えた。命令に従い、攻撃用の戦車がとてつもない速さで走り出したので、土埃が舞い上がり、視界が覆われた。ホルエムヘブのそばには重戦車が数台残された。山の遥か向こうの谷では、村が焼き払われ、煙が立ちのぼり、こちらに向かってくるカブール人の盾と槍の穂先は威圧するように太陽の光に反射し、彼らの雄叫びはまるで海鳴りのように辺り一帯に響き渡った。そこでホルエムヘブは大声で叫んだ。

「くそったれの豚っ鼻ども、膝をガタつかせるんじゃない！　戦えるカブール人の数はたいしたことないぞ。お前らが見ているのは、日が暮れる前に戦利品となる家畜や女子どもにすぎない。俺はもうワニのように腹ぺこだし、夕方までには奴らの台所で温かい飯にありつけるように、必死になって戦うのだ」

それでも、うねるように向かってくるカブール人の勢いは恐ろしく、その数は私たちよりも多かったし、彼らの槍は太陽の光を受けてより鋭く見え、私は戦場から逃げ出したくなった。槍隊の列が乱れたので、彼らとともに私もうしろを振り返ると、下級将校たちが笏を振りまわして兵士を鼓舞するのが見えた。空腹で疲れ果てた兵士たちはカブール人から逃げられないと覚悟を決めたようで、弓矢隊は再び隊列を組み、奮然と弓を鳴らしながら攻撃の合図を待った。

さらに前進すると、カブール人の雄叫びが一段と大きくなった。その声があまりに恐ろしかったので、私は頭から血の気が引き、足がふるえ始めた。彼らがこちらに向かって走りながら矢を放つと、風を切る矢の音が、まるでハエが飛び交っているかのように耳元で鳴った。これまで生きてきたなかで、こんなに恐ろしい音は聞いたことがなかった。だがよく見ると、盾が矢を阻み、ほとんどの矢は私たちの頭上を飛び越えていることに気づいたので、勇気が湧いた。と、そのときホルエムヘブが叫んだ。

「くそまみれの豚っ鼻ども、俺についてこい！」

ホルエムヘブの御者が馬を走らせ、戦車があとに続き、弓矢隊が息を合わせて弓を引き、槍を持った兵士が戦車のうしろについて走り出した。その瞬間、全員が雄叫びをあげたが、一人ひとりが恐怖に打ち勝つために声の限り叫んだので、カブール人の雄叫びよりもずっと恐ろしい轟音となり、気づけば私も同じように叫んでいて、恐怖心が薄れていった。

戦車はすべてを圧し潰す勢いでカブール人の大軍のど真ん中に突き進み、その先頭には、土埃にまみれた槍の穂先よりもひときわ高いところに輝くダチョウの羽飾りをつけたホルエムヘブの兜が見えた。獅子の尾と隼の旗印をつけた戦車を追って槍隊が走り、弓矢隊は錯綜するカブール人に向けて一斉に矢を放ちながら平野に広がった。このあとは、すさまじい咆哮（ほうこう）と雄叫びと断末魔の叫び声が入り交じり、混沌としながら最も混乱の激しい状況が続いた。矢の飛び交う音がした途端、私のロバが私を乗せたまま暴れまわり、最も混乱の激しい戦場のど真ん中へと突っ込んでいったので、私は大慌てで蹴ったり怒鳴ったりしたが、ロバを止めることはできなかった。カブール人はしぶとく、馬に踏みつけられながらも勇猛果敢に戦い続けた。多くのエジプト兵は、勝利の印に自分が倒したカブール人の腕を切り落とそうとかがんだ隙に、カブール人に槍で刺されて命を落とした。汗のにおいよりも血のにおいのほうが強烈になり、ワタリガラスが群れを増やして、円を描きながら舞い降りてきた。

そこへ、エジプトの重戦車が平野を迂回してきて、カブール人の野営地を取り囲み、女たちを追いつめて家畜を蹴散らした。見るに堪えない光景を目にしたカブール人は、突然荒れ狂ったような雄叫びをあげ、自分たちの陣地を守ろうと一斉に撤退したが、それが運の尽きとなった。重戦車が撤退するカブール人のほうへと向きを変え、彼らを蹴散らし、ホルエムヘブの槍隊と弓矢隊がとどめを刺したのだ。日が暮れる頃には、平野は手を切り落とされた死体であふれ、野営地は火を放たれ、あちこちで家畜が鳴いていた。

ホルエムヘブが吹かせたラッパの合図で、将校と隊長が我に返って笏を振って兵士を集めるまで、勝利に酔った兵士たちは殺戮をやめず、目に入るものすべてに槍を刺し、武器を捨てた者も殺し、子どもを槌で殴り殺し、逃げまどう家畜も弓で射殺していた。私のロバは荒れ狂ったまま戦地を駆けまわったので、私の体はロバの背で袋のようになす術もなく跳ね上がり、生きた心地がしなかった。兵士にさんざんからかわれたが、一人の兵士が槍の柄でロバの鼻づらを打ったので、ロバは驚き、耳を立ててぴたりと止まり、ようやく降りることができた。それからというもの、兵士は私を「荒くれロバの男」と呼ぶようになった。

捕虜は一か所に集められて囲いの中に収容され、回収した武器は山積みとなり、牧夫たちは散り散りになった家畜を集めに行った。逃げ出したカブール人も大勢いたが、ホルエムヘブは、一晩じゅう逃げ続けるだろうから、戻ってくるとしてもしばらく経ってからだと踏んでいた。荷車の上で干し草が燃え上がり、天幕の明かりが辺りを照らすなか、ホルエムヘブのもとに神像の入った櫃(ひつ)が運ばれてきた。彼は櫃を開けると、炎に照らされて誇り高く胸を突き出した獅子頭のセクメト女神の木像を、皆に見えるように抱き起こした。兵士は興奮して、傷口から流れている自らの血を像になすりつけ、自分たちの戦利品である切り落とした腕を神像の前に放り投げた。一人で四本も五本も放り込む者もいて、切り落とされた腕は山のように積み上げられた。ホルエムヘブは彼らに首飾りや腕輪を与え、そのなかでも特に勇敢な者を下級将校に任命した。彼は血と埃にまみれ、黄金の笏からも血を滴(したた)らせていたが、目は笑っていて、兵士たちに親しみを込めて「くそまみれの豚っ鼻」とか「血流し野郎ども」などと呼びかけていた。

カブール人の槍と槌による傷跡はおぞましく、私にはやるべきことが山ほどあったので、燃えあがる野営地の明かりを頼りに治療を始めた。兵士の中には女を引きずり出して誰がどの女を抱くか、くじ引きをしている者もいたので、負傷者のうめき声の中に女の泣き声も混じっていた。私は大きく開いた傷口を洗って縫合し、切り裂かれた腹からはみ出た腸や目の上に垂れさがる頭皮を元に戻した。助かる見込みがない者には、夜の間に安らかに息を引き取れるようにビールと感覚を麻痺させる薬を与えた。

私は自分でもよく分からないまま、捕虜となったカブール人の手当てもしたが、心のどこかで、彼らを治せばホルエムヘブが奴隷として売り飛ばすときにいい値がつくと思っていたのかもしれない。しかし、彼らの多くは私の治療などおかまいなしで、子どもの泣き声や、エジプト兵に暴行されている妻の悲鳴を耳にして、せっかく縫い合わせた傷口を自ら引き裂き、頭から服をかぶって縮こまり、血を流して死んでいった。

彼らを見ていると、もはや戦闘直後の勝利の喜びは失せてしまった。彼らは砂漠に住む貧しい民で、手足は痩せこけ、多くが眼病を患っており、シリアに侵入したのは空腹に苦しむあまり、谷間にいる家畜や穀物に惹きつけられたにすぎなかった。戦では恐ろしく獰猛で、侵略した村々を燃やし、村の民を苦しめたが、大きくて分厚い鼻を青くして、ぼろぼろの服を頭にかぶって死んでいく彼らの姿を見ると、同情するほかなかった。

翌日、ホルエムヘブに会うと、彼に感謝されたが、私は、エルサレムに重症の負傷兵を伴えば、道中で死んでしまうだろうから、彼らの治療をするために護衛付きの野営地を作るよう薦めた。ホルエムヘブは私の提案に礼を言った。

「昨日、荒れ狂うロバの背に乗って大騒ぎになっている姿を見るまでは、お前がそんなに勇敢な奴だとは思わなかったぞ。兵士たちがお前を『荒くれロバの男』と呼んでいるのを聞いた。だが、戦地での医師の仕事は、戦のあとに始まるということはお前も知らなかっただろう。槍も槌も持たずにまだ生きているところを見ると、どうやらお前には運があるようだから、もし望むなら俺の戦車に乗せて戦場へ連れていってやろう」

彼は真剣な眼差しで見つめるので、私をからかっているのかどうかは分からなかった。

「私は一度も戦を見たことがなかったから、できるだけ近くで見てみたかった。だが、どうやら戦から学べることはなさそうだから、できればそろそろスミュルナに戻ろうと思う」

「お前のおかげで何人もの兵士が命を救われた。その功績は、兵士たちを戦場から巧みに生還させる勇敢な将校と同じだ」

「黄金は十分持っているし、君からもらう勲章など足元の土埃も同然だから、そんな気遣いは無用だ」

「ごもっともだ。だが、俺のような単純な男にとって、戦での功績によって授けられる幾重もの金の鎖が重要な意味を持つのだ。俺は部下たちの戦いぶりを見て、奴らを指揮できることが分かったし、獅子の頭をしたセクメトの庇護のおかげで勝利を収めることができたから、もし望めば、俺の像が彫られることになるだろう。だが、家畜泥棒を打ち負かすのにたいした技量はいらないから、こんな勝利は足元の土埃にすぎん」

「兵士たちは君の名を崇め、君が行くところにはどこへでもついていくと誓うだろう。それにしても、槍や弓の中に真っ先に突っ込んでいったから、死んでしまうのではないかと思ったが、どうやったら怪我一つせずにいられるんだ」

「俺には腕のいい御者がいるからな。それに俺にはもっと大きな使命が待っていて、隼が守ってくれるのだ。敵の槍や弓、戦車が俺を避けていくからといって、俺に経験があるとか俺が勇敢だというわけじゃない。いやというほど殺戮を繰り返してきたから、それ以上血が流れてもなんとも思わないが、だからといって車輪に轢かれた奴らの叫び声を聞いても嬉しいわけじゃない。それでも俺が真っ先に突撃するのは、俺が多くの血を流す運命（さだめ）にあるからだ。兵士どもが死を恐れないようにしっかりと訓練されていれば、俺だって賢明な司令官のように輿に乗って奴らのあとについていく。司令官の仕事は、安い奴隷がするような手を血で汚す仕事ではなく、頭を使って重要な命令の数々を書記たちに書き取らせることだろうからな。こんなことはシヌヘ、お前の仕事ではないから分からないだろう。お前の腕は尊敬しているが、俺に医師の仕事が分からんのと同じことだ。俺が自分の手や顔を家畜盗人の血で汚すのは恥ずべきことだが、今のエジプト兵どもは二世代にわたって戦を知らないままだから、俺が先頭に立たなければ膝から崩れ落ちて泣きわめくだけで、カブール人よりも臆病で勇気もへったくれもあったもんじゃない。だからあいつらをくそまみれの豚っ鼻と呼んでやったら、奴らはその呼び名が気に入ったというわけさ」

戦場で彼が物怖じせずに槍に向かってまっすぐに突っ込んでいったときに、恐怖を感じなかったとは信じられなかったから、こう尋ねた。

「君にはほかの人間と同じように温かい皮膚があり、その下には血が通っている。傷を負わないように何か強い呪術でも使ったのか。でなければ、なぜ怖くないのだ」

「たしかにそういう呪術があると聞くし、魔除けの護符袋を学のない兵士たちの首にかけてやると、それを信じて勇敢に戦うから多少の効き目はあるんだろうが、今回の戦のあとも、死んだ奴らの首から集めた護符袋は多かった。だが、シヌヘ、こんな話は全部くそくらえだ。俺がほかの奴らと違うのは、俺には成し遂げるべき偉大な務めがあるからだが、なぜそう言えるかなんて知ったことか。兵士は運があるかないかのどちらかしかないが、俺の場合は隼がファラオのもとに導いてからというもの、運が味方している。たしかに隼は宮殿が気に食わずに飛び去ってから戻ってこないが、シナイ砂漠を突っ切ってシリアに行軍し、兵士とともに飢えと厳しい喉の渇きに苦しみながら、兵士の考えや奴らに命令する方法を考えあぐねていたときに、とある谷で藪が燃えているのを見たのだ。それは大きな藪か木のようにも見え、燃え尽きることも小さくなることもなく、昼夜を通してまるで生きているように燃え続け、その周辺に立ちのぼる香りは、俺を勇気づけてくれた。それを見たのは戦車に乗り、先陣を切って砂漠で野生動物を追っているときで、ほかの奴らは見ていないから、それを証明できるのは俺と御者だけだ。それからというもの、槍や矢や槌が俺に当たることはない。こういうことは秘められたものだから、なぜそうなのかと言われても俺には分からん」

ホルエムヘブには私を面白がらせようとしてこんな作り話をする理由がないし、たとえそうだとしても、彼は自分の目で見て感じたものしか信じない人間だから、こんな話を作れるとも思えず、私は彼の話を信じることにした。

彼は、部隊をカブール人の野営地に留まらせ、そこで食事をさせ、弓や槍の練習をさせた。練習の的になったのは、負傷者や、気性が激しすぎて奴隷にふさわしくないカブール人だった。こんな調子だから、兵士は文句一つ言わず、喜んで訓練に励んだ。ところが、三日目になると、放置された死体のにおいがひどくなり、砂漠からワタリガラスやジャッカル、ハイエナが群れになって集まってきて遠吠えをし、それが夜まで続いたので、誰も眠れなくなってしまった。

また、長い間女っ気がなかった兵士たちは、カブール人の女たちに言い寄って愉しもうとしたが、骨ばって薄汚れ、砂漠のように荒々しい目をした女の多くは、自分の長い髪で首をくくってしまったので、誰も女と愉しむどころではなかった。こういうことが続いたので、私はもう戦に憧れるどころか、人が人にもたらす残酷さに心が重くなるばかりだった。ワタリガラスが死体をつつく様子や、ジャッカルやハイエナが骨をかじる姿を見て、友人となった兵站将校に言った。

「もうすぐ頭蓋骨がむき出しになって、誰がエジプト人で誰がカブール人だったかも分からなくなり、神々にも誰の心が清らかで誰が正義のために戦ったのか、誰が間違っていたのかなんて分からなくなるだろう」

兵站将校はカブール人が盗んだ穀物を正確に記録したり、家畜を数えたりしながら上機嫌に言った。

「我々には戦のときに獅子よりも勇猛に吠える、賢明で偉大な司令官がいる。俺の耳にはカブール人の鬨(とき)の声よりもジャッカルやハイエナの遠吠えのほうがずっと安心だし、槍が俺の肉に食い込むくらいなら、死臭を嗅ぐほうがましだろう。アメン神とオシリス神を深く信じるエジプト人は、戦死して遺体が処置されなくても西方の地にたどり着けるというが、お前が言うことも一理あるし、戦死せずに済んで本当によかった。たしかに、戦地で悪事を働いた者と心正しき者を識別するのは、神々にとっても面倒だろう。俺が死なずに済んだのは、槍で俺を突こうとしたカブール人が俺の叫び声を聞いて、恐ろしさのあまりふるえだし、槍を落として俺の前で倒れたからだろうな」

奴隷や食器類、穀物を買い取る商人が戦地までやってこなかったので、三日目にホルエムヘブは部隊を分け、一部を戦利品とともにエルサレムへ送り返し、残りの部隊に家畜の放牧を任せた。負傷者のために野営地を設営し、「獅子の尾」の兵士を残して護衛させたが、負傷者のほとんどは死んでいった。そして捕虜を尋問したところ、カブール人が神像を持って逃げ出したことが判明したので、ホルエムヘブは戦車に乗ってカブール人のあとを追った。

私は気が進まなかったのに同行することになり、戦車に乗り込んだ。ホルエムヘブの腰にしっかりつかまったが、彼が狂ったように戦車を走らせたので、ひっくり返って岩に叩きつけられるのではと冷や冷やし、生まれてこなければよかったと思うほど恐ろしかった。彼はそんな私をからかい、せっかくここまで来たのだから、戦から学べることがないか、ちゃんと見ておけと言った。

ホルエムヘブは盗まれた家畜を追って砂漠の隠し場所まで行き、楽しそうに歌いながらヤシの枝を振って家畜を追っているカブール人に向かって、嵐のように襲いかかり、戦の真の姿をこれでもかと私に見せつけた。カブール人の天幕が燃えあがり煙が立ち込めるなか、馬が老人や女子どもを踏みつけた。カブール人は豊かな穀倉地帯のシリアに襲いかかり、盗んだ穀物で満たされ、日に焼けて痛む歯に油を塗るよりも、砂漠に隠れ住み、貧困にあえいで死ぬべきだということを、ホルエムヘブは血と涙で教え込んだ。こうして私は身をもって戦というものを知ったが、それはもはや戦ではなく、ただ飽くなき殺戮にすぎなかった。ホルエムヘブはカブール人が倒した境界石を動かそうともせず、その場にまっすぐ立て直させてこう言った。

「この世界はすでに四十年も平和が続き、すべての民は穏やかに暮らし、大国の王たちは互いを兄弟だの友だのと呼びかけて書簡を送り合い、ファラオは各国の神殿に自身の黄金の像を設置できるようにと、大国の王たちに黄金を送る有り様だ。だからカブール人が全滅したら、戦の相手がいなくなるし、部隊のために戦の訓練ができるように、奴らの種は残さねばならない。そうすれば数年後には今経験したことなんか忘れて、飢えてまた砂漠から出てくるだろう」

彼はカブール人の神像に追いつくと、隼のようにその首めがけて攻撃したので、神像を運んでいた人々は神像を地面に放り出し、山へと逃げていった。ホルエムヘブは神像を叩き割り、セクメト女神の前で燃やすよう命じた。兵士は誇り高く胸を叩いて言った。

「見るがいい、俺たちはカブール人の神を燃やしているんだ！」

この神の名はヤヘウまたはヤハウェといい、ほかの神がいないカブール人は、ヤシの枝を振りながら歌っていたというのに、出陣したときよりも貧しくなり、神像も失って砂漠に戻るはめになった。

5

ホルエムヘブがエルサレムに戻ると、この戦の間に国境周辺から避難してきた民が大勢集まっていた。彼はカブール人から奪い返した家畜や穀物、食器などを彼らに売りつけたので、彼らは服を引き裂いて「カブール人よりも性質（たち）が悪い盗人め！」と叫んだ。しかし、彼らは神殿や商人、租税所から金銀を借りられたので、心底困っているわけではなかったし、彼らが買い取れなかったものは、ホルエムヘブがシリア全土からエルサレムに集まっていた商人たちに売りさばいた。こうして手に入れた銅や銀は戦利品として兵士に分配されたので、なぜ私が手を尽くして治療したにもかかわらず負傷者のほとんどが死んだのかが、ようやく分かった。生き残りが少ないほうが、奪い取った服や武器、装飾品などの分け前が増えるため、負傷者は水や食料を与えられずに死んでいったのだ。それから、無学な屠殺人が戦場で大した働きをしないのに、喜び勇んで戦に同行し、エジプトに戻る頃には羽振りがよくなっている理由も分かった。

エルサレムは下手な歌とシリアの楽器の音が鳴り響き、賑やかだった。銅や銀を手に入れた兵士は、商人が持ち込んだビールを飲み、商人が連れてきた厚化粧の娘と愉しんだが、そのうちに取っ組み合いや武器を持っての喧嘩が始まり、傷つけ合ったり奪い合ったりしたので、毎日誰かが城壁に吊るされた。兵士はこれに気を悪くするどころか、「昔も今も同じことだ」と言っていた。商人たちが去るまで、兵士たちは銅や銀をビールや女につぎ込み、商人たちは稼いだ銅や銀を持ち帰った。ホルエムヘブは商人が行き来するたびに税を課していたので金持ちになり、その一部を気前よく兵士に戦利品として分配した。私がスミュルナに戻るため、彼に別れを告げに行くと、彼は喜ばずにこう言った。

「この戦は始まる前に終わってしまったうえに、流血を禁じていたにもかかわらず血が流れたことで、ファラオがご立腹だという書簡が届いた。俺はエジプトに豚っ鼻どもを連れ帰り、軍隊を解散し、隼や獅子の尾を神殿に返さねばならんが、あいつらはエジプトで訓練した唯一の部隊で、ほかの奴らは城壁にくそをして市場で女をつねるくらいしか能がないから、これからどうなるか見当もつかん。アメン神にかけて、ファラオが黄金の宮殿で神を称える歌を作ったり、愛で民を治められると信じたりするのは勝手だが、敵が国境を越えて襲撃してきたときに、切り刻まれる男の叫びや村が燃えて泣き叫ぶ女の声を一度でも聞いたら、考えが変わるのかもしれん」

「豊かなエジプトは最強で、向かうところ敵なしだ。君の評判もシリアじゅうに広まって、カブール人はもう境界石に触れようともしない。実際、君の兵士は酔っ払って野獣のように騒ぎ、体には虫がたかっていて、宿舎は小便くさいというのに、なぜ部隊を解散しないのだ」

「お前は自分の言っていることがちっとも分かっていないな」

そう言うと、ホルエムヘブはじっと前を見据え、町の泥煉瓦の家にも虫がたくさんいたのか、苛立たしく脇の下を掻いた。

「エジプトは内に籠って満足しているが、それは間違っている。世界は広く、気づかないうちに大火事や破壊をもたらす種が蒔かれているのだ。アムルの王は定期的にファラオに納税しなければならんのに、不届きにも馬や戦車を買いあさっているらしい。奴の宴では領主どもが、かつてアムル国は世界を支配していたなどと吹聴しているようだな。最後のヒクソス人はアムルの地に住んでいたというから、まんざら嘘ではないが」

「アムルの王、アジルというのは虚栄心の強い男で、彼の歯に黄金をかぶせたときから私の友人だ。彼は妻を娶ったばかりで、今はその妻に腰くだけにされ、膝も立たない有り様だと聞いているから、今はほかに注意が向かないんじゃないか」

「シヌへ、お前は色んなことを知っているな」

ホルエムヘブはそう言って、私を見つめた。

「お前は何にも束縛されず、ほかの者が気づかないようなことを色々と耳にしながら町から町を旅している。もし俺がお前のように自由の身だったら、あらゆる国を旅して学びを得ただろう。ミタンニ王国を旅し、バビロンを訪れ、ヒッタイト人がどんな戦車を使っているのか、どうやって軍を訓練しているのかを見るだろうし、海に浮かぶ島々の戦艦がどれだけ素晴らしいかをこの目で見るために海の島々にも行くだろう。だが、俺はファラオに召喚されている身だから、そんなことはできん。俺の名もシリアじゅうに知られてしまったから、もう聞きたいことも聞けないだろう。だがシヌへ、お前ならシリア人の服を身に着け、知識階級が世界中で使っている言葉を話せる。それにお前は医師だから、変に疑われることもないだろう。お前の話は、あまりに単純でときに幼稚にすら聞こえるし、俺のことも曇りのない目で見るが、本当のお前は誰に対しても心を閉ざし、ほかの人間には知り得ない秘密を抱えている。そうだろ、俺の見立ては正しいか」

「そうかもしれないな。それにしても、いったい私に何を期待しているのだ」

「黄金をたっぷりやるから、医師として今挙げた国々に行ってもらいたいのだ。エジプト人の医師として評判を広め、さまざまな町の富裕層や貴族階級を治療し、あわよくば王や支配者にも指名されて、彼らの心情に寄り添い、内実や思惑を探ってほしい。医師の仕事をしながら、お前は俺の目となり、耳となり、見聞きしたことをすべて心に留め、エジプトに戻ってきたときに俺に伝えてほしいのだ」

「私はもうエジプトには戻らない。それに、そんな危ない橋を渡れるものか。知らない町の壁に逆さ吊りにされるのはごめんだ」

「明日のことは誰にも分からんし、お前はエジプトに戻ってくると信じている。一度でもナイルの水を飲んだ者はほかの水で渇きを癒すことはできないからな。燕や鶴だって毎年冬になると、必ずエジプトに戻ってくるだろう。だからお前の言うことは俺の耳にはハエの羽音にしか聞こえんな。俺にとっては黄金も足元の塵同然だから、せっかくなら情報を得るために使いたい。逆さ吊りがどうとか言っていたが、そんなものは戯言にすぎん。俺は何も悪事を働けとか、諸国の法を破れと言っているわけじゃない。大きな町ならどこだって、町に金銀を落としてもらうために神殿を見せたり、さまざまな宴や祭で楽しませたりして旅人を呼び寄せるだろう。金銀を持っていればどんな町でも歓迎される。それに、お前の医者の腕は、年寄りを斧で殺したり、病人を砂漠に置き去りにして死なせたりするような国では喜ばれるだろう。王は自分の国がいかに偉大かをよそ者に見せつけ、敬服させようと自軍の兵士を行進させるだろう。そのときに兵士たちの行進の様子や、手にしている武器、戦車の数、そして戦車が重くて大型なのか軽量で小型なのか、それから戦では御者に加えて盾持ちも乗せると聞いたから、二人乗りなのか三人乗りなのか、そういったことを心に留めたって罰は当たるまい。兵士たちはしっかり食って脂ぎっているのか、それとも俺のくそまみれの豚っ鼻どものように痩せこけて、虫に食われ放題で眼病持ちなのかを知るのも重要なことだ。ヒッタイト人が魔術を使って新しい金属を地中から得ているという話も聞いたな。鉄と呼ばれるその青い金属で鋳造された武器は、最も優れた銅の盾さえへこませるそうだが、それが本当かは分からんし、ひょっとしたら奴らは新たな銅の焼き入れ方か、合金を作る方法を編み出しただけかもしれんが、いずれにしても俺はそれについて知りたい。だが、一番知りたいのは、支配者や摂政の心だ」

私は彼を見つめたが、彼は私を見ておらず、手に持った黄金の笏を気のなさそうに振りまわしながら、窓の外に目をやり、太陽の光で燃えるように赤く染まるエルサレムの泥煉瓦の壁と岩場、そして葉に埃がかぶっているオリーブの木をじっと見つめていた。さらにその光景よりももっと遠くの国を見つめているようでもあり、彼が首をあげると、目に暗い炎が燃えていた。

「君の言いたいことはよく分かる」

私はしばらく考えてから言った。

「私もここ最近、かごの中の鳥のように落ち着かなかった。だから、召使いにはさんざん忠告されたのに、戦がどういうものかを知りたくて君のもとに来たんだ。エジプト人のほとんどが訪れたことのないような、遠い国へ旅するのは嫌じゃないし、スミュルナにはもう飽きていたのに、よくこれほど長い間スミュルナに留まっていたものだと、今話している間も不思議に思っていた。だが、人というものは誰かに命じられなければ、決意するのも出発するのも腰が重いのかもしれないな。それにしても、私に命令を下す立場でもないのに、なぜそんなことを知りたがるんだ。ファラオの黄金の宮殿に座して、女と戯れていられる君がそんなことを知って、いったいどうするんだ」

「俺を見ろ」

言われるままに彼を見ると、瞬く間に彼の姿が大きくなり、目は暗く底光りし、まるで神さながらだった。思わず心がふるえ、彼に向かって膝まで手を下げて深く礼をすると、彼は言った。

「俺がお前に命令を下す者だということを信じるか」

「なぜかは分からないが、私の心は、君が私に命令を下す者だと言っている」と言うと、口の中で舌が膨れあがるような気がして、ひたすら恐ろしくなった。

「きっと君の言う通り、君は多くの人々に指図する運命なのだろう。だから私は旅に出て、君の目となり耳となるが、私は医師として医術を知っているだけで、君の知りたいことには疎いから、私の見聞きすることが役に立つかどうかは分からない。いずれにせよ黄金のためではなく、友人である君のために、そして神が存在するなら、神々がそう定めたのだろうから、できるだけのことはしよう」

「俺の友だということは後悔しないだろうが、俺が知る限り、人間には必ず必要なものだから、とにかくお前に黄金を持たせてやる。俺の欲しい情報がなぜ黄金よりも価値があるのかということは知らなくていい。だがこれは教えてやろう。過去の偉大なるファラオは、ほかの国の宮廷に能力のある者を送り込んでいたが、今のファラオの使節ときたら、どういうふうに腰巻きに襞をつけるか、どうやって杖と笏を持つか、誰がどの順番でファラオの左右に並ぶかといったことしか知らない能なしばかりだ。そういう奴らのことは気に留めるな。そいつらのお喋りはハエの羽音ぐらいに思っておけ」

しかし、別れ際にホルエムヘブは威厳を捨て、私の頬に手を添え、肩に顔をよせて言った。

「シヌヘ、お前が行ってしまうのは辛い。俺の心の内を知る者はほかにいないからな。お前が孤独なら俺も孤独なのだ」

こう言いながら、彼はかつて心を奪われた美しいバケトアメン王女のことを思い浮かべていたのだろう。

ホルエムヘブは、思っていた以上の黄金――おそらくシリアの戦で得たすべての黄金だと思うが――を用意し、そのうえ沿岸部まで盗賊に襲われずに済むようにと護衛をつけてくれた。沿岸部に着くと、私は大きな商館に行って黄金を預け、盗賊にとって何の意味もなく、金銀よりも安全に持ち運びできる粘土板と引き換え、船でスミュルナに戻った。

そういえば、エルサレムを去る前に、アテン神殿の近くで酔っ払って喧嘩をし、こん棒で頭を殴られて頭蓋を骨折し、瀕死の状態で喋ることも手を動かすこともできなくなったある兵士の頭蓋を切開したことにも触れておこう。彼は回復することなく、熱を出し、もだえながら翌日には死んでしまった。

第六の書　偽王の日

1

新しい書を始めるにあたって、多くの国を旅して思う存分に学んだ、二度と戻らないあの素晴らしい日々のことを記しておこう。私が旅をしたのは、四十年間、戦のなかった世の中で、王の警備隊は隊商や商人の道中を、ファラオや王族の戦艦は海賊から川や海をそれぞれ守っていた。国境は開かれ、黄金を持つ商人や旅人はどの町でも歓迎され、人々は互いを敬い、相手の習慣を知ろうとし、知識階級の多くは複数の言語を操り、二種類の文字を使いこなしていた。赤い大地の畑は、ナイル川の代わりに天上からの恵みの雨で潤っていた。旅の途中で見かけた家畜の群れはのびのびと歩きまわり、牧夫は槍を持つ代わりに笛を吹き、楽しげな歌を歌っていた。ぶどう畑のある丘陵地には花が咲き、果樹はたわわに実り、どの国でも神官はふくよかな体に聖油を塗り、神殿の前庭には生贄を焼く煙が立ちのぼっていた。神々もふんだんな生贄のおかげで満たされていた。神々によって、金持ちはより豊かに、権力者はさらに権力を得て、貧乏人はより貧するように定められていたので、民はそれに従い、満たされていた。二度と戻らない過ぎ去りしあの頃の私は、若く力にあふれ、長旅にも疲れることなく、初めて見るものに目を奪われ、知識欲にあふれ、新たな学びを得ることに貪欲だった。

行く先々で同じような仕組みと環境が整っていたのも特筆に値することで、バビロンの神殿にある商館にスミュルナの商館の粘土板を渡せばすぐに換金してくれたし、大きな町であれば大抵は遠い国から持ち込まれる外国産か、山間部のワインが手に入った。シリアではバビロンの山間部のワインが最高級品とされていたが、バビロンではシリア産のワインに値がついていた。黄金があれば誰でも好みの奴隷を買うことができ、さまざまな肌の色や体つき、子どもや男、気が向いたときに愉しむための若い娘を召使いとして雇えたが、黄金がなければ、首が曲がるまで働かなければならず、手はざらついて腫れあがり、こぶだらけになった。そして、ワインを飲んだり愉しんだり、自分の奴隷を買ったりするために、金持ちの家に忍び込んで金銀を盗んだ者は捕まり、見せしめとして周壁に逆さ吊りにされた。

今の私が置かれた辛い日々よりも、太陽の光がきらめき、心地よい風が吹いていた幸せな日々を称え、旅の間にこの目で見たり聞いたりしたことを記そうと思う。まずはスミュルナに戻ったときのことについて話そう。

スミュルナの家に戻ると、カプタが私に向かって走ってきて、喜びに涙しながら、私の足元に身を投げ出して言った。

「ご主人様が戻られた日に祝福を。お戻りになられたのですね。あれほどご忠告したのにまったく聞く耳を持たず、戦がどんなものか知りたいと行ってしまわれたものですから、きっと戦で槍に刺されて亡くなられたと思っておりました。ですが、私たちのスカラベは明らかに強い力で、ご主人様をお守りくださったのですから、今日という日は素晴らしい日です。スミュルナの商館に預けてあったご主人様の財産はすべて私が相続するものと思っておりましたが、ご主人様に会えたことが嬉しくてたまらず、こらえきれずに涙があふれてきますし、なんといってもご主人様がいなくては、私は母を見失った子ヤギも同然、情けなくメェメェ鳴くばかりで、日々は暗いものでしたし、金持ちになり損ねてしまったことをくよくよするのはやめましょう。もちろんご主人様が留守の間は、以前と同じほどしかくすねておりませんし、戻られた暁には出発前よりも裕福になっているようにと、すべての財産を管理してこの家と家財道具をお守りしておりましたよ」

カプタは私の足を洗い、手に水をかけ、細々と世話を焼き、私が黙るよう命じるまでずっと話し続けた。

「さあ、長い旅に出るから支度をするんだ。ミタンニ王国とバビロン、そして海に浮かぶ島々に行くから、何年かかるか分からないし、困難な旅になるぞ」

カプタは途端に沈黙し、恐怖で顔色が悪くなり、大声で言った。

「スカラベにかけて、正気を失われたご主人様を縛りつけて、腕と膝の関節にヒルを吸いつかせなくては。スミュルナはこんなに居心地がよく、パンは蜂蜜に浸せるし、町の商人や支配者は私たちを敬い、そのうえイシュタルの神殿にいる乙女たちは、船乗りから教わった数々の技で男の体が陸揚げされた魚のように跳びはねるほど喜ばせてくれるというのに、そんなおかしなことをおっしゃるなんて。すぐに神殿にお供えをしてそんな考えは忘れましょう」

「お前は愚かな奴隷だから理由は言いたくないが、私はもう自由に動ける身ではないのだ。だが、そう言うなら仕方ない。私が留守の間、お前はここに残って私の家と財産を管理して、神殿の乙女たちと好きなだけ愉しむがいい。あの女たちのことを乙女とは言いたくないがな。一緒に行きたくないなら無理強いはしないし、この長旅ではお前は足手まといになるだけだろうから、私は一人で行くことにするよ」

するとカプタは急に泣き出した。

「なんということでしょう。この世に生まれてこなければよかった。ひとたびいい生活をしてしまうと、それを手放すのが惜しくなるのは当然ですから、こんなにいい思いをしなければよかった。以前のように一、二か月の旅に出るというのであれば、何も言わずに私もスミュルナに残ったでしょう。ですが何年もかかるなんて、ご主人様はもうお戻りにならず、お目にかかることもないかもしれません。そんな旅では必ずや幸運が必要になりますし、私たちのスカラベがなかったら、ご主人様は割れ目に落ちたり盗人に槍で突き刺されたりしてしまうでしょうから、私は聖なるスカラベを持ってご主人様にお供しなくては。経験豊富な私が一緒にいなければ、ご主人様はうしろ足を縛られて運ばれていく子牛も同然で、目隠しをされて両手で空を掻いているようなものですから、行き交う者は皆喜んでご主人様からあれこれくすねていくでしょう。ですが、そんなことは私が許しませんし、私ならご主人様の懐具合(ふところぐあい)に配慮してくすね、決して損をさせるようなことはしませんから、どうせ盗られるなら私のほうがましでしょう。ですが、できることならスミュルナの私たちの家に残ったほうがいいと思うのです」

カプタは年々図々しくなって、「私たちの家」とか「私たちのスカラベ」、支払いのときには「私たちの黄金」などと言っていた。カプタの泣き言には聞き飽きていたので、自分の身分を思い知らせるために杖を取り出して痛みで泣き叫ぶように太った尻を強く打って言った。

「いつの日か、その図々しさのせいでお前は周壁に逆さ吊りにされるだろうと私の心が言っているぞ。一緒に来るのか来ないのか、そろそろ決めてくれ。だがその前に、同じことを何度も言うのはやめるんだ。

これから長旅に出る準備をするというのに、うるさくてたまらない」

するとカプタは黙り込み、自分の運命を受け入れて旅支度をした。カプタは二度と船の甲板には足を踏み入れないと誓っていたし、私は宮殿の建設やアメン神の聖船を造るために使われるレバノンの杉林を見たかったから、シリアに向かって北に旅する隊商に加えてもらうことにした。

旅は淡々と進み、盗人に襲われることもなかったので、特に記すことはない。宿は快適で、美味しいものを食べられたし、立ち寄った場所に病人がやってきたときは治療もした。もうロバには懲りていたので、私は輿に乗ったが、カプタはほかの旅人が目にしたときに召使いだと分かるように、ロバに乗せた。カプタはロバを嫌がり、死んだほうがましだと文句ばかり言っていた。船ならもっと早く、もっと楽に旅ができたのだと分からせようとしたが、あまり効果はなかった。香油を塗らなければならないほど乾いた風が四六時中顔に当たり、砂埃が喉にからんだり砂蚤に悩まされたりしたが、こんなことは取るに足らないことで、むしろ目にするものすべてが珍しく、楽しくて仕方がなかった。

杉の森で大きな木々を見たが、私が話してもエジプト人には信じてもらえないだろうから、この話はやめておこう。一つ挙げるとすれば、この森に漂う香りと澄んだ小川の水が素晴らしかったことで、こんな国に暮らす民が不幸になるはずはないと思った。しかし、木を切り倒して枝葉を落とし、山の斜面から海岸まで延々と木材を運ぶ奴隷たちを見たときに、彼らの手足が樹皮や刃物で傷だらけになっていて、傷口は膿み、背中は鞭で打たれてハエがたかっているという悲惨な状態に気づき、私は考えを改めた。

カプタは、ここの木を全部自分のものにして船に積んでテーベの桟橋に運び、エジプトで売ったら、どれほど金持ちになれるかと楽しそうに計算をしていた。カプタによると、たった一本の大きな木で、平凡な男が一生家族を養え、息子を書記にし、娘をいい家に嫁がせるくらいの値がつくそうだ。そして今度は木が何本あるかを数え始めたが、その数は限りがなく、途中で頭が混乱し、再び数えようとしたが、とうとう泣き叫んで言った。

「この途方もない富がただ風に揺られているのを見ると、胸が張り裂けそうです」

そう言うと、カプタは木を見ないように顔を背けた。一方、杉の梢がざわめく音を耳にした私は、この音を聞くためだけでもこの旅に出た価値はあったと思った。

やがて私たちは、呰と大規模なエジプト軍の駐屯地があるカデシュの町に到着した。しかし、番人が呰の城壁を守っているわけではなく、堀は草が伸び放題で、兵士や将校は家族と町中に暮らし、ファラオの蔵から穀物や玉ねぎ、ビールが配給される日だけ兵士であることを思い出すという有り様だった。

この町にいるエジプト人医師は、やぶ医者か、ずいぶん前に生命の書から名前が抹消された者――本当に名前が記載されていたかもあやしいが――だったから、私たちはカプタの尻にできた胼胝が癒えるまでここに留まることにし、その間に多くの患者を治療した。黄金を十分に持っている病人は、ミタンニ王国まで出向いて、バビロンで学んだ医師の治療を受けていた。この町で目にした古い石碑には、当時のファラオがいかに敵を倒して勝利を収め、いかに象狩りがうまかったかということが記されていた。

また、この地の印章はエジプトのように指輪にして持ち歩くのではなく、筒に紐を通して首から下げ、筒を転がして側面に彫られた模様を粘土板に押しつけるというものだったので、この町でもある程度敬われるように高価な石で自分の印章を作った。しかし、貧乏人や無学の者が粘土板に印を押す必要があるときは、拇印で用が足りた。

それにしてもカデシュは楽しみがなく、鬱々としていて、日差しが強く、治安もよくなかったから、ロバが苦手なカプタでさえ先を急ぎたがった。カデシュは隊商の行き交う場所に位置しているため、ここで唯一娯楽を楽しむのは、さまざまな国からやってくる隊商だけだった。しかし、こうした国境付近の町というのは、どこの王に仕えていようが同じようなもので、エジプト、ミタンニ王国、バビロニア、またはハッティの軍隊であろうと、将校や兵士にとってこうした町への駐屯は左遷でしかなく、国境地帯の将校や兵士はこの世に生まれてきたことを呪い、互いに争い、まずいビールを飲んでは一緒にいても虚しくなるだけの女と寝るのが常だった。

こうして私たちは旅を続けて国境を越え、誰にも邪魔されることなくナハリンの地にたどり着き、ナイル川とは真逆の方向に流れる川を目にした。ミタンニ王国に入国するときに、旅人に定められた通行税を王の租税所に納めた。この地の民は私たちがエジプト人だと分かると丁重にもてなし、道で行き会うところ声をかけてきた。

「ようこそおいでくださいました。長いことエジプト人に会うことがなかったもので、心から歓迎いたします。私たちにはニニヴェのイシュタルや、私たちを守ってくれる数々の素晴らしい神々がいるというのに、あなた方のファラオは我々の王に名も知らぬ新しい神を勧めてきたという噂で、この国に兵士も武器も黄金も送ってこなくなったので、私たちは不安でたまらないのです」

そして私は彼らの家に招かれ、ただの奴隷にすぎないカプタもエジプト人だからという理由で一緒にご馳走を振る舞われたものだから、「ここはいい国です。ご主人様、どうやらここの人々は物知らずで、簡単にだませそうですから、ここに残って医術で生計をたてましょう」と言う始末だった。

ミタンニ王と貴族たちは、夏の暑い時期を避けて北部の山間部に移動していたが、私は話によく聞いていたバビロンの謎を早く見たくて仕方がなかったので、彼らのあとを追いたいとは思わなかった。ミタンニの人々がヒッタイトを恐れているという話を聞けば聞くほど、ハッティの地にも行かなくてはという思いは強くなったが、まずはバビロンに向かうことにした。

ミタンニ王国は、東はバビロン、北は野蛮な民、西はハッティの地を支配するヒッタイト人に囲まれ、かつては偉大な王国だったが、今では宙に浮いた存在になっていた。ホルエムヘブに情報を伝えるため、貴族や下々の者と話をしてみると、誰もが同じことを口にし、彼らの心は本当に不安でいっぱいなのが感じ取れた。

ミタンニ王国の民は小柄で、女たちはほっそりとして美しく、子どもたちはまるで人形のようだった。かつては北も南も、東も西もすべての民を支配していたというから、強国だった頃もあるのかもしれないが、こういう話はどの国の民もするものだから、彼らが言い張っていても、本当に彼らが遥か昔にバビロンを打ち負かして略奪したとは思えない。仮にそうだとしても、この国は偉大なるファラオたちの時代からエジプトに従属し、王の娘たちは二世代にわたってファラオの黄金の宮殿に妻として住んでいたから、ファラオの力を借りたのだろう。アメンヘテプ王の祖先は戦車に乗ってこのナハリンの地を端から端まで駆け抜けたといわれ、町では今も彼らの戦勝記念碑を見ることができた。

ミタンニの民の話から、この国はバビロンや野蛮な民からシリアとエジプトを守る盾となり、シリアやエジプトを狙う槍をその身に受けてきたことを知った。歴代のファラオは、この国が盾であり続けられるように、黄金と武器と軍隊を送り続けてきたというのに、この国の民は何も知らずに、力強く偉大な国であることを誇りにし、こう言っていた。

「我らが王の娘タドゥキパは、ほんの子どもだったのにテーベで偉大なるファラオの妻となり、突然お亡くなりになってしまった。我々が知る限り、歴代のファラオは我が王のことを兄弟のように愛し、戦車や武器、黄金や高価な贈り物を送ってきたというのに、なぜ今のファラオは我々に黄金を送ってこなくなったのか」

しかし、私には、この国は疲弊し、神殿や美しい建築物の上には死の影が漂い、滅(ほろ)びゆく国のように見えた。そんなことは露ほども思っていない民は、食事に気を使い、さまざまな方法で調理をし、新しい服や先端の細い靴、高さのある帽子をじっくりと試し、装飾品選びにうつつを抜かしていた。彼らの腕はエジプト人と同じように細く、女性の肌は血管が見えるほど透き通っていて、話し方も立ち居振る舞いも愛らしく、男も女も子どもの頃から美しい歩き方をしつけられていた。

この国は、娼館でも騒音で耳が痛くなることはなく、すべてが静かにつつがなく進み、心地よく暮らせたので、彼らと一緒にワインを飲んでいると自分が大柄で無骨だと感じた。戦を見てきた私は、ハッティの地について聞いた話がすべて本当なら、この国は遠からず滅びるのだと思い、彼らを見ながら心が重くなった。

　ミタンニの医術はかなり高度で、医師は医術をよく理解し、私の知らないこともたくさん知っていた。たとえば、彼らからもらった虫下しの薬は、私が知っているほかのどんな薬よりも副作用が少なく、楽に排出できるものだった。また、彼らは針で視力を取り戻すことができたので、彼らから針の使い方を学んだ。ただ頭蓋切開については何も知らず、話しても信じてもらえず、頭の病というのは神だけが治せるので、もし神が治したとしても患者は以前とは変わってしまうから、死んだほうがましだと話していた。

　ミタンニの民は好奇心が強く、異国の者に興味を持っていたので、異国の服を着て、珍しい食べ物を試し、山間部のワインを飲み、外国の装飾品を愛でるのと同じように、私を訪ね、病人を連れてきては異国の医師に治療してもらいたがった。女たちもやってきて、私に微笑みかけ、悩みを打ち明け、夫が冷たいとか怠惰で疲れているなどと訴えてきたこともあった。自分に何を求められているかは分かったが、異国の法を犯したくなかったので、決して彼女たちの誘いには応じなかった。その代わり、夫のワインに混ぜる薬を出してやった。これはスミュルナの医師から手に入れたもので、エジプトやほかのどの国よりも強力で、死にかけた者ですら女と愉しめるほどだった。しかし、彼女たちがその薬を夫に使ったのか、まったく別の男に飲ませたのかは分からない。この地の女たちは自由奔放で、夫の金銀で異国の者を呼び寄せていたし、子どももつくらなかったから、そうしたことからもやはりこの国は死の影で覆われていると思った。

　また、この国の境界石は常にヒッタイト人が戦車で好き勝手に移動させていたので、民は自分たちの国境を把握していなかった。ミタンニ人が苦情を言おうものなら、ヒッタイト人は彼らのことをあざ笑い、そんなに石を戻したければ元の位置に戻せばいいと言うのだ。しかし、ミタンニの民は、ヒッタイト人はこれまで見たことがないほど無慈悲な恐ろしい人間で、境界石を戻すつもりはないという。彼らの話によると、ヒッタイト人は、切り刻まれる者の嘆きを聞き、切り裂かれた傷から流れる血を見ることを無上の喜びとしていて、たとえばミタンニの国境付近でヒッタイト人の牛が畑を荒らして作物を食い散らかしていると訴えると、ヒッタイト人は彼らの手を切り落とし、自分で境界石を起こせと冷やかしたうえに足も切り落とし、王に直接文句を言いに行けばいいと言って頭皮を切り裂き、剥(は)いだ頭皮を目にかぶせて境界石がどこに移されたか見えないようにするのだそうだ。

ヒッタイト人はエジプトの神を侮辱していたというから、ファラオにはミタンニ王国にヒッタイト人と戦うための黄金や槍、傭兵を送る理由が十分にあったが、戦嫌いのミタンニの民は、ミタンニの背後にファラオがいることを知らしめ、ヒッタイト人がこの地を避けていくことを望んでいた。これ以上、ヒッタイト人が彼らに行った仕打ちや、残忍で恥ずべき行為を羅列して話す必要はないだろう。ただ、バッタが通過したあとでも大地の作物はまた育つが、ヒッタイトの戦車が通った場所には二度と草も生えないので、ヒッタイト人はバッタよりもひどいとミタンニの民が言っていたことは記しておこう。

私が知りたいと思っていたことはすべて知ることができたので、これ以上ミタンニ王国に長居したくなかったが、ミタンニの医師が頭蓋切開の話を信じなかったことには、医師としての誇りが傷ついたままだった。

あるとき、私の宿に一人の貴族がやってきて、四六時中、海鳴りのような音が聞こえ、繰り返しつまずいて意識を失うし、頭痛があまりにひどいので、もし誰にも治せないなら、死ぬつもりだと訴えてきた。ミタンニの医師は治療したがらなかったので、私は言った。

「頭蓋切開をさせてくれるなら治るかもしれないが、助かるのは百人に一人で、死ぬ確率のほうが高い。それでもやってみるか」

「それなら百に一つの可能性があるが、自分の手でこの苦しみから逃れたら、二度と起き上がることはないのだから、この申し出を受けないとしたら私は大ばか者だ。それに自ら命を絶てば神を冒涜してしまうが、あなたが頭蓋を切開してくれるなら、治らなかったとしても神を冒涜せずに済む。もし奇跡が起こって治ったら、私の少なくはない財産の半分を喜んで渡すし、たとえ私が命を落としたとしても謝礼は十分にするつもりだ」と男は言った。

私は注意深く男を診察し、彼の頭を隅々まで触診してみたが、私が触れても男は痛みを感じず、特におかしな点はなかった。

するとカプタが「どのみち失うものはないのですし、槌で頭を叩いてみたらどうですか」と言った。そこで槌で男の頭を叩いてみると、文句一つ言わなかった男が突然悲鳴をあげ、地面に倒れて気を失ったので、開頭すべき場所の見当がついた。私の話を信じなかったミタンニの医師たちを集めて言った。

「信じようが信じまいがあなた方の自由だし、おそらくこの男は死んでしまうと思うが、これより頭蓋切開手術を行う」

しかし、これを聞いた医師たちは私をからかって言った。

「お手並み拝見といこうか」

私はアメン神殿から火を分けてもらい、身を清め、男の体も清め、そして部屋にあるすべてのものを清めた。太陽が最も明るい日中に執刀を始め、頭皮を切開し、痛みを与えていることを詫びながら、大量に吹き出す血を熱した鉄ごてで止血した。しかし、男はこんな痛みは日々の頭痛に比べればたいしたことはないと言った。私は男に感覚を麻痺させる薬を混ぜたワインをたっぷり飲ませたので、男の目は死んだ魚のように一点を見つめ、機嫌もよかった。

その後、手術道具を使って、できるだけ慎重に頭蓋骨を切開すると、男は気を失うどころか、呼吸が深くなり、骨片を取り外すとすぐに気分がよくなったと言った。切開したちょうどその位置に、プタホルが教えてくれたように、悪魔のような醜く赤みがかった燕の卵ほどの大きさの病巣を見つけたので、私は喜んだ。持てる技術をすべて駆使して病巣を切除し、この病巣が癒着していた部分をすべて焼き切り、切除したものをミタンニの医師に見せると、もう誰も私を笑う者はいなかった。頭蓋骨を銀の板で閉じ、頭皮を縫い合わせたが、男は手術中一度も気を失うことはなく、それどころか起き上がって歩き始め、ずっと悩んでいた耳鳴りがなくなり、痛みも消えたと言って大いに私に感謝した。

この手術のおかげで、私の評判はミタンニ王国を越えて、バビロンにまで伝わった。ところが、この男はワインを飲んで酔っ払うようになり、熱に浮かされておかしなことを言い出し、それから三日後に寝床から抜け出して塀から転落し、首の骨を折って死んでしまった。いずれにせよ、誰もが私のせいではないと言い、私の腕を大いに称えた。

カプタと私は手漕ぎ船を借りると、川を下ってバビロンへと向かった。

2

バビロンにはいくつもの名があり、その地に住む民によってカルディアと呼ばれたり、カッシートと呼ばれたりしていたが、私は誰にでも分かるようにバビロンと呼ぶことにする。見渡す限り平坦で、畑に灌漑水路が行き渡った穀倉地帯のバビロンは、すべてのことがエジプトと異なり、たとえば穀物の挽き方にしても、エジプトの女は地面に膝をついて丸石を回すが、バビロンの女は座って重ねた石を反対に回すという重労働をしていた。

この地では木がほとんど育たず、数も少ないため、木を切り倒すことは人と神に対する罪だと見なされ、法のもとで罰せられた。一方で木を植えた者は神の祝福を受けた。また、バビロンの民はほかのどの国の民よりもふくよかで脂ぎっていて、太っている者の多くがそうであるようによく笑っていた。穀物の粉を多く使ったどっしりとした料理を食べ、鶏（にわとり）という飛べない鳥を飼い、ほぼ毎日ワニの卵と同じくらいの大きさの卵を産んでいたが、この話をしても誰も信じてくれないだろう。バビロンの住民はこの卵を立派なご馳走として私に振る舞ってくれたが、私は手をつける勇気が出ず、調理法を知っている料理と見慣れた食材だけを口にした。

バビロンが世界最古で最大の町だという彼らの話を私が鵜呑みにしなかったのは、テーベこそ世界最古で最大の町で、世界中を探してもテーベのような町は二つとないと知っていたからだ。それでも、山と同じくらいの高さがある不気味な町の周壁と、神のために建造された天にも届くほどの塔が、バビロンの繁栄ぶりと富を私に見せつけたことは認めよう。町の住民は四階か五階建ての家に住み、上の階や下の階にも人がいる環境で生活していた。店には高級品や贅沢品が並び、神殿の商館には品物が山と積まれ、こんな光景はテーベでも見たことがなかった。

彼らはマルドゥク神を信仰し、イシュタルのためにアメン神の塔門よりも大きな門が建造されていた。塔門は色鮮やかな釉薬煉瓦で装飾され、陽光に反射して目が眩むほど華やかだった。この塔門から階層構造になっているマルドゥクの塔まで、複数の馬車が並走できるほどの幅広い道が続き、この道は階層に沿ってゆるい傾斜で塔の天辺（てっぺん）まで続いていた。塔の天辺には、夜空の星を熟知し、その動きと軌跡を計算して吉凶を告げる占星術師たちが住み、誰もが彼らの予言に従って生活をしていた。占星術師は人の将来を占えるのだが、そのためには生まれた日時が必要で、興味はあったものの、私は自分の生まれた正確な日時が分からないので、占星術を試すことはできなかった。

私はたくさんの黄金を持っていたし、神殿に預けている黄金を必要なときに粘土板で引き出せたので、イシュタルの塔門近くの大きな宿に宿泊することにした。屋上には果樹やギンバイカの灌木が植えられ、そばに小川が流れ、宿の池には魚が跳ねていた。ここは、バビロンに自邸のない地方の貴族が町に出てきたときや、諸外国の使節が滞在する際に使われる宿で、部屋には分厚い絨毯（じゅうたん）が敷きつめられ、寝床には動物の毛皮が掛けてあり、壁には釉薬煉瓦で彩られた多彩で興味深い絵が飾ってあった。宿の名前は、「イシュタルの喜びの館」といい、ほかの重要なバビロンの建物と同様にマルドゥクの塔が所有していた。実際に滞在しなければ信じられないだろうが、すべての部屋の宿泊客や使用人を合わせたら、この建物一つだけでテーベの町の一区域に住む住人とほぼ同じ人数がいただろう。

バビロンの住人によれば、すべての道はバビロンに通じ、バビロンは世界の中心にあるので、バビロンほど多様な民が住み、道端で一度にこれほど多くの言語が聞こえてくる場所はないという。武装した隊商が東の山の向こうにある偉大な国々から、珍しい品々や布地、高価で繊細な食器を運んできたので、エジプト人が思っているように、世界の最果てがバビロンではないと知っていた。私が見たなかには黄色がかった顔で目がつり上がった人々もいて、彼らは顔に化粧をしていなかった。彼らはまじりけのない油のようにこの世の色をかすかに光らせる、王家の亜麻布よりもなめらかで薄い布を売りにバビロンに来ていた。

バビロンの住人は根っからの商人で、商売がうまくいくかどうかにしか興味がなく、彼らの神々も商売の神だった。すべての国とすべての民に道が開かれていることを願い、戦を好まず、兵士を雇って町に周壁を張り巡らしたのも商売を守るためだった。自分たちこそ最も優れた商人で、戦よりも商売に利があると知っていた彼らは、富の証である金銀の兜（かぶと）と胸当てを光らせ、柄や穂先が金銀でメッキされた剣や槍を持ってイシュタルの門へ行進し、周壁や神殿を毎日守る兵士たちの姿を誇りにしていた。彼らは「異国の者よ、お前はこれまでこんな兵士や戦車を見たことがあるか」と私に言った。

「イシュタルの喜びの館」に落ち着き、神殿を訪れて塔の神官や医師と話を終えると、私の評判を聞きつけたバビロンの王がお呼びだと伝えられた。王の名はブルナブリアシュといい、おもちゃや面白い物語が大好きな少年で、即位の際には付けひげが必要だった。カプタは例によって落ち着きを失くし、「行ってはなりません。王などとかかわり合いになってはろくなことがありませんから、急いで逃げましょう」と言うので、私は「ばかだな。私たちにはスカラベがついていることを忘れたのか」と言った。

「スカラベはスカラベでございます。それを忘れたわけではありませんが、万全を期すに越したことはありませんし、スカラベの忍耐を試すようなことはしないほうがいいでしょう。どうしてもとおっしゃるなら止めはしませんし、死ぬときはご一緒できるように、私もついてまいります。せっかくの機会を逃す手はありませんから、数々の荒波を乗り越えていつの日かエジプトに戻れたら、バビロン王の前でひれ伏したと話したいものです。ですが、この国の慣習によれば、今日は週の七日目で凶日にあたるため、店を閉め、家で休み、仕事はしないそうで、何かをしても失敗するに決まっていますから、どうせ行くなら私たちの価値を高めるためにも、日を改めて王の輿で迎えに来るようにと伝えたほうがいいでしょう」

エジプト人にとって占星術で決められた凶日以外はどれも同じような一日だが、もしかしたらこの国でいう「七日目」はエジプト人にとっても凶日かもしれず、万全を期すという言葉の通り、不安のある日をわざわざ選ぶこともないだろうから、カプタの言うことにも一理あると思った。そこで王の使用人に言った。

「このような日に王の御前に参じろとは、私をさぞ愚かな異国の者だと思われているのかもしれませんが、私は卑しい者ではありませんし、ロバの糞にまみれた足で王の御前に参るわけにはいきませんから、王が迎えの輿を寄こしてくださるなら、明日参りましょう」

するとと使用人は「薄汚れたエジプト人め、そんな口を利くなら、お前の尻を槍で小突きながら王の御前に突き出してやるぞ」と言いながらも引き下がり、翌日に「イシュタルの喜びの館」まで王の輿で迎えに来た。

だがその輿は、商人や芸人が装飾品や羽根、猿を見せるために宮殿へ行くときに使われる輿だった。カプタは大声で輿の担ぎ手と従者に言った。

「セトとすべての悪魔の名にかけて、私のご主人様はこのようなガラクタに座るお方ではないのだから、マルドゥク神よ、サソリの鞭でこの者たちを打つがいい。さっさと帰るのだ」

担ぎ手たちは当惑し、従者は杖でカプタを脅したので、宿の前に民が集まってきた。民は大笑いで野次を飛ばした。

「王の輿がふさわしくないとは、そんなに素晴らしいご主人様がどんな奴だか見てみたいものだ」

そこでカプタは、大国の使節団の代表が重要な交渉をするときや、この地にやってきた異国の神像を運ぶために使われる、担ぐのに四十人もの屈強な奴隷を必要とする立派な輿を宿から借りてきた。そこへ私が、金糸や銀糸で医術にまつわるさまざまな模様が刺繍された服を身に着け、黄金や宝石がついた襟飾りと金の鎖を太陽の光に反射させながら、民の前に登場した。さらに、薬と治療道具を納めた木箱は、黒檀と杉でできており、象牙がはめこまれていたので、宿の奴隷がその木箱を私の足元に置くと、もう誰も笑う者はいなかった。それどころか、私の前で深くお辞儀をし、「この男はおそらく小さな神に匹敵するほど賢いに違いない。宮殿までこの男についていこうではないか」と言い合った。こうして、宮殿の門まで輿のあとに大勢の民を引き連れ、白いロバに乗ったカプタは手綱についている銀の鈴を鳴り響かせて輿の前を進んだ。それはすべて自分のためというより、山ほど黄金を与えてくれたホルエムヘブのため、私の目と耳が、彼の目と耳になるためにしたことだった。

宮殿の門に着くと、兵士たちが槍で民を追い払い、盾を掲げて門を守った。盾が金銀の壁のように並び、翼をもつ獅子像が道中を見守るなか、私は輿に乗って内庭へと運ばれていった。内庭に着くと、あごひげがきれいに剃られたいかにも知識階級だと分かる老いた男が私を出迎えた。耳には黄金の輪が揺れ、頬は不満げに垂れ下がり、怒りに満ちた目で私を見た。

「お前がもたらした騒ぎのせいで、わしの肝は怒りにふるえておるぞ。自分の都合を優先し、王を蔑ろ(ないがし)にしたあげく、こんな騒ぎとともに現れた男とはいったい何者だと、四方の大地を統(す)べる王がお尋ねだ」

「ご老人よ、あなたの言葉は私の耳にはハエの羽音にすぎないが、私に対してそんな口の利き方をするとは、あなたこそいったい何者なのだ」

するとと彼は言った。「我こそは四方を統べる王の宮廷医師、なかでも筆頭侍医を務める者だが、王から黄金を奪い取ろうとするお前こそどこの詐欺師だ。もし王が慈悲心から刻印を押した黄金をお前に下賜されるのであれば、その半分をわしに寄こすのだな」

「あなたの肝のことは知らないが、私にたかろうとする者を追い払うのは私の使用人の役目だから、まずは使用人と話すがいい。私にとって黄金はただの足元の埃にすぎず、ここに来たのは黄金のためではなく知識を得るためだ。あなたは老いていてよく分かっていないようだが、私はあなたの友でいたい。その証にこの黄金の腕輪をあなたに差し上げましょう」

腕輪を抜き取って彼に渡すと、彼はひどく驚いて口を閉ざした。

カプタもついてくることを許され、私たちは二人で王の御前に進み出た。広々とした部屋の壁は釉薬煉瓦の色で鮮やかに輝き、ブルナブリアシュ王は柔らかな敷物に座っていた。王はいかにも意志の強そうな少年で、頬杖をついて座り、その横には獅子が横たわり、私たちを見て気だるそうに唸り声をあげた。老医師は王の前にひれ伏して床に唇を押しつけたので、カプタもそれに倣ったが、獅子の唸り声を聞くと、カエルのように床に手足をついて飛び上がり、恐怖のあまり泣き叫んだので、王は吹き出して敷物にひっくり返って笑い転げた。

カプタは腹を立てて言った。

「そいつの唸り声ときたら、まるで祭りのあとで酔っ払った警護隊が、訓練だと言ってテーベの市場に戦車を走らせるときのようでございますよ。こんなに恐ろしいものは見たことがありませんから、噛みつかれる前にあの野獣を追い出してください」

そして、起き上がって両手をあげると、獅子も座り直して長いあくびをした。口を閉じたときに歯がかち合うと、それはまるで神殿が取り上げた未亡人の財産を金庫に納めて閉めるときのような音だった。

王は涙をこぼしながら笑っていたが、急に痛みを思い出し、頬に手を当ててうめき声をあげたので、見ると、頬がひどく腫れあがり、目もきちんと開けられない状態だった。王が眉をしかめると、それを見た老医師は慌てて言った。

「こちらにおりますのが、陛下の命令に応じなかった例の頑固なエジプト人でございます。陛下がひと言お命じくだされば、奴の肝を兵士たちの槍で突かせます」

しかし、王は彼を蹴飛ばして言った。

「もう何日も寝ていないし、熱いスープしか口にできないほど痛みがひどいというのに、つまらないことを言うな。さっさと僕を治すように言え」

老医師は悲しそうに額を床につけて言った。

「四方の大地を統べる王よ、私どもは陛下の口の中に巣食った悪霊を追い出すために、あごや歯を神殿に供え、太鼓を打ち、ラッパを吹き鳴らし、陛下の前で赤い衣装を身に着けて踊り、陛下のためにあらゆる手を尽くしましたが、その神聖なるあごに触れさせてくださらないので、これ以上打つ手がないのです。この汚らしいよそ者に私たち以上のことができるとはとても思えません」

そこで私は言った。

「私はエジプト人シヌへ、『孤独な者』という名を与えられ、『荒くれロバの男』とも呼ばれています。この老医師の助言に従わず、消毒をせず抜歯もしなかったせいで奥歯が頰に当たって腫れているのは明白ですから、診察は不要です。これは子どもか臆病者の病であって、その御前で民がふるえ、獅子さえも頭を垂れる四方を統べる王の病ではありません。ですが、お辛いでしょうから、お助けしたいと思います」

王は頰に手を当てたまま言った。

「そんな無礼な口の利き方をするとは、僕が元気だったらその傍若無人な舌を引っこ抜いて、肝を切り裂けと命じるところだが、今はそんな余裕はない。報酬はたっぷりはずんでやるから、すぐに治せ。だが、痛くしたらすぐに殺してやるからな」

「仰せのままに。私には小さくても強力な守り神がついておりますが、昨日は凶日で何をしても無意味だったでしょうから、お伺いすることができませんでした。今は治療するしかない状況にあることは診察しなくても分かりますから、陛下がお望みであれば治療いたしますが、神はたとえ王であろうと痛みからお守りすることはできません。ですが、なるべく痛みを感じずに済むよう最善を尽くしますし、治療が終わればとても楽になり、痛みなど忘れてしまうことをお約束いたします」

王は頰に手を当てたまま、眉間にしわを寄せて私を見た。自尊心は強そうだが、この腫れがなければきっと美しい少年なのだろうと思い、好感を持った。彼は私の視線に気づき、渋々「さっさとやってくれ」と言った。

老医師は嘆いて床に額を打ちつけたが、私は気にせず、ワインを温めるよう命じ、感覚を麻痺させる薬をワインに混ぜて王に飲ませ、しばらく経つと王は機嫌をよくして言った。

「痛みがなくなってきたぞ。これ以上鉗子や刃を持って僕に近寄るな」

しかし、私の意志は王よりも強く、王の口を開けさせ、王の頭をしっかりと脇に抱えて固定し、カプタが持っていた火で消毒した刃を使って、口の中にできている腫れものを切開した。アメン神の聖なる火は川を下っているときにカプタがうっかり消してしまったのだが、スカラベにはアメン神と同じくらい強い力があると信じ、宿屋の私の部屋で弓錐を使って必死にこの火を熾したのだ。刃が当たって王が恐怖で悲鳴をあげると、獅子が唸り声をあげ、目を燃え上がらせながら尻尾を振り回した。王は傷口からあふれ出る膿を吐き出すのに精いっぱいだったので、膿が出やすいように王の頬を軽く押してやると、だいぶ楽になったようだった。王は膿を吐き、喜びのあまり涙を流し、また膿を吐き出し、「エジプト人シヌヘよ、おまえの治療は痛みはあったが、よくやった」と言ってまた膿を吐き出した。

　すると老医師が言った。

「私にも王の神聖なる口の中に触れることをお許しくだされば、同じことをこの者よりも上手にしてみせたことでしょう。歯医者にお任せくだされればよかったのです」

　そこで私が次のように言うと、彼はとても驚いた。

「たしかにこのご老人には私と同じ治療ができたはずですし、歯医者に任せるのが一番ですから、彼の言い分は正しいです。ただ、彼らの意志が私ほど強くなかったために、王の不調を改善できなかったのです。医師というのは、たとえ王が痛がろうと、必要なときには自分の身が危うくなっても恐れずにやり遂げなければなりません。彼らは恐れたが、私はそうではなかった。私は自分がどうなろうとかまわないので、お望みなら王が回復されたあと、兵士に私の肝を真っ二つに切れとお命じください」

　王は膿を吐き、頬を押さえ、また膿を吐いたが、もう頬の痛みは引いていた。

「シヌヘ、これまでおまえみたいに話す者は見たことがないし、何をされてもかまわないという者を痛めつけても無駄だから、おまえが言ったことが本当なら、兵士におまえの肝を切り裂かせるのはやめたほうがよさそうだ。おまえのおかげで僕は楽になったのだから、それに免じておまえの無礼を許そうではないか。おまえに頭を抱えられて悲鳴をあげる僕の姿を見ていた使用人も許してやろう。そいつがひっくり返ったときは実に久しぶりに笑ったしな」

そう言うとカプタに「もう一度やってみろ」と言った。

「それは私の立場にふさわしくありません」と、カプタは不機嫌に言った。

ブルナブリアシュは微笑んで言った。「まあ見ているがいい」

そして獅子を呼び寄せると、獅子は立ち上がって伸びをし、関節をぼきぼきと鳴らして、賢そうな目で飼い主を見た。王がカプタを指すと、獅子はけだるそうに尻尾を振りながらカプタのほうに向かったので、カプタは獅子を前にしてまるで呪術にかけられたようにじっと見つめたまま、後ずさりした。すると突然獅子が口を開けて低く唸った。カプタはくるりと向きを変え、扉の垂れ幕の端をつかんで、戸口の上によじ登ったが、獅子が前肢でカプタを捕まえようとしたので、動転して悲鳴をあげた。王は前にも増して大笑いして言った。

「こんな面白い見世物は見たことがない」

カプタが大いに慌てながら扉の上部に腰かけると、獅子は床にうずくまり、舌なめずりした。王は「腹が減った」と言って食べ物と飲み物を持ってくるように言った。老医師は王の回復を泣いて喜び、彫りが施された銀の器に盛られたいくつもの料理と、金の杯（さかずき）に入ったワインが運ばれてくると、王は言った。

「シヌへ、本来ならふさわしくないが、おまえは僕の頭を抱え、口の中に指を突っ込んだのだから、今日は無礼講にして一緒に食事をしようじゃないか」

こうして王と食事をしながら言った。

「今は痛みがおさまっていますが、原因となった歯を抜かなければ再び腫れてくるでしょうから、頬の腫れが引いたら、お体に障らないように優れた技術を持つ宮廷の歯医者に抜歯をしてもらってください」

王は顔をしかめて不機嫌そうに「このおかしな異国の者は嫌なことばかり言って気分が悪くなる」と言ったが、少し考えて「たしかに毎年春と秋、足が露に濡れる頃になるといつも死にたくなるほど辛くなるから、おまえの言うことも一理ある。だが、宮廷の歯医者には苦痛を強いられたからもう顔も見たくないし、どうしてもというならおまえに任せよう」と言った。

「お話をお伺いしたところ、子どもの頃からミルクよりもワインやこの町のデーツのシロップを使った菓子をたくさん召し上がっていたようですが、歯に悪く、体にもよくありませんから、エジプトの小さな鳥が集めている蜂蜜でできた菓子をお勧めいたします。これからは外国の菓子だけを召し上がり、毎朝起きたらミルクをお飲みください」

「シヌヘ、おまえは小さな鳥が甘いものを集めるという嘘で、僕をだまそうとしているな。そんな話は聞いたことがない」

「もし私の国で、バビロンでは翼のない鳥が人々と一緒に暮らして毎朝新鮮な卵を産み、主人を豊かにしているという話をすれば、私は嘘つきと呼ばれ、厳しい目で見られることになります。嘘つきと思われれば医師としての評判が落ちますから、口を閉じたほうがいいでしょう」

だが、王は好奇心をおさえられずにこう言った。

「いや、かまわん。これまで僕にそんな口の利き方をした者はいないからな」

そこで私は真剣に言った。

「私は歯科医に恨まれたくありませんし、この国で最も抜歯に長けているのは、私ではなく王の歯医者です。ですが、お望みでしたら、抜歯をされる際に私がおそばに立ち、手を握って励ますことはできます。それに私は、たくさんの国で痛みを和らげる術を学んできたので、苦痛を和らげることもできるでしょう。悩まずに済むよう日取りは前もって決めたほうがいいでしょうから、今日から二週間後に行うのはいかがでしょうか。その頃にはすっかりよくなっていると思いますが、それまでは傷が染みて辛いかもしれませんので、毎日朝晩に、私が処方した薬で口を消毒してください」

「もしそうしなかったら？」王は不機嫌になって言った。

「四方の大地を統べる王に二言はありませんから、言われた通りにきちんと実行すると、今ここで王としてお約束ください。もしおとなしく歯医者に抜歯をさせてくだされば、目の前で水を血に変える秘術を見せますので、楽しんでいただけるでしょうし、王が皆を驚かすことができるようにそのやり方も教えましょう。これは下級神官にならなければ知り得なかったアメン神官の秘伝で、あなた様が王でなければ教えようとも思いませんから、どうか他言なさらないとお約束ください」

ここまで言ったところで、カプタが戸口の上から哀れな声で叫んだ。

「私にはふさわしくないところに居続けたせいで、手が痺れ、尻も痛くてたまらないので、この恐ろしい動物を今すぐどこかへ連れていってください。でないと、ここから飛び降りてそいつを退治してやりますよ」

ブルナブリアシュはカプタの脅しを聞いて、先ほどよりも大きな声で笑ったが、やがて真顔になって言った。

「小さな頃から一緒に育ち、友も同然なのだから、獅子に何かあったら大変だ。おまえが僕の宮殿でひどいことをしないよう、獅子をこちらへ呼び戻そう」

王が獅子を呼び寄せると、カプタは垂れ幕をつたって降りてから、すっかり硬直した足をさすり、憎々しげに獅子を見たので、それを見た王は膝を叩いて大笑いして言った。

「今までこんな面白い男は見たことがない。こいつを僕に売ってくれ。そうすればおまえは大金持ちになるだろう」

カプタを手放す気はなかったし、王もそれ以上何も言ってこなかった。睡眠不足だった王に睡魔が襲ってきて、頭がこくりこくりと揺れ始め、瞼も閉じてきたので、私たちは友として別れた。老医師は私を外に連れ出して言った。

「お前の振る舞いと言葉を見て、お前は詐欺師ではなく、腕があり、仕事ができる男だと分かった。それに、もし我々の誰かが四方の大地を統べる王の前であんなふうに話したら、とっくに先祖の遺体とともに陶器の甕(かめ)に入っているだろうから、お前の勇気にも驚きだ」

「二週間後は間違いなく大変な日になるので、その日のために前もって話し合い、考えうる限りの神に供物を供えたほうがいいでしょう」

彼は敬虔な男だったので、この話を聞いてたいそう喜び、供物と王の抜歯についてほかの医師たちと話し合うために神殿で会う約束をした。彼は私たちが宮殿にいるうちに、輿の担ぎ手たちをもてなしていたので、彼らは宮殿の前庭でさんざん飲み食いし、大いに私を称えてくれた。私を宿へ送る道すがら、彼らは高らかに歌い、民は私のあとについて歩き、その日から私の名はバビロンじゅうに広まった。一方で、カプタはあの騒動で自尊心をかなり傷つけられ、うらめしそうに白いロバに乗り、私と口を利こうとはしなかった。

3

二週間後、マルドゥクの塔で王立医師たちと会い、一緒に羊を生贄に捧げた。バビロンの神官は実に不思議なことに生贄の肝を見て未来を詳しく予言できるので、私たちのことを占ってもらった。すると神官は、王は私たちに怒り狂うが、命を落とす者はなく、一生残る怪我を負う者もいないが、王を治療する際には爪や槍に気をつけなければならないと言った。さらに星の動きを読み解く占星術師にも手術にふさわしい日を占ってもらった。彼らによると、可もなく不可もないとのことだった。さらに神官には、水に油を垂らす油滴占いでも手術の行く末を占ってもらったが、油を見た神官は、取りたてて言うことはないし、それほど悪いことは起こらないと言った。神殿の外に出ると、ハゲタカが周壁に吊るされていた人間の頭を鋭い爪でもぎ取り、私の頭上を飛んでいくのが見えたので、私には不吉としか思えなかったが、それを見た神官は幸先がいいと言った。

羊の肝の占いを受けて、私たちは王の警備隊を追い出し、獅子も王に近づかないように戸の外に締め出した。医師が言うには、過去にも怒り狂った王に獅子をけしかけられたことがあったそうだ。ブルナブリアシュ王は勇気を出してやってきて、ワインを飲み、バビロン風にいうと肝臓を慰めていたが、歯医者が宮殿に持ってきた椅子を見るなり青くなって、それまでワインを飲んですっかり忘れていたくせに自分には重要な政（まつりごと）があると言い出した。

王は立ち去ろうとしたが、ほかの医師たちがひれ伏して床に唇を押しつけ、私は王の手を取って、勇気を出せばすぐに終わるからと言って王を励ました。医師に身を清めるよう命じ、スカラベの聖なる火で器具を消毒し、頬がまるで木のようで舌も動かせないと王が言い出してやめるよう命じるまで、王の歯茎に感覚を麻痺させる軟膏を塗った。そして彼を椅子に座らせると、頭を椅子にしっかりと固定し、口を閉じないようにくさびを噛ませた。私は王の手をしっかりと握り、彼を励まし、思いつく限りのバビロンの神々の名を大声で言った。その間に、歯医者が王の口に鉗子を入れ、今まで見たことがないほど巧みに王のあごから悪い歯を抜いた。王は口にくさびを噛んでいるにもかかわらず、大きな悲鳴をあげたので、戸の外にいる獅子が唸り声をあげ、戸に思い切り体当たりをし、爪で戸をがりがりと掻いた。

王の頭を椅子から外し、くさびを口から取ると、王は器に血を吐き出して咳き込み、血を吐き切ると頬に涙が伝い、泣きながら警備隊を呼び、そして恐ろしい瞬間が訪れた。王は私たちを全員殺せと命じて獅子を呼び、聖なる火を蹴り倒し、私が杖を取り上げて口をすすぐように言うまで、杖で医師たちを打った。王は私に従ったが、医師たちは手足をふるわせながら王の足元にひれ伏し、歯医者はいよいよ最期の時が来たと覚悟した。しかし、王は落ち着きを取り戻し、唇をゆがめながらもワインを飲み、私が約束した面白い見世物をやれと言った。

王は抜歯をした部屋を嫌い、「呪われた部屋」と名づけて開かずの間としたので、私たちは娯楽用の大広間に移動した。そこで私は器に水を注ぎ、まず王に、そして医師たちにその水を味見してもらい、皆にただの水だと確認させた。次にゆっくりとその水を別の器に注ぐと、水が器に注がれるに従って血に変わったので、王も医師たちも驚愕の声をあげて恐れ慄いた。

それから、カプタにおもちゃのワニが入った箱を持ってこさせた。バビロンで売っているおもちゃはすべて粘土製で素晴らしい出来だったが、子ども時代に遊んでいた木製のワニを思い出し、腕のいい職人に細かく指示をして同じようなものを作らせておいたのだ。杉と銀で作られたそのワニは、塗装と装飾が施され、まるで生きているかのようだった。箱からワニを取り出して、床を引いてまわると、足を動かし、獲物を襲うようにあごを開け閉めしながら私のあとについてきた。これを贈り物として王に献上すると、バビロンの川にはワニがいないので、大いに喜んでくれた。王は床の上でワニを引いているうちにすっかり痛みを忘れたので、医師たちは顔を見合わせて嬉しそうに微笑んだ。

その後、王は医師にたくさんの褒美を与え、歯医者を大金持ちにすると、私を残して彼らを下がらせた。そして私は水を血に変える秘術を王に教え、この奇跡を起こす前に水に混ぜた薬を渡した。この仕掛けは、知っている者にとってはとても単純なものだった。人目を惹く技というのはどれも単純なものだが、王は非常に驚いて私を褒めた。それに飽き足らず、宮殿の貴族を庭に呼び集め、周壁のそばにいる民も呼び寄せ、皆が見ている前で水槽の水を血に変えてみせると、貴族も下層の者も恐怖のあまり叫んで王の前にひれ伏したので、王は得意満面だった。

王はもう歯のことなどすっかり忘れて私に言った。

「エジプト人シヌヘよ！　おまえは僕をおぞましい苦しみから救ってくれ、僕の肝を色々と喜ばせてくれた。その礼におまえの肝も喜ばせたいから、欲しいものを言ってくれ」

「四方の大地を統べるブルナブリアシュ王よ、私は医師として王の頭を脇に抱え、王が恐怖に怯えたときに手を握った者ですから、私のようなよそ者がここで目にしたことを国に戻って話すのはあまり望ましくないと思います。バビロンの王から思い出の品を賜る代わりに、王がどれほど偉大な存在かを私に見せつけ、驚かせてくださるほうがよいでしょう。王のあごひげをつけ、腰に尾を結びつけ、軍隊の兵士が行進する様子をそばで見せてくだされば、私は偉大なる王の前にひれ伏し、その足元に口づけるでしょう。ほかに望みはありません」

これは王にとって願ってもないことだった。

「まったく、シヌヘ、今までこんなことを言い出す者はいなかったぞ。軍隊の行進となると、僕は一日じゅう玉座に座り続けなければならないし、目は疲れるし、あくびも出るから気は進まないが、望みを叶えてやろう」

そして王は支配下にあるすべての領地の兵士を集めろと命令を出し、行進の日を決めた。

行進はイシュタルの門の前で行われ、王は黄金の玉座に腰かけ、その足元には獅子が寝そべり、周りには武装した取り巻きの貴族が立っていたので、王の周りはまるで金銀と紫の雲に囲まれているかのようだった。兵士は下方に広がる幅広い道を小走りに行進し、槍隊と弓矢隊は六十人が一列となり、戦車は六台が一列に連なって王の前を行進し、終わるまでに丸一日かかった。戦車の車輪の音が雷のようにとどろき、小走りに進む兵士の足音や武器が触れ合う音は海鳴りのようで、眺めているうちに頭がくらくらし、足がふるえた。

それでも私はカプタに言った。

「『バビロンの兵士は、海の砂あるいは星の数ほどたくさんいた』と伝えるだけでは足りないぞ。数を数えなくては」

すると、カプタは「ご主人様、そんなにたくさんのものを数えるのは無理ですよ」と文句を言った。

それでもできる限り数えてみると、歩兵は六十掛ける六十掛ける六十、戦車は六十掛ける六十だった。バビロンでは六十が聖なる数とされていて、ほかにも五、七、十二が聖なる数とされていたが、その理由を神官に説明されても私には理解できなかった。

王の親衛隊の盾は金銀できらめき、彼らの武器も金銀でメッキされていた。香油を塗った顔は艶があり、皆雄牛のように太っていたので、武器を抱えて王の前を走り抜けるときには息切れしていた。しかし、親衛隊の数は少なく、各地から集められた部隊は、太陽に照りつけられて汚らしく、小便くさい大集団でしかなかった。王から急に召集されたため、彼らの多くが槍を持っておらず、目の周りにハエがたかっていたことから、兵士というのはどこの国でも同じなのだと思った。また、ほとんどの戦車が古いもので、軋みがひどく、なかには行進中に車輪が外れる戦車もあったし、車体に取りつけられた鎌は錆びていた。

その日の夜、王は私を呼び出し、笑みを浮かべて言った。

「シヌヘ、僕の偉大さを見たか」

私は彼の前にひれ伏し、王の足元の床に口づけて言った。

「陛下ほど素晴らしい王はおられませんし、陛下のほかに四方の大地を統べるにふさわしい王はいないでしょう。兵士の数は海の砂、あるいは星の数ほどもいたので、私の目は疲れ、頭は混乱し、恐ろしさのあまり手足に力が入りません」

王は満足げに微笑んで言った。

「シヌヘ、ここまでしなくても僕の偉大さは十分信じただろうが、おまえの望みは叶えてやった。だが、これだけのことをやるのに一年分の領地の税を使ったし、夜には騒ぎばかり起こしてろくなことをしない兵士に飲み食いさせなきゃならないし、兵士が集まったせいでひと月は治安が悪化するしで、宰相は僕の気まぐれにかなりご機嫌ななめだから、二度とこんなことはしないぞ。僕も黄金の玉座に座りっぱなしで尻がしびれたし、目もまわった。おまえには聞きたいことが山ほどあるから、この大変な日を祝してまずはワインを飲み、僕らの肝を喜ばせようじゃないか」

ともにワインを飲みながら、王は世間知らずの子どもや若者のように実にさまざまなことを尋ねてきた。

私の答えは王のお気に召したようで、最後にこう尋ねてきた。

「おまえからエジプトの話を聞いて、ファラオの娘を妻に迎えようと決めたが、ファラオに娘はいないのか。僕の後宮にはすでに四百人以上もの妻がいて、色々な女がいるのはいいが、一日に一人を相手するのがやっとだ。だが、ファラオの娘を娶ったとなれば僕の名声が高まり、民もますます僕を敬うだろう」

　私は恐ろしさに両手をあげて言った。

「ブルナブリアシュ王よ、ご存じないのかもしれませんが、この世界が始まって以来、これまで一度たりともファラオの娘が異国の者と交わったことはなく、王女は兄弟以外とは結婚しませんし、もし兄弟がいなければ巫女となる定めなのです。ですから、さきほどのお言葉はエジプトの神々への冒涜となりますが、ご存じなかったのでしょうから今回は目をつぶりましょう」

　すると王は、眉をしかめてぶっきらぼうに言った。

「その言い方はいったい何様のつもりだ。僕の血はファラオの血と同様に神聖なものではないのか」

「陛下が壺に血を吐き出されたときに、私は陛下の血が流れるのを見ました。偉大なるファラオ、アメンヘテプの血が流れるところも目にしましたから、陛下とファラオの血に違いがあるとは申しません。ただ、ファラオはついこの間結婚なさったばかりで、娘がお生まれになったのか、私は知らないのです」

「僕は若いから、いくらでも待てるぞ。それに、ファラオには僕に寄こす娘がいないのか、寄こしたくないだけなのか分からないが、適当なエジプト貴族の娘をファラオの娘だと言って差し出すことはできるだろう。そうすれば、ファラオが失うものは何もないし、ここでは誰も僕の言うことを疑わない。僕は一度こうと決めたら最後まで変更しないから、応じないなら、軍隊を送り込んでファラオの娘を奪いに行くぞ」と言って、彼は商人の国の王らしく抜け目がなさそうに私を見た。

彼の言葉を聞いてふるえあがった私は「戦は多大な犠牲を伴い、世界中の交易を妨げることになるから、エジプトよりも王自身が損害を被るだろう」と言った。さらにこうも言った。

「外交使節から、ファラオに娘が生まれたという知らせが来るまでは待ったほうがいいでしょう。知らせが来れば粘土板に要望を書いて、もしファラオが応じてくだされば王女を送ってくるでしょうし、今のファラオは新しい神とともに真実に生きていて、嘘は恐ろしいことでしかないので、陛下を裏切ることもありません」

だが、ブルナブリアシュ王はこれに疑問を投げかけた。

「たいていの場合、真実は人を傷つけ、人を貧しくするってことは誰もが知っていることだから、そんな神の話なんて聞きたくもないし、なんだってファラオがそんな神を選んだのか理解できないな。僕がすべての神やまだ知らない神にも祈っているのは、それが慣習だからで、万全を期すためでもあるが、僕はファラオの新しい神とはあまりかかわりたくない。ワインのおかげで気分がよくなって肝も喜んでいるし、ファラオの娘の美しさを聞いて気分が昂(たかぶ)ったから、後宮に行こうと思う。さっき言ったように僕には妻が多すぎるし、医師なら中に入れるからおまえも一緒に行ってその中の誰かと愉しめばいい。ただし、面倒にならないように子は孕(はら)ませるなよ。遠い国から連れてこられた妻たちがどんな閨(ねや)の技を使うか教えても、きっとおまえは驚きのあまり信じないだろうが、僕はエジプト人がどんなふうに女と愉しむかを見てみたい」

私は遠慮したが、王は聞き入れようとせず、私を無理やり後宮につれていき、宮廷画家が色付きの釉薬煉瓦で描いた、男女がさまざま様子で絡み合っている壁画を見せた。数人の妻も見せびらかしてきたが、どの女も装飾品や宝石、高価な衣装に身を包み、成熟した女から若い少女まで年齢も幅広く、名の通った国々に加え、商人が野蛮な国から連れてきた女もいた。その女たちの肌の色や体つきはほかの女たちと違い、さまざまな言葉を猿のようにやかましく話し、王の前で腹をあらわにして踊り、さまざまな方法で王を愉しませ、王の気を惹こうと競い合っていた。王はこの中から誰か選べとしつこく勧めてくるので、しまいに私は、診察中の患者がいるときはいつも神に誓って女を慎んでいるし、明日にはこの国の貴族の睾丸にできた腫瘍の手術があるから、私の腕が鈍らないように後宮から退出したほうがよさそうだ、と言った。王が私の話を信じたので解放されたが、女たちは、王があごひげも生えていない少年で、体も弱々しく、王に仕える宦官以外に後宮で活力に満ちた成人の男を見る機会がなかったから、私にひどく腹を立て、身振りや言葉でさんざん不満を表した。

しかし、私が立ち去る前に、王は一人笑いながら私を見て言った。

「川は氾濫し、春がやってきた。だから、神官は今日から十三日目を春の祝祭の日、偽王の日と定めたぞ。種を明かしたらせっかくの楽しみが台無しだから、何をするかはまだ秘密だが、おまえはきっとびっくりして面白がるだろうし、今から楽しみだ」

ブルナブリアシュ王が楽しみにすることなんて、どうせろくなことではないから、私は悪い予感を胸に立ち去った。この点についてはカプタも私と意見が一致した。

4

宮廷の医師たちは、私が王の前で彼らを擁護し、その腕前を褒めたおかげで王の怒りを買わずに済み、それどころか膨大な褒美を手にして、私にどう感謝したらいいか困っていた。私がそうしたのは、彼らがそれぞれの分野に優れていて、私に包み隠さず多くのことを教えてくれたからだ。彼らから教わったなかで最も重要な学びは、芥子（けし）の実の果汁を濃縮して作る薬の製造方法で、使用量によってよく眠れたり、気を失わせたり、死に至らすことができた。バビロンではこの薬をワインと一緒に服用することもあれば、薬だけで服用することもあり、この薬を使うと大きな悦楽が得られるといわれていた。神官はこの薬の効用を高く評価して、夢占いをするときにも使っていた。そのため、バビロンにはマルドゥクの塔とイシュタルの塔門の管理下に神々の畑と呼ばれる広大な芥子畑があった。色とりどりの芥子の花が咲き誇る畑は、その鮮やかな色の中にどこか恐ろしさを感じさせた。

神官は密かに大麻の種からも薬を作り、それを服用すると痛みや死を恐れなくなり、頻繁（ひんぱん）に、または大量に服用した男は、地上の女よりも薬がもたらす幻の女を腕に抱き、天にも昇る心地を味わうようになるという。バビロンにいる間にこうしたさまざまなことを学んだが、なかでも驚嘆したのは、水晶を磨いて透き通ったガラスを作り出す神官たちの魔術で、このガラスを通して見ると物が大きく見えた。なぜ水晶にそんな力があるのかは分からなかったし、神官たちも説明できなかったから、おそらく誰にも説明できず、実際に手に取ってみなければ私も信じなかっただろう。いずれにせよ、貴族や富裕な者が老いて視力が落ちると、これを用いて粘土板に書かれた文字を読み、自分の印章を間違えずに押すことができた。

さらに不思議なのは、太陽の光をこの水晶に通すと、干した牛糞や木のくず、枯れ葉が燃え出し、日が照っている間であれば弓錐を使わなくても火を熾すことができることだった。バビロンの魔術がほかのどの国よりも優れていると感じ、神官の力を大いに尊敬したのはこの水晶によるところが大きい。水晶は非常に高価で、同じ重さの黄金の何倍もの価値があったが、私が非常に関心を示したのを見て、王の歯科医が贈ってくれた。バビロンでは金持ちや貴族が引っ越す際に戸板を外して持っていくほど木材が貴重だったから、父から子へ世代を超えて財産として受け継がれる杉材の戸板を彼への返礼として贈ることにし、バビロンの画家に頼んで、その戸板に歯科医が王の口から巧みに歯を抜いて王からたくさんの褒美を遣わされる場面をエジプト風に描いてもらった。

もう一つ私の興味を強く惹いたのは、バビロンの神官たちの占いだった。王のお気に入りとなった私は、王の医師たちの推薦でマルドゥクの塔で占術を学ばせてもらった。羊の肝の表面にある模様を山や川、道や門と名づけ、頭部や手足、耳や指といった人体の部位になぞらえ、さらには体液の流れも読み取っていくというものだ。うまく読み取れば診察しなくても、生贄に捧げた羊の肝で患者のどこが悪いのか、治療方法は何がよいかを知ることができるので、医師にとって非常に役立つものだった。バビロンの医師は、患者の痛みや病の原因が特定できないときはこの占いに頼り、医師が確信を持つための大きな助けになっていたので、私も学んだのだ。

しかし、今起きていることや過去に起こったことをすべて正確に把握できるのは、夜空の星を読み解くことだった。占星術師は灰色のあごひげを生やした年寄りたちで、星をじっと眺め続けたせいで目は疲れ果て、星の位置が意味するところについて結論が出ることはなく、仲間内で議論し続けるものだから、これを学ぶには何十年と時間がかかりそうだと思い、学ぶのを諦めた。

神官によると、地上で起こるすべての出来事は天でも起こっており、天上の星の動きを十分に学べば、些細なことも前もって読み取れるのだそうだ。星の位置やその動きを変えることができる人間などいるはずがなく、すべてのものごとは厳然たる法則のもとに起こるのであって、何人(なんぴと)たりとも運命を変えることはできないと教えてくれた。このことは人間と神に関するあらゆる学問のなかで最も説得力があるものに思えた。考えれば考えるほど、この教えは最も自然の摂理に従っていて分かりやすく、信じるに足るものだった。

ちなみにエジプト人が心臓を例えに出すときは、バビロン人は肝臓を引き合いに出すが、これは単に言い方が違うだけで意味するものは同じである。

この不思議な知識は私に大きな影響を与え、何十年かかってもこれを学んで理解したくなり、人生において占星術を学ぶ以上に偉大な目標はないとまで思えたので、旅やそのほかのことをすべて諦めてバビロンに残ろうかとしばらく真剣に考えた。このことをカプタに話したら、こう言われた。

「目から目やにが出るまで空を眺めることに人生を費やして何の意味があるのですか。たとえば王子と犬の物語のように、この世にはたくさんのおとぎ話がありますが、もしすべての出来事が星に記されていて、前もって分かったとしてもそれを避ける術（すべ）はありません。ですが、自分に起こる凶事をすべて知ってしまえば、胃が痛み、悲しくなり、運命を変えようと無駄にあがくことでしょう。いいことばかりが起こるなんてあり得ませんが、もしそうなら、星を眺めて時間を無駄にするのではなく、素直に楽しんだほうがいいではありませんか。いずれにしても神々が定めているように、人間にはいいことも悪いことも起こるものですから、星を眺めて未来の出来事に一喜一憂するのは無駄なことでしょう。スカラベだけを信じるほうが遥かにましです」

「だが、私たちに起こることがすべて星に記されているなら、スカラベに私たちの運命を変えることはできないから、スカラベには力がないということになるだろう」

　これにはカプタも深く傷ついて言った。

「それは豚の糞のにおいと同じくらいひどい話です。もしおっしゃる通りなら、スカラベによって私たちにもたらされた幸運は、小さなことも含めてすべて星に細かく記されているはずですし、もしスカラベがいなかったら、とうの昔に私たちは逆さ吊りにされているか、死体捨て場でご主人様の頭蓋骨が真っ白になっていたでしょうよ」

　これに対しては何も反論できず、バビロンに残って星を研究するという考えは諦めた。それに、やはり私には旅人の血が流れているようで、新しいものを見たくてそわそわしていたので、この決断に心から喜びを感じた。この選択もカプタと交わした会話も、私が生まれるずっと前から星に記されていたに違いなく、星がそう定めたのであれば残りたくても残ることはできないし、ここに残らなかったとしても何も失わないことに気づいてほっとした。

その代わり、私は羊の肝について学び、マルドゥクの神官が鳥の飛んだ跡を見て予言してくれた、旅路で気をつけるべきことを書き取った。それから水に油を注いで表面に現れた模様を読み解くことにも時間を費やした。念のため神官の話はしっかり覚えたが、毎回異なる模様を説明するのにたいした知識は必要なく、なめらかな舌があればよかったから、この術はあまり信憑性がなかった。

これらを学ぶことに気を取られ、自分が医師であることを忘れて何日も神殿で過ごし、私を頼りにやってくる患者は王立医師のもとへと送り込んだので、バビロンの民の間で王立医師の評判が上がり、彼らはかなり喜んだ。私は、エジプトとバビロンの叡智（えいち）を合わせることができ、人間がこれまで千年以上もの時をかけて蓄積してきた四方の大地の叡智が今すべて私の中にあるのだと思い、考えるだけで力が湧きあがってきた。知識と経験を身につけたものの、私はあまりに若く、思い上がっていて、自分に不可能はないとさえ思っていた。

バビロンの春の祭りと偽王の日について話す前に、自分の出生にかかわる奇妙な出来事について記しておこう。ある日、神官が羊の肝と水に浮かんだ油の模様を読み解き、こう言った。

「そなたは自分が思っているような普通のエジプト人ではなく、世界のどこにいても異邦人であり、そなたの出生には我々には説明できない恐ろしい秘密がある」

これを聞いた私は神官に、生みの親に育てられたのではなく、赤ん坊の頃に葦舟に乗せられて夜の川を下り、母が葦の茂みで見つけたのだと伝えた。

するると神官たちは顔を見合わせ、私の前に深く頭を下げて「そうではないかと思ったのです」と言った。そして、四方の大地を征服し、その勢力が海上の島々にまで及んだといわれている偉大なサルゴン王も、生まれてすぐに葦舟に乗ってバビロンの川に流され、やがてその偉大な功績によって彼が神の子だと示されるまで、誰も彼の出生の秘密を知らなかったのだと話した。

その話を聞いて私は心がざわつき、無理に笑おうとして言った。

「ただの医師にすぎない私が、神の子だとお考えではないでしょうね」

だが、神官たちは真顔で言った。

「それは分からないが、万全を期すほうがよいであろうから、我々は頭を下げるのです」

彼らはいっそう深く私に頭を下げたので、私はげんなりして言った。

「戯れはこれくらいにして話を戻しましょう」

そして粘土の見本の前に戻ると、神官は羊の肝の迷路について説明し始めたものの、こっそりと私を敬うように眺めてはささやき合っていた。

それからというもの、自分の出生について考えると心が乱れ、四方の大地のどこに行っても自分は異邦人なのだと思うと、心は鉛のように重くなった。出生について占星術師に聞きたくてたまらなかったが、生まれた正確な日時が分からないので、尋ねようがなかったし、彼らも私に助言できなかった。神官たちも私の出生について知りたがり、私の生まれた年と川を流れてきた時期を書いた粘土板を探してくれた。だが、占星術師が教えてくれたのは、もしこの日のこの時刻に生まれていたなら王家の血を引いており、数多くの民を統べるために生まれてきたのだろうということだけだった。過去のことを考えようとすると、テーベに残してきた罪と恥を鮮明に思い出すので、この話を聞いても気が軽くなることはなかった。

それにしても、ひょっとしたら星々は生まれた日から私を呪って葦舟に乗せ、センムトとキパを早い死に追いやり、彼らの老後の楽しみを奪い、墓での平穏さえも奪うように仕向けたのだろうか、と私は思った。もし星に呪われているのであれば、運命を逃れるどころか、これから先も愛してくれる人々を苦しめ、死に追いやるのではないかと考え、戦慄（せんりつ）した。しかし、これまで起こったことは、誰かに心を寄せずに孤独に生きるように仕向けられていたのだと思い至った。一人でいれば誰にも呪われることはないだろうが、将来を憂いて心が重くなった。

5

偽王の日について記そうと思う。種が芽吹き、夜の厳しい寒さも和らぐ頃、神官たちが町を出て、埋められていた神を掘り起こしてその復活を叫ぶと、バビロンの町は盛大な祝祭の場となり、通りは着飾った民であふれ、商店が荒らされ、大がかりな行進を終えて家路につく前の兵士たちよりもひどい騒ぎが起き、町は喧騒と歓喜に満ちあふれた。すべてのイシュタルの神殿で、女や娘が持参金の足しにと銀片を集めにやってきて、誰もが彼女たちと愉しみ、こうしたことは恥とも見なされていなかったので、欲望と体力の続く限り愉しみが続いた。この祝祭の最後の日が偽王の日だった。

私もバビロンのさまざまな慣習には親しんでいたが、夜明け前に酔っ払った王の親衛隊がイシュタルの宿屋の戸を力ずくでこじ開け、中にいる人々を槍の柄で小突き、声の限りにこう叫んだのには驚いた。

「我々の王はどこにいる？　民に法の裁きを下さなくてはならないのだから、日が昇ってしまう前にさっさと我々に王を渡せ！」

尋常ではないその騒ぎに宿屋のランプが灯され、使用人たちが慌てふためいて廊下を走りまわり、カプタは町で暴動でも起きたのかと慌てて私の寝台の下に隠れたので、私も目を覚まし、素肌に毛織りの毛布を巻いて兵士に尋ねた。

「私はエジプト人シヌヘ、荒くれロバの男と呼ばれている。私の名は聞いたことがあるだろうから、危害のないように気をつけてもらいたいものだが、いったいこれは何の騒ぎだ」すると兵士たちは叫んだ。

「もしお前がシヌヘなら、まさにお前を探していたのだ！」

そして身に着けていた毛布を剥がして私を素っ裸にすると、これまで割礼された男を見たことがなかった兵士たちはたいそう驚いてこそこそと私のことを指さして言い合った。

「珍しいものに目がない女どもにとってこいつは危険極まりない。こいつを野放しにしたままでいいのか。そういや南の島からやってきたちぢれ髪の男は、女の気を惹くために骨でできた棒と音が鳴る飾りを一物（いちもつ）に突き刺していたが、こんなおかしな奴はあいつ以来だ」

このようにさんざん私をからかったあとで言った。

「今日は偽王の日で、王がお前の召使いを差し出すようにお望みだ。急いで宮殿に連れていかなければならんのだから、さっさとそいつを渡せ」

これを聞いたカプタは恐怖のあまり全身をふるわせ、寝台が揺れてしまったので、兵士たちはあっさりとカプタを見つけて、寝台の下から引きずり出し、歓声をあげてカプタの前で深くお辞儀をした。そして互いに言い合った。

「王を見つけ出したこの喜ばしい日に、我らの忠誠心が王からのふんだんな褒美で報われんことを」

カプタは輪っかのように目を丸く見開き、ふるえながら彼らを見た。カプタの驚きと恐怖を見た兵士たちは、いっそう大笑いして言った。

「この顔は、まさに四方の大地を統べる王に間違いない！」

そしてカプタの前で深く頭を下げ、カプタのうしろに立っていた者たちがさっさと出発させようとカプタの尻を蹴飛ばしたので、カプタは私に言った。

「私がこんなことに巻き込まれるなんて。スカラベにもどうしようもできないほど、この町だけではなく、この国は狂った邪悪なものに満ちて堕落しているようです。自分が逆立ちしているのか立っているのかも分かりませんし、ひょっとしたらその寝台でぐっすり眠って夢を見ているだけなのかもしれません。いずれにしても、この屈強な男たちに逆らう術はなく、ついていくほかなさそうですが、ご主人様はどうかご無事で。兵士の手に掛かり私が周壁に逆さ吊りにされましたら、エジプトの誇りを遺すために遺体は周壁から下ろして川には流さずに保存してください。これまで書かれてきた話によれば、たとえ遺体がなくなっても西方の地へ行けるはずですが、どんな誤解が生じないとも限りませんし、万全を期すといいますから、技術をお持ちであるご主人様にどうか私の遺体を保存してほしいのです」

兵士たちはこれを聞くなり、体をねじって笑い転げ、膝をついて大笑いし、笑いすぎて息が詰まらないように背中を叩き合ってこう言った。

「マルドゥク神にかけて、これだけ喋っても舌がもつれないなんて、こいつよりもましな王は見つからんだろう」

そのうちに夜が明け、太陽の光が差し始めたので、兵士たちは槍の柄でカプタの背中を小突きながらカプタを連れていってしまった。私は急いで服を着て、彼らのあとを追って宮殿へと向かったが、止められるどころか、宮殿の前庭や控えの間も人々であふれて騒々しかったので、バビロンで暴動が起こり、各地に散らばる軍隊が町に集結する前におびただしい血が路上に流れるだろうと思った。

兵士のあとについていき、玉座がある大広間に到着すると、王の衣装を身に着け、王笏を手に持ち、獅子の形の足に支えられた天蓋つきの黄金の玉座に座っているブルナブリアシュ王の姿が見えた。王の周りにはマルドゥクの神官や宰相、貴族たちが集まっていたが、兵士はそれを気にも留めずに槍で道をあけて王の前にカプタを差し出し、玉座の前で立ち止まって待機した。突然、誰もが沈黙し、静寂が訪れたが、やがてカプタが口を開いた。

「こんな戯れにはうんざりです。そうでなくてもその獣を遠ざけてくださらないなら、私は失礼いたしますよ」

ところが、東に面した格子窓から部屋の中に光が差し込み、日が昇るや否や、神官や貴族、宰相や兵士、そして王も、全員が一つになって叫んだ。

「その通りだ！　その獣をここからつまみ出せ。あごひげもない少年に支配されるのはもううんざりだ。分別あるこの男を王にしよう。そしてこの男に命令を下してもらおう」

彼らは押し合って、逃げようとするブルナブリアシュ王に跳びかかり、笑い合い、取っ組み合いをしながら、王の手から王笏や服をはぎ取り、兵士が私を襲ったときのように王を素っ裸にしようとしている様子に、私は自分の目を疑った。彼らは王の腕や太ももをつねったりつまんだりしてからかった。

「母親から乳離れしたばかりで口元もまだ乾いていないような男では後宮の女たちもさぞ退屈だろうが、この老いた道化、エジプト人のカプタなら、女の鞍(くら)も十分に乗りこなしてお愉しみを与えてやれるってもんじゃないか」

ブルナブリアシュ王は嫌がるどころか大笑いしていたが、王の獅子は何が起こっているのか訳も分からず、皆に追い立てられ、尻尾を後脚の間に挟んで部屋の隅へと退散した。

そして、皆が王のもとからカプタのもとへ駆け寄り、カプタに王の服を着せて無理やり王笏を持たせて玉座に座らせ、カプタの前にひれ伏して足元の床に口づけをしたものだから、私は自分が逆立ちしているのか立っているのかさえ分からなくなってしまった。真っ先にブルナブリアシュ王が裸のまま玉座の側に寄ってきて大声で言った。「これこそ正義だ！　彼こそが王であり、これよりましな王は選べない」

そして皆が立ち上がると、カプタを王と呼び、腹を抱えて笑った。

乱暴にかぶせられた王の被り物の下からカプタの乱れた髪が飛び出していた。カプタは目を丸くして彼らを見つめたが、やがて怒り出して大声で叫んだので、皆がそれを聞くために静まり返った。

「こんなことになるなんて、これは悪い夢で、誰かが呪いをかけたに違いない。お前たちの王になるくらいなら、ヒヒや豚の王になるほうがよほどましだ。だが本当に私をお前たちの王にと望むなら、多勢に無勢、仕方がない。どうしてもというなら、私がお前たちの王なのか、正直に言うがいい」

「お前が私たちの王で、四方の大地の主(あるじ)だ！　自分で分からないのか、このまぬけめ！」皆は競うように叫んだ。そして再びカプタに深くお辞儀をし、そのなかの獅子の皮をまとった一人が、カプタの足元にひざまずき、唸って雄叫びをあげ、毛皮の中で面白おかしく体をくねらせた。カプタは少し考えたが、確信が持てなかったようで、やがてこう言った。

「もし本当に私が王だというなら、ワインを持ってきて祝杯をあげたほうがいいだろう。召使いたちよ、ワインをここへ。さもなければ、王である私の杖がお前たちの背中で踊り出し、お前たちを周壁に吊り下げることになるぞ。今日は私を王にした旦那方や友人と首が浸かるほどの酒を飲み交わすから、たくさんのワインを持ってくるのだ」

この言葉を聞いた皆は歓喜し、賑やかな一団がさまざまな料理やワインが用意された大広間へカプタを連れていった。誰もが目についた料理を手に取るなか、ブルナブリアシュは召使いの前掛けを身に着け、まぬけな使用人のように皿をひっくり返し、料理のソースを客人の服にこぼしながら皆の足元を走りまわったので、皆が彼に罵声を浴びせ、食べかけの肉の骨を投げつけた。すでに宮殿の前庭の至るところで民への食事が用意されていて、丸々一頭の牛や羊の肉が次々に切り分けられ、大甕からビールやワインを好きなだけ飲み、クリームとデーツで味付けした甘い粥をたらふく食べ、日が高く昇る頃には宮殿で聞いたこともないような大騒ぎとなり、私には信じられない光景が広がっていた。

機会を見計らってカプタのところへ行き、誰にも聞こえないように声を潜めて言った。

「カプタ、こんなことをしてはろくなことにならないから、どこかに身を隠して一緒に逃げよう」

ところが、ワインを飲み、ご馳走で腹がふくれていたカプタはこう言った。

「そんな戯れ言は聞いたことがないし、お前の言葉はハエの羽音にしか聞こえんな。こんなに素晴らしい民が私を王にし、皆が私に頭を下げるというのに、今すぐ逃げるというのか。スカラベがこれを実現してくれたのは分かっているが、それ以上にここの民は賢く、私の長所をようやく正しく評価してくれたのだ。それにお前はほかの者のように私に深く頭を下げなくてはならないというのに、私に向かって奴隷や召使いを呼びつけるようにカプタなどと馴れ馴れしく呼んでいいと思っているのか」

私はそれには耳を貸さずに言った。

「カプタ、カプタ、きっとこれは性質の悪い冗談で高くつくぞ。だからできるだけ遠くまで逃げるんだ。お前の傲慢な振る舞いも許してやるから」

カプタは口についた脂を拭き、ロバの骨で私を追いやり大声で言った。

「私が怒ってこいつの背中に杖を躍らせる前に、この薄汚れたエジプト人を追い払え」

すると獅子の格好をした男が叫びながら私に飛びかかってきて、私の足に噛みつき、私がひっくり返った隙に爪で私の顔を引っかいた。ちょうどそのときラッパが鳴り響き、王が法の裁きを行うと報じられ、そのおかげで私は難を逃れたが、さもなければもっとひどい目に遭っていただろう。

カプタはいざ裁きの館へ連れていかれるときに少し尻込みして、法の裁きは信頼できる立派な裁判官に喜んで任せようと言ったが、民はそれに激しく抵抗して叫んだ。

「我々は賢者である王のお言葉を聞き、あなた様が法を熟知した真の王であると納得したいのです」

こうしてカプタは裁きの椅子に座らされ、彼の前に正義を象徴する鞭と足枷が並べられ、民は進み出て言いたいことを王に進言するようにと促された。最初にカプタの前に出てきたのは、破れた服を身に着け、頭に灰をかぶった男だった。男はカプタの足元に額をすりつけて泣き叫んだ。

「四方の大地を統べる者よ、王ほど賢い方はいらっしゃいません。そこで正義を行使していただきたく申し上げます。四年前に娶った私の妻は今、子を宿しております。その妻が私を裏切って兵士と浮気していたことが分かり、昨日現場をおさえたのですが、そいつは屈強な男で私は何もすることができず、私の肝は生まれてくる子が兵士の子ではないのかという不安と疑念でいっぱいなのです。ですから王のお裁きを受け、私の子か兵士の子か確かなことを知り、それに従って今後のことを決めたいのです」

カプタは困り果てて辺りを見渡したが、しまいに思い切ってこう言った。

「今日という日を忘れないように、杖を持ってきてこの男を打て」

法の執行人たちが男を取り押さえて杖で打ったので、男は悲鳴をあげて民に訴えた。

「これが正義なのか？」

民も口々に不平を漏らし説明を求めた。するとカプタが言った。

「この程度のことで私を煩わせただけでも、この男は鞭打ちの刑に値する。それどころか、自分は畑に種を蒔かずにいながら、ほかの者がよかれと思って種を蒔き、その収穫をすっかり刈り取れるというのに文句を言うなんて、こいつの愚かさをもってすればもっと打たれてもよかろう。それに、女がほかの男になびいたとしてもそれは女のせいではなく、女の不満に気づかない男に非があるのだから、こいつは打たれて当然である」

これを聞いた民は大声で叫び、笑い、王の賢明さを大いに称えた。次に、老いた男が深刻そうな顔をして、王の前に進み出て言った。

「法が刻まれたこの石柱と王の前に、次の要件について裁きを求めます。私は通りに面したところに自分の家を建てたのですが、親方にだまされて家が崩れ、そのときたまたま通りかかった人が巻き込まれて死んでしまったのです。その通行人の遺族が私を責め、償いを求めています。どうするべきでしょうか」

カプタは考えた末に言った。

「この辺りにそんなずる賢い親方がいるとは知らなかったから、今後気をつけるとしよう。これは複雑な案件だし、よく考えると人よりも神々の領域だと思うが、こんな場合に法はどうせよと言っているのか」

法を修めた者たちが前に進み出て、石柱に刻まれた法を読み上げて説明した。

「もし親方の不注意で家が崩れ、家の持ち主を死なせてしまったなら、親方を殺さねばなりません。もし家が崩れる際に持ち主の息子を死なせたのであれば、親方の息子を殺さねばなりません。これ以上のことは記されておりませんが、この法に照らし合わせると、家が崩れたときの損失については親方がその責めを負うべきで、損失に相当するものを親方の所有物から損失させるべきだと解釈できます。ほかに申し上げることはございません」

「つまり、法によるとこの件は単純で、亡くなった通行人の家族は親方の家に行って待ち伏せをし、最初に通りかかった者を殺せば法を守ったことになるだろう。その場合、その通行人の遺族が殺人の罪を償うよう求めてきたときは、責めを負うがよい。しかし、さっき言ったように、これは人というよりも神々の領域であるし、神々に定められたのでもない限り、崩れかけた家の下を通るような愚か者はいないだろうから、最もけしからんのはわざわざ崩れかかっている家の下を通った者だ。よって、親方を無罪とし、私に裁きを求めてきたこの申立人をまぬけ者だと宣言しよう。ちゃんと親方の仕事ぶりを監督しなければだまされるのは当然だと学ぶべきだ。これまでも、これからもそれは変わらん」

またしても民は王の賢明さを大いに称え、申立人は決まり悪そうに引き下がった。次に高価な服に身を包んだ太った商人が王の前に進み出てきた。彼は自分の不満を申し立てた。

「三日前の春の祝祭の夜にイシュタルの門へ行きましたら、町の貧しい娘たちが定めに従って持参金を得るために、女神に処女を捧げようと集まっておりました。そのうちの一人を気に入ったので、時間をかけて値切ったあと、その娘にたっぷりの銀を与えるという条件で、約束を交わしました。いざ、ことに及ぼうとしたとき急に腹を下してしまい、すっきりしようとその場から離れました。戻ってくると、娘はほかの男と約束を交わし、その男からも銀をもらって処女を捧げてしまったのです。娘は私とも愉しんでかまわないと言いましたが、もう処女ではないので断り、銀を返せと言ったのですが、応じようとしません。そこで王の裁きをお願いしたいのですが、渡した銀の対価を得られなかったのですから、私に起こったことは大きな間違いではございませんか。もし私が壺を買い求めた場合、私が割るまでは私のものですし、壺を売った者が壊したり、破片を私に渡したりするのは間違っているのではありませんか」

しかし、これを聞いたカプタは怒って裁きの椅子から立ち上がり、目の前の床を笏で打って大声で言った。

「まったく、こんないかれた話はこの町以外で聞いたことがないし、この老いぼれは私をからかっているとしか思えん。こいつが約束を果たさなかったから、娘は代わりにほかの男と正当な約束をしたまでだ。こいつにそんな価値はないのに、埋め合わせまで持ちかけたその娘はなんと心優しいのだろう。しかも、娘が前もってその男と障害を取り除いてくれたおかげで、娘と愉しむときに面倒なものがなくなったのだから、こいつは二人に感謝すべきではないのか。それなのに、私の前に来て不満を言い、壺についてくどくど述べるとは。若い娘を壺だと考えているなら、今後一切若い娘との接触を禁じ、壺としか交われぬ刑に処す」

この判決を下すと、カプタは法の裁きに飽きてしまい、椅子の上で伸びをして言った。

「今日はさんざん飲み食いして、十分に勤めを果たしたし、裁きを下して頭も使った。さっきの男の話で思い出したが、王は後宮の主でもあり、たしかそこには四百人の女が私を待っているはずだから、まだ申立人がいるならあとは裁判官に任せる。私は自分の女たちを見に行かねばならんが、王の権力と酒のおかげで力が湧きあがり、まるで自分が獅子になったような気がするから、途中で『壺』をいくつか壊してしまうかもしれんな」

　これを聞いた民は大きな歓声をあげながらカプタを宮殿まで送ると、後宮の戸口や前庭に留まった。するとブルナブリアシュの笑みが消え、苛立った様子で手をこすり合わせ、片方の足でもう片方の脛を掻いた。私を見つけるとそばに寄ってきて、忙しなく言った。

「シヌヘ、おまえは僕の友だし、医師だから王の後宮に入れる。もしあいつが僕の女に触れたら、生きたまま皮をはいで、周壁に吊り下げてやる。だが、身の程をわきまえられるなら楽に死なせてやるから、あとで後悔しないように奴を追って見張ってくれ」

「ブルナブリアシュ王、たしかに私は王の友人ですからお役に立ちたいのですが、これはいったいどういうことなのか教えてください。王が召使いになって皆に笑われているのを見て、私は肝が痛いのです」

　彼は我慢ならない様子で言った。

「今日は偽王の日だと誰もが知っているのだから、四の五の言わずに間違いが起こる前にさっさとあいつのあとを追ってくれ」腕を引っぱられたが、私はそれに従わずに言った。

「私はこの国の慣習を知りませんから、どういうことなのかちゃんと説明してください」

　そこで王はやっと説明してくれた。

「毎年、偽王の日になると、バビロンで最もまぬけでおどけた男を選び、その日の夜明けから日没までそいつに王の座を渡し、王自身もその男に仕えるんだ。あのたいそうな道化ぶりから、僕がカプタを選んだが、これまであんなにおかしな王は見たことがない。あいつが自分の身に何が起こるかを知らないというのが一番滑稽だ」

「いったい何が起こるのですか」

「朝、突然王冠をかぶらされたように、日が暮れたらあっという間に殺される。偽王になった者が生き残るのは都合が悪いから、大抵は毒を混ぜたワインを飲ませて穏やかに眠るように殺すんだが、僕次第で残虐な殺し方もできる。大昔の偽王の日に、本当の王が酔っ払って熱いスープを飲んで気道を詰まらせて死んでしまい、生き残った偽王がバビロンを三十六年間も統治したことがあったのだ。誰からも不満が出ない統治だったそうだが、今日は熱いスープを飲まないように気をつけなければならん。それはさておき、おまえの召使いがばかなことをして夜に後悔しないように急いでくれ」

そこへカプタがたった一つ残った目を手で押さえ、鼻から血を流し、王の後宮からたいそう怒り狂って飛び出してきたので、私がカプタを迎えに行くまでもなかった。カプタは泣きわめいて言った。

「あいつらが私に何をしたか見てくれ。年取った婆や太った黒人女をよこしてきたから、若いのを味見しようとしたら、その娘が虎のように襲いかかってきて、一つしかないこの目に青あざをこしらえ、履物で鼻を殴ってきたんだ」

ブルナブリアシュは大笑いして倒れそうになり、両腕で私の腕につかまった。カプタは泣き声をあげて文句を言った。

「あの若い娘は野獣のように怒り狂っているから、もうあの扉を開ける気にならん。そこのお前、シヌヘ、お前が行って、持てる力をすべて駆使して頭蓋骨を切開し、娘から悪霊を取り除くがよかろう。王に対して雄牛を刺すような勢いで血が流れるほど履物で鼻を殴りつけるなんて、悪霊の仕業としか思えないから、きっとあの娘は悪霊にとりつかれているに違いない」

ブルナブリアシュは私を乱暴に押して言った。

「シヌヘ、今日僕は後宮に入れないから、中に入って何があったのか見てきてくれ。昨日、芥子の汁で麻痺させなければならないような、かなり楽しめそうな海の島の娘を連れてきたばかりだから、きっとその娘のことだろう」

王にしつこく言われて後宮に入ることになり、私が医師だと知っている王の宦官に中に通してもらうと、そこは大騒ぎになっていた。今日のために服や装飾品で飾り立て、しわだらけの顔に白粉を塗りたくった老婆たちが、私を取り囲んで口々に言った。

「私たちが朝から待ち続けた心の松ぼっくり、愛しい小さな雄ヤギさんはどこへ逃げたのかい」

スープ鍋のような黒い乳房を腹の上に垂らした大柄な黒人女は、最初にカプタを捕まえようと服を脱ぎ捨て、文句を言いながら大声を出した。「この胸でしっかりと抱きしめてやるから、その愛しい人を私にお渡し！　私の象よ、早くその長い鼻で私をぐるぐる巻きにしておくれ！」

宦官たちは心配そうに私に言った。

「この者たちのことはどうかお気になさらず。女たちの役割は偽王を楽しませることで、王を待っている間に肝の許容量を超えるほどワインを飲んでいたのです。それより、私たちは本当に医師をお待ちしていました。昨日ここに連れてきた娘がおかしくなったようで、どこからか短刀を手に入れて獣のように暴れまわり、我々よりも力が強くて、思い切り蹴飛ばされる始末で、困り果てていたのです」

そして私は、陽光の下で釉薬煉瓦の色が光り輝く後宮の庭に連れていかれた。庭の中央にある丸い池にはイルカの像が飾られた噴水があり、イルカの口から水が噴き出していた。その像の上に怒り狂った娘の姿があった。娘の服は彼女を捕まえようとした宦官たちに引き裂かれ、池を泳いだのか全身びしょ濡れで、彼女の周りには大量の噴水の水が降り注いでいた。娘は落ちないように水を噴き出しているイルカの鼻をつかみ、もう片方の手に短刀を光らせていた。服はずたずたに裂け、髪はびっしょり濡れているが、本当は美しい娘なのだろう。水音と宦官たちの叫び声のせいで娘の言っていることがまったく聞こえなかったから、私は大声で宦官たちに言った。

「この娘と話をして落ち着かせるから、娘の声が聞こえるように噴水を止めて、この場から離れてください」

彼らはびくびくしながら言った。

「あの娘はかなり鋭い短刀を持っていますから、どうかそばへは行かれませんように」

水が止まると噴水の勢いが弱まり、娘の姿があらわになって全身が見えた。そのときはたいして気に留めなかったが、やはり彼女は成熟した、美しい娘だった。水音がやむと、娘の歌声が聞こえてきたが、私の知らない言葉で歌っていたので、歌詞は分からなかった。娘はまっすぐに顔をあげ、興奮して猫のような緑色の目を燃やし、頬を赤らめて歌っていたので、私は怒ったように娘に叫んだ。

「雌猫め、気が立っているのは分かるが、わめくのはやめて短刀を手放し、落ち着いて私と話をしよう」

娘は歌うのをやめ、私よりも下手なバビロンの言葉で答えた。

「このヒヒめ、わたしは怒っているだけよ。この短刀でおまえの肝から血を流してやるから池に飛び込んでここまで来てみなさい」

私が彼女に向かって「悪いようにはしないから！」と叫ぶと、娘は叫び返した。

「どの男も邪な考えでそう言ってきたわ。わたしは踊り子として神に捧げられた身、たとえ触れたくても男に触れることはできない。だから男に触れられるくらいなら、ましてあんな男ともいえない、膨れあがった革袋みたいな目が一つしかない悪魔に触れられるくらいなら、手にしているこの短刀に自分の血を吸わせてやるわ！」

「王を殴ったのは君か」と尋ねると、彼女は答えた。

「あいつの目は私が拳で殴ってやったし、あいつの鼻も鼻血が出るほど履物で叩いてやったわ。その履物はどこかに失くしたけれどね。たとえ王だろうと、わたしは男に触れてはならない神の踊り子だから、あいつが誰であろうと関係ないのよ」

「おかしな娘だ。踊りとは何の踊りのことだ。それよりも自分を傷つけてしまわないように短刀を手放すんだ。宦官たちは王のためにきみを買うのに奴隷市場で黄金を使い果たしたと言っていたから、怪我をしてはまずいだろう」

「あなたの顔に目がついているなら、わたしが奴隷じゃなくてさらわれたことくらい分かるはずよ。そんなことより、宦官たちがこっそりわたしたちの話を盗み聞きしているから、ここの人たちには分からない言葉を話してくれない？」

「私はエジプト人だ」私は祖国の言葉で話した。「名はシヌヘといい、孤独な者、荒くれロバの男と呼ばれている。私は医師だから怖がらなくていい」

するとと娘は短刀を手にしたまま水の中に飛び込み、水しぶきをあげて私のそばまで泳いできて、私の前に立って言った。

「エジプトの男は軟弱で、女が望まなければ悪いことはしないはずよね。だからあなたを信じるけど、神を辱めないようにわたしは今日のうちに動脈から血を流すことになると思うから、わたしからこの短刀を奪わないでほしいの。男に触れてはならないから、あなたが望むようなお礼はできないけど、もしあなたが神を畏れ、わたしのことを気にかけてくれるなら、どうかこの国から救い出して」

「きみに触れたいなんてこれっぽっちも思っていないよ。それについては安心して大丈夫だ。それにしても、後宮にいれば美味しいものを食べてワインを飲み、好きなだけ着飾って、望むものは何でも手に入るというのに、ここから逃げようと思うなんてまったくどうかしているな」

「男は女の望みが食事や宝石や服だけだと思っているから、そんなことが言えるのよね」

娘はそう言って、緑色の瞳で鋭く私を見た。

「でもね、女は男には理解できないものも望むのよ。それに、わたしに触れたくないだなんてちっとも理解できないし、失礼極まりないわ。私が踊るとどんな男もわたしに触れたそうな顔や息づかいをするのよ。

奴隷市場で男たちがわたしの裸に驚いて、宦官にわたしが処女なのかを確認させたときなんて、最たるものだったわ。でも、今はわたしをここから連れ出してバビロンから逃げる手助けをしてほしいから、この続きはあとで話すわ」

あまりの図々しさに私は呆れて何も言えなかったが、やっとのことで言い返した。

「きみに大枚を叩いた王は私の友人だし、きみの逃亡を手伝ったら王への反逆になってしまうからそんなことはできないよ。それに、ここに来た膨れあがった革袋とやらは、今日だけ国を治めている偽の王だから、明日には本物の王がきみのもとにやってくる。まだあごひげも生えていない少年だが、見栄えはいいし、きみを手なずける日を楽しみにしているんだ。失うものは何もないのだからこれも仕方がないと受け入れたらいいし、きみの神の力もここまでは及ばないだろうから、もうふざけるのはやめて短刀を手放し、そのずぶ濡れの髪と、顔じゅうに滲んでいる目の化粧や口紅をきれいにして、王のために着飾るんだ」

私の言葉に慌てた娘は髪をなでつけ、指先を口で湿らせてから目尻や唇を拭った。彼女の顔は小さくて美しく、私を見つめて微笑むとか細い声でこう言った。

「このひどい国から一緒に逃げてくれたら、わたしを名前で呼べるようにミネアという名を教えておくわ」

私は彼女の厚かましさに驚いて両手をあげ、慌てて娘のそばを離れたが、彼女の顔が頭から離れず、引き返してこう言った。

「ミネア、王のところに行ってきみのことを話してみるけれど、きみのためにできるのはそこまでだし、その間に気を落ち着けて着替えを済ませるのだ。もし望むならきみの身に何が起きても気にならなくなる薬をあげよう」

「そんなことにはならないから、余計なことはしないでちょうだい。わたしの話を聞いてくれたお礼にこの短刀をあげるわ。わたしを守ってきた短刀を受け取ったら、あなたはこの短刀に代わってわたしを守り、この国からわたしを連れ出して一緒に逃げてくれるはずよ」

「おかしな娘だな、きみの短刀なんて要らないぞ！」

私が大声を出して拒んだにもかかわらず、娘は微笑んで短刀を私の手に押しつけた。私は突き返そうとしたが、娘は受け取らなかった。そして、私が短刀を手に困惑しながら彼女のもとを去るまで、ずぶ濡れの髪のまま微笑みを浮かべて私を見つめていた。娘は短刀を渡すことで自分の運命を私と結びつけ、私は彼女の思惑通り娘から逃れられなくなった。

後宮から戻ると、ブルナブリアシュが私のところにやってきて、何があったのかと興味津々に尋ねた。そこで私は言った。

「宦官はひどい取引をしたものです。彼らが買ったミネアという娘は荒れ狂っていて、神に禁じられているから男に触れたくないと言っております。ですから、娘が考えを改めるまで待ったほうがいいでしょう」

しかし、ブルナブリアシュは嬉しそうに笑って言った。

「僕はそういう娘のことはよく知っている。言うことを聞かせるには鞭が一番だから、その娘とはかなり楽しめそうだ。僕はあごひげも生えていないほど若いから、女と愉しむよりも、宦官に細い鞭で打たせて悲鳴をあげる姿を見るほうがずっと楽しい。反抗的であるほど宦官に鞭を打たせる理由ができるし、明日の晩には仰向けに寝られなくなるほど娘の肌が腫れあがると思うとぞくぞくする」

王は少女のようにくすくす笑い、両手をこすり合わせながら私のもとを去っていった。私はミネアの短刀を手にしたまま王のうしろ姿を眺め、王はもう私の友ではなく、王の助けになりたいという気持ちも失せてしまったことに気づいた。

6

ワインやビールを飲んで暴れまわる多くの民が、宮殿の前庭や小道のあらゆる場所にいた。カプタは殴られた目の痣が腫れあがり、黒ずんでまだらになっていた。生肉をあてて痛みが治まったのか、後宮での厄介事を忘れて次々に冗談を言っていたが、私はもう楽しむどころではなかった。何が自分の頭を悩ませていたのかはっきりしなかったので、それを言葉にすることはできない。

羊の肝の読み解きは途中だったし、油滴占いも神官のようにはできなかったから、まだバビロンで学びたいことが山ほどあった。それにブルナブリアシュには私の治療代として多くの貸しがあったから、もし友のままでいるなら、私が去るときには莫大な褒美をもらえるだろう。しかし、考えれば考えるほど、ミネアの厚かましい願いと彼女の顔がちらつき、主人である私の許可を得ずに使用人を偽王にまつりあげた王のくだらない思いつきのせいで、カプタが今晩死ななくてはならないということも考えた。友情に反することだと分かっていたものの、ブルナブリアシュが私に対して不誠実なのだから、私が彼に同じようなことをしても当然の報いだと思った。それに私は孤独な異邦人で、何にも縛られていなかった。だから夕方になってから岸に行き、十人で漕ぐ船を借りた。

「今日は偽王の日で、お前たちも酒を飲んで楽しんでいるところだし、船を出したくないのは分かっている。だが、私の裕福な伯父が死んでしまい、伯父の子どもたちと私の兄弟が遺産相続で争っていて、私が一文無しになる前に遺体を急いで先祖のもとへ運ばなければならないのだ。船を出してくれたら謝礼は二倍払う。先祖はミタンニ王国の国境近くに埋められているから長い道のりだが、いつもより早く漕いでくれたら、さらに上乗せしよう」

漕ぎ手たちは不満を言ったが、ビールの壺を二つ買い与え、日が暮れるまで飲んでいいから暗くなったら出発するぞ、と伝えた。すると彼らは激しく抵抗して言った。

「夜はさまざまな悪魔や悪霊が恐ろしい音を立てながらうろついているし、船が転覆したり命を取られたりするかもしれないってのに、真っ暗な中、漕ぎ出すなんて真っ平だ」

私は彼らに言った。「道中何も悪いことが起こらないように神殿に行って生贄を捧げてやるし、お前たちが受け取る銀がじゃらじゃら鳴っているから、悪魔の叫びなんか聞こえないだろう」

民は皆、偽王の祝祭を見るために宮殿に集まっていたので、神殿にはほとんど人の姿がなく、私は塔へ向かい、前庭で羊を捧げた。私は羊の肝を調べたが、思考が乱れるあまり何も読み解けなかった。ただ、いつもより黒ずんでいて、においがきついことには気づいたので、悪い予感でいっぱいになった。それでも、羊から流れ出す血を革袋に詰め、脇に抱えて宮殿に持っていった。王の後宮に入ると、燕が頭上を飛んでいった。母国の鳥である燕を見たら幸先がいいと思えたので、心が温かくなり、勇気が湧いてきた。

後宮に入ると、私は宦官たちに言った。

「これからこの取り乱した女に取りついた悪霊を追い出すから、二人きりにしてくれ」

彼らは私の言葉に従い、小部屋に案内してくれたので、私はその小部屋でミネアにすべきことを説明し、短刀と、血で満たされた革袋を渡した。ミネアは言われた通りにすると約束したので、彼女を一人部屋に残して戸を閉め、宦官たちに、娘に悪霊を追い出す薬を与えたから誰も邪魔をしてはいけないこと、そして体から離れた悪霊は私の許可なく勝手に戸を開けた最初の者に取りつくことを伝えた。彼らは特にそれ以上説明しなくても私の話を信じた。

日が暮れ始め、宮殿のすべての部屋が光で血のように赤く染まっても、カプタはまだ飲み食いしていて、ブルナブリアシュは大笑いしたり、少女のようにくすくす笑ったりしながら給仕していた。身分の高い者も低い者もワインがこぼれた床の上で酔っ払って眠っていた。私はブルナブリアシュに言った。

「王が自分の召使いに責任があるように、私は私の召使いであるカプタに責任があるので、カプタが安らかに死ねるように準備をさせてください」

「それなら、老医師がもうワインに毒を混ぜているところで、おまえの召使いは定め通り日没とともに死ぬことになるから、急いだほうがいいだろうな」

老医師を見つけると、彼は王の指示で来たという私の言葉を信じ、歌うようにぶつぶつ呟いて言った。

「わしの手はワインのせいでふるえているし、目は潤んで見えないから、お前が毒を混ぜたほうがいいだろう。あの面白い召使いのおかげで今日は笑いすぎたようだ」

私は老医師が混ぜたものを捨て、カプタが死なない程度の芥子の汁を慎重にワインに混ぜた。そして杯をカプタのところに持っていった。

「カプタ、お前はうぬぼれていて、明日には私のことなど分からなくなっているだろうし、もう二度とお前に会えないかもしれない。だから、エジプトに戻ったときに私が四方の大地の王と友人だと話せるようにこの杯を飲んでくれ。これを飲んだら、たとえ何が起ころうと私はいつもお前のためを思っていることを覚えていてほしいし、スカラベのことも忘れないでくれ」

「ワインを飲み過ぎて耳もよく聞こえないし、このエジプト人の話はハエの羽音にしか聞こえない。だが、私は一度も杯に唾を吐いたことはないし、皆も知っての通り、今日は気に入った配下の者にできる限りのことをしている。明日には荒くれロバが私の頭を蹴飛ばしているだろうが、お前の杯も受けてやろう」

カプタが杯を飲み干すと同時に太陽が沈んだ。屋内に松明が持ち込まれてランプが灯されると、皆が立ち上がって沈黙したので、宮殿は完全なる静寂に包まれた。カプタはバビロン王の被り物を脱いで言った。

「この鬱陶(うっとう)しい王冠は重すぎてもううんざりだ。足も痺れているし、まぶたは鉛のように重たいから、もう寝るとしよう」

カプタはテーブルに敷かれていた布を引きずりおろして布にくるまり、床に横になって眠ってしまったが、その拍子にテーブルに置いてあった壺や杯がカプタの上に落ちてきたので、朝カプタが自分で言っていたように、首までワインに浸かることになった。王の召使いたちはワインでずぶ濡れになったカプタの服を脱がせて、ブルナブリアシュに着せると、王冠を彼の頭にのせ、王笏を渡し、玉座に座らせた。

「今日は疲れたな」ブルナブリアシュ王は言った。「この遊びの間に、僕が熱いスープで喉を詰まらせればいいと願った奴や、十分敬意を示さなかった奴があちこちにいたのを忘れてはいないぞ。床に伸びている者どもを鞭で打ち、大広間をきれいに片付け、前庭にいる民を追い払って、あの厄介者の道化者が死んでいれば甕の中に永遠に封じ込めてしまえ」

カプタは仰向けにひっくり返され、酒を飲んだ老医師がふるえる手とかすむ目でカプタを調べると、

「この男はまさにコガネムシのように死んでおります」と断言した。すると召使いたちが、バビロンで遺体を入れるのに使う大きな甕を運び込み、カプタをその中に入れて粘土で封をした。王が甕をほかの偽王と同じように地下へ運べと命じたので私は言った。

「この男はエジプト人で、私と同じく割礼を受けております。ですから私は、彼の遺体をエジプトの風習に従って死に耐えられるように処理をし、死後も西方の地で食事をし、働かずに楽しく過ごせるように備えをしてやらなければなりません。これには死者の身分によって三十日か七十日かかりますが、カプタはただの召使いなので三十日で済むでしょう。そのあと遺体を甕に戻し、昔の偽王たちとともに地下に葬りましょう」

ブルナブリアシュ王は興味深そうに聞いて言った。

「バビロンでは、霊魂があちこちをさまよって道端のくずを食うというから、泥煉瓦の家に残された家族がきちんと食事を取れるように遺体を甕に封じ込めるのだ。死んだ人間は横たわったままだし、やるだけ無駄だと思うが、好きにするがいい。僕は王だから、ほかの者たちと違って死後は神のお供に加えてもらえるし、粥やビールの心配をする必要もない。それでも僕は万全を期して、犯したかどうかも定かでない罪の赦しを乞うために、見知らぬ神にも祈っているくらいだから、おまえの国の慣習に対して意見するつもりはない」

私は周壁のそばに待たせておいた輿にカプタの体が入った甕を運ばせ、出発する前に王に言った。

「処置をする間は辺りをうろつく悪霊に取りつかれないように人前から姿を隠す必要があるので、三十日間はお会いすることはありません」

ブルナブリアシュ王は笑って言った。

「好きにしろ。もし姿を現したら、悪霊が宮殿に入ってこないように、召使いたちに杖で追い払わせる」

輿に乗ると、カプタが呼吸できるように、まだ乾ききっていない粘土の封に穴をあけた。そしてこっそり宮殿に戻って後宮に忍び込むと、今にも王がやってくるのではないかと恐れていた宦官たちは私を見てたいそう喜んだ。

私はミネアを閉じ込めた部屋の戸を開けて、慌てたように宦官のところに戻り、髪を掻きむしって無念そうに叫んだ。

「娘が息もせずに血だらけで倒れているから、こっちに来てくれ」

宦官たちがやってきたが、彼らは血を恐れ、その光景を見るなりひどく怖がり、娘に触れようとしなかった。そして、王の怒りに触れることを恐れて泣き始めたので、私は言った。

「このままじゃ私たちは共倒れだ。このことを知られないように床の血を洗い流し、遺体を包める絨毯を急いで持ってきてくれ。王はまだ見たことがないこの娘をとても楽しみにしていたから、私たちの不注意で娘を死なせてしまい、神のもとに行ってしまったことを知ったら、さぞお怒りになるだろう。だから急いで、この国の言葉が話せない遠い国の娘を用意するのだ。その娘を王のために着飾らせ、もし娘が逆らったら王の前で鞭を打てば、王は気分をよくしてきっと褒美もはずんでくれるはずだ」

宦官たちは私の言う通りにしたほうが賢明だと察し、新しい娘を買うために必要な銀の半分を私に負担させたが、新しい娘はおそらく王の銀で購入するはずだから、実際に払った金額よりも多い金額を粘土板に書かせて、私の銀を自分の懐に入れるのだろう。しかし、宦官のやることはどこの国でも同じだから、私にはどうでもよかった。私は宦官たちが持ってきた絨毯でミネアの体を包み、宦官たちの助けを借りて絨毯を担いで真っ暗な庭を通り、カプタが入った甕を乗せている輿まで運んだ。

本来なら私はバビロンでもっと金持ちになり、さまざまな知識を得るはずだったのに、多くの銀を失って、夜闇に紛れてバビロンから逃亡することになった。しかし、輿の担ぎ手たちはそんなことも露知らず不平を言い出した。

「こんな暗闇で松明さえつけずに俺たちを走らせ、しかも死体を入れた甕や王宮の絨毯を運ばせるなんて、おかげで俺たちの首は頸木（くびき）をかけた雄牛みたいになっているし、肩に担ぎ棒が食い込んで傷だらけだ。こんな夜中に死体を運ばされ、首筋には絨毯から血が垂れてくるし、俺たちの肝も恐怖で真っ黒だ。よほど金銀をはずんでもらわないと割に合わねえ」

岸に着くと、担ぎ手たちに死体が入った甕を船まで運ばせたが、絨毯は自分で担いで船に運び込み、船室に隠した。私は彼らに言った。

「奴隷よ、犬の子たちよ！　もし誰かに何か聞かれても、今夜何も見ていないし何も聞いていないと言うなら、その報酬として一人ひとりにこの銀片をやろう」

すると彼らは飛びあがって喜び、大声をあげた。

「もちろん俺たちは身分の高い方にお仕えしたが、俺たちは耳が聞こえず、目も見えないから、今夜のことは何も聞いていないし、何も見ちゃいない」

こうして私たちは彼らを解放したが、いつの時代も同じであるように、どうせ彼らも酔っ払ってしまえば洗いざらい喋るだろうということは分かっていた。だが、彼らは全部で八人の屈強な男たちだったから、彼らを全員殺して川に放り込むような真似はできるはずがなかった。

担ぎ手たちが去ってから、私が船の漕ぎ手を起こすと、彼らはあくびを噛み殺し、ビールの飲み過ぎで痛む頭を抱え、月が昇り始めた頃、自分たちの運命を呪いながら櫂を水に差して漕ぎ出し、船は町から離れていった。いったいなぜこんなことをしたのか自分でも分からないまま、こうしてバビロンから逃げ出すことになったが、きっと生まれる前から星に記されていて、ほかにどうすることもできなかったに違いない。

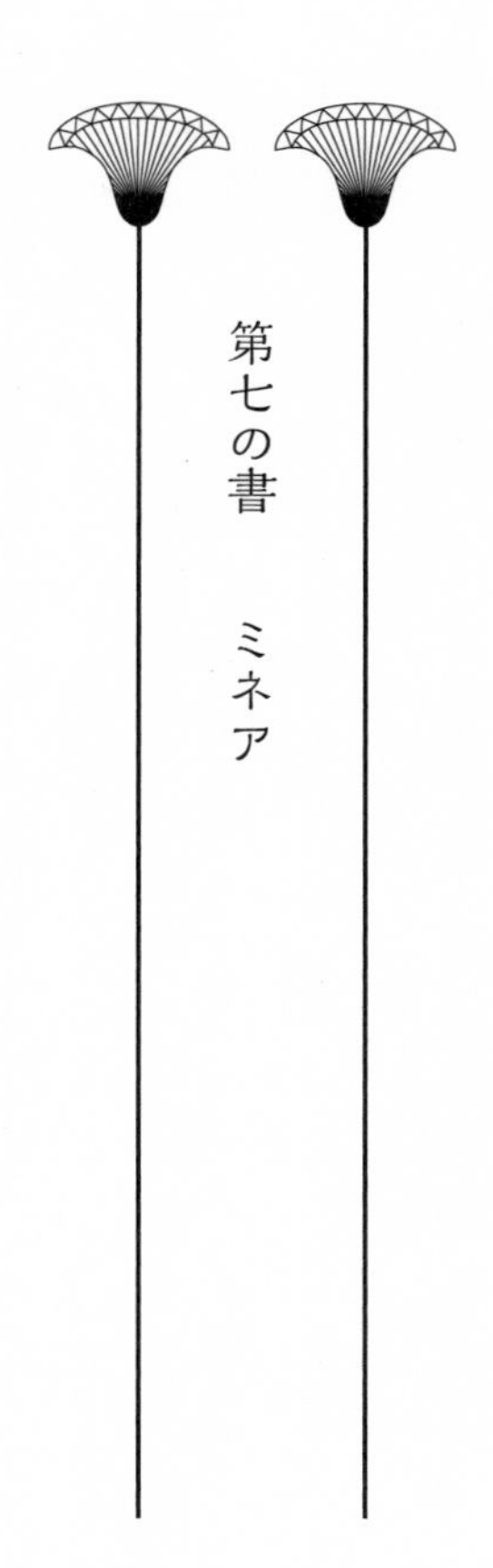

第七の書　ミネア

1

夜も川は閉鎖されていなかったので、番人に気づかれることなく町を抜け出せた。すでに記したように、夜明け前に王の兵士に起こされてから、今までに経験したことのない出来事ばかりの大変な一日だったから、疲れた頭を休めようと船室に潜り込んだ。しかし、ミネアが絨毯から這い出てきて、月光に照らされた川の水をすくい、手にこびりついた血を洗い流し始めたので、まだゆっくりすることはできなかった。彼女は私を見るとにこりともせずに非難がましく言った。

「あなたの言う通りにしたらこびりついた血が生臭くてたまらないわ。全部あなたのせいよ。それに、絨毯に巻いてわたしを運ぶときも、必要以上にあなたの胸に押しつけるものだから息もできなかったじゃない」

疲れ果てていた私は彼女の戯言(たわごと)に嫌気が差したので、あくびをして言った。

「性悪女め、お望みならきみについた汚れが落ちるように川に投げ込んでやる。きみのためにしたことを考えると忌々しくてしょうがないからもう黙ってくれないか。きみさえいなければ、私は今もバビロン王の側で、マルドゥクの塔の神官からさまざまな知識を吸収して、この世で最も賢い医師になっていただろう。それなのに、治療で得た収入はすべて失い、黄金も残りわずかだし、神殿の積立金を引き出せるはずの粘土板も使えないときた。それもこれも全部きみのせいだ。私はきみと出会った日を呪って、毎年この日が来るたびに袋と灰をかぶることになるだろう」

　月明かりに照らされた川に彼女が手を浸すと、手に沿って水銀が流れるように水面が二手に分かれた。

「そういうことなら、お望み通り川に飛び込むのがよさそうね。わたしと別れられるわ」

　彼女は私を見ずに低い声でそう言うと、立ち上がって川に飛び込もうとしたので、私は彼女をしっかりつかまえて言った。

「そんなことをされたら、これまでの苦労がすべて水の泡だ。ばかばかしいにもほどがあるから、そんな真似はやめてくれ。ミネア、私はきみの気まぐれにつきあっていられないほど疲れ切っているから、どうかすべての神々に免じて静かに休ませてくれ」

　コウノトリが葦の茂みで鳴いている春とはいえ、夜は冷えたので、私は頭から絨毯をかぶった。そこへ彼女が潜り込んできて静かに言った。

「夜は寒いし、ほかにできることもなさそうだから、せめてあなたの体を温めさせて」

　若くほっそりとした彼女の体は温かい火鉢のようで、私は逆らう気力もなくまどろみ、彼女に温められてぐっすり眠った。

　翌朝、私たちは川の上流までたどり着いていたが、漕ぎ手たちがぶつぶつと文句を言い出した。

「もう肩が丸太みたいにかちかちで、背中はまるで石のようだ。火事の火消しに行くわけでもないのに、死ぬまで漕がせる気ですかい」

　私は心を鬼にして言った。

「漕がない奴には杖を食らわせてやる。昼に休憩を取るから、そのときに食事を取らせてやるし、疲れが取れて鳥のように気分が軽くなるデーツ酒も一口ずつ飲ませてやる。だが、文句を言うなら、ありとあらゆる悪霊を仕向けるぞ。神官で呪術師でもある私は人肉を好む魔物をたくさん知っているからな」

漕ぎ手たちを怖がらせようとして言ったのだが、太陽はまだ高く、誰も私の話を信じずに「こいつは一人で、俺たちは十人だ！」と言って、私の一番近くにいる者が櫂（かい）で私を殴ろうとしてきた。

そのとき、船首に置いてあった甕ががたがたと動き出し、中にいるカプタが暴れ出して、しわがれ声でわめき始めたので、漕ぎ手たちは恐怖で青ざめ、一人また一人と水に飛び込み、川の流れに紛れて逃げていった。船は流れに舵を取られて傾きかけたが、なんとか岸にたどり着き、私は錨を下ろした。私の目には輝く太陽、葦の茂みで鳴くコウノトリ、そして髪を梳かしながら船室から出てきたミネアが美しく映り、もはや怖いものはなかった。私は甕のそばに行き、蓋を割って言った。

「おい、寝ぼけていないで起きろ！」

カプタは甕からぐしゃぐしゃの頭を出して不思議そうに辺りを見回したが、このときのカプタほどうろたえている人間を見たことがなかった。彼は文句を言った。

「これは何のおふざけだ？　素っ裸でふるえるはめになるなんて、いったい私はどこにいるのだ？　かぶっていた王冠と、我が権力の象徴である王笏はどこだ？　頭の中は蜂がいっぱいだし、手足は鉛のように重く、毒蛇にでも噛まれたみたいだ。シヌへよ、王をからかうものではない。ふざけるのもいい加減にするのだ」

私は昨日の偉そうな態度を罰してやりたかった。だから何も知らないふりをして言った。

「カプタ、いったい何を言っているんだ。昨日この船に乗ってバビロンを出発したら、お前が飲み過ぎて大騒ぎしたから、怪我をしないように漕ぎ手たちが甕に閉じ込めたんだぞ。それすら覚えていないとはまだ酔いが覚めていないのか。王だの裁判官だのと、色々と寝言を言っていたな」

カプタは目を閉じてしばらく考え込み、やがてこう言った。

「ご主人様、酒のせいでご主人様にお話できないほどの恐ろしい冒険を夢見たようです。私はもう二度と酒を飲まないことにいたします。少しだけお話しますと、スカラベのお慈悲で私は王になり、玉座に座って裁きを下し、後宮に行ってある美しい娘とたっぷり愉しんだのでございます。ほかにも色々あったはずですが、頭が痛くてこれ以上は思い出せませんので、ご主人様、どうかバビロンの酒飲みが二日酔いになったときに服用する薬をください」

ここまで言うとカプタはミネアがいることに気づき、急いで甕の中に引っ込み、寝ぼけた声で言った。

「ご主人様、この船に夢の中の後宮で出会った娘がいるようなので、私はまだ正気に戻っていないか、夢を見ているに違いありません。ああ、スカラベよ、頭がおかしくなりそうな私を守りたまえ」

カプタは殴られて青あざになった目と、腫れあがった鼻を手で確かめ、大声で泣きわめいた。そこへミネアがやってきてカプタの髪をつかみ、顔が見えるようにカプタの頭を引っ張りあげて言った。

「わたしを見なさい！　わたしが、昨日の夜、あんたと愉しんだ女ですって？」

カプタはふるえあがって彼女を見つめ、目をつぶってすすり泣きながら言った。

「エジプトの神々よ、異国の神に祈り、供物まで供えた私をどうか赦したまえ。昨日の女はたしかにお前だったが、ただの夢なのだからどうかご勘弁を」

ミネアが履物でカプタの両頬を叩く音が響き渡った。

「これは不埒な夢を見た罰よ。いい加減目を覚ましなさい」

カプタは前にも増して大声で泣きわめいて言った。

「夢の中の後宮で、この恐ろしい女に会ったときと同じことが起こったので、私はもう寝ているのか起きているのかもさっぱり分かりません」

私はカプタを甕から出してやり、苦い胃の薬を飲ませて縄で体を縛りつけると、カプタが大声で叫ぶのにもかまわず水の中に放り込み、芥子の汁と酒の酔いが抜けるのを待った。しばらくして船に引き上げ、彼を赦してやった。

「主人である私に不遜な態度をとったらどうなるか、いい教訓になっただろう。お前に起こったことはすべて本当で、私がいなかったら、今頃お前は息絶えて甕に詰め込まれ、偽王が眠る地下室にいただろうな」

私はカプタに昨夜あったすべてのことを、彼が納得するまで何度も話してやるはめになった。そして最後に私は言った。

「王に見つかったら、逆さ吊りにされるのは間違いないし、もっとひどい仕打ちを受けるかもしれないから、冗談ではなく命の危険が迫っているんだ。漕ぎ手がいなくなってしまったから、カプタ、お前にはミタンニ王国に行く方法を考えてもらいたい」

　カプタは頭を掻きむしってしばらく考えてから言った。

「ご主人様のお話によれば、あの出来事は夢ではなく、酒のせいでもなく、すべて本当のことだったということですね。ということは、もう二度と酒に手を出さないとまで考えておりましたのに、好きなだけ飲んで頭痛をすっきりさせることができるのですから、今日という日を喜ばずにいられましょうか」

　そう言うと船室に潜り込んでワイン壺の封を切り、すべてのエジプトの神々と名も知らぬバビロンの神を称えて、ぐいっと飲んだ。神の名を唱えるたびに壺を傾けるものだから、しまいには絨毯に倒れ込み、カバのように低いいびきをかいて眠り込んでしまった。

　そんなカプタの有り様に腹が立ったので、川に突き落としてやろうかと思ったとき、ミネアが言った。

「どんな日だって心配事がない日なんてないし、カプタの言い分は正しいわ。ここは葦の茂みに身を隠せて、コウノトリの声も聞こえるような美しいところだから、川に導かれたこの場所でワインを飲んでゆっくりしましょう。カモは首を伸ばして巣作りに飛びまわり、水は太陽の光で緑や黄色に輝いて、私の心も奴隷の身から解放されて鳥のように軽やかだもの」

　ミネアの言葉を聞いて、それもそうだと思った。

「マルドゥクの塔の神官が教えてくれたように、すべてのことは自分たちが生まれる前から星に記されているのだから、実を言うと、私にとって自分の皮が壁に吊るされるのが明日になろうが、十年後になろうがかまわないし、二人とも好きにするとなればそれに乗らない手はないだろう。太陽の光は優しくて、岸の畑には作物が青々と茂っている。今日はことのほか素晴らしい日だから、子どもの頃みたいに川に入って素手で魚を捕まえよう」

こうして私たちは川で泳ぎ、太陽の日差しで服を乾かし、食事をしてワインを飲むと、ミネアが神に捧げるといって船の上で踊り始めたので、その姿を見た私は胸を締めつけられ、息苦しくなった。そこで彼女に言った。

「私の人生でたった一度だけ女に『妹よ』と言ったことがあるが、その女の抱擁は灼熱の炉のようだったし、その体はまるで乾いた砂漠で、決して癒されることはなかった。ミネア、川面に映る月光のような目で見つめられると、きみに『妹よ』と言ってしまいそうだ。あの女から受けたひどい仕打ちをきみにもされたら、私は死に値する罪を犯してしまうに違いないから、どうかきみの手足に絡めとられそうなこの呪いを解いてくれ」

ミネアは不思議そうに私を見て言った。

「シヌヘ、そんなことを言うなんてずいぶんおかしな女とかかわったみたいだけど、あなたの国の女はみんなそうなのかしら。わたしはあなたを誘惑なんてしないから心配いらないわ。わたしは神によって男に触れることを禁じられていて、もしそんなことをしたら死ななければならないの。だから自分を律しているし、あなたを誘惑することはないわ。そもそも、どうしてそんな考えになるのかまったく理解できないけど」

ミネアは私の頭を膝の上に乗せ、私の頬と髪に触れて言った。

「すべての井戸水を毒するような女もいるかもしれないけど、オアシスや枯れ野原に注ぐ朝露のような女もいるはずだから、すべての女を悪く言うのはばかげているわ。あなたには、あなたの目や腕にはわたしを惹きつける何かがあって、あなたが頭でっかちで分からず屋だとしても、この黒くて硬い髪に喜んで触れてあげる。あなたの望みを叶えてあげられないのはわたしにとっても本当に残念なことだけど、この恥ずかしい告白を喜んで聞いてくれるかしら」

水が緑や黄色にきらめきながら船腹に打ち寄せるなか、ミネアの手を握ると、その手はしっかりとしていて美しかった。溺れた者のようにぎゅっとその手をつかみ、川面に浮かぶ月光のような、愛情のこもった彼女の温かい目を見つめて言った。

「ミネア、妹よ！　この世には国ごとに数えきれないほど多くの土地の神がいるが、私は人間が畏れのためだけに神を信じることに嫌気が差しているんだ。今日のような日にこれほど理不尽な要求をするなんて残酷で無意味でしかないから、どうかきみの神を捨ててくれ。きっとどこかにきみの神の力が及ばない場所があるはずだから、たとえこの世の果てまで旅が続くとしても、未開の地で死ぬまで草や干し魚を口にして、夜は葦の上で寝ることになったとしても、きみを神の力が及ばない国へ連れていくよ」

しかし、ミネアは私の手をぎゅっと握りしめ、目を逸らして言った。

「神はわたしの心の中に神の居場所を線引きしてしまったから、どこに行こうとその力はわたしを捉えて離さないし、ひとたび男と交わってしまったら死ななくてはならない。今日あなたといて、こんなことを求める神なんて残酷でばかげていると思ったけど、私にはどうしようもできないし、あなただって明日になればわたしに飽きて、すっかり忘れてしまうでしょう。どうせ男なんてそんなものなんだから」

「明日のことなんて、誰にも分からない」

私はすかさず言い、まるで来る日も来る日も葦が太陽に照りつけられ、ある日突然発火するように、私の中のすべてが彼女に向かって燃えあがった。

「きみの話はすべて言い訳にすぎないし、女がよくやるように、ただ私を苦しめて楽しんでいるだけじゃないか」

するとミネアは私の手を放し、私を見て非難するように言った。

「わたしは自分の国の言葉も、バビロンの言葉も、あなたの国の言葉だって話せるし、自分の名前も三種類の文字で粘土板や紙に書けるのだから、無学な女と一緒にしないで。多くの大都市にも行ったことがあるし、船が遭難して商人にさらわれる前は、神とともにエジプトの沿岸に行って大勢の観衆に踊りを披露して観衆たちを驚かせたのよ。たとえ肌の色や言葉が違っていて、異なる神を崇めていても、男と女はどの国でも似たようなものだってことはよく知っている。どんな大都市でも、教養のある人の考え方や習慣にはそれほど違いはなくて、誰もがお酒に慰めを求め、習慣だからとか万全を期すために神を崇めていても、心から信じているわけじゃないことも知っているわ。そんなこと全部分かっているけど、子どもの頃から神の部屋で育って、神の秘儀には毎回参加してきたから、どんな権力や呪術でも、わたしを神と分かつことはできないの。もしあなたが一度でも雄牛の前で踊って、雄牛の尖った角の間を跳び抜けて、怒り狂う雄牛をからかって鼻づらに足を触れたことがあれば、きっと分かってもらえたと思う。でも、これまで若い男女が雄牛の前で踊るなんて見たことないでしょうね」

「その話は聞いたことがあるよ。下エジプトにもそんな遊びがあって、それは民の娯楽でしかないと思っていたけど、よく考えればすべてのものごとや出来事には神がかかわっていると気づくべきだったな。エジプトでもひと世代に一度しか生まれないという神の印がある雄牛を崇めるが、予知能力があると言われている雄牛にまたがって飛び跳ねるなんてことをしたら、雄牛を辱め、雄牛の地位を損なうことになるから、きみの話はとても信じられないよ。シリアの母なる大地への秘儀では、神官が民の中から純潔な乙女を選んで雄ヤギに捧げる習慣があるのは知っているが、きみの神を理解したくても、雄牛に純潔を捧げるなんて話は今まで聞いたことがない」

　これを聞いてミネアは私の両頬を思い切り引っぱたき、暗闇にいる野良猫のように目を光らせ、憎々しげに大きな声で言った。

「そんなことを言うなんて、豚に銀の価値が分からないのと同じだわ。雄ヤギと同じようなことしか頭にないなら、女じゃなくてヤギに欲望を満たしてもらいなさいよ。もうわたしにかまわずさっさと地の底に沈んでちょうだい。つまらない嫉妬でわたしを悩ませないで」

　ミネアの言葉はとげとげしく、打たれた頬も痺れるように痛んだので、私は頭を冷やすために彼女のそばを離れ、船尾へ向かった。医療箱を開けて道具を消毒し、薬品を調合して暇をつぶした。ミネアは船首に座り、怒りに任せてかかとで船の床を蹴っていたが、しばらくすると乱暴に服を脱ぎ、体に香油を塗って力強く踊り始めたので、船が大きく揺れた。彼女は弓のように体をしならせてうしろに倒れ、そのまま両手を支えに逆立ちをし、信じられないほど素晴らしい踊りを見せたので、こっそり眺めずにはいられなかった。これまで多くの国の娼館で素晴らしい踊りを見たことはあったが、彼女の踊りはこれまでに見たことがないほど高度な技術で、体力を消耗する踊りだったから、香油で艶めく肌の下で全身の筋肉がふるえ、息づかいは荒く、髪を激しく振り乱していた。

ミネアを見ているうちに怒りも収まり、この気まぐれで恩知らずな娘をバビロンの後宮から救い出すために、どれほど多くのものを失ったかも気にならなくなった。それに、ミネアは純潔を守るために短刀で命を絶とうとしたことを思い出し、そんな娘の純潔を欲するなんて間違いだと気づいた。全身が汗の滴で覆われ、体じゅうの筋肉が疲労で痙攣するほど踊り疲れたミネアは、手で汗をぬぐい、川で体をすすいだ。そして頭から服を羽織ると、彼女は顔を隠してすすり泣き始めた。私は薬や道具を放り出し、急いで彼女のそばに行き、おそるおそる彼女の肩に触れて聞いた。

「具合が悪いのかい」

しかし彼女は答えず、私の手を払いのけていっそう激しく泣いた。私は隣に座り、悲しみで胸が張り裂けそうになって言った。

「ミネア、妹よ、私はきみを痛みと悲しみから守りたいと思っているし、きみは変わらなくていいから、たとえきみが望んだとしても、私は絶対にきみには触れない。だから泣かないでくれ。少なくとも私のためには泣かないでくれ」

ミネアは顔をあげ、不機嫌に涙をぬぐうと文句を言った。

「痛みや悲しみなんて怖くないし、それが原因だと思っているならあなたもばかよ。私はあなたのために泣いているんじゃなくて、まぬけな男に見つめられただけで膝がパン生地みたいにへなへなになって、神と引き裂かれて濡れ雑巾みたいに脆（もろ）くなってしまった自分の運命を嘆いているの」

彼女はこう言いつつも頑（かたく）なに私から目を背け、まばたきしては涙をこぼした。

私が彼女の手を取ると、ようやく私のほうを向いて言った。

「エジプト人シヌヘ、あなたにとってわたしはとても恩知らずで腹立たしい女でしょうけど、もう自分でも自分のことが分からなくてどうすることもできないの。わたしの神のことをもっとあなたに教えることができたら、わたしのことを分かってもらえると思うけど、秘儀を授けられていない人に話してはいけないのよ。わたしが言えるのは、わたしの神は海神で、山にある暗黒の館に住んでいて、その館に足を踏み入れた者は決して戻らず、永遠に神と一緒に過ごすということだけ。わたしたちみたいに神に捧げられる者を雄牛の前で踊るように育てるのは、海の中で生きる神が雄牛の姿をしていると伝えられているからなの。でも、雄牛の頭をした人間のような姿をしていると言う人もいるし、わたしもこれまで色々な国や町を見てきて、これはおとぎ話じゃないかしらと思うわ。わたしが知っているのは、毎年若者の中から神に捧げられる者が十二人選ばれ、満月の日に順番に館に入るのを許されるということだけ。秘儀を授けられた者にとって神の館に入ることはこのうえない喜びなのよ。わたしも選ばれたけれど、前に話したように順番が来る前に船が遭難して、それから商人にさらわれてバビロンの奴隷市場で売られてしまった。選ばれた者は神のそばで一か月過ごしたら、戻ってもいいことになっているけど、これまで誰も戻ってこなかったから、きっと神に会った人にとって地上の生活は魅力を失うのよ。だから、小さな頃からずっと神の素晴らしい広間や神の寝床や永遠の命を夢見てきたの」

ミネアの話を聞いて、彼女は私のためにあるのではないと思い、まるで太陽が雲に覆われていくように私の心は死を思わせる灰色となってふるえた。彼女の話は、神官がどこの国でも話すおとぎ話のようなものだったが、彼女がそれを信じている限り、私と彼女は永遠に分かたれるのだ。私はこれ以上ミネアを驚かせたり、傷つけたりしたくなかったので、自分の手で彼女の手を包み込んで言った。

「神のもとに帰りたいんだね。きみはクレタ島からやってきたってことが分かったから、海を渡ってきみをクレタ島に連れていくよ。今まで半信半疑だったけれど、以前スミュルナで商人や船員たちから暗黒の館に住む神の話を聞いていたから、きみが雄牛と暗黒の館の話をしてくれたときに確信した。彼らの話によると、海神の姿が知られないように神の館から戻ろうとする者は神官に殺されるそうだ。でもこれは海の男や民の噂にすぎないし、きみは秘儀を授けられているから誰よりも事情をよく知っているだろう」

「分かるでしょう、わたしは戻らなくてはならないの」彼女は言った。「子どもの頃から神の部屋で育てられたわたしは、神のもと以外どこにいても落ち着くことはないわ。それでもシヌへ、あなたと一緒にいられる日々が愛おしいし、あなたを見ている一瞬一瞬がかけがえのないものなの。窮地を救ってくれたからではなく、あなたに代わる人がほかにいないからよ。前みたいに神の部屋が恋しいわけじゃなくて、ただ悲しみを抱えてそこへ戻るの。これまで誰も戻ってきた人はいないけど、もし許されるなら、定めの期間を終えたあと、あなたのもとに戻ってくる。わたしたちに残された時間は短いけど、あなたが言ったように、明日のことは誰にも分からない。だからシヌへ、先のことなんて考えずに、一日一日を慈しみ、わたしたちの頭上で羽ばたくカモや川の流れ、葦の茂みや食べ物やワインを慈しみましょう。それが一番いいわ」

もしほかの男だったら、強引に彼女を自分のものにして自分の国に連れ帰り、残りの人生をともに暮らしただろう。だが私は彼女の話が真実だと思ったし、神のために生まれて育てられたのにその神を裏切ったら、穏やかに暮らせなくなり、いつか彼女は私を恨んで私から離れる日が来るだろう。生命の家でこれといった怪我や病がないのに、信心する神の掟（おきて）を破ったというだけでみるみる弱って死んでいく人々を見てきた私には、もしミネアに触れたら、彼女は本当に死んでしまうだろうということが分かっていた。神を信じない者に神の力は届かないが、信じる者にとって神の力はそれほど絶大なのだ。

これもすべて生まれる前から星に記されていたことで、きっとどうすることもできない。先のことは考えても仕方ないので、私たちは葦の茂みの陰に停めた船の上で食事をした。ミネアが私にもたれかかり、彼女の髪が私の顔をくすぐり、彼女がワインを一口飲んで私に微笑んだかと思うと、ワインの香りがする唇を私の唇に重ねた。そのとき彼女がくれた心の疼きは、無理やり彼女に触れて得たであろう喜びよりも、ずっと甘美なものだった。

2

夕方になって目を覚ましたカプタは、船室の絨毯から這い出てきて目をこすり、あくびをして言った。

「スカラベにかけて、そしてアメン神にも忘れずに誓いますが、私の頭は鍛冶屋の槌で打たれている状態から脱して、世界がやっと一つに戻りました。ですが、腹の中に断食していた獅子が二、三頭いるんじゃないかと思うほど腹が減っているので、何か腹に入れなくてはなりません」

そして許しも乞わずに私たちと一緒に壺焼きの鶏肉を食べ始め、骨を船の上から川に吐き捨てた。

カプタを見ているうちに、自分たちが置かれた恐ろしい状況を思い出して言った。

「この酔っ払いの蝙蝠(こうもり)め、お前の仕事は私たちを励まし、三人揃って逆さ吊りにされないように、この苦境から逃れる方法を考えることだというのに、お前は泥にまみれた豚のように飲みつぶれていただけじゃないか。王の兵士が私たちを殺そうと追っているに違いないから、どうしたらいいかすぐに答えろ」

カプタは冷静に言った。

「もしおっしゃることが本当なら、王は三十日間ご主人様に会うつもりはなく、顔を見せたら杖で打たれて追い返されるでしょう。ですから、急ぐ必要はありませんが、もし輿の担ぎ手たちがご主人様の逃亡を告げ口したり、後宮の宦官たちが何かやらかしたりしたらどうすることもできません。私に芥子の汁を飲ませるなんて、ご主人様の仕打ちはまったくひどいもので、靴職人に針で刺されたかと思うほどの頭痛でしたし、スカラベがあればそんなことをしなくても、ブルナブリアシュは喉に骨を詰まらせるか、つまずいて首の骨を折るかして、私がバビロンの、ひいては四方の大地を統べる王になっていたでしょうから何も問題はなかったのです。私はそれほどスカラベを信じているのですが、ご主人様は私の主(あるじ)ですし、そうするほかなかったのでしょうから、仕方ありません。それから、私ほどの人間を甕に閉じ込めて窒息しそうな目に遭わせたことも目をつぶりましょう。ですが、色々考慮しても、今朝は私よりも腐った根っこから助言を引き出すほうがまだましだったでしょうから、まずは私の頭をすっきりさせることが先決だったのですよ。知っての通り、ご主人様は私がいなければ、母ヤギからはぐれて泣く子ヤギも同然ですし、今なら私の持てるすべての知恵が役に立つというものです」

私は長々と喋るのをやめるよう命じ、バビロンから逃げる方法を尋ねた。するとカプタは頭を掻きむしって言った。

「この船は私たち三人で流れに逆らって漕ぐには明らかに大きすぎますし、実を言いますと、手のひらに水膨れができるので櫂で漕ぐのは大嫌いなのです。ですから、陸にあがってロバを二頭ほど盗み、その背に荷物を乗せましょう。人目を引かないようにみすぼらしい身なりをして、村や宿屋ではすべてを値切って、医師だとは言わずに他人になりすますのです。旅の一座を追う者はいませんし、盗賊から狙われることもありませんから、私たちは夜な夜な村に出向いて民を楽しませるのだということにしましょう。ご主人様は油滴占いを学ばれたのですから占い師になればいいですし、娘はパンを得るために踊り、ご存じのように私はいくらでも面白い話ができます。水の上だろうが陸の上だろうが、すべてスカラベがお導きくださるでしょうから、漕ぎ手を雇ってこの船で国境まで行くのもいいでしょう。しかし、貧しい漕ぎ手たちから船を盗もうものなら、きっと彼らは葦の茂みに身を隠して、暗くなってから船を奪い返そうと私たちを殺しに来るでしょうから、それはやめておきましょう。船の漕ぎ手たちが王の兵士に告げ口したとしても、甕の棺の中で悪霊が暴れ出したなんておかしな話は誰も信じませんから、兵士や裁判官は漕ぎ手たちを神官のところに連れていき、説教させるだけだと思いますが、それにしても出発を急いだほうが賢明ですよ」

漕ぎ手たちはためらわずに船を取り戻そうとする、というカプタの予想は当たっているだろうし、いずれにせよ彼らは十人の屈強な男たちだから、日が暮れる前には出発しなくてはならなかった。私たちは漕ぎ手たちが置いていった香油を体に塗り、土で服や顔を汚し、残っていた金銀を服の中に分けて隠した。医療箱は手放したくなかったので、絨毯にくくりつけて無理やりカプタに背負わせた。そして、浅瀬から岸に渡ると、船を葦の茂みの中に放置した。船に食べ物やワインの壺を残したので、漕ぎ手たちはそれらを飲んで酔っ払い、しばらく私たちを追いかけてくることはないだろうとカプタは考えていた。もし酔いが醒めてから裁判官に私たちのことを伝えたとしても、十人それぞれが違う話をして、役人に杖で追い払われるのがおちだろう。少なくとも私はそう願った。

カプタはこの世に生まれてきたことを呪いながら、首が曲がるほど重い荷物を背負い、私たちは出発した。耕作地を通り過ぎ、隊商が行き来する道を一晩じゅう歩き続け、翌朝村に着いた。村の住民たちは温かく迎え入れてくれ、悪霊がさまよっているといわれる道を夜通し歩いてきた私たちに驚き、感心した。彼らは人里離れたところに住んでいる素朴な人々で、もう何か月も刻印が押された銀を目にすることはなく、租税は穀物と家畜で納め、泥煉瓦の家で家畜と暮らしていたが、私たちに牛乳で炊いた粥を振る舞い、ロバを二頭売ってくれ、出発するときには祝宴を開いてくれた。

その後、何日もバビロンの道を歩き続け、商人と行き交い、貴族の輿が通ったときは脇に退いて道を譲った。太陽が肌に照りつけ、服はぼろぼろになり、粘土まみれの藁敷きの上で人々の前に立つことにも慣れてきた。人々はほとんどが貧しく、これ以上不運なことを伝えたくなかったので、私は水に油を注いで彼らに吉日や豊作、男児の誕生や裕福な家との縁談を予言した。私の占いを信じた人々は大いに喜んだ。もし真実を伝えるなら、意地悪な徴税人や鞭打ち、不正を働く裁判官、飢饉や空腹、洪水時に流行する熱病、バッタやハエの発生、日照り、夏の腐った水、過酷な労働とそれに伴う死といった彼らの日常を伝えなければならなかっただろう。カプタは、王女や魔術師、首を小脇に抱えて歩きまわる人々、年に一度狼に姿を変える人間といった異国のおとぎ話を語り、それを信じた人々から大いに敬われ、ご馳走を振る舞われて太っていった。ミネアは踊りの技術が衰えないように藁敷きの上で毎日踊り、その姿を見た人々は「こんな踊りは今まで見たことがない」と感嘆した。

　この旅では多くのことを目にして学んだが、その一つは、たとえ習慣が違い、神が異なっていても、どんな国や大都市でも金持ちや貴族は基本的に同じような考え方をしていて、貧乏人も根本は同じだということだった。そして、私たちが貧しいと知ると、貧乏人は見返りを求めずに快く粥や干し魚を与えてくれた一方で、金持ちは貧乏人を見下して杖で戸口から追い払うのが常だったから、貧乏人のほうが金持ちよりも慈悲深いということも知った。貧乏人も金持ちと同じように喜びや悲しみを感じ、何かに焦がれ、死を悼み、貧乏人の子どもも金持ちの子どもと同じようにこの世に生まれてくることを知った。貧乏人を見ていると私の心も安らぎ、病んでいる者を見ると疱瘡（ほうそう）の膿を出したり、放っておけば失明してしまうような者の目を消毒したりせずにはいられなかった。ただ治してやりたかっただけで、見返りは求めなかった。

しかし、自分の素性がばれるかもしれないのに、なぜこんなことをしたかは自分でも分からない。毎日ミネアを眺め、夜は穀物の藁や家畜の糞のにおいがする粘土づくりの床で、若いミネアが一緒に横になって私を温めてくれたおかげで、頑なだった私の心が解(ほど)けていったのかもしれない。もしくは、ミネアを捧げずに済むように善い行いを神に捧げようとしたのかもしれないし、病を診察する医師としての腕や目が衰えないようにするためだったのかもしれない。これまで生きてきたなかで、人の行動には色々な理由があることもあれば、なぜそんなことをするのか自分でもよく分からないこともある、ということを徐々に理解し始めた。だから誰が何をしようと、本人が意図をよく分かっていないときの行動は、ただの足元の土埃にすぎないのだ。

旅を続けるうちに苦労が重なり、私の手はごつごつと固くなり、足の裏の皮は厚くなり、太陽の光で顔は乾燥し、土埃で目が傷んだが、それでもあとになって思うと、バビロンの土埃にまみれた道を旅したことは忘れられないほど美しい思い出で、もしあの頃の若さと好奇心と疲れ知らずの体でもう一度あの旅ができるなら、そしてミネアが川面に映る月光のような目を輝かせて私の隣を歩いてくれるなら、これまで積み上げてきた経験も自分の財産もすべてを投げ出すだろう。

正体がばれて王に捕まれば無残な死が待っていたから、この長旅の間、私たちには常に死の影がつきまとっていた。今までよりもずっと命が大切ではあったが、ミネアと川岸を歩き、土埃が舞い上がらないように水で湿らせた藁敷きの床でミネアが踊るのを眺めることができたから、私は死をそれほど恐れてはいなかった。ミネアのおかげで若き日の恥と罪を忘れられたし、毎朝、羊や牛の鳴き声で目を覚まして外に出て、夜の蒼黒(そうこく)が洗い流された空に太陽が昇り、黄金の船が渡っていくのを見るたびに、私の心は鳥のように軽くなった。

やっとのことで焼け野原の国境にたどり着くと、羊飼いたちは私たちを貧乏人だと思って案内してくれたので、入国税を払わず、両国の王の衛兵にも止められずにミタンニ王国、ナハリンに入ることができた。誰もが互いの顔も知らないような大きな町にたどり着き、私たちは市場で新しい服を買い、身を清めて立場にふさわしい身なりを整え、上流階級が使う宿に泊まった。黄金が少なくなっていたから、しばらくこの町で診療を行うことにすると、ミタンニの人々は相変わらず好奇心旺盛で、異国のものを何でも好んだので、私は多くの患者の病を治療した。ミネアの美しさも人目を引き、多くの者がミネアを買い取ろうと私に申し出た。でっぷりと太ったカプタは疲れを癒すと、カプタのお喋りを面白がる多くの女たちに出会った。娼館でワインを飲んでは、バビロンの王になった一日のことを話し、それを聞いた人々は膝を打って大いに笑って言った。

「こんな大嘘つきは見たことがない。こいつの舌は川のように長くてよく滑るぞ」

時が経つにつれ、ミネアは不安そうな目で私を見つめ、夜な夜な泣くようになった。ついに私は言った。

「国が恋しくて早く神のもとへ行きたいのだろうが、道のりはまだ長い。理由は言えないが、まずヒッタイト人が住むハッティの地に行かなければならないんだ。商人や旅人、宿屋の話によると、そこから帆船でクレタへ行けるそうだが、それが確かとはいえないし、シリアの沿岸から毎週きみの国へ行く船が出ているから、もしきみがそれに乗りたいなら連れていこう。もしくは、近いうちにミタンニ王からヒッタイト王への毎年恒例の献上品を運ぶ使節団が出発するらしいから、彼らについていけば新しいことを色々と見聞きしながら安全に旅をすることもできる。この機会を逃したら次は一年先だ。私が勝手に決めるのはよくないと思うから、きみに決めてほしい」

ハッティの地へ行きたかったのは、ミネアを手放すときをできるだけ先延ばしにして少しでも長く一緒にいたかっただけだから、心の底ではミネアの気持ちをないがしろにしていると分かっていた。しかし彼女は言った。

「わたしがあなたの予定を変えるはずがないわ。国に送ると約束してくれたのだから、あなたがどこに行こうと喜んでついていく。それに沿岸にあるヒッタイトの国では、少女や若者が野原で野生の雄牛のために踊ると聞いたことがあるから、そこからクレタ島へはそんなに遠くないと思うの。それに、わたしはもう一年も雄牛の前で踊っていないし、こんなに腕がなまった状態でクレタの雄牛の前で踊ったら、角で貫かれてしまいそうだから、踊りの練習もしなければならないわ」

「雄牛のことは分からないが、ヒッタイト人は残虐で油断ならない民だと知られているし、旅の道のりはかなり危険で命を落とすかもしれない。生活に困らないように黄金を置いていくから、私が戻るまできみはミタンニで待っていたほうがいいだろう」

「シヌヘ、何をばかなことを言うの。あなたが行くところにわたしも行くし、もしわたしたちに死が待ち受けているなら、自分ではなくあなたを思って泣くわ」

こうして私は王の使節団に医師として加わり、ハッティの地、またの名をケタという国へ安全に旅をすることになった。しかし、この話を聞いたカプタは罵り、神の名を叫んで言った。

「ようやく死の淵から逃れられたと思いましたのに、ご主人様はすぐに次の淵へ飛び込もうとなさる。ヒッタイト人が野獣と変わらないのは誰もが知っていることですし、ときに野獣よりもひどく、人肉を食い、大きな臼を引かせるために異国の者の目玉をえぐり出すような奴らですよ。こんなことを言い出すなんて、神々がご主人様の理性を奪ったとしか思えませんし、ミネアと私でご主人様を部屋に閉じ込めて、膝にヒルを吸いつかせて落ち着かせたほうがいいくらいだというのに、ミネアがご主人様の肩を持つなんてばかげているにもほどがあります。スカラベにかけて、痩せた体に肉をつける暇もないうちに、理由もなく再び過酷な旅に出るなんて。ご主人様のおかしな思いつきに従わなくてはならないとは、私がこの世に生まれた日が呪われんことを！」

私はカプタが落ち着くまで杖で打って言った。

「好きにするといい。お前が商人たちと一緒にスミュルナに行くなら、旅費を出してやるよ。延々と続くお前の泣き言にはもう飽き飽きしているから、私が戻るまでスミュルナの家を守っていてくれ」

ところがカプタは憤懣（ふんまん）やるかたない様子で言った。

「なんてことをおっしゃるのですか。ご主人様をたった一人でハッティの地へ行かせるなんて、生まれたばかりの子ヤギを犬の檻に放り込むも同然ですし、そんな罪を犯したら良心の呵責（かしゃく）に堪えられませんし、第一私がそんなことをするとお思いですか。一つだけお尋ねしますから、どうか正直にお答えください。

ハッティへは船で行くのですか」

私が知っている限り、ハッティの地とミタンニの間に海はないが、その通りだという者もいれば、海はあるという者もいるので、どうやって行くかははっきりしないと言った。するとカプタは答えた。

「スカラベに天の恵みを。長くなるので説明は省きますが、生きている間は二度と船に足を踏み入れないと神々に誓ったものですから、海路ならばお供できなかったでしょう。たとえご主人様のためでも、まるで少年のように振る舞うこの偉そうなミネアのためでも、必要なときにすぐにその名を読み上げられる神との約束を破るわけにはまいりません」

そう言うと、カプタは荷造りを始めたので、私よりも旅支度に慣れている彼にすべて任せることにした。

3

ヒッタイト人が、ミタンニ王国でどう思われているかはすでに記したので、ここから先は自分の目で見た真実だけを記す。ヒッタイト人は世界中を恐怖に陥れ、彼らの悪事についてはさまざまな話が出回っているので、私の話を信じる者がいるかは分からない。しかし、たとえ彼らが危険でほかの国とは慣習が異なるとしても、彼らにも何かしら美点があり、学ぶべき点がある。

これから記すように、この国は秩序と規律が保たれ、混乱もなく、通行許可証を持つ者が旅の途中で行方不明になったり盗賊の被害に遭ったりすれば、ヒッタイトの王がその損害の倍の金額を補償し、ヒッタイト人の手によって旅人が死亡した場合は、王がその旅人の地位に応じて定められた慰謝料を遺族に払っていたから、国内の通行許可証があれば、他国を旅するよりもヒッタイトの山を旅するほうがよほど安全だった。

ミタンニ王の使節団との旅は単調で特筆すべきことはなかった。ヒッタイト人の戦車が四六時中私たちのあとについてきて、旅先の宿屋では食べ物も水もふんだんに用意されていた。ヒッタイト人は不毛な山間部に住み、子どもの頃から過酷な地形や厳しい気候に慣れていた。戦で大胆不敵に振る舞う彼らは、降伏した弱い民を蔑む一方で、勇敢で怖いもの知らずの者には敬意を表し、友情を求めた。

また、ヒッタイト人はいくつもの部族や村に分かれ、それぞれの領主が勢力を誇っていたが、その領主たちを統治していたのは、山間部の中心にある町ハットゥシャに住む偉大なる王だった。常々王の権力は無限だといわれていて、ほかの国やエジプトでも神官や裁判官が職分を超えて王の統治に踏み込むことはあったが、この王は最高司令官と最高裁判官、そして最高神官も兼ねていて、およそ人のみならず神にかかわるすべての力が王に集約されていたので、これほど絶対的な権力を持つ王はほかにいないだろう。私の話を聞いても信じないかもしれないが、その偉大なる王が住む、山の中心部にある町がどんなところかを記していこう。

国境沿いは、隣国への略奪を生業（なりわい）とする警備隊が支配しており、誰も文句を言わないのをいいことに、好きなように境界石を動かしては焼き払っていた。夏には太陽が照りつけ、冬には冷たい羽毛（うもう）に覆われるという不毛な山々を見た者は皆、ヒッタイトが豊かな国だとは思わないだろう。実際には見ていないが、その羽毛は天から降りそそいで大地を覆い、夏になると溶けて水になるそうだ。私はヒッタイトの地で不思議なものをたくさん見てきたし、現にいくつかの山の頂上が白い羽毛に覆われている光景を見たから、どのように水になるのかは分からなくても、この話を信じている。

焼け野原と化したシリアとの国境の平野には、ヒッタイトの砦(とりで)があり、そこには無数の恐ろしい絵が刻まれている巨大な石で囲まれた町、カルケミシュがあった。カルケミシュは隊商が通る多くの道が交差する地点にあったから、ヒッタイト人はここを通るすべての隊商や商人から過酷な通行税を徴収し、膨大な利益を得ていた。ときどきワタリガラスが白い頭蓋骨や人骨をつつきに舞い降りるこの焼け野原から、早朝の靄(もや)がかかる山に城壁がそびえ立つさまを見た者は、この話を信じるだろう。隊商や商人は許可された道しか通行できず、その街道にある村々は貧しく質素で、商人が耕作地を見かけることはほとんどなく、もし通行を許可された道から外れようものなら、拘束されて身ぐるみをはがされ、奴隷として鉱山に送り込まれた。

鉱山では囚人や奴隷に、金や銅、そして灰青色の未知の金属を掘らせていた。バビロンでは装飾品に、ヒッタイトでは武器に使用されていたその金属は、どの金属よりも硬く、非常に高価だったので、私はヒッタイトの富は鉱山にあると思った。この金属はほかの国では精錬できず、銅を溶かす熱でも溶けなかったから、どうやってこの金属を石から精錬し、成形するのかは分からなかったが、この金属の存在ははっきりとこの目で見た。鉱山に加え、ヒッタイトの山あいの谷には、実り豊かな畑があり、澄んだ小川が流れ、果樹が山腹を森のように埋め尽くし、沿岸ではワインも作られていた。そして、私が目にしたなかで最も豊かなものは家畜の群れだった。

世界の大都市といえば、テーベやバビロンだし、私が行ったことのないニネヴェを挙げる者もいるだろうが、ヒッタイト勢力の巣窟となっている最大都市、ハットゥシャを挙げる者は聞いたことがない。ハットゥシャの壮大さはテーベやバビロンに匹敵し、ワシが獲物を見渡せるように山頂に巣をつくるのと同じく、切り出した岩で山よりも大きな建物が建てられ、城壁は私が見てきたどんな壁よりも堅牢で、これまで見たなかで最も驚嘆に値する町だった。

それから、王は異国の者を排除し、王に謁見できるのは貢ぎ物を持参した王の使節団だけで、その使節団でさえもハットゥシャに滞在中は常に監視されていたので、秘密めいた町でもあった。町の住民はたとえ外国語ができても異国の者と話そうとはしないし、彼らに何か尋ねたところで、「分からない」とか「知らない」と言われ、よそ者と話しているのを誰かに見られてはいないかと辺りを見回すのだった。しかし、住民の意地が悪いわけではなく、実は友好的な性格で、異国の服が気に入れば喜んでそれらを眺め、あとをついてくるようなところがあった。

ヒッタイトの貴族や役人の服は、染めた布に金糸や銀糸で彼らの神の象徴である城壁冠（じょうへきかん）や両刃斧（りょうはおの）の模様が刺繍されていて、異国の使節団に負けないくらい素晴らしかった。祝祭用の服には翼のある太陽の模様もよく見られた。足には染色した皮製の柔らかい長靴か、尖った先端が上を向いた靴を履いていて、頭には先の尖った帽子をかぶり、衣服の袖は幅が広く、襞（ひだ）を巧みに寄せて地面に引きずるほど裾（すそ）の長い服を着ていた。

シリア、ミタンニ、バビロンの住民とは違い、ヒッタイト人はエジプト人と同様にあごひげを剃っていて、貴族の中には、髪の毛の一部を三つ編みにして、残りの部分を剃り上げている者もいた。あごはがっしりと力強く、鼻は大きく、猛禽類のように曲がっていた。町に住む貴族や役人は、ほかの大都市の富裕層のように贅沢な生活に慣れていたので、太っていて、顔は脂ぎっていた。

彼らは文明国のように兵士を雇うことはせず、誰もが兵士であり、戦車を所有する財力のある者が軍の中で高い地位を得ると決まっていて、武器がうまく使えれば生まれは関係なかった。そのため、毎年のように隊長や領主のもとに民がやってきて訓練が行われていた。ハットゥシャはほかの大都市とは違って通商の町ではなかったので、あちこちに作業所や工房があり、こうした作業所で槍の穂先や矢尻、戦車の車輪や車体を製造していて、道端には鍛冶の音が一日じゅう鳴り響いていた。

法律に関してもほかの国とは異なり、刑罰は一風変わったものだった。たとえば、ある領主が王位を狙って陰謀を企てた場合、領主は殺されるどころか、むしろ手柄を立てて名声を高めるようにと国境近くへ送り込まれた。また、人を殺しても罰を受けることはなく、それによって遺族が被（こうむ）った損害の分を賠償すればよいので、賠償金で償えない罰はほとんどなかった。夫婦間の不義についても、もし夫よりも満たしてくれる相手を見つけたら、夫に慰謝料さえ払えばそれ以外の罰則はなく、妻は家を出て自由に別の男のところへ行くことができた。また、王は配下の者たちにたくさんの子どもがいることを望んでいたので、子どもがいない夫婦は公に離縁させられた。そして、人目につかない場所で誰かを殴り殺しても、ひと気のない場所に一人で行くのはわざわざ殺しの練習台になるようなものだと考えられていたため、人目がある町中で殺害する場合よりも、少ない賠償金で済んだ。死刑判決が下る罪は二つしかなく、その罪が何かを知れば、彼らの法がどれだけ荒唐無稽かが分かるだろう。一つ目の罪は兄弟姉妹同士の結婚で、誰であれ死刑となった。もう一つの罪は魔術で、許可を得るためには役人の前で魔術を披露しなければならず、そうでなければ誰であれ魔術を行ってはならなかった。

私がハッティの地に着いたのは、偉大なる王シュッピルリウマの治世が二十八年経った頃で、王の力によってハッティの地に秩序がもたらされ、さまざまな部族がハッティの支配下に入っていたため、人々はその名を聞けば恐れのあまり頭を垂れて手をあげ、王の偉業を口々に称えていた。王は町の中心にある石造りの宮殿に住み、王の偉業とその出生に関してはあらゆる偉大なる王と同じく数々の伝説が語られていたが、私のみならず、ミタンニ王国の使節団でさえ王に謁見できず、彼らが謁見の広間に贈り物を並べると、王の兵士にからかわれる有り様だった。

ヒッタイト人は病を恥と考えていて、できるだけ隠し続け、病を患った奴隷や体に不具がある者、虚弱な子どもは生まれてすぐに殺されていたから、最初ハットゥシャで医師にできることは少なく、ヒッタイトの医師はたいした技術を持っていないように見えた。ヒッタイトの医者は無学で読み書きができなかったが、切り傷や打ち身の治療に優れていて、山間部の病によく効くいい薬を持っていたので、これについて学ぶことができた。命にかかわる病を患った者は、自分が弱って周囲の迷惑になることを恐れ、治療するよりも自ら死を望んだ。ヒッタイト人は、ほかの文明国の民のように死を恐れることはなかったが、軟弱さを厭っていた。

とはいえ、結局のところ大都市というのはどこも似たりよったりで、この国も金持ちや上流階級は同じようなものだった。私の評判を聞いた多くのヒッタイト人が、自分の名に傷がつかないように変装し、暗くなってからこっそりと治療を求めて私の宿にやってくるようになった。最初は物乞いになってハットゥシャを去ることになるかと思ったが、彼らがたっぷりと報酬をはずんでくれたので、たくさんの金銀を得ることになった。それもこれも、酒場や店先といった人が集まるあらゆる場所に入り浸り、話せる言葉を駆使して、私の評判や腕のよさを大声で吹聴し、それを聞いた使用人が私のことを主人に話すように計らってくれたカプタのおかげだった。

ヒッタイト人の規律は厳しく、貴族や金持ちが路上で酔っている姿を見られようものなら評判は瞬く間に落ちるのだが、ほかの大都市と同じく彼らはワインや危険な混合酒もふんだんに飲むので、私は酒が引き起こすさまざまな症状を治療し、王の間に出仕する前に手のふるえを止め、ネズミに体をかじられているように感じる者には、気持ちが落ち着く薬を与え、何回か入浴させた。また、彼らの慰めにミネアの踊りを見せると、たいそう喜び、見返りを求めずにミネアに高価な贈り物をした。ヒッタイト人は自分を喜ばせてくれた相手に対して非常に気前がいい民だったのだ。

こうして私は彼らと親しくなり、大っぴらに聞けないことを色々と尋ねることができた。最も多くのことを教えてくれたのは、いくつもの言語を操り、外交文書を扱い、面倒な作法に縛られていない王の公文書保管人だった。私は彼に、私がエジプトから追放された身で、二度と母国に戻ることはできず、諸国を放浪しながら金銀を得て知識を蓄えているのだと伝えた。彼は私を信頼し、いいワインを飲ませて彼の前でミネアが踊りさえすれば、問われるままに答えてくれたので、私は次々と質問をしていった。

「ヒッタイトは豊かで、ハットゥシャは見所が多く、ほかの都市に引けを取らないというのに、なぜこの町は異国の者を閉ざし、隊商や商人は決まった道しか通れないのですか。他国の民にヒッタイトの素晴らしさを知ってもらい、評判を高めたほうがいいのではありませんか」

　保管人はワインをすすり、ミネアのしなやかな手足をもの欲しげに眺めて言った。

「偉大なる王シュッピルリウマは玉座に就いた際にこうおっしゃった。『私に三十年与えよ、そうすれば、ハッティ国を前代未聞の大国にしてみせよう』と。もうすぐそのときがやってきて、世界中にこれでもかとハッティ国を知らしめることになるだろう」

「ですが、バビロンでは六十掛ける六十掛ける六十の兵士が王の前を行進し、彼らの走る足音はまるで海鳴りのようでした。ここで私が目にしたのはせいぜい十掛ける十の兵士にすぎませんし、町中の工房では平地の戦でしか使えない戦車を造っていますが、山間部でそれを造ってどうするのですか」

　彼は笑って言った。

「エジプト人シヌヘよ、お前さんは医師にしては好奇心が旺盛なようだな。我々は戦車を平地の国の王に売って乏しい糧の足しにしているのかもしれんぞ」

　そう言いながら男は目を細めてずるそうな表情を浮かべた。

「それは信じられません」私ははっきりと言った。「私が知る限り、狼が牙や爪を兎に喜んで貸すわけがありません」

男は声を出して笑い、手で膝を叩いた拍子にワインが杯からこぼれたが、話を続けた。

「今のは王にも伝えねばならんが、ヒッタイトの法は平地とは異なるから、うまくすればお前さんが生きている間に大規模な兎狩りを見ることになるかもしれんぞ。お前さんの国では金持ちが貧乏人を支配しているようだが、我々の国では強者が弱者を支配しているから、お前さんの頭が白くなる前に、新たな世界を知ることになるかもな」

「エジプトの新たなファラオも新しい神を見つけられました」

「王の書簡にはすべて目を通しているから、その話は聞いている。この新しい神は平和を愛し、争い事は話し合いで解決できると言っているそうだが、この神のもとでエジプトや平地を支配する限り、我々は何も言うことはないし、むしろ非常に好ましいと思っている。ファラオは、偉大なる我らが王のために、生命の象徴であるエジプトの十字架を送ってきたし、黄金をふんだんに送ってくる間はしばらく平和を維持できるだろう。我々はその間に銅や鉄、穀物を貯え、工房を開いて新たな重戦車を組み立てるつもりだ。王はすでに各国からハットゥシャに腕のいい武器鍛冶屋を高い報酬で集めておられるが、その理由は医師の知恵では分かるまいよ」

「あなたの語る未来はワシやジャッカルが喜びそうですが、私は嬉しいどころか、笑う気にもなれません。知性ある民として、あまり耳が痛くなる話は繰り返したくないのですが、穀物の臼を回す囚人の目を潰す話や、国境地帯であなた方が行っている残虐行為はミタンニで語り草になっていますよ」

「知性とは何を指すのか？」と言うと、彼は杯にワインを注いだ。「我々も読み書きはできるし、書庫にはきちんと番号順に粘土版を保管している。死ぬまで臼を挽き続ける囚人が自由に空を飛ぶ鳥を目にすれば、重労働は辛いだけだから、我々は慈悲心から彼らの目を潰しているのだ。辛ければろくなことを考えないし、逃亡しようものなら殺さねばならん。お前さんもその目で見た通り、我々は客人を親切にもてなし、子どもや小さな動物を可愛がり、妻を殴ることもない。もし国境にいる兵士が何本かの腕を切り落とし、頭皮で目を覆ったとしても、それは我々が冷酷だからではない。それは敵国の民に恐怖を植えつけるためで、時がくれば彼らは無駄な抵抗をやめて我々の支配下に入り、余計な犠牲を出さずに済むだろう。我々としても無駄な破壊は好まんから、できるなら何も損なうことなく土地や町を手に入れたいのだ。敵がこちらを恐れれば、半分手に入れたのも同然だ」

「すべての民が敵ということですか。友はまったくいないとでも？」私は意地悪く尋ねた。

「友とは、我々の力に屈服し、我々に税を納める民のことだ」彼は諭すように言った。「彼らは我々の支配下で好きなように生き、我々も彼らの習慣や神を冒涜することはない。近くなればなるほど調和が乱れ、争わざるを得なくなるから、多くの場合、友とは隣国以外の民を指すが、それもその民が我々の隣国の民となるまでの話だ。これまでもずっとそうだったし、偉大なる王を知る限り、残念ながらこれからも大きくは変わらないだろう」

「あなた方の神はこれに対して何も言わないのですか。ほかの国では多くの場合、正しいかどうかは神が定めています」

「何が正しくて何がそうではないというのだ？　我々が望むものは正しく、隣国の民が望むものはそうではない。これはとても単純なことで、そのおかげで生きることも治世も楽になるし、私の理解が正しければ、平地の神は富める者の望みを正とし、貧乏人の望みを誤りとしているから、平地の神の教えと我々に大きな違いはない。民の間にはさまざまな神々がいるが、国としては取るに足らない神だから気に留める必要はない。もし我々の神について知りたければ教えるが、我々の神は母なる大地と天で、男の種が女の腹に宿るように天から最初の雨が降りそそぎ、地が潤う春に毎年祝祭をして神を称えているのだ。年に一度くらいは民も心を解放せねばならんから、祝祭の日は普段の規律も緩められる。だから祭りの間に子どもを授かる者は多く、国はそれをよいことと考えている。結婚は早いに越したことはないし、子どもが多く生まれれば国力が高まるからな。ここまで言えば、我々の宗教にも緩やかな部分があることは分かるだろう」

「神の話を聞けば聞くほど、嫌になります」私は憂鬱な気分になって言ったが、シュッピルリウマ王の記録保管人は椅子の背にもたれ、ワインに満たされ、分厚い鼻を赤くして笑うだけだった。

「これまでは他国の民が世界を支配してきたが、今こそ我々の番なのだから、お前さんに先見の明があればこの国に残って我々の神に仕えるといい。我々の神はその名も『力と恐怖』といって非常に強力で、我々は真っ白な人骨で大きな祭壇を建設するつもりだ。お前さんが愚かにもここから立ち去るつもりなら、このことも吹聴するといいが、ヒッタイト人は牧草地を愛し、山間部にヤギや羊とともに暮らす貧しい牧羊の民だと知られているから、誰もお前さんの話を信じないだろうな。さて、ずいぶんと長居をしてしまったからそろそろお暇(いとま)して書記たちを戒め、くさび文字を粘土板に刻ませ、すべての民に我々の善意を知らしめてくるとするか。それが私の仕事だからな」

そう言って彼は去り、その晩私はミネアに言った。

「ハッティについて必要なことは知り得たし、探していたものも見つけた。ここは死臭で息が詰まりそうだから、もし神々が許してくれるなら、きみと一緒にこの国を出ていこうと思う。私たちがここにいる限り、常に死の影がまとわりつき、もしこの国の秘密を知ったことが王の耳に入ったら、この体をためらわずに串刺しにするだろう。この国の処刑は文明国のように逆さ吊りにするのではなく、杭に刺して死ぬまで放置するのだ。だから、この国にいる限り私は胃が痛む思いをするだろう。ここで耳にしたことを思えば、人間なんかよりワタリガラスに生まれたほうがずっとましだ」

地位の高い患者は私が国を出ると聞いてたいそう残念がり、ここに残って仕事をすれば数年で大金持ちになれると勧めてきたが、彼らのおかげで私たちは沿岸に続く定められた道を通行し、そこから船に乗って国を出る許可証を得ることができた。誰も私の出立を止める者はなく、彼らと楽しく世間話をし、私たちは友人として別れ、別れ際には多くの餞別（せんべつ）をもらった。私たちはロバの背に乗ってハットゥシャの壁をあとにしたが、壁の向こうには、目を潰された奴隷が回す石臼の音が響き、国が認めていない学問はすべて魔術とみなされ、それを教える者は魔術師とされていたことから、道の両脇には魔術師の串刺しにされた死体が並んでいるという恐ろしい光景が広がっていた。できるだけ先を急ぎ、私たちは二十日後に港町へとたどり着いた。

4

港町にはシリアをはじめ、あらゆる海の島の船が寄港していたが、ヒッタイト人の監視や徴税、出航する者の粘土板が厳密に確認されることを除けば、他国の港町と同じような場所だった。しかし、誰も港町から内地へ行こうとはせず、船長、舵手、船員はこの港町以外にヒッタイトのことを知らなかった。ここにあるのはほかの国の港町と同じような酒場、娼館、娘たち、そして騒がしいシリアの音楽で、船旅をする者にとってはくつろげる場所だったから、この港町での滞在をゆっくりと楽しみ、船長は船室に祀っている自国の神だけではなく、ヒッタイトの神である天と母なる大地にも供物を捧げていた。

彼らはハエの大群がたかるように波止場に集まり、壺から管(くだ)でビールをすすっていたので、十人、多いときは十二人ものさまざまな国の男たちが同じ壺を囲み、競うようにビールをすすっていた。ヒッタイトのビールはかなり強く、すぐに酔っ払ってしまうので、夜になると酔った男たちが娼館の戸の窓を壊したり、粘土職人のろくろを蹴り倒したり、短刀やこん棒で互いを傷つけたり、娘たちを無理やり船に連れ込んだりするものだから、ヒッタイト人の警備隊がやってきて、騒ぎを鎮めるのが常だった。しかし、どんなことをしても銅や銀で償えばいいので、頭を割ったり、目をえぐったり、体を傷つけたりしたら、それぞれどれくらい支払えばいいかを誰もが把握していた。そのため、彼らは声高に笑いながら「ここはいい国だ、また戻ってこよう」と言うのだった。また、壁のそばで串刺しにされている魔術師を見れば、「魔術は悪しきもので、この男は自らの舌で腹を刺したのだ」と言っていた。

海の民ではないヒッタイト人は、他国が傭兵を雇うのと同じように、腕のいい船員や航海士、船大工を大勢雇い入れ、船員の中には待遇や報酬のよさを声高に吹聴して、ほかの船員を引き込もうとする者もいた。

あちこちで悪事が行われ、騒々しい場所だったが、クレタ島に寄港する船を見るたびに、ミネアが「あの船は小さすぎるし、遭難するのはもうたくさんよ」と言い、次に大きな船が来ても、「シリアの船で旅をするのはごめんだわ」と言い、三隻目が来たときは「船長の目つきが悪いから、きっと船客を奴隷にして外国に売りつけるに違いないわ」と言う調子だったから、私たちはしばらくこの町で過ごすことにした。

港町で過ごす間、私は生傷の絶えない患者の傷を消毒したり縫合したり、骨折した頭蓋骨を切開したりと忙しかったので、特に暇を持て余すことはなかった。ここの港湾長は、港町によくある性病を患っていて、痛みのあまり娼婦に手を出せずにいたため私を頼ってきたが、私はこの病についてすでにスミュルナで学んでいたので、スミュルナの薬を処方してやると、以前のように娘たちと愉しめるようになったといって非常に喜んでくれた。娼館の女と遊ぶことは港湾長の権限のうちで、港湾長や彼の書記は港で体を売る娘と無償で寝ることができたから、港湾長はこの権利を行使できず、ひどく悔しがっていたのだ。

病が治ると、彼は言った。

「シヌヘよ、優れた治療をしてくれた謝礼に何が欲しいのだ。お前の治療してくれたところの重さを黄金で量って贈ればいいか」

そこで私は「黄金など欲しくない。その代わり、腰に下げている短刀をくれるなら、一生忘れられない品となるから、むしろ感謝するのは私のほうだろう」と言ったが、彼は難色を示して「この短刀は質素で、狼みたいに鋭いわけでも、柄に銀細工が施されているわけでもないぞ」と言った。

彼がこう言ったのは、ヒッタイトの金属でできたこの短刀を異国の者に売り渡すことが禁じられていたからで、ハットゥシャでも同じ理由でこの武器を入手できなかったし、あまりしつこくねだるといらぬ警戒を招くと思った。このような短刀を所有しているのは、ミタンニ王国でも貴族だけで、ほかの国でも数えるほどしかなかったので、その値段は黄金の十倍、銀なら十四倍の値がついたが、持ち主は売ろうとしなかった。しかし、ヒッタイト人にとっては異国の者に売ることができないので、それほどの価値はなかった。

港湾長は私がもうすぐこの地を去ることを知っていたから、ほかに使い道のある黄金よりも短刀を渡してしまったほうがいいと思ったようで、意を決して私に渡してくれた。短刀は、最上級の黒曜石の刃よりもなめらかにひげを剃ることができ、刃こぼれせずに銅をへこませることができた。この短刀を入手できたことがとても嬉しかったので、ミタンニの貴族のように刃に銀を張り、柄にも金細工を施すことにした。港湾長は残念がるどころか、病が完治したことをたいそう喜んでいたので、私たちは友となった。私は港湾長に病をうつした娘を港から追放するように伝えたが、彼はそんな病は魔術のせいに決まっているから、すでにその娘を串刺しの刑に処したと言った。

この港町には厩舎もあり、多くの港町と同じように野生の雄牛が飼われていて、若者たちは雄牛を飛び越えながらその首に針を刺すなどして、勇ましさや柔軟性を鍛えていた。ミネアは牛を見て大いに喜び、自分の技を試したがった。雄牛はおとなしい象よりもずっと恐ろしい動物で、長く鋭い角で人間を簡単に突き刺し、宙に高く放り投げて足で踏みつぶそうとするから、雄牛の前で踊りを披露するミネアを初めて目にした私は、恐怖で心臓が凍りついた。

しかし、ミネアはそんな雄牛を前に軽装で踊り、首を低くして突進してくる雄牛を難なく避けた。その顔は興奮で紅潮し、頭に巻いていた銀糸の網を投げ捨てると、髪が風になびいた。ミネアの踊りはあまりに速く、襲いかかる雄牛の角の間を飛び越え、角をつかんでテンポよく宙返りをし、雄牛の背中に着地したときは、その動きが目に見えないほどだった。私が彼女から目を離せずじっと見つめていたことを知ってか、ミネアはさらに大胆になり、もし誰かがこの話をしても、そんなのは人間業ではないと思うような信じられないことまでやってのけた。私は冷や汗をかきながら、座ることもできずに見物していたので、うしろに座っている客が悪態をつき、私の肩衣を引っ張ってきた。

ミネアが踊り終わると、皆は彼女を大いに褒め称え、頭や首に花輪をかけ、若者たちは赤と黒で彩色された素晴らしい雄牛の絵が描かれた壺を彼女に差し出した。そして誰もが口をそろえて「これほど素晴らしい踊りは今まで見たことがない」と言った。クレタ島を訪れたことがある船長たちは、鼻からワイン臭い息を吐きつつ、「クレタ島にもこれほどの踊り手はいないだろう」と言った。

ミネアはまっすぐに私のところにやってきて、汗だくの薄い服のまま私に体を預けた。ひどく疲れた彼女は体じゅうの筋肉をこわばらせ、誇らしげにふるえながら私にもたれかかってきたので、私はこう言った。

「今まできみみたいな人に会ったことはないよ」

雄牛の前で踊るミネアを見ているうちに、まるで雄牛の邪悪な魔術にかかったかのように、ミネアと私は引き裂かれたのだと思い知らされ、私の心は重く憂鬱だった。

ほどなくしてクレタ島から船がやってきたが、この船は大きすぎず小さすぎず、船長も悪い人には見えず、ミネアの島の言葉を話す人だったので、意を決してミネアは言った。

「この船が私を母なる国に、神のもとに安全に運んでくれるから、ここでお別れしましょう。わたしはあなたに面倒ばかりかけたから、せいぜい喜ぶといいわ」

「ミネア、きみをクレタ島までつれていくと約束しただろう」

唇に紅を引き、細い眉を黒く描いていた彼女は、月夜の海のような瞳で私を見つめて言った。

「シヌへ、この船はわたしを母なる国へ安全に連れていってくれるし、もう悪いことなんて起こりようがないのに、なぜついてきたいのかわたしにはまったく分からないわ」

「ミネア、私の気持ちはきみもよく分かっているはずだよ」

するとミネアは長くて力強い指を私の手に置き、ため息をついて言った。

「シヌへ、わたしはあなたとたくさんのことを経験して、さまざまな民を目にしたから、母なる国がまるで美しい夢のように遠い存在になってしまって、以前のように思うこともなくなった。だから、あなたも気づいているように、くだらない口実をつけては出発を長引かせてしまったけど、雄牛の前で踊ったときに、あなたに触れられたらわたしは死ななくてはならないってことが改めて分かったの」

「そうだ、そうだよ。もうそのことは何度も話したたし、きみの神を怒らせるほどの価値はないから、私はきみに触れたりしない。カプタが言うようにそんなことは奴隷娘に満たしてもらえばいいんだから、たいしたことではないんだ」

するとミネアの目が暗闇にいる野生の猫のように緑色に燃え上がり、ミネアは私の手のひらに爪を立てて言った。

「そんなふうに思うなら、さっさと奴隷娘のところへ行ったらいいわ。そうしたいなら港の薄汚い娘たちのところへまっすぐ走っていけばいい。だけど、そんなことをしたら二度とあなたと口を利かないし、あなたの自慢の短刀であなたを切り裂いて血を流してやる。わたしが耐えられるならあなたも耐えられるはずよ」

「私は神に禁じられていないよ」私は微笑んで言った。

「それならわたしが禁じるし、そんなことをしたあとでわたしのそばに来たら、思い知らせてやるわ」

「ミネア、私はもうきみが言うようなことには飽きていて、これほどつまらないものはないと思っているし、一度経験したら十分だから、心配しないでくれ」

するとミネアはまたも憤慨して言った。

「相手がわたしだったらきっと飽きるはずがないのに、そんなことを言うなんて傷つくわ」

色々努力したが、何を言ってもミネアの機嫌は直らず、夜になっても私のそばには来ずに、毛布を持って別室に行き、頭に毛布をかぶって横になってしまった。

「ミネア、夜は寒いし、私は毛布の中でふるえているというのに、若いきみがどうしてこれまでみたいに私を温めてくれないんだ」

「そんなの嘘よ。もし本当にふるえているなら部屋に炭火を持ってくるか、猫を抱いて寝てちょうだい。わたしは体が熱くて、喉が詰まってうまく息ができないの。一人で寝るからもうわたしにはかまわないで」

ミネアのそばに行って体に触れてみると、たしかに熱があり、毛布の下でふるえていたので「ひょっとしたら何かの病かもしれない。診てもいいかい」と言った。しかし、ミネアは毛布を蹴飛ばし、私を拒否して憎たらしく言った。

「わたしの神が治してくれるはずだから、もうどこかに行ってちょうだい」

しばらくすると、ミネアは少し落ち着いて言った。

「シヌへ、胸が張り裂けて涙が出そうだから、やっぱり何か薬をちょうだい」

気分を落ち着かせる薬を飲むと、彼女はようやく眠ったが、私は、朝が来て死を思わせる灰色の光が差し込み、港で犬が吠え始めるまで起きていた。

出発の日がやってきたので、カプタに言った。

「船に乗ってミネアの国、ケフティウの島へ行くから、荷造りをするんだ」

「ミタンニを出るときに二度と航海はしないと誓いましたが、きっとこうなると分かっておりましたし、ご主人様ほど当てにならない方のために頭に灰をかぶるのも癪(しゃく)ですし、また縫い合わせるのも面倒ですから服を引き裂くのもやめておきます。いいことをしようとしただけの私の鼻を履物で叩いて出血させたこの娘が、私たちを破滅の道へ誘うのではないかとひと目見たときから嫌な予感がしておりましたから、ご主人様が盗人のように港をうろついて、この呪われたミネアとひそひそと内緒話をしているのを見て、こうなるんじゃないかと思っていたのです。ご主人様の呪われた好奇心に従って色々な国に行くたびに、これまで何度も涙を流しましたが、一つしかない目が見えなくなっては困りますから、私も腹を括り、もう泣き言は申しません。ご主人様を責める気はありませんが、そのお姿を目にし、医師特有のにおいを嗅ぐだけで気分が悪くなりますし、出発する前から今回の旅が最後になると私の腹が言っております。唯一の慰めは、ご主人様が私をテーベの奴隷市場で買い取った日にすべては杖で私の尻に記されていたのだろうということですが、スカラベがなくてはご主人様の船旅は無事に乗り越えられませんし、私もスカラベがなくては生きてスミュルナにたどり着けるとは思えませんから、ご主人様のお供をし、船で死ぬか、ご主人様と海で溺れましょう。荷造りはもう終わりましたし、準備は整っておりますよ」

カプタがほとんど逆らわなかったことには驚いたが、なんのことはない、カプタは港の海の男たちから色々と聞き込んで、船酔いに効くというまじないの護符を高い値で買い込んでいたのだ。船に乗り込む前に護符を首にかけて絶食し、帯で腰をきつく締め、感覚を麻痺させる薬草汁を飲んだので、甲板に足を踏み入れる頃には茹でた魚のように一点を見つめ、船員たちに船酔いには豚肉が一番だといわれて、へたれ声で脂っこい豚肉をせがんでいた。そして片手に豚の肩肉を、片手にスカラベをしっかり握りしめ、船室に倒れ込んで寝てしまった。

私たちが港湾長に粘土板を渡して別れを告げると、船は出発した。漕ぎ手たちは櫂を水に差して漕ぎ始め、港の外に出ると、船長が海神と船室に隠されていた神にそれぞれ供物をして帆を張らせ、船は傾き、波を切って前進し、クレタ島への旅が始まった。前方に無限の海が広がり、岸がまったく見えなくなると、胃が喉までせりあがってきた。

第八の書　暗黒の館

1

見渡す限り波打つ海ばかりで、何日も岸を見ることはなかったが、ミネアとともにいた私は恐れを感じなかった。潮風に当たってすっかり機嫌がよくなったミネアは、船首の近くに立って身を乗り出し、まるで自分の力で船を速めるかのように潮風を吸い込み、目には月光のような輝きが戻っていた。頭上に広がる青い空から太陽の光が注ぎ、緩やかな風に乗って船は順調に航路を進んだ。少なくとも船長はそう言っていたし、その言葉を疑う理由もなかった。船の揺れには慣れたので酔うことはなかったが、船に乗って二日目に、白い翼の海鳥が弧を描いて船の周りを飛び去ったときに未知への不安がよぎった。そして、次にイルカの群れが背びれを輝かせ、水しぶきをあげて船と並走し、海神からの挨拶を伝えに来たので、ミネアは自分の国の言葉をイルカたちに投げかけた。

航海中にすれ違った銅板を貼ったクレタ島の戦艦は、私たちが海賊船でないと分かると、挨拶代わりに長旗（ながはた）を掲げてくれた。船内を歩きまわっても酔わないと気づいたカプタは、船室から出てきて船員たちに諸国での旅をさんざん自慢した。そして、エジプトからスミュルナへの旅の話をしたときは、嵐のせいで帆が破れ、食事を取れたのは船長とカプタのみで、ほかの者は具合が悪くなって甲板で横たわり、向かい風の方向に嘔吐したのだと吹聴していた。また、ナイルの三角州を守る恐ろしい海獣が、外海に乗り出した船をまる飲みにしてしまうという話も持ち出した。すると船員たちも、海の向こう側で天を支える列柱や海の男を呪文で誘惑しようと待ち構えている人魚や、恐ろしい海獣といった身の毛もよだつ話でやり返してきたので、カプタは髪の毛を逆立て、青い顔をして私のもとに駆け寄り、私の肩衣をしっかりつかんだ。そして、食べられなかった豚の肩肉は海に捨ててしまった。

ミネアは日に日に元気になる一方で、私は、海風になびく彼女の髪や海に映る月光のような瞳、しなやかで美しい彼女の姿から目を離せないまま、彼女を失うときが迫っているのかと思うと、心が水となり溶けて消えてしまいそうだった。ミネアと親しくなった今、彼女なしでスミュルナやエジプトに戻るなんて無意味としか思えず、もうミネアを見ることも手を重ねることも、体を寄せ合うこともなくなるのだと思うと、私の人生は灰のように味気なく感じられた。

船長と船員たちは、雄牛跳びをするミネアが満月の夜に神の館に入る番だったことを聞いて、彼女を大いに敬った。ところが、私が神のことを尋ねると、船員たちは「知らない」と答えただけだった。何人かは「異国の者よ、お前の言葉は分からない」と言った。ただ、クレタ島の民は、海を支配する神に雄牛の前で踊る若い男女を寄進している、ということは分かった。

やがて私たちの目の前に青い雲のようにクレタ島が現れると、船員たちは歓声をあげ、船長はいい風と気候を恵んでくれた海神に供物を捧げた。私はこの地に心を葬ることになるというのに、沿岸にそびえ立つクレタ島の山々とオリーブの木々を未知の異国のように眺めていた。停泊している各国の船や戦艦の横を通り過ぎ、帆を下ろし、漕ぎ手たちが櫂を取り出して船着場へと漕いで錨を降ろす間、母国を目にしたミネアは、そびえ立つ山や、海に囲まれたうっそうと茂る優美な緑を眺めて、喜びで涙を流していた。クレタ島の港には千もの船が入港していて、それを見たカプタは、世界にはこんなにたくさんの船があると誰かにいわれても、とても信じられなかっただろうと言った。港には塔や周壁、砦といったものはなく、港からまっすぐ町に続いていた。そんなものは必要ないほどクレタ島の神は強大で、海を完全に支配していたのだ。

2

これから自分の目で見たクレタ島について記そうと思うが、クレタ島やこの土地の神に対する私の気持ちには触れたくないので、それについては心を閉ざそうと思う。まずは、これまで訪れてきた世界中の名の知れた国々の中で、クレタ島ほど美しく、奇妙な場所はないと言わなければならないだろう。海はきらめく泡沫（ほうまつ）を岸に運び、気泡は虹色に輝き、貝殻の真珠層も虹のような色彩を放ち、私の目にはクレタ島そのものが泡沫の眩い光を帯びて輝いているように見えた。

クレタ島の民は気まぐれで、思うままに生きる喜びと悦楽を求め、誰もが思いのままに行動し、一度決めたこともあっさりと覆すので、彼らと約束や契約を交わすのは厄介だった。彼らの話はたとえ真実ではなくても、その響きが美しいためにどれも耳に心地よく聞こえた。この国には死という概念がなく、誰かが死んでも、皆の気分を害さないようにひっそりとどこかに隠すので、彼らには死という言葉自体もないのではないかと思う。墓を遠ざければ死について考えなくて済むと思ったのか、大昔に巨大な石で建造された王の墓を除いて、墓は一つもなく、クレタ島にいる間に死者は一人も見かけなかったから、おそらく遺体は燃やしていたのだろう。

また、彼らの芸術は自由奔放で素晴らしく、芸術家は皆、決まり事などおかまいなしで自由に絵を描き、目に映る美しいものだけを愛でた。彼らの生み出す壺や花瓶は鮮やかな色が施され、側面にはさまざまな海の生き物や魚、咲き誇る花や宙に舞う蝶が描かれていたので、決まりきった芸術に慣れている者が見たら、どことなく落ち着かず、夢でも見ているのかと思うだろう。

彼らの建築物は神殿や宮殿のように大きくも仰々しくもなく、建物の外形へのこだわりはない代わりに、居心地のよさと利便性が重視されていた。通気性と清潔感を重んじ、広々とした格子窓のおかげで風が通り抜け、屋内にはいくつもの浴室があり、銀の蛇口をひねると、温水も冷水もほとばしった。また、彼らの便所は勢いよく水が流れ、きれいに洗い流してくれるのだが、こんな贅沢なものはクレタ島の家でしか見たことがなかった。しかもこれは、貴族や富裕層に限らず、港に住む異国の者と労働者を除き、誰もがその恩恵に預かっていたのだ。

クレタの女は時間の許す限り入浴し、体毛や顔の手入れをして身だしなみを整え、化粧に余念がないため、出かける時間までに支度ができたためしがなく、どこへ招かれても時間通りに到着することはなかった。たとえ王が催す宴でも好きな時間に現れるが、それで気を悪くする者はいなかった。しかし、何よりも驚いたのは、胸と腕がむき出しの、体にぴったりとした服で、女たちは金糸や銀糸による無数の刺繍や、画家による装飾画が施された襞（ひだ）のある幅広のスカートを身に着けて、自慢の美しい乳房をあらわにしていたことだ。ほかにも、数百枚の薄い金色の板でタコや蝶、ヤシの葉をかたどって縫い合わせ、その隙間から肌が見える服もあった。髪の毛は一日かけて高く結い上げて波打たせ、蝶が舞っているように見える小さな軽い帽子を金の針で留めていた。体はしなやかでほっそりとし、腰は少年のように細くて難産が多かったため、女たちは妊娠しないように気をつけ、子どもがいても一人か二人で、たとえ子どもがいなくても恥とは思っていなかった。

男たちは、飾りのついた膝まである長靴を履いていたが、腰衣は簡素なもので、それを腰で絞って細い腰と広い肩幅を強調していた。頭は小さく、手足は細く、女と同様、体毛を嫌っていた。島での快適な暮らしに満足し、母国のような楽しみのない異国には関心を持たず、外国語を話す者はごくわずかだった。すべての富は港や交易で手に入ったが、知り合った男の中には、においを理由に決して港には行きたがらない者もいて、そういう者は簡単な計算もできずに、家を取り仕切る者にすべてを任せていた。そのため、港に住むのを厭わない抜け目のない外国人は、瞬く間にクレタ島で富を築くことができた。

また彼らの家には演奏者がいなくても音を奏でることができる楽器があって、一度も聴いたことがなくても、書き記した音を読み取るだけで音楽を楽しむことができた。バビロンの音楽家たちも同じようなことを言っていたが、私は音楽に詳しくなく、各国のさまざまな楽器には目を丸くしているばかりだったから、バビロンやクレタ島の者たちと議論しようとも思わなかった。ここまで記したことから、ほかの国で「クレタ人のように嘘をつく」といわれているのは十分うなずける話だろう。

この島には神殿がなく、神に大して敬意を払っていない代わりに、雄牛を崇めることで満たされていた。

雄牛への熱の入れようはすさまじく、人々は日を空けずに闘技場まで通っていた。これは神を敬っているからというより、雄牛跳びがもたらす緊迫感や娯楽が目的だったと思う。

彼らの王は民の家よりも数倍は大きな宮殿に住んでいたものの、民は王を敬うというより、自分たちと同等の存在と見なしていた。民は王と親しく付き合い、仲間のように王をからかい、世間話をして、宴に招かれることもあったが、王の宮殿に好きなときにやってきても、退屈したりほかのことを思い出したりすると、好き勝手に帰っていった。酒は自由に飲むが、泥酔は品がないと見なされていたので、楽しく飲む術を心得ていて、決して酔っ払うことはなく、エジプトや他国ではよくあるような、宴で飲み過ぎて嘔吐する者は一人も見かけなかった。その一方で、誰かの夫や妻であっても別の相手に情熱を燃やすことは咎(とが)められず、好きなときに好きなだけその相手と愉しむのが常だった。雄牛跳びができる若い男は女たちから非常に人気があったので、多くの貴族の男たちは余暇として雄牛跳びを鍛錬し、秘儀を授けられた若者と同じくらいの人気を博すこともあったが、ひとたび秘儀を授けられれば男だろうが女だろうが、異性に触れてはならなかった。しかし、彼らの習慣を知るにつれ、細かいことにはあまりうるさくないのに、なぜこれだけは厳格に守るのか私には理解できなかった。

常に新しいことや珍しいものを求め、次の行動が予測できないクレタ人に慣れるまで、私がどれだけ驚かされたかを伝えるために、クレタ島のさまざまな文化や習慣について記してきた。ここからは心が重くなろうとも、ミネアのことを記さなくてはならない。

クレタ島の港に着き、それほど大きくはない旅人向けの宿に泊まった。そこは、バビロンの「イシュタルの喜びの館」が埃っぽくかすんで、無知なバビロンの奴隷たちが粗野に感じられたほど、これまでで最も快適な宿だった。その宿で私たちは身を清め、服を着替え、ミネアは友人に会うために髪を結い上げて新しい服を買った。頭にランプを思わせる小さな帽子をかぶり、かかとの高い歩きにくそうな靴を履いている彼女の姿を見て、私はひどく驚いた。それでも、彼女の気分を害したくなかったので何も言わず、店の売り子から今日のクレタの売れ筋だと勧められるままにさまざまな色の石を施した耳輪と首飾りを買い求めてミネアに贈ったが、売り子によると明日は何が流行るか分からないそうだ。また、銀色の服からはじけんばかりの乳房をあらわにし、紅く色を塗った先端をのぞかせていたことにも目を見張ったが、ミネアは私から目を背け、クレタの女たちと比べても自分の胸はまったく見劣りしないと言い張った。私はじっくり眺めて、彼女の言うことはもっともだったので、特に反論しなかった。

それから輿に乗って港から高台へ移動すると、港の狭苦しさや騒音、魚臭さや商店とはまったく違う、軽やかな建物や庭園のある町が広がっていた。ミネアは、闘技場でミネアに賭けていた身分の高い後見人のもとで暮らしていたそうで、友人でもあるその老人のところへ私を連れていった。彼はちょうど明日の賭けのために目録を調べて印をつけているところだったが、ミネアを見るなり紙を放り出し、大喜びでミネアを抱きしめて言った。

「もう長いこと姿を見なかったから、順番が来て神の館に行ってしまったのかと思っていたぞ。わしはまだほかの贔屓(ひいき)の娘を選んでおらんから、おまえの部屋はそのままだよ。使用人がきちんと掃除して、最近魚の飼育に夢中になっているわしの妻が水槽だらけにしていなければな」

「ヘレアが魚を育てているですって？」ミネアが驚いて尋ねた。

「ヘレアではない」老人は少し焦れったそうに言った。「新しい妻だよ。今はちょうど秘儀を授けられていない雄牛跳びの若者が魚を見に来ておるから、邪魔をしたらいい顔はせんだろう。ところで、おまえの新しい友人を紹介してくれたら、わしの友として彼もこの家で自由に過ごせると思うが」

「彼はエジプト人のシヌヘ。孤独な者と呼ばれていて、医師をしているの」

「こんなところでずっと孤独でいられるとは思わんな」老人はふざけて言った。「ところで、港に住むわしの資産を管理しとる者によると、出費に対して収入が足りん、いや収入に対して出費が多いと言っていたかな。まあ目の前で細かい計算をされてもわしには理解できんし、いらいらするだけだから、どちらでもよいのだがな。いずれにせよ、ミネア、わしの運をあげるために明日には雄牛跳びをしてもらいたいのだが、医師と一緒にいるなんてまさか病気ではないだろうな」

「病気なんかじゃないわ。シリアへの旅の途中で遭難してしまって、いくつもの国を越えてここに戻るまでに、彼はたくさんの危険からわたしを救ってくれたのよ」

「なんと？　本当なのか」老人は言った。「色々と世話になったようだが、男と交われば闘技場から締め出され、色々と面倒になることはおまえもよく分かっているはずだから、その点は問題ないだろうな。どうやらおまえの胸は豊かになり、おまえの目も濡れたような光を帯びておるから、本当に心配なのだよ。ミネア、ミネアよ、自らを汚したのではあるまいな」

「そんなことしてないわ」ミネアは怒って言った。「わたしが違うと言ったら信じてほしいし、バビロンの奴隷市場でされたみたいに調べる必要なんかないわ。この人がいなかったら恐ろしい危険から逃れてこの国に帰ってくることなんてできなかったのに、まったく分かってもらえないなんて。わたしの友人ならわたしが戻ってきたことを喜んでくれると思っていたのに、あなたは雄牛と賭け事のことしか頭にないのね」

彼女は腹が立つあまり泣き出し、涙で目の周りの化粧が崩れて頬が汚れた。老人は慌てて言った。

「異国の地で毎日風呂にも入れなかったろうから、旅の疲れがたまっているに違いない。バビロンにいたとはな。あの地の雄牛がわしらの牛に匹敵するとは思えんが。ところですっかり忘れておったが、ミノスのところに行かねばならんので今から出かけるが、着替えるのはよしておこう。いつも大勢いるから、わしが何を着ていようが気にする者はおらん。ご友人よ、ミネアと一緒に食事をして少しゆっくりしていきなさい。その間にもしわしの妻が来たら、雄牛跳びの若者とのお愉しみを邪魔したくなかったから先にミノスのところに行った、と伝えてくだされ。わしがミノスのところにいようがいまいが誰も気にしないから、これから寝たっていいのだが、どうせ行くならついでに牛小屋に寄って、脇にぶち模様のある新しい牛の様子を見てこよう。この牛は非常に素晴らしい牛なのだよ」

老人の長々と続く暇乞いはミネアがこう言うまで続いた。

「友人が集まっているし、シヌへのことを紹介できるから、わたしたちもミノスのところに行きましょう」

こうして私たちはミノスの宮殿に行くことにしたが、老人がすぐ近くの宮殿に行くのに輿を使いたがらなかったので、歩いていくことにした。宮殿に着いてから、ミノスとは王のことだと分かった。ほかの者と区別するために王は代々ミノスと名乗ることになっていて、クレタ島では先代のミノスが姿を見せなくなると、どこから見ても以前と同じようなミノスが新たにやってくるため、王が変わっても何の不都合もなく、彼が何代目のミノスなのかを誰も把握していなかった。

宮殿には無数の部屋があり、接見の間の壁には水槽が埋め込まれていて、透き通った水の中では海藻が揺れ、タコやクラゲが泳いでいた。大広間は珍しい高価な服を着た人々であふれ、知人同士で語り合い、声をあげて笑い、小さな杯(さかずき)でよく冷えた飲み物やワイン、果汁を飲み、女たちは互いの服を品定めしていた。ミネアは友人たちに私を紹介してくれたが、彼らは皆同じように礼儀正しくも、心ここにあらずといった様子だった。ミノス王は、私がミネアを神のもとに連れ戻したことに対して二言、三言、エジプトの言葉で感謝を述べ、順番は過ぎたものの次にミネアが神の館に入れるように計らうと言った。

そのあと私は、言葉も分からず何が楽しいのかも分からないまま、この場にいることを奇妙に感じながら端のほうで辺りを眺めていると、塔のように高く結った髪を生花で飾りたて、乳房を隠したほうがよさそうな年配の女がそばにやってきた。女は下手くそなエジプト語で話しかけてきた。

「名前は覚えていないが、あなたは私たちの仲間の集会にイシスの秘儀を授けに来たエジプト人の神官に違いない」

この女の話し方は草を食(は)むヤギを思わせ、一度でも会ったことがあれば覚えていただろうから、「会った覚えはない」と言った。それから、私は医師であって神官ではないことを伝えると、「雄牛も治すのか」と聞いてきた。クレタ島では雄牛は貴族よりも大切にされ、雄牛の興奮を操り、治療をするには特別な技量が必要だったのだが、そのことを知らなかった私はわけもなく傷ついて、「ヤギや雌のヒヒを治したことはあるが、雄牛を診たことはない」と言った。すると女はふざけて私を扇で打ち、下品な男だと言った。ミネアが救い出してくれなければ、この女のそばから離れられなかっただろう。

ミネアは宮殿の中を我が家のように歩きまわり、私を部屋から部屋へと連れていき、懐かしいものを見たり、ミネアの不在などなかったかのように振る舞う使用人に会ったりするたびに大きな声をあげた。ミネアによると、クレタ島の貴族は皆、思い立ったら友にも知らせずに田舎に行ったり旅に出たりするから、ミネアの姿がなくても誰も不思議に思わず、戻ってきたときも何事もなかったかのように振る舞うそうだ。クレタ島の人々は、約束や招待をしていても、何か別のことを思いついたから来なかったのだろうと思うだけで、いつの間にか忘れてしまうから、誰かが亡くなってもいつもと変わらずに振る舞えるのだろう。

それからミネアは、山腹のひときわ高いところに建てられた館に私を案内し、風通しのよい窓から穏やかな野原や畑、オリーブの森や植え込み、その先にある町までを見渡せる美しい部屋に連れていき、ここが自分の部屋だと言った。衣装箱の服や宝石箱の中身は古びて使いものにならなそうだったが、それ以外はまるで昨日出ていったかのようにきれいに整頓されていた。ミネアの名前から気づいてもよさそうなものだが、私はそのとき初めて、ミネアがクレタ島のミノス一族の生まれであることを知った。小さな頃から欲しいものはすべて手に入る環境で育った彼女にとって、金銀や高価な贈り物は何の意味もなかったのだ。子どもの頃に神の秘儀を授けられ、雄牛の部屋で育てられた彼女は、クレタ人の生き方と同じように自由気ままに宮殿や後見人の家、友人の家で過ごし、それ以外はここで過ごしていたそうだ。

私は雄牛の家を見てみたいと思っていたので、接見の間に戻り、ミネアの後見人に挨拶をすると、彼は私を見て大いに戸惑い、見覚えはあるが、どこで会ったのかと丁重に尋ねてきた。ミネアは、厩、競技場、見物席、練習場、僧坊が一つの町のようになっている雄牛の家に私を連れていった。辺り一面に牛の臭気が漂うなか、私たちは厩から厩へと歩きまわり、ミネアは飽きることなく牛たちに話しかけ、それぞれの名を呼んで近くに呼ぼうとしたが、牛たちは目を血走らせて唸り声をあげ、鋭い蹄で砂を掻き、柵の間からミネアを角で突き刺そうとした。

ミネアは知り合いの若い男女たちにも再会したが、雄牛跳びをする者は互いの技量を妬み、自分の技を教えたがらないので、彼らは友人とは言いがたいだろう。一方で、雄牛を調教して踊り子を育てる神官は私たちを温かく迎え入れ、私が医師だと聞くと、私より詳しいにもかかわらず、雄牛の消化や餌の配合、体毛の艶など、さまざまなことを尋ねてきた。ミネアは彼らにも人気があったので、翌日の競技に必要な雄牛と順番をすぐに割り振ってもらえた。彼女は最高の雄牛の前で私に技を見せようと張り切っているように見えた。

ミノス王はほかのクレタ人と同様、雄牛の賭け事には参加するが、交易や政治で忙しく、名目上の大神官でしかなかったので、ほかのことはクレタ島の神と雄牛を司る最高位の神官に任せていた。そこでミネアは最後にその神官が住む小さな建物に私を連れていった。ミノスが代々ミノスであるように、この最高位の神官も代々ミノタウロスという名で、どういうわけかクレタ島で最も畏れられ、敬われている人物で、その名を口にするのも憚れ、「小さな雄牛館の男」と称されていた。ミネアの表情を知り尽くしていた私には、ミネアも彼のことを畏れているのは一目瞭然だったが、彼女はそれを認めようとはしなかった。

私たちの訪問が告げられると薄暗い部屋に通され、初めてミノタウロスの姿を見ることになった。黄金の雄牛の頭をしていて、人間のようにも神のようにも見えたので、クレタ島にまつわるおとぎ話はすべて本当だったと思った。私たちが頭を下げると、彼は黄金の雄牛の頭を外して顔を見せた。人の上に立つべくして生まれた浅黒い肌の美男子だったが、礼儀正しく微笑みながらも無表情な顔にどこか冷酷で残忍なものを感じ、私は彼を好きになれなかった。彼はミネアが話すまでもなく、船の遭難と帰路の旅のことをすべて知っていて、ミネアとクレタ島、そしてこの地の神への私の心遣いに礼を述べ、私が満足するであろうたくさんの褒美を宿に届けたと言った。

「褒美などいりません。私にとっては黄金よりも知識のほうが重要で、知識を蓄えるために多くの国を旅して、今ではバビロンやヒッタイトの神々のことを知っています。シリアの神は神殿が快楽の場となり、宦官が神官として勤めますが、クレタ島の神は純潔の乙女や無傷の若者を好むという不思議な話を聞いたので、クレタ島の神について知りたいのです」

「民が崇める神々はここにもたくさんいる」ミノタウロスは言った。「港にも各国のさまざまな神殿があり、アメン神や港のバアルに生贄を捧げたければ捧げることができる。だが、余計な話はやめよう。クレタ島の力は昔から密かに祀られてきた神に依っているのだ。神の姿を知る者は秘儀を授けられた者に限られ、彼らですら神にまみえて初めてその姿を知るが、その姿形を伝えに戻った者はいない」

「ヒッタイト人の神は天と大地、そして大地に恵みをもたらす雨でした。クレタ島の力と豊かさは海に由来しているのですから、クレタ島の神は海だと推測できます」

「シヌへ、そなたの考えは間違いではないであろう」彼はそう言って、奇妙な笑みを浮かべた。

「ただし、あの世の神や木像を崇める大陸の民とは異なり、我々クレタ人は生き神に仕えているということは伝えておこう。雄牛は神に準ずる象徴として崇められているが、我々の神に像はなく、我々の神が生きている限り、海におけるクレタ島の力も安泰だ。最強の戦艦の威力も忘れてはならないが、そう伝えられてきたし、我々もそう信じている」

「あなた方の神は暗黒の迷宮に住むと聞きました。度々耳にしたものですから、できればその迷宮も見てみたいのです。秘儀を授けられた者はひと月経てば戻ってよいとされながら、なぜ彼らは戻ってこないのですか」

「クレタ人の若い男女にとって、神の館に足を踏み入れるのは最大の栄誉であり、素晴らしい幸運なのだ」

ミノタウロスはおそらく何度も繰り返してきたであろう言葉を言った。

「海洋の島々からは雄牛跳びに参加させようと、競うように美しい娘や優れた息子を送り込んでくる。聞いたことがあるかもしれないが、海神の広間に行った者は、痛みと苦しみに満ちた地上の暮らしには戻りたがらないといわれている。ミネア、そなたは神の館に入ることを恐れているのか」

ミネアが何も答えなかったので、私は言った。

「海神の住む海の広間について知っている唯一のことは、スミュルナの沿岸で溺れた船員の遺体が、頭も腹も膨れ上がり、安らかな死とは程遠いものだったことです。あなたの話を疑っているわけではありませんが、ただミネアの幸運を願うばかりです」

ミノタウロスは冷たく言った。

「満月の夜にミネアは神の館に入るが、満月は数日後に迫っているから、迷宮はすぐに見られるだろう」

ミノタウロスの言葉に驚いた私は心が凍りつき、絶望のあまり激昂して尋ねた。

「では、もしミネアが神の館に入らないと言ったら」

「かつてそんな事態に陥ったことはない。エジプト人、シヌへよ、安心するがよい。雄牛跳びをしたら、ミネアは自ら進んで神の館に入るだろう」

そしてミノタウロスは再び黄金の雄牛の頭をかぶると、私たちに立ち去るよう身ぶりで示し、それ以降、彼の顔を見ることはなかった。ミネアは私の手を取り、その場を立ち去ったが、もうその顔に笑顔はなかった。

3

私が宿に戻ると、港の酒場でたっぷりとワインを飲んできたカプタがいて、私に言った。

「ご主人様、この国は誰も使用人を杖で打たず、財布にいくら入っているとか、どこでどんな宝石を買ったのかなど覚えちゃいないので、使用人にとっては西方の地ですよ。ここでは主人を怒らせて家から出ていけと命じられることが最も厳しい罰のようですが、たとえ追い出されたとしても、ちょいと隠れて翌日戻ってくれれば、主人はきれいさっぱり忘れているのですから、使用人にとって本当に地上の西方の地でございますよ。ただし、監督役のケチな召使いは尖った杖を使い、スミュルナ人がエジプト人をだますように、クレタの商人がスミュルナ人をひょいとだますのですから、港の船員や奴隷にとっては辛い場所でしょう。ですが、この国には壺で油漬けにした小魚があり、これがまたワインに合うのですよ。このうまい魚に免じて彼らのことは大目に見てやろうと思います」

いつもの調子で喋っているカプタは、酔っ払いながらも誰かに盗み聞きされていないかを確かめて戸を閉めて言った。

「ご主人様、この国ではおかしなことが起こっているようで、酒場にいた船員たちが、クレタ島の神が死に、神官が焦って新しい神を探していると言っておりました。ですが、神が死んだら、クレタ島の勢力が失われるという言い伝えがあるそうで、この話をした船員は崖から海に投げ込まれ、タコの餌になったというので、この話を口にするのはかなり危険なようです」

そのとき、私の心に途方もない希望の光が差し、カプタに言った。

「民にものごとが知らされるのはいつも最後と決まっているから、今知られていないのは十分ありえる話だし、もし本当に神が死んでいるなら、これまで誰も戻ってこなかったという神の館に入ったとしても、ミネアは戻ってくるかもしれない」

「私はあの娘に履物で血が出るほど鼻を殴られ、私の立場にあるまじき仕打ちを受けましたし、あの呪われた娘はもう十分私たちに面倒や厄介事を持ち込んできたではありませんか。ですが、たしかにご主人様のおっしゃる通りです。今、民が何も知らなくても、いずれ民はすべてを知るでしょうし、最初は夢のようにぼんやりとしていても、その後炎が燃え上がるように一気に知れ渡って、道端で乱闘が起こり、家は燃え、世の中は今までと変わるでしょう。もし本当に神が死んだのであれば、港の民が怒涛のごとく町に押し寄せ、職人は木槌を手に、漁師は魚を捌く刃を手に、荷運びは木を折って槌を手にしてやってくるでしょうから、クレタ島の貴族を羨ましいとは思えません。もちろんそうはならないこともありますがね」

カプタの話を聞きながら、私はバビロンの占星術師の言葉を思い出した。

「バビロンの神官は星を読み解いてこう言っていた。『この世界は終わり、この地上は新たな世界を迎える。そのとき神は死に、その後すべてがこれまでと変わってしまう』と。シリアやエジプトの神々は、滅びることなく永遠に存在するのだから、この予言はクレタ島のことを指しているのかもしれない」

「ご主人様、素晴らしい洞察力です。もっとワインが頭にのぼっていれば、おっしゃることも理解できたのでしょうが、今の私は星と神官と神々、時代といったものが頭の中で渦巻いておりまして、理解できたのはミネアのことだけでございます。何度も申し上げましたように、奴隷娘か娼館なら後腐れなく同じ愉しみが得られるというのに、ご主人様ときたら、何を話そうと円を描くときの始まりから終わりまでミネア中心に回っているので、ご主人様には同情いたします。酒場で聞いたところ、胸をあらわにしているクレタ島の女たちは、それほどかたく膝を閉じているわけではないそうですよ。ですが、そこまであの娘にご執心なら簡単なことです。娘の頭を木槌で打って袋に詰め、スカラベとともに船でエジプトに連れていけばいいのです。袋に何匹も野良猫を入れて家に持ち帰るも同然だと思いますがね。不安なご主人様がヤギのようにメェメェ鳴いて痩せ細り、髪の毛が盛りのついた雄猫の毛皮のようにごわごわになってしまうのは見るに堪えませんから、ご主人様のために危険を冒す覚悟はできておりますよ」

私はカプタの失礼な物言いを無視して、カプタの言う通りにできたらどれほどいいかとしばらく考えた。しかし、ミネアの気持ちを尊重し、一時の感情でカプタの案を受け入れることはしなかった。袋詰めにされた猫のようにミネアをさらってしまったら、彼女は一生私を許してくれないだろう。

次の日、巨大な闘技場を訪れると、見物席はどの席からも雄牛が見えるように、うしろに行くほど階段状に高く傾斜していて、私はミネアの番号のおかげでいい席に座ることができた。エジプトの神を運ぶときは、民が神官や踊り子の姿を見られるように高い演台を作るから、これまで見たことのないこの優れた造りに私はすっかり感心してしまった。

雄牛が番号順に闘技場へ放たれると、それぞれの踊り子は順番通りに演目を披露していったが、どれも複雑で高い技能を要するもので、一つひとつ順序よく正確にこなさなければならなかった。なかでも特に難易度が高い技は、突進してくる雄牛の角の間を跳び越えて宙返りをし、足から雄牛の背中に着地するというものだった。これをこなすには、雄牛の走り方や立ち止まり方、首の曲げ方に大きく影響されるため、熟練者であっても容易ではなかった。クレタ島の貴族や金持ちは仲間内でお気に入りの番号や贔屓の若者に賭けていたが、私はたくさんの数字を見ているうちに雄牛の見分けがつかなくなり、演目の違いさえ分からず、すべてが同じに見えてきたので、延々と続く彼らの熱狂が煩わしくなってきた。

ミネアが披露する番になったときは、彼女のことを心配して恐ろしくなったが、やがて彼女の素晴らしい技としなやかな体に魅せられ、どれほど危険かということも忘れてほかの観客と一緒に彼女の演技を称えた。どんな小さな布でも体の動きを妨げる恐れがあり、命にかかわるので、ここでは娘たちも若者と同じように裸で雄牛跳びを行っていた。ミネアのほかにも人気のあるとても美しい娘がいたことは認めるが、体に塗った香油を艶やかに光らせながら踊るミネアを私は誰よりも美しいと思い、私の目はミネアばかりを追っていた。しかし、しばらく留守にしていたせいで、ほかの仲間に比べたら見劣りするところがあったのか、花輪は一つも得られなかった。ミネアに賭けていた後見人は、銀を失ってかなり機嫌を損ねたが、彼には新しい雄牛と新たな番号を得る権利があったので、厩に行くと怒りを忘れて牛選びに夢中になっていた。

演技のあと雄牛の館で再びミネアと会うと、ミネアは周りを見渡して私に言った。

「シヌへ、あなたにはもう会えない。友人にあちこち招かれているし、明後日には満月の夜が来るから、神の館に入るための準備をしないと。神の館に入る前にはもう会うことはないけれど、私の友人たちと一緒に見送りに来てくれるなら、そのときに会いましょう」

「そうだね」私はうなずいた。「たしかにクレタ島には見るところがたくさんあるし、この島の習慣や女の服装には興味を惹かれる。きみの番号の席に座っていたら、何人かきみの女友達から家に招待されてしまったよ。あの娘たちはきみよりも肉づきがいいし、お手軽そうだから、あの娘たちの顔や胸を眺めるのはなかなか楽しいだろうな」

　するとミネアは、目を光らせて私の腕をつかみ、息を荒くして言った。

「わたしが一緒にいないのに、わたしの友人と楽しむなんてひどいわ。シヌへ、わたしのために、せめてわたしがいなくなるまでは待ってちょうだい。自分ではそう思ったことはないけど、もしあなたの目に痩せっぽちだと映っているなら、わたしへの友情の証として、お願いよ」

「冗談だよ。神の館に入る前にやることがたくさんあるってことは分かっているし、不安に思わなくていい。港に治療を必要としている患者がたくさんいるから、私は宿に戻って患者を診てくるよ」

　私は彼女と別れて宿に戻ったが、雄牛のにおいはしばらく経っても鼻に残った。それからというものクレタ島の雄牛の館のにおいを忘れることはなく、雄牛の群れを見たり雄牛のにおいを感じたりするたびに気分が悪くなり、食事が喉を通らず、心臓が石のように冷たくなるのだった。そのあと辺りが暗くなって港の娼館に明かりが灯されるまで、私は宿屋で患者を治療し続けた。クレタ島では奴隷や使用人さえも主人の享楽的な生き方を倣(なら)い、誰も死については考えず、この世にある痛みや悲しみ、心配事は見ないふりをして過ごしていたので、壁の向こうからは音楽や笑い声、人々の陽気な声が聞こえてきた。

　暗くなるとカプタが寝床の用意をしてくれたが、私はランプもつけずに暗い部屋に座っていた。この世でたった一人の妹と私を引き裂く月がのぼり、満月ではないにしても大きく輝く月を恨めしく思い、どうしたいのか決められない優柔不断な自分のことも憎んだ。すると扉が開いて、用心深くうしろを振り返りながらミネアが入ってきた。彼女はクレタ風の服ではなく、以前貴族や金持ちの前で踊ったときのような簡素な服を身に着け、髪は金の紐で結わえていた。

「ミネア」私は驚いて言った。「神のためにやることがたくさんあるだろうに、どうしてここに来たんだ」

「静かに、誰にも聞かれたくないの」ミネアは私のそばに座り、月を眺めながら話し始めた。

「雄牛の館の寝床は好きになれなくて、友達といても前のように楽しめないの。だからといってこんなことをしてはいけないのに、どうしてあなたがいるこの港の宿屋に来たのか分からない。もう眠りたいなら邪魔はしたくないから出ていくけど、私は眠れないから、もう一度だけあなたがまとっている薬や薬草の香りを感じて、カプタのくだらない話を聞いて耳をつねったり、髪の毛を引っ張ったりしたい。色々な国を旅してさまざまな人に会ったことで心が乱れているのか、わたしは雄牛の館を以前のように我が家とは思えないし、神の館を焦がれることもなくて、闘技場で人気が出ても嬉しくないし、皆のお喋りは世間知らずの子どものおふざけにしか聞こえないし、あの人たちの喜びも岸辺の泡沫のようでまったく楽しいとは思えないの。心にぽっかりと穴が開いたみたいで、頭も空っぽで自分の考えが何も浮かんでこないし、すべてが痛々しくて、これほど虚しくなったことはないわ。シヌへ、あなたはわたしよりも肉づきがよくて美しい女(ひと)を眺めてその女たちの手を握りたいんでしょうけど、あなたがわたしの手を握ってくれたら、どんなひどいことも、死だって怖くないから、少しの間、前みたいにわたしの手を握ってほしいの」

「ミネア、妹よ。私は、子どもの頃や若い頃は深い小川のように澄んでいたが、大人になってからは、あちこちに広がって広大な土地を巡っていても水位は低く、行き止まっては澱(よど)むばかりの大きな川のようだったんだ。でもミネア、きみがやってきてから、水は一つの流れとなり、川は勇んで深さを増し、私のすべては清められ、この世のすべてが微笑み、どんな悪であろうと、私にとっては手で払いのけられる蜘蛛の巣でしかなくなった。きみのためなら報酬を顧みずに患者の治療をしたいと思うし、暗黒の神の力が私に及ぶこともない。きみがいるときはそう思えるが、きみがいないとすべて闇に覆われ、私の心は砂漠にいる孤独なワタリガラスとなって、善行なんてどうでもよくなり、人も神も憎らしくて、神のことなんか聞きたくもないんだ。そうだ、ミネア、きみに言っておくよ。世界にはたくさんの国があるが、川と呼べるものはたった一つしかない。毎日太陽が黄金の船で天を駆け、葦の茂みでカモが鳴く黒い大地の川岸にきみを連れていきたい。ミネア、一緒に帰って、離れ離れにならないように壺を割って夫婦になり、楽しい生活を送って、死んだあとは西方の地でも永遠に一緒に生きられるように遺体を残すんだ」

ところがミネアは両手で私の手を握りしめ、私の目と唇、そして首に指先を触れて言った。

「シヌヘ、あなたについていきたいけれど、わたしたちをクレタ島から連れ出してくれる船は一隻もないし、わたしたちを船に隠してくれる船長だって一人もいないから、それはできないわ。わたしは監視されているし、わたしのせいであなたが殺されるなんてあってはならない。雄牛跳びをしたことがないあなたにうまく説明できないけど、雄牛跳びを済ませてから、雄牛の意志が私の意志よりも強くなっていて、あなたについていきたくてもできないの。わたしが満月の夜に神の館に行くのは避けられないし、それはわたしにもあなたにも、世界中のどんな力にも止めることはできない。なぜかはうまく説明できないし、そんなのはミノタウロスにしか分からないのかもしれないけど、子どもの頃から神のもとで育てられてきたし、今日雄牛の前で跳んだときに雄牛がわたしに勝ったと分かったのよ。雄牛のせいであなたとわたしが離れ離れになるなんて、雄牛が本当に憎いし、この島の人たちも大っ嫌い。だってあの人たちの喜びはただの幻想で、生活はだらしなくて、雄牛の前で血が流れるのを待っている残酷な子どもと変わらないんだもの。今日だって、誰も雄牛の角に突き刺されたり、はらわたを引き裂かれたり、足を滑らせて踏みつぶされたりしなかったから、皆不満そうだった。あの人たちは巧みな技を称賛しているだけだと言って認めないでしょうけど、これが賭け事と雄牛への異常な人気の真実なのよ」

ミネアは私の唇、そして首に口づけし、私を抱きしめ、ぴったりと体を寄せて言った。

「シヌへ、このためにわたしは神の館からあなたのもとに戻ってくる。たとえこれまで誰一人戻っていなくても、雄牛の掟で許されているのだから、わたしが最初の一人になって戻ってくるわ。そうしたら、シヌへ、あなたの望みを叶えて、あなたの人生はわたしの人生となり、あなたの国がわたしの国になって、あなたの神がわたしの神になるのよ」

しかし、私の心は掘られたばかりの墓穴のように空っぽだった。

「明日のことは誰にも分からないし、これまで誰も戻ってこなかったのに、きみが戻ってくるなんて信じられないよ。私が訪れた国々で見てきた神はすべて作り話だったし、おとぎ話も信じていないが、もしかしたら海神の黄金の広間で神の井戸から永遠の命を飲まされて、地上のことも私のこともすべて忘れてしまうかもしれない。だから定められた期間を過ぎてもきみが戻ってこなかったら、神の館に入ってきみを探しに行く。たとえもう戻りたくないと言ってもきみを連れ戻す。ミネア、それがこの世での私の最後の行いになったとしても、そうするつもりだ」

ところがミネアは急に怯えだし、私の口元に手を当てると辺りを見回して言った。

「しっ！　神の館は暗黒の迷路になっていて、迷わずに進める人なんていないし、秘儀を授けられていない人が足を踏み入れたら恐ろしい死に方をするというのに、そんなことを考えるなんて、まして声に出して言うなんてだめよ。神の館の銅門は閉じられていて中に入れるはずがないし、さっきあなたが言ったようなとんでもないことをして破滅の道に進んでしまうくらいなら、入れないほうが嬉しいわ。それに、わたしの神は、わたしの意志を許さないほどひどい神ではないはずだから、あなたのもとに戻ってくると信じて。クレタ島でオリーブの花が咲き、畑の穀物は実り、船が港から港へと航海できるのは、わたしの神がクレタ島の勢力を守り、民によいことをもたらす美しくて素晴らしい神だからよ。神は風向きをいい方向に変え、霧の中でも船を導いてくださるから、神の庇護のもとにいれば不吉なことは起こらない。そんな神がわたしにひどいことをすると思う？」

私は針で盲目の者を治療し、視力を取り戻すことはできたのに、子どもの頃から神のもとで育ち、神に対して盲目になっている彼女の目を治すことはできなかった。為す術もなくミネアを強く抱きしめ、口づけをし、ガラスのようになめらかな彼女の体を愛撫した。腕の中の彼女は砂漠の旅人にとって湧き出る泉のようだった。ミネアはされるままに私の首に顔をうずめ、体をふるわせ、涙をこぼして私の首を熱く濡らした。

「シヌへ、もしわたしが戻らないと思うなら、掟を破ってもいいのよ。たとえわたしに死が訪れようと、あなたの腕の中なら怖くないし、神によってあなたと引き離されるくらいなら、ほかのことなんてどうなろうとかまわないわ。あなたが喜んでくれるなら私もそうしたいの」

「きみにとっても喜びになるのか」

「分からない。でも、あなたがそばにいないと、わたしは安らぎを得られないってことは分かる。あなたに触れられると、わたしの目は曇って、膝の力が抜けてしまうってことも分かる。昔はすべてが輝いていて、喜びを曇らせるものなんてなかったし、自分の技や体の柔軟さ、完璧さを誇りにしていただけだったから、そうなってしまう自分が嫌であなたに触れられるのが怖かった。今は、たとえ痛みがあるとしてもあなたに触れられるのは幸せなことだと思うけど、あなたの望みを叶えてもわたしが愉しめるかどうかは分からないし、悲しんでしまうかもしれない。でもあなたの喜びはわたしの喜びで、あなたが喜んでくれるならそれ以上望むことはないから、あなたが嬉しいなら迷わないで」

私は腕から彼女を放し、彼女の髪や、目、首を撫でて言った。

「バビロンの道を一緒に旅したときのような姿で、ここに来てくれただけで十分だよ。髪につけている金糸の紐をくれるかい。それがあれば、ほかに何もいらないよ」

ミネアは怪訝(けげん)そうに私を見ると、腰に手を触れて言った。

「あなたからすればわたしは痩せすぎで、あなたを満足させてあげられないから、もっとお手軽な女のほうがいいんでしょうね。でも、わたしはあなたが喜んでくれるなら何でもするから、もしそういう女がいいなら、できるだけそういう女を演じるし、あなたががっかりしないように望む通りにするわ」

私は微笑み、両手でほっそりとした彼女の肩に触れて言った。

「ミネア、きみほど美しい女はいないし、きみほど喜びをもたらしてくれる人はいないよ。だけど神のせいで不安になっているときにこんなことをしてもきみは愉しめないだろうから、自分のためだけにきみに触れたくはない。だから、二人にとって喜ばしいことをしよう。私の国の慣習に従って、一緒に壺を割るんだ。普通なら神官の前で壺を割り、神官が私たちの名を神殿の台帳に記してくれるんだが、一緒に壺を割りさえすれば、ここに神官がいなくても、たとえきみに触れていなくても、私たちは夫婦になる。早速カプタに壺を持ってこさせよう」

ミネアは月光にきらめく目を大きく見開き、両手を叩いて喜んだ。そこでカプタを呼びに行こうとすると、カプタは扉の前で座り込み、手の甲で濡れた顔をぬぐっていて、私を見るなりさらに大きな声で泣き始めた。

「カプタ、何があったんだ。なんで泣いている」

カプタは恥じることもなく言った。

「ご主人様、優しい心の持ち主である私は、お部屋の中でご主人様と細腰の娘が話しているのを聞いて、これほど心を動かされる話は聞いたことがなく、泣かずにはいられなかったのですよ」

私は怒ってカプタを蹴飛ばして言った。「なんだって、扉の前でずっと盗み聞きしていたというのか」

カプタは悪びれることなく言った。

「おっしゃる通りでございますが、お部屋の前に娘を監視しようと男たちがやってきたのです。大切なお話の途中で邪魔が入ってはご機嫌を損ねられると思ったものですから、私はご主人様の杖でそいつらを追い払い、お二人がゆっくりお話できるように扉の前で見張っていたのですよ。それでここに座っていたのですが、お話を聞かずにいることはできませんでした。幼いとはいえ、すべてが美しく、これが涙を流さずにいられましょうか」

そう言われて、これ以上カプタに腹を立てる気が失せた。

ところが、カプタはぐずぐずして言った。

「聞いていたなら、何をしてほしいか分かるだろう。さっさと壺を探してこい」

「ご主人様、どのような壺をお探しですか。焼き物の壺か石造りの壺、模様が描かれたものか無地のもの、背が高いものか低いもの、幅が広いものか狭いもの、どれにいたしましょう」

そのときの私はすべてに対して慈愛に満ちていたから手加減はしたものの、カプタを杖で打って言った。

「私の意を汲めば、どんな壺だってかまわないことくらい分かるだろう。ぐずぐずしていないで最初に見つけた壺をさっさと持ってくるんだ」

「今すぐに行きますが、女と一緒に壺を割るというのは、男の人生にとって大切な一歩で、急いてはろくなことがありませんから、ご主人様にもう一度考える時間を差し上げようと思っただけですよ。ですが、ご主人様の望みを妨げることなどできませんから、急いで壺を持ってきましょう」

こうしてミネアと私は、カプタが持ってきた古くて魚臭い油壺を一緒に割った。カプタは私たちが夫婦になった証人になってくれ、首のうしろにミネアの足を乗せて言った。

「これから、あなた様は私の女主人であり、おそらくご主人様と同じくらい、いや、それ以上に命令をなさるでしょうが、お怒りになったときに熱湯を足にかけるのは控えていただきたいのと、履き物にかかとがついていると頭に傷やこぶができて嫌なので、かかとのない柔らかい履物をお履きください。痩せっぽちで胸も小さいというのに、ご主人様も物好きな方ですが、おかしなことに私もあなた様のことを気に入っているので、いずれにしましてもこれから私はご主人様と同様、あなた様にも誠心誠意お仕えいたします。まあ最初のお子さんをお産みになれば体形も変わってくるでしょう。それと、これまでご主人様にしてきたように、あなた様からも色々とくすねさせてもらいますが、自分の私腹を肥やすためではなく、お二人のためを思ってくすねるつもりでございます」

ここまで言うと、カプタは感動のあまり再び声をあげて泣き出した。ミネアはカプタを慰めようと背中をさすり、分厚い頬に手を触れ、カプタが落ち着きを取り戻したところで割れた破片を拾い集めさせ、部屋から追い出した。

この夜、ミネアと私は以前のように二人で眠った。私の腕の中で眠るミネアの寝息が私の首に当たり、彼女の髪が私の頬をくすぐったが、ミネアにとって喜びでないことは私にとっても喜びではないから、それ以上のことはしなかった。こうして彼女を腕の中に抱きしめているほうが、ずっと深く大きな喜びだったと信じている。もしミネアと交わっていたらどれほどの喜びを得られたのかは分からないが、その夜は邪(よこしま)な気持ちは少しもなく、すべての人に対して善くありたかったし、月が輝く同じ空の下、黒い大地のみならず赤い大地においても、すべての男が兄弟で、すべての女は母であり、すべての娘は姉妹であるように感じていた。

4

翌日、ミネアは再び雄牛の前で踊り、私の心は彼女を思ってふるえたが、悪いことは何も起こらなかった。その代わりに、ある若者が雄牛の額で足をすべらせて地面に落ち、雄牛が角で突き刺して蹄で踏みつけたので、闘技場にいた観衆は恐怖と興奮で立ち上がり、声をあげて叫んだ。雄牛を追い払い、若者の遺体が厩に運び込まれると、女たちが走って見に行き、血まみれの体に手を触れ、声をうわずらせながら「血だらけよ!」と言い合った。男たちは、「今日ほど素晴らしい競技は久しぶりに見た」と言った。賭けに負けた男たちが惜しげもなく掛け金の支払いを終えると、ワインを飲み始め、仲間内で宴を始めたので、町は夜遅くまで明かりが灯され、夫とはぐれた妻たちは見知らぬ相手の寝床で過ごしたが、それは彼らの習慣だったので咎める者はいなかった。

その夜、ミネアは現れなかったので、私は一人で横になり、翌朝早くに港で輿を借りて、神の館までミネアの見送りに出かけた。ミネアは房飾りをつけた馬が引く黄金の馬車で運ばれ、そのあとを友人たちが、賑やかに笑いながらミネアの頭に花を投げたり、ときに道端に立ち止まってワインを飲んだりしながらついていった。長い道のりだったが、皆食べ物を持参し、オリーブの木の枝を折って振りまわしたり、貧しい農家の羊を驚かせたりと、ふざけながら進んでいった。しかし、海岸近くの山の麓(ふもと)の殺風景な場所にある神の館が近づくにつれて、皆無口になり、真顔になってささやき始めた。

神の館の様相を説明するのは難しいが、草と花で覆われた小山が奥へと連なっているようだった。巨大な銅門が入り口をふさいでいて、その前には神の館の門番が住んでいる、秘儀を授けるための小さな神殿があった。一行は夕暮れ時に到着し、ミネアの友人たちは輿から降りて草原の上に腰を下ろして食事をしたが、クレタ人は忘れっぽいので、神の館に到着したときのように厳粛でいることを忘れて、またふざけ始めた。暗くなると松明（たいまつ）が灯され、藪の中で彼らがたわむれ始めたので、女の嬌声（きょうせい）や男の笑い声が聞こえてきたが、一人で神殿に座っているミネアには、誰も近づけなかった。

私は神殿に座っているミネアを見つめた。神像のように金色に輝く服を着せられて、頭に大きな黄金の冠をかぶせられたミネアは、遠くから私に微笑みかけたが、それは喜びのかけらもない笑みだった。月が昇ると、黄金の服を脱がされ、宝石も外され、薄い服に着替えさせられて、髪は銀の網でまとめられた。その後、番人が銅門の閂（かんぬき）を外した。両側の門が十人の屈強な男の力で低い音を立てて開けられると、門の向こう側には暗闇が広がっていて、皆はささやきもせずにただ沈黙した。ミノタウロスは黄金の帯を腰に締め、剣を腰に携え、雄牛の頭をかぶっていたので、とても人間とは思えない姿だった。ミネアの手に火の灯された松明が渡されると、ミノタウロスは彼女の手を引いて暗闇の中へ入り、やがてその姿も松明も見えなくなった。そして再び十人の屈強な男の力で銅門が軋みながら閉められると、何人もの男が頑丈な閂をかけ、それ以降ミネアを見ることはなかった。

ミネアは神の館から戻って私とともに人生を歩むと約束したが、私はもう二度とミネアに会うことはないのだと思い、言葉にならないほどの絶望に苛まれ、心臓が引き裂かれ、血液がすべて流れ出たかのように力が抜け、床に突っ伏した。二人が結んだ愛のために、ほかの神と異なるクレタの神がミネアを本当に解放してくれるのか分からず、不安や恐れを感じつつも、信じ、願っていたのだが、いつのまにか彼女は戻ってこないという確信に変わっていった。彼女が戻ってくるという希望を失い、私がうつ伏せで横たわっていると、そばで座り込んでいたカプタが、両手で頭を抱えながら何か呟いていた。クレタの貴族や金持ちは、灯した松明を手にして私のそばを走り抜け、複雑な踊りを踊り、私には理解できない言葉で歌っていた。銅門が閉まってからというもの、彼らはひどく興奮し、踊っては跳びまわり、疲れ果てるまで走りまわっていて、彼らの叫び声は周壁に群がるワタリガラスの鳴き声のように聞こえた。

しばらくするとカプタは呟くのをやめて言った。

「明日のことなんて誰にも分かりませんし、起こってしまったことはどうしようもありません。ご主人様、こういうときこそ腹を満たすのが一番です。幸い、ワインや食べ物を持参しましたから、しっかり食べて飲んで力をつけてください。涙で腹は満たされませんし、痩せた人間は悪いほうに考えがちですが、腹が満たされた者はどんな状況でも活路を見いだすといいます。私は大いに悲しんで空腹ですから、もしお許しくださるなら私だけでもいただきますよ」

カプタは涙を拭き、たっぷりと飲み食いしたが、私は手をつける気にならず、ワインはまるで泥のように感じられた。再びうつ伏せで横になったが、カプタの言葉で飛び起きた。

「まだ物が二重に見えるほど飲んでおりませんし、目はおかしくないと思うのですが、誰も銅門を開けていないというのにどういうわけかあの角頭(つのあたま)が戻ってきたのが見えますよ」

たしかにミノタウロスは神の館から戻っていて、月明かりの下でほかの者に紛れて金色の雄牛の頭を恐ろしげに光らせながら、交互に両足を蹴り上げて祝いの舞を踊っていた。その姿を見た私はいてもたってもいられず、立ち上がってミノタウロスのところに行き、彼の腕をつかんで尋ねた。

「ミネアはどこだ」

彼は私の手を振り払い、雄牛の頭を振ったが、私がその場を離れなかったので、顔を現して苛立った様子で言った。

「異国の者であるそなたは知らないのだろうが、聖なる儀式の邪魔をしてはならん。二度と私に触れるな」

「ミネアはどこだ」私が再び尋ねると、ようやくミノタウロスは答えた。

「ミネアは定め通り神の館の暗闇に残り、私は神に聖なる舞を捧げるために戻ってきた。ミネアを連れ戻した褒美は与えたというのに、そなたはこれ以上ミネアに何を求めているのだ」

「ミネアが戻ってこないのに、どうやってあなたは戻ってきたんだ」

私はミノタウロスの前にまわり込んで尋ねたが、彼は私を押しやり、私たちは踊る人々に引き離された。私が何をしでかすか分からないと思ったカプタは、ありがたいことに私の腕を取り、無理やり私を連れ出してくれた。

「ご主人様、なんてばかなことをするのですか。あんなふうに余計な注意を引いたら厄介事に巻き込まれてしまいますから、ほかの者と一緒に踊ったり笑ったり、歌ったりしていたほうがいいですよ。番人が銅門の横にある小さな門を閉め、鍵をどこかへ持っていくのを見ましたから、ミノタウロスはそこから出てきたのでしょう。ですが、ご主人様、お顔が狂犬病にかかったかのようですし、目はフクロウのように回っていますから、まずはワインを飲んで落ち着きましょう」

私の様子を心配したカプタは、芥子の汁を混ぜたワインを私に飲ませたので、私は月明かりの下で松明を目で追いながら草原でぐっすり眠った。私がバビロンでカプタの命を救うためにしたことへの仕返しだったのかもしれないが、甕には閉じ込めず、踊り狂う人々に踏まれないように掛布をかけてくれた。絶望のあまりミノタウロスを刺し殺していたかもしれなかったから、カプタのおかげで命が救われたのだろう。カプタは一晩じゅう私のそばに座り、やがてワインの壺が空になると横になり、私の耳に酒臭い息を吐きながら眠り込んだ。

翌日遅くに目を覚ますと、芥子の汁が効きすぎたのか、一瞬どこにいるのか分からなかった。冷静に少しずつ記憶を呼び覚まし、薬のおかげで取り乱すこともなく頭がはっきりしてきた。見送りに来た者はほとんど町に戻っていたが、何人かは朝まで酒を飲んで踊り、藪の中で恥ずかしげもなく男女入り乱れて全裸で熟睡していた。彼らは目を覚ますと、服を着替え、女たちは髪を梳かしたが、浴室の銀の蛇口から出てくる熱い湯に慣れていたので、小川の水が冷たすぎて入浴できないと不平を言っていた。

彼らは口を濯(ゆす)いで、顔を潤し、口紅を塗って眉を描くと、あくびをしながら言い合った。

「まだミネアを待つの、それとも町に戻るのかしら」

もう草原や藪の中で遊ぶことに興味が薄れ、数人がその日のうちに町に戻ったが、ミネアの友人の中でも若くて貪欲な者だけは、これまで誰一人戻った者はいないと知っているにもかかわらず、ミネアが戻るのを待つと言って神の館のそばに残った。彼らがここに残ったのは、夜の間にお気に入りの相手を見つけたからで、妻は夫を町へ戻らせ、別の男と愉しむための言い訳にしていた。これを見ていると、なぜ娼館が港にしかないのかが分かった。彼らの様子からすると、普通の娼婦ではクレタ島の女に太刀打ちできないのだろう。

ミノタウロスが去る前に私は言った。

「私は異国の者だが、ミネアが戻るのを彼らと一緒に待ってもいいでしょうか」

ミノタウロスは意地悪く私を見て言った。

「誰も止めはしないが、これまで秘儀を授けられた者が戻ってきたことはないのだから、待っても無駄であろう。ちょうど今、エジプト行きの船が港に停まっているようだ」

そこで私はまぬけなふりをして、彼に言った。

「たしかに私は、ミネアのことが好きだったのに神に禁じられて彼女に触れられず、つまらない思いをしていたことは事実です。本音を言えば、ミネアが戻ってくるとは思っていませんが、ここには流し目で誘うように私の手に胸を差し出してくる魅力的な女たちがたくさんいて、こんなことは初めてなので、ここに残ってミネアを待ちたいのです。実のところ、私はミネアに触れられないのに、彼女はかなり嫉妬深くて、私の愉しみを妨げる困った娘でした。それから、まだ頭がぼうっとしていてあまり覚えていないのですが、私は昨夜かなり酔っ払っていて知らずに無礼を働いたようですから、昨日のことを詫びなくてはなりません。あんな踊りは見たことがなかったので、あなたの肩に手を置いて、神に捧げる美しい踊りを教えてほしいと頼んだことは覚えています。異国の者である私は、あなた方の習慣も、神聖なる存在であるあなたに触れてはならないことも知らなかったので、無礼を働いたことを心から謝罪します」

ミノタウロスが私をまぬけな奴だと見なして笑みを浮かべるまで、私は眠そうに目をこすり、頭が痛いと訴えながらしゃべり続けた。

「クレタ人は心が広いから、そういうことならそなたの愉しみを妨げはしない。ここで好きなだけミネアを待つといいが、そなたは異国の者だから誰も孕ませてはならない。この忠告はそなたを侮辱するものではなく、我々の習慣を理解してもらうための男同士の話として伝える」

私は気をつけると約束し、ミノタウロスが私のことを本当の大ばか者だと思い込むまで、シリアやバビロンの神殿の乙女たちとの体験をあれこれ話すと、やがてミノタウロスは私の相手に飽きたのか、私の肩を叩いて町に戻っていった。しかし、ミノタウロスは番人に私を見張るように言いつけただろうし、ミノタウロスが去ってしばらくすると、女たちの集団が私のもとへやってきて、私の首に花輪をかけ、私の目をのぞき込んであらわな乳房を私の腕に押しつけてきたので、クレタの女たちにも私を愉しませてやれと言ったのだろう。女たちは私を月桂樹の茂みの中に連れていき、食事やワインを振る舞ってくれたが、私は彼らの習慣や女たちの軽薄で恥じらいのない様子を間近で見ることになった。たっぷりとワインを飲んで酔っ払ったふりをしたので、女たちが楽しいはずもなく、やがて相手をするのに飽きて私を押しやり、豚だの野蛮人だのと言ってきた。カプタがやってきて私を抱えて連れ出し、酔っ払いの相手は大変だから、主人の代わりに自分が相手をすると女たちに言った。女たちは顔を見合わせてくすくす笑い、若者はカプタの大きな腹と禿げた後頭部をつついてカプタをからかった。しかし、どの国でも女は異国の者に惹かれるもので、カプタをさんざん笑いものにしながらも輪に招き入れ、酒を飲ませ、果物を口に押し込み、脇腹を押しつけてカプタを雄ヤギと呼び、初めは顔をしかめてカプタのにおいを嗅いでいたのに、しまいにはそのにおいにすら惹きつけられていた。

私は飢えたネズミが腹に巣食っているかのようにミネアのことしか頭になかったので、彼らをカプタに任せてその場をあとにした。番人が昼寝をしている隙に銅門に近づき、銅門の横に小さな門があるのを見つけたが、鍵がないので開けることはできなかった。声に出して呼ぶ勇気はなかったから、鍵穴に顔を近づけてミネアの名をささやいてみた。クレタ島では貴族が下々の者と口を利くことはなく、その場にいないかのように振る舞うのが常だったため、ワインの壺を抱えた私が、目を覚ました番人に一緒に飲んで話そうと言うと、彼らはずいぶん驚いていた。しかし、私がまぬけな異国の者だと知っていたから、ワインを受け取ると、クレタの言葉で私をからかってきた。それを見た神殿の神官も館から出てきたので、一緒にワインを飲んだ。

神官は老いた男で、銅門を守る者として生涯を神殿で過ごしてきたが、神の館に入ったことがあるのかと聞くと、彼は恐れ慄き、銅門の中に入れるのは秘儀を授けられた者とミノタウロスだけで、それ以外の者が足を踏み入れると恐ろしい死が待っているのだと言った。その昔、クレタ島の勢力や評判が今ほど大きくなかった頃、宝を探しに来た海賊たちが神殿のそばに上陸して番人に襲いかかり、神の館に踏み込んだが、中に入った海賊は誰も戻ってこず、あとを追って中に入った者も誰一人として戻らず、番人は神の館の通路の奥深くから恐ろしい悲鳴を聞いたという。残された海賊は恐れをなして番人を解放し、船に逃げ帰ったそうだ。それからというもの、誰も神の館に入ろうとする者はいないため、神官は銅門の警備は無駄だと思っているようで、私を自分の家に連れていくとあっさりと門の鍵を見せて、「秘儀を受けた者が中に入って大きな銅門が閉められたあと、誰にも気づかれずに小門から出られるように、神の館へ入るときにミノタウロスはこの鍵を持っていくのだ」と教えてくれた。

神官が暇つぶしで石に彫っていた魔除けの護符や小さな雄牛を私が買うと、神官はたいそう喜び、私たちは友となった。しかし、神の館について話すときは、自分が守っているものを恐れているのか、声をひそめていた。神官はもし銅門が開いていたら神殿に住む勇気はないと言っていたが、その理由を私に説明することはできないようだった。

あまり長居をして余計な注意を引きたくなかったので、宴の輪に戻り、ワインを飲んで楽しいふりをし、女たちをたいそう気に入ったように振る舞った。すっかり酔っ払ったカプタは、私たちが訪れた国についてほら話を語って聞かせていたので、皆手を叩いて大笑いし、子どものように騒いでいた。カプタはバビロンでの偽王の日についても話し始め、王の玉座で下した判決や後宮でさんざん楽しんだ話もしたが、聞いている者はすべて嘘だと思い、それまで以上に笑って、「こいつにはきっとクレタ人の血が流れているに違いない」と言った。

日が暮れる頃には、彼らの楽しみ方や自由奔放な振る舞いに、すっかり嫌気が差してしまった。法で縛られない自由気ままな生活は、目的をもって自分を律する生活よりも飽きやすく、長い目で見ればこれほど退屈な生活はないだろう。彼らは再び夜通し騒ぎ、女たちは身に着けている服を奪われまいと、体をくねらせながら暗い森の木立の中を逃げまわって甲高い声をあげるので、私は眠りを妨げられた。翌朝、彼らは疲れ切り、入浴できないことに文句を言い、その日のうちに何人かが町へ戻っていったので、銅門に残ったのはごくわずかの、若くて貪欲な若者たちだけになった。

三日目になると、最後まで残っていた者も帰ると言い出し、ここまで歩いてきた者も数日に及んだ宴と夜更かしのせいで歩ける状態ではなかったので、誰もいなくなるのを待っていた私は、彼らを私の輿に乗せて帰らせた。番人の仕事は一か月後に新しい若者がやってくるまで孤独で、楽しみもほとんどなかったから、毎晩私が番人にワインを持っていくと、彼らは喜んでワインの壺を受け取った。もし彼らが何かを怪しむとすれば、これまで戻ってきた者はいないのに、私が一人でミネアを待ち続けていることだろうが、彼らは異国の者である私をただのまぬけだと思い込んでいたので、怪しむことなくワインを飲み、神官も輪に加わった。そこで、私はカプタのところに行ってこう言った。

「ミネアは私が迎えに行かなければ戻ってこないだろうから、私たちは今ここで別れるべきだと神が定めている。これまで暗黒の館に足を踏み入れた者は誰も戻っていないというから、私も戻らないかもしれない。だからお前はどこかに身を隠して、朝になっても私が戻らなかったら一人で町に戻るんだ。誰かに何か聞かれたら、お前の得意なほら話で、私は崖から海に落ちたとか適当なことを言えばいい。たぶん私は戻ってこないだろうから、すぐに町に戻りたいならそうしてもいい。お前がスミュルナに戻ったときに私の財産を相続できるように粘土板を残してあるし、好きな国に行けるようにシリアの印章も押してある。家を売りたいなら売ってもかまわない。あとは自由にどこへでも行くといいが、もしエジプトで逃亡奴隷として追われるのが怖いなら、スミュルナの私の家に残り、私の財産で好きに生きるんだ。ミネアを見つけられなかったら自分の遺体を保存してほしいとは思わないから、私の遺体の始末も気にしなくていい。その達者な口には辟易（へきえき）することもあったが、お前はよく尽くしてくれた使用人だ。だから何度も杖できつく打ってしまったことは悔やんでいるが、それはお前のためにしたことだから、私を恨まないでほしい。お前はスカラベの加護を信じているから、幸運をもたらすスカラベとともに行くんだ。私の行く先にスカラベが必要だとは思えないからね」

カプタは私を見ずにしばらく黙り込んだが、ようやく口を開いた。

「ご主人様、たしかにご主人様は私を杖で必要以上にきつくお打ちになりましたが、よかれと思ってしてくださったことですから、それを恨んではおりませんよ。それどころか何度も私の助言を聞き入れ、使用人や奴隷ではなく友人のように話してくださるので、ご主人様の立場を思うと心配していたほどなのです。まあ、すぐにまた杖が飛んできて私とご主人様の関係を知らしめてくださいましたがね。今の状況を整理しますと、ミネアは、祝福されたあの小さな足を私の頭に置いたのですから、私の女主人であり、私は使用人として女主人にも尽くさなくてはなりません。ご主人様は町へ戻れとお命じになったので、使用人としてはどんなに愚かな命令でも従わなくてはなりませんが、やはり数えきれないほどの理由で、ご主人様をたった一人であの真っ暗な館に行かせるなんてできませんし、こんな場合にはスカラベも助けてくれないだろうとお考えでも、スカラベを持たずに送り出すことなんてできませんから、私は友人としてお供いたします」

泣きわめくこともなく、真剣に思慮深く話をするこんなカプタは、今まで見たことがなかった。それでも私はどうせ死ぬなら一人で十分だったし、二人で死の渦へ飛び込むこともないから、ばかなことを言わないで命令通りに早く行けと言った。しかしカプタは頑(かたく)なに言い張った。

「もし一緒に行けないのでしたら、あとから見つからないようについていきますが、暗闇はひどく恐ろしいので、やはりご一緒したいと思います。それでなくともあの暗黒の館は気味が悪く、考えるだけで骨の髄までふるえそうですし、途中で怖くなって泣きわめいてご主人様の邪魔をしてしまいそうですから、自分を勇気づけるためにワインの壺を持っていくことをお許しください。私は心優しい人間で、血を見るのは恐ろしいので、武器は持たないほうがいいでしょうし、いざというときは武器で戦うよりも逃げたほうがいいでしょうから、もし神と戦われるのでしたらお一人で戦っていただき、私はそばで眺めながら、助言をすることにしましょう。これはすべてご主人様がよくおっしゃるように、私が生まれる前から星に記されていたのでしょうが、そんなのはちっとも慰めになりません。一人の人間としてもう十分長い人生を生きてきて、数えきれないほどの酒場に行き、思い切り酔っ払ってきましたし、女とも愉しんできました。つい最近の体験はなかなかの柔肌をしたクレタの女たちで、アメン神よ、誰もクレタの女たちと壺を割りませんように！　これは女主人である堅物で潔癖症のミネアのことではございませんよ。あちこちにいるかもしれない私の子どもたちにはもう決して会うことはなく、話を聞かせてやることもできませんが、ご主人様に申し上げられることは、あまりに身持ちが堅いのは命取りだということです。普通の女が好きな男と寝床をともにするように、もしあの娘がご主人様とそうしていればこんなことにはならず、私たちは今頃スミュルナかエジプトにいて、ミネアが家を切り盛りし、そこでまた色々な面倒が起こっていたとしても、今私たちに待ち受けている厄介事に比べれば取るに足らないものだったはずです。それから遺体の保存も私にとっては些細なことではなく、それどころか自分の遺体が来世でどうなることか非常に気にかけております。石臼に指を挟んだ婆さんが言っていたように、防ぎようのない出来事はどうしたって起こるのでしょう」

カプタは恐怖から逃れようと次第に饒舌になっていき、その気になれば一晩じゅうでも喋り続けそうだった。だから私は言った。

「番人たちはワインのおかげで眠りこけているはずだから、もう無駄話はやめて中に入って終わらせよう。ワインの壺を持っていきたいならそうするといい」

番人たちや神官はぐっすり眠っていたので、難なくミノタウロスの門の鍵を奪うことができた。火種と松明を持っていったが、小さな門は月明かりで開けられたので、火はつけなかった。私たちが神の館の中に入って門を閉めると、暗がりの中でカプタの歯がワインの壺に当たる音が聞こえた。

5

カプタは酒の力で勇気を振り絞り弱々しい声で言った。

「ご主人様、ここなら外に明かりは漏れませんし、松明を灯しましょう。自ら足を踏み入れたとはいえ、この暗闇は誰も避けられないあの世よりも恐ろしいですからね」

そこで炭を熾して松明に火を灯すと、銅門によって入り口が塞がれた大きな洞窟の中にいることが分かった。洞窟からは十本の頑丈な煉瓦の道が続いていた。クレタの神は迷宮に住むと聞いていたから覚悟はしていたし、バビロンの神官たちは、迷宮を造るときは生贄の腸の形に従うものだと教えてくれた。私は生贄に捧げられる雄牛の腸を何度も見たことがあったし、クレタ島の迷宮はおそらく大昔に雄牛の腸の形を模して造られたのだろうから、迷うことはないだろうと思った。そこで私はカプタに最初に行く道を示して言った。

「あの道を行こう」

ところがカプタは言った。

「私たちはそこまで急いではおりませんし、船が転覆しては元も子もありません。二度と戻ってこられない気がするので、迷わずに帰り道をたどれるように備えたほうがよいでしょう」

そう言うと、袋から毛糸玉を取り出し、骨片に糸を結び、煉瓦の隙間にしっかりと骨を固定した。カプタの考えは私にはとても思いつかず、単純ながらとても賢明な発想だったが、私の威厳が損なわれるといけないので褒めることはせず、急ごうとだけ言った。私は雄牛の腸の形を思い浮かべながら暗黒の館の迷路に足を踏み入れ、カプタは毛糸玉の糸を繰りながら前に進んだ。

暗闇の中、私たちは多くの道を歩きまわり、新しい道が目の前に現れ、行き止まりにぶつかっては元の道に戻り、次の道を進んでいった。やがてカプタが立ち止まって辺りのにおいを嗅ぐと歯をがちがち鳴らし始め、「ご主人様、雄牛のにおいがしませんか」と言ったとき、カプタの手の中の松明が揺れた。

私も雄牛よりもひどいむっとする臭気をはっきりと感じたが、それはまるでこの迷宮全体が巨大な雄牛の厩でもあるかのように、私たちがいる迷路の壁から漂っていた。私はにおいを吸い込まないように気をつけながら先を急ごうと言い、カプタがワインをぐいと飲んで前に進むと、私は何かに足を滑らせて転びそうになった。足元を見ると、まだ髪の毛が残る腐敗した女の頭蓋骨が転がっていた。それを見た瞬間、もう生きているミネアには会えないのだと思ったが、それでも何があったのかを知りたい一心でカプタを押しのけ、泣くなと命じて前に進んだ。しかし、そこでまた行き止まりになり、来た道を戻り、新たな道を選ばなければならなかった。

突然カプタが立ち止まり、わずかに残っているまばらな髪の毛を逆立て、灰色の顔を歪ませて地面を指さした。指されたほうを見ると、地面の上に男の体ほどの大きさの乾いた動物の糞があった。もしそれが雄牛の残したものだとしたら、ありえないほど巨大だということになる。カプタは私の考えを察して言った。

「こんなに大きい雄牛ならここには入りませんから、雄牛の糞であるはずがありませんよ。巨大な蛇の糞だと思います」

そう言ってカプタは歯を鳴らしながらワインを飲んだ。途方もなく大きな大蛇（だいじゃ）がこの道を動きまわっているのかと思い、一瞬引き返そうとした。しかし、恐ろしい絶望に襲われながらもミネアのことを思い出し、無駄だと分かっていても汗ばむ手に短刀を握りしめて、カプタを引っ張って進んでいった。

そこから先は、通路に漂う臭気がどんどんひどくなり、前に進むにつれて悪臭が押し寄せ、息苦しくなってきた。それでも私の心は、もうすぐたどり着くという気持ちで高揚していた。足早に進んでいくと、煉瓦で舗装された道から、灰色の柔らかい石を掘り進めた道が続き、遠くに明かりが見えてきた。まるで恐ろしい野獣の巣の中を這いずるかのように、積み上がる人骨や糞の山につまずきながら下り坂を急いで進むと、やがて洞窟は大きな空間に行きついて、目の前に海面が広がった。何とも言えない悪臭が漂うなか、岩盤の端からおそるおそる水面をのぞき込んだ。

海の緑色がかった光が隙間から差し込んでいたので、松明がなくても辺りを見渡すことができ、少し離れたところから岩盤に打ち寄せる波の音が聞こえてきた。やがて目が慣れてきて、目の前の水面に腐臭を放つ巨大な革袋が連なって浮かんでいるのが見えると、その正体が人が想像しうるどんな動物よりも大きくて恐ろしい生き物の死体だと分かった。巨大な雄牛のようで、頭部は水中に沈み、体は腐敗して軽くなり、大蛇のように折り重なって浮かんでいた。それは、何か月も前に死んだクレタ島の神だった。神が死んでいるなら、ミネアはどこにいるのだ。

ミネアのことを思うと同時に、これまで雄牛跳びに励み、秘儀を授けられて神の館に足を踏み入れた若者たちのことを思った。神の光と喜びを得るために、女に触れることを禁じられた若い男と、純潔を守らなければならなかった若い女たちのことを思い、暗黒の館の中で寒さにふるえる彼らの頭蓋骨や骨のこと、若者たちを迷宮に追いつめて逃げ道をふさいだ巨大な海獣のこと、そして雄牛跳びの技術が彼らの身を助けてくれなかったことを思った。クレタ島の支配者は、生贄を捧げれば海の覇権を維持できると考え、最も美しく非の打ちどころのない若者たちを生贄に捧げ、人肉を食う海獣は月に一度の生贄で生きながらえていたのだ。大昔、どこからか嵐に紛れてこの洞窟に流されてきた怪物を閉じ込め、逃げ出せないように迷宮を造り、死ぬまで生贄を与えてきたのだろうが、この怪物はもうこの世にいない。それならミネアはどこにいるのだ。

死に物狂いでミネアの名を叫ぶと、その声が洞窟に反響した。そしてカプタが指さした床を見ると、乾いた血痕が石にこびりついていた。血痕を追って水中に目を落とすと、体じゅうにエビやカニが食らいつき、顔すら残っていないミネアの体が、いや、かつてミネアだった体の残骸が、海の底で揺れていた。ミネアだと分かったのは、髪をまとめていた銀糸の網があったからだ。胸に剣の傷があったから、ここに連れ込まれたあと、クレタ島の神の死が外に漏れないように、ミノタウロスに背後から剣で襲われ、そのまま水中に落ちたのだろう。そしてミネアのほかにも何人もの若者が同じように葬られてきたに違いない。

これ以降のことはカプタの話以外に何も分からない。あとから聞いた話によると、私は目の前の現実を理解した瞬間、恐ろしい叫び声をあげ、がっくりと膝をついて意識を失い、カプタが私の腕をつかんでいなければ、ミネアのあとを追うように崖から落ちるところだったそうだ。焦燥感と苦悩、絶望に襲われた私にとって、この失神は情け深いものだった。

カプタは、私も死んだと思ってしばらくその場で泣き、ミネアのことも思って泣いたが、やがて気を取り直して私の体を確かめると、まだ息があることに気づき、ミネアは助けられなかったが、少なくとも私を救うことはできると思ったそうだ。さらに、ミノタウロスに殺されたほかの若者たちが、エビやカニに食いつくされ、海底の砂の上にきれいな白骨となって漂っているのも見たと語った。私を慰めるためにこういう話をしたのかは定かではない。カプタは息が詰まりそうなひどい悪臭の中で、酒壺と私を同時に運ぶことはできないと気づき、覚悟を決めてワインを飲み干すと、壺を水中に投げ捨てて渾身の力で私を背負い、来るときに残しておいた目印の糸をたぐり寄せながら銅門まで私を連れ帰った。それから、迷宮に痕跡を残さないほうがいいと思い、松明の明かりを照らして糸を巻き取っていたときに、通路の壁や分かれ道にミノタウロスが道に迷わぬよう密かに正しい道順を記していたことに気づいたそうだ。カプタが水中に投げ捨てた空の酒壺は残したままなので、ミノタウロスが次にここに処刑をしに来たときに不思議に思うだろう。

カプタが私を外に連れ出して小門を閉めたとき、夜はもう明けていたが、番人や神官は私がワインに混ぜた薬のおかげでまだぐっすり眠り込んでいたので、そっと神官の家に鍵を戻した。それからカプタは私を小川の岸に運び、私が意識を取り戻すまで小川の水で顔を濡らしたり手をさすったりしてくれたそうだ。私は混乱していて喋ることもできず、落ち着かせるために薬も飲ませてくれたようだが、このあたりのこともまったく記憶にない。カプタが私を両腕で支えながら町に近づいた頃、私はようやく意識を取り戻した。それ以降のことはすべて覚えている。しかし、ミネアの記憶は過去の人生のどこかで出会った心の中のかすかな影と化していて、もはや苦しさを感じなかった。その代わりに、クレタ島の神が死に、予言のようにクレタ島の覇権が崩れていく様子が目に浮かんだが、クレタの民がどんなに優しくても、彼らの享楽や芸術が海岸に光り輝く泡沫のようでも、まったく哀れだとは思わなかった。そして、数々の美しい建物が炎に包まれ、女たちの嬌声が死の悲鳴に変わり、ミノタウロスの黄金の雄牛の頭が槌で潰され、戦利品を奪い合って混乱が始まり、雄牛の海獣の訪れとともに繁栄したクレタ島の勢力も島そのものも、この地には何一つ残らず、海に飲み込まれるのだと思うと、胸のつかえが下りる思いだった。

ミネアの死は一瞬で、海獣から逃げるために持てる技を尽くして跳びまわることもなく、死の瞬間には何が起こったかさえ分からなかっただろうから、ミノタウロスのことは憎いとは思わなかった。海獣が生きていた頃も、この秘密を知りながら最も美しい若い男女を毎月暗黒の館に送り続け、神の死とクレタ島が崩壊する未来をたった一人で抱え込むのは、決して易しいことではないだろう。だから私はミノタウロスを悪人だとは思えず、カプタに支えられて歩き続けながら、ただ歌い、大笑いした。カプタはミネアの友人と行き会うたびに、ミネアを待つ間に私が泥酔したのだと話したが、私はこの国では人前で酔っ払うことが野蛮な行為だということを知らない異国の者だったから、仕方がないと思われた。ようやくカプタが輿を借りて私を宿へ連れ帰ると、私はさらにワインをたっぷりと飲み、深い眠りについた。

目を覚ました私は、再びミノタウロスのことを思い出して殺意を覚えたが、あの出来事は遠い過去に感じられ、我に返り、彼を殺しても何も変わらず、自分が満足するわけでもないと思いとどまった。また、港の民にクレタ島の神の死を知らせたら、町に火が放たれ、血が流れるだろうが、そんなことをしても私には何の得もなかった。さらに、これから神の館に足を踏み入れる若者たちに真実を告げて彼らの命を救おうとも考えたが、真実は子どもの手に渡ったむき出しの刃にすぎず、真実を手にした者が傷つくだけだと分かっていた。

ミネアのほっそりとした体はエビやカニに貪られて白骨となり、海底の砂の上で永遠に安寧のときを過ごし、私は二度とミネアを取り戻せないのだから、クレタ島の神がどうなろうと異邦人である私にとっては知ったことではない。これはすべて私が生まれる前から星に記されていたことで、私が生まれたのは世界の日没の時代、つまり、神々が死に、この世界が終わり、新たな世界が始まる時代、すべてのものごとが移り変わる時代なのだ。そう思うと心が慰められたので、カプタに何度も話したが、カプタは「病気だからどうか休んでほしい」と言って、私が誰かとその話をしようとしても、誰にも会えないように計らった。

その頃の私は腹が空かず、ワインだけを飲んでいたかったから、とにかく何かを食べさせようとするカプタに嫌気が差していた。私は常に喉が渇き、ワインだけが渇きを癒してくれ、物が二重に見えるほど飲んだときだけは、気持ちが穏やかになり優しくなれた。そのとき悟ったのは、酒を飲み過ぎて物が二重に見え始めると、たとえそれが真実ではないと分かっていても本人にとっては真実なのだ、ということだった。これがすべての真実の本質だと思ったが、辛抱強くカプタに説明してみたところでまったく聞いてもらえず、ただ心を落ち着かせるために横になって目をつぶれと言われただけだった。自分では壺の中の油漬けの死んだ魚のように動じることなく落ち着いていると思っていたが、目を閉じると、腐敗した水の中の白い人骨や、記憶の底に沈めたはずのミネアという娘が雄牛の頭をした大蛇の前で複雑な踊りを踊る姿といった、見たくないものが次々と現れるから、目を閉じたくなかった。だから、杖を持って腹の立つカプタを打とうとしたが、酒のせいですっかり手の力が弱っていて、カプタにあっさりと杖を奪われてしまった。また、自分の動脈から血が流れるところを見たいとも思ったが、ヒッタイトの港湾長からもらった素晴らしく高価な短刀もカプタがどこかに隠してしまって見つけられなかった。

神や真実、虚構について、私の壮大な考えをきちんと理解してくれるのは、この世で唯一ミノタウロスだけだと思い、彼と言葉を交わしたくて、ここにミノタウロスを呼んでくれと何度もカプタに頼んだが、カプタはそれにも従わなかった。血まみれの雄牛の頭があれば、私は雄牛や海、雄牛跳びのことを話せたのに、カプタはそれさえ持ってきてくれなかった。こんな小さな望みも叶えてくれないのだから、カプタに嫌気が差すのも無理はないだろう。

あとになってみれば、当時の私は酒のせいで自分を見失っていたし、記憶も曖昧で何を考えていたかも思い出せないほどだったから、たしかに病んでいたのだろう。それでも、いいワインのおかげで正気を失わずに済み、ミネアと神への信仰と人間らしい善意を永遠に失うに至った最悪の時期を乗り越えられた。だから、私のもとに、服を引き裂き頭に灰をかぶった者が来れば決まってこう言った。

「ワインで癒されない悲しみはない。ワインで忘れられない不幸はない。ワインで慰められない喪失はない。だから最初は苦く感じても、飲めば飲むほど美味(うま)くなるし、いずれ悲しみは空に浮かぶ雲のようになるのだから、不平を言わずにワインを飲めば、ネズミが油に溺れるように悲しみもワインに溺れるだろう」

一方で、髪や首に花輪を飾り、高価な香油を塗りたくり、上等な服を身に着け、目に歓喜の涙を浮かべた者がやってくればこう伝えた。

「喜びはちらちら光る蛇のように美しく見えたとしても、悲しみや不幸より危険なもので、血管の中に死に至る毒を垂らしていくから、度のすぎた喜びは禁物だ。酒に溺れる喜びは、始めは甘い味がするが、布が古びて擦り切れていくように、やがて人を幻に誘う最も不実なものとなり、苦味が増してくるものだから、そうなっても文句は言うな」

少年の頃、アメン神官が神殿の奥で神像の顔に唾を吐きかけ、袖で拭ったのを見たときと同じように、私の中でワインとともに何かが崩れていった。私の命の流れはせき止められ、再び水たまりとなったが、それは上からのぞき込む分には夜空の星を映して美しく見えても、杖を差せば泥と残骸が澱んでいた。

そしてまたも朝が来て目を覚ますと、カプタが宿屋の部屋の隅に座り込んで頭を抱えて静かに泣いているのに気づいた。私はふるえる手でワインの壺を傾けて一口飲むと、乱暴に聞いた。

「この犬め、何を泣いているんだ」カプタの世話の焼きようとまぬけぶりには嫌気が差していたので、カプタに話しかけたのは数日ぶりだった。カプタは頭をあげて言った。

「港に入港しているシリア行きの船は、冬のひどい嵐の前に出る最後の船なのですよ。だから泣いているのです」

「お前の顔にも戯言(たわごと)や泣き言にもうんざりだから、杖で打たれる前にさっさと行ってしまえ」と怒鳴ったが、逃亡奴隷とはいえ、私のそばにいてくれる人間がいることに慰められていたことに気づき、自分が情けなくなって酒壺を遠ざけた。カプタは言い返した。

「まったくでございます、ご主人様。私もご主人様の泥酔ぶりと傍若無人ぶりにはうんざりしていますし、そのおかげであろうことかワインも味を失って、壺から管でビールを飲む気にもなれません。死んだ者は死んだのであって戻ってきませんから、前を向き、この地を離れるのが一番いいのです。ご主人様の金銀や、旅の途中で稼がれたものはすべて窓から外に投げ捨ててしまわれたし、そのふるえる手では酒壺を持つことすら難しいのですから、治療なんてできないでしょう。私も最初はワインを飲まれるのは、気持ちが落ち着くのでいいことだと思っておりましたから、どんどん封を開けてご主人様に勧め、私もいただきましたよ。周りの者にも『私の主人を見ておくれ！　カバのように飲み、躊躇せずに金銀を酒に注ぎ込んで大いに楽しんでおられる』と言いました。ですが、何事にも限度があるというのに、ご主人様はいつも極端で、もはや自慢どころかご主人様を恥じておりますよ。酒は多くの悩みから心を軽くしてくれますし、私も何度もそうしてきましたから、何も酔っ払って街角で喧嘩をして、頭にこぶをこしらえ、娼館で目を覚ますような男を責めているわけではございません。ですが、神が定めている通り、二日酔いというのはビールと塩漬けの魚ですっきりさせて、また仕事に戻るものです。それなのにご主人様は、今日が最後といわんばかりに浴びるようにお飲みになって、飲み過ぎて死んでしまうのではないかと心配になるほどで、それならワインの大樽に頭を突っ込んで溺死されたほうが手っ取り早いですし、ご主人様の恥にもなりませんよ」

私はカプタの言葉を噛みしめて自分の手を見ると、それはかつて治療をする手であったのに、今では意志を持っているかのように勝手にふるえ、思い通りに動かなかった。また、これまでさまざまな国で学んだ知識から、大げさに振る舞うのはばかげたことだと知っていたし、酔い過ぎたり食べ過ぎたりして喜びや悲しみを誇張するのも愚かな振る舞いだと分かっていた。だからカプタにこう言った。

「お前の言う通りなのだろうし、それくらい自分でも分かっているが、お前に言われたことは鬱陶しいハエの羽音みたいなものだ。私はもう決めたんだから、お前にどうこう言われる筋合いはないよ。だが、酔いつぶれるのは一旦ここまでにして、しばらくは酒壺の封を切らないことにしよう。どうやら私は自分を取り戻すことができたようだから、クレタ島を発ってスミュルナに戻ることにする」

これを聞いてカプタは大声をあげ、笑いながら奴隷がよくやるように両足で飛び跳ねたが、私はこう続けた。

「こんなことを言ったら神への冒涜だと気を悪くする者もいるかもしれないが、私はこの海の島で神というものを知ることができたから、実に有意義な旅をしたと思う。エジプト人だろうが、クレタ人だろうが、バビロン人だろうが、そして、これから神の勢力とその意義を他国の民に教え込もうとやってくるヒッタイト人だろうが、誰かが自分の信仰で幸せになることをとやかく言うつもりはない。私はこれからスミュルナに戻り、目の前に道が開けたなら、行き先など深く考えずに歩んでみようと思う。死後の世界を経験していないから確かなことは言えないが、ひょっとしたら死よりも生きることのほうが尊くて、生きている者は死んだ神よりも価値があるのかもしれない。それでも、数週間も泥酔したことが死に劣るとは思えないから、私は死を経験したも同然だ。だから、急いで船を手配して荷造りをしてくれ。それから足の力が弱っていて、使い慣れない道具のように言うことを聞かないから、船に乗るときは手を貸してほしい」

　喜び勇んで出発しようとするカプタに、私は言い足した。

「いいか、これが条件だ。ミネアのことは永遠に忘れ去り、存在さえ記憶から消し去ったのだから、二度と私の前でその名を言ってはならない。お前にとって面倒な誓いや約束はハエの羽音にすぎないだろうからそんなのは求めないが、一度でもその名を口にしたら、逃亡奴隷だと告げて石切り場か鉱山に売り渡し、お前の耳や鼻を削いでもらうぞ。カプタ、お前にこれほど真剣に話したことはないから、よく覚えておくんだ」

　カプタは何も言わずにその場を去り、その日のうちに私たちは船に乗り込んだ。漕ぎ手たちは櫂を漕ぎ始め、銅板を貼ったクレタ島の戦艦の横を通って港を出発し、数十、さらに数百隻もの船の間をすり抜けていった。港を出ると、一旦櫂を引きあげ、船長が海神と船室の神に供物を捧げて帆を張った。船は傾き、波が音を立てて船腹に打ちつけた。船はシリアの沿岸を目指して進み、やがてクレタ島は青い雲か影、はたまた夢のように遥か向こうに消え、辺りには打ち寄せる波だけが広がった。

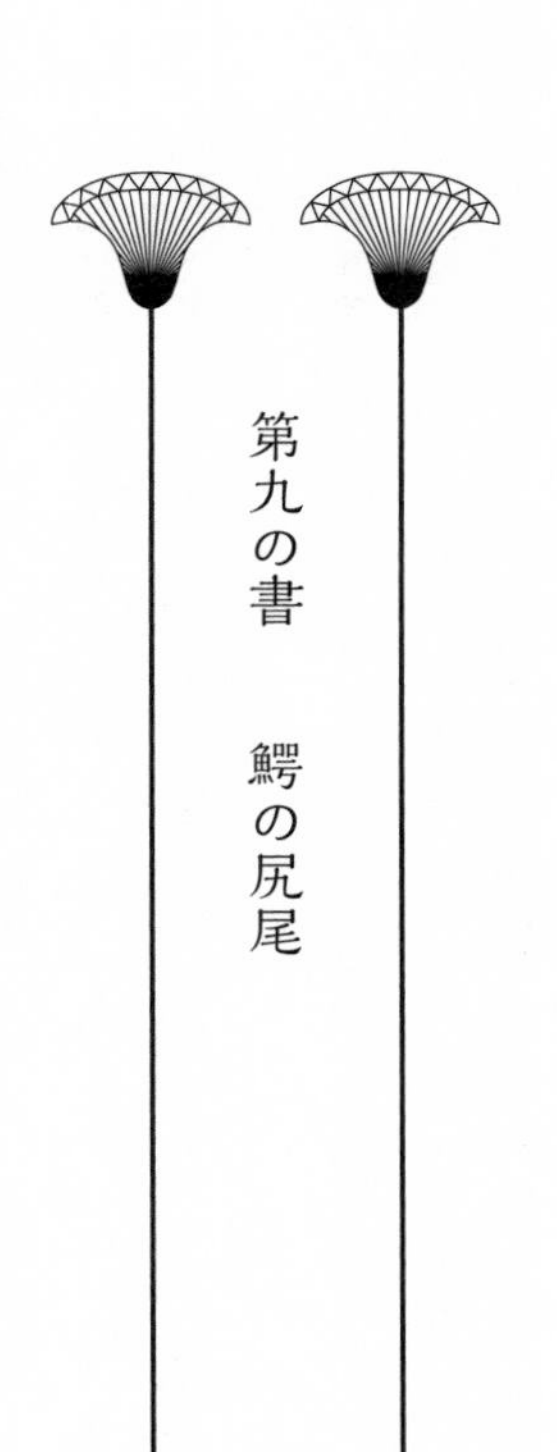

第九の書　鰐の尻尾

1

スミュルナを離れていた三年の間に、多くの国で善悪を問わず見聞を広めてきた私は、経験によって成長し、スミュルナに戻る頃にはもはや若者とは言えなかった。口数は少なく、以前に増して孤独を感じていたが、海風のおかげか、ワインの飲み過ぎで靄（もや）がかかっていた頭もすっきりとし、目は澄み、手足に力が戻り、人と同じように食事ができるようになってきた。赤ん坊の頃に葦舟に乗せられてナイル川の岸に流れ着き、子どもの頃から一人だった私にとって、孤独は我が家や暗闇の中の寝床と変わらず、もし男に孤独がつきものだと定められているのなら、ほかの人のように孤独に慣れる必要はなかった。

碧色に波立つ海の只中で船首に立っていると、潮風が私の雑念を払い、どこか遠くのほうから、海に映る月光のような瞳が見え、ミネアの気まぐれな笑い声がかすかに聞こえ、バビロンの街道沿いにある藁敷きの床の上を身軽な格好でしなやかな葦のように踊る若々しいミネアの姿が目に浮かんだ。やがてその姿が浮かんでも悲しみや苦しみを感じなくなり、朝目覚めて、美しい夢を思い出すときのような、甘い切なさとなっていった。ミネアと出会っていなかったら、私は未熟な人間のままだっただろうから、彼女に出会えたことは喜びで、ともに過ごした時間を忘却の彼方に追いやってはいけないと思った。しかし、冷たい木材に塗装された船首像の女の横顔のそばに立って風を受けていると、男としての力がみなぎるのを感じ、この先の人生でも孤独な夜はまた女と過ごすことになるのだろうと思った。それでも私にとってミネア以外の女は皆、化粧をした冷たい木像にすぎず、暗闇の中でミネアを彷彿とさせる月光のような瞳の輝きや、ほっそりとした脇腹の温かさ、イトスギの香る肌をこれからも探し求めることになるのだろう。

こうして私は、船首像のそばでミネアに別れを告げた。

海に暴風が吹き、山のような大波が船腹に打ちつけて船が大きく揺れたので、困難な船旅となった。カプタは腹周りを何重にも紐できつく巻いていたが効き目はなく、護符もスカラベも役に立たなかったので、この世に生まれてこなければよかったと嘆きながら断食をし、海神にあらゆるものを捧げた。しかし、今までの経験から、陸地を踏みしめれば回復することが分かっていたので、以前ほど怖がりはしなかった。

ようやくスミュルナに着くと、カプタは地面に身を投げ出して桟橋の大きな石段に口づけをし、泣きながらもう二度と船の甲板を踏まないとスカラベに誓った。スミュルナは私の人生のうちの二年間を過ごした町で、医師として初めて患者を治療して報酬を得た場所だったから、スミュルナの慣れ親しんだ狭苦しい路地や高い建物、人々の服装や死にかけた犬、魚のかごにたかるハエの群れを見て、私は胸がいっぱいになった。

以前住んでいた私の家は、盗人（ぬすっと）に窓を破られ、出発時に商館に預けていなかった金目のものはすべて持ち去られていた。長く不在にしていた間に、隣人たちは家の前をごみ捨て場と便所代わりにしていたので悪臭が漂い、戸口の蜘蛛の巣を払って部屋に入ると、至るところにドブネズミが走り回っていた。隣人たちは私を見ても喜ぶどころか顔を背けて戸を閉め、「奴はエジプト人だ。すべての災いはエジプトからやってくる」と言い合った。そこで宿に泊まることにし、カプタに家の片付けを任せ、私は投資をしている商館に向かった。ホルエムヘブからもらった黄金はミネアのためにバビロンの神官に渡してしまったし、旅をしていた三年の間に自分で稼いだ財もすべて失い、スミュルナに戻ったときにはすっかり文無しになっていたのだ。

商館の裕福な船主は私の資産をすべて引き継いだ気でいたので、長い間留守にしていた私を見るなりひどく驚き、鼻を長くして不安そうにあごひげをしごいた。それでも彼らは現在の私の資産状況をきちんと調べてくれた。それによると難破した数隻の船へ投資した分は失われたものの、それ以外の船では儲けをあげていて、すべてを勘定すると出発したときよりも資産が増えていたので、スミュルナでの生活を心配せずに済んだ。

友人である船主たちは私を部屋に招き入れ、ワインと蜂蜜菓子を振る舞い、鼻を長くして言った。

「我らがエジプト人医師、シヌへよ、何があろうとおぬしは我々の友だし、我々としてはこれからもエジプトとの交易を続けたいのだが、民はファラオへの納税にひどく不満を抱え、エジプト人にはこの辺りに住み着いてほしくないと思っている。何がきっかけだったのかは我々にも分からんが、エジプト人というところを見られるのも嫌がるし、エジプト人は路上で石を投げられ、エジプトの神殿には豚の死骸が投げ込まれている。シヌへ、おぬしは我々の友で、おぬしの素晴らしい医術の腕は心から尊敬している。だから、くれぐれも気をつけてほしくて今の状況をありのままに伝えるのだ」

旅に出る前は、スミュルナ人はエジプト人と友情を結ぼうと競うようにエジプト人を家に招き、テーベではシリアの真似事をしていたように、スミュルナではエジプトの真似をしていたから、彼らの話にはかなり戸惑った。そこへカプタが怒りながら宿に戻ってきて言った。

「ご主人様、ご主人様に命じられた面倒な仕事をしていたら喉が渇いたので、ちょっと酒場に立ち寄りましたら、スミュルナ人は狂犬さながらに振る舞い、エジプトの言葉は分からないと言って私を外に放り出したのです。彼らの尻の穴から何か悪い憑きものが入り込んだに違いありません。彼らは私がエジプト人だと気づくと、ひどい言葉で罵り、近くにいた子どもはロバの糞を投げつけてきました。ご存じのように私の舌は騒々しい生き物と同じで黙っているのはかなり辛いのですが、もみ殻のようにひどく喉が渇いてシリアの強いビールが恋しかったので、次の酒場では同じ過ちを繰り返すまいと賢く立ちまわり、ひと言も口を利かないようにしていたのです。ほかの奴らとともにビールの壺に管を差し、何も言わずに無駄話を聞いておりました。彼らが言うには、スミュルナは元々自由な町でどこにも税を納めていなかったのに、これ以上子どもたちがファラオの奴隷として生まれるなんてまっぴらなのだそうです。ほかのシリアの町も元々は自由だったのだし、もうファラオの奴隷として生きるのはやめて、自由を愛する者たちでエジプト人の頭をかち割ってシリアの町から追い出そう、などと話しておりました。シリアは放っておいたら袋に入れられた野良猫も同然で、互いに争い傷つけ合うだけですから、家畜や農作物、交易が損害を被らないように、エジプトが献身的にシリアを守ってきたことは誰もが知っているというのに、こんな愚かなことを言っていたのです。こんなことは子どもの頃に学校で学んだエジプト人なら誰でも知っていますし、学校に行ったことがなく昔の主人の息子を学校の前で待っていただけの私でも知っていることです。まあ、この昔の主人の息子というのが私の脛を蹴ったり、尖ったペンで刺してきたりと痛い思いばかりさせる底意地の悪い子どもでしたがね。いや、こんな話をするつもりはなかったので、酒場で聞いたことだけをお話しましょう。酒場ではシリア人が偉そうにシリアの町のために力を合わせようと言い合っていて、聞いているうちにエジプト人として吐き気がしてきたので、酒場の店主が背を向けた隙に、ビールの代金も払わずに管を折って出てきたのです」

カプタの話を確かめるのに、町中を歩きまわる必要はなかった。エジプト人は護衛と一緒に町を歩いていたが、それでも揶揄され、腐った果物や死んだ魚を投げつけられていた。シリアの服を着こなせる私はあまり煩わされることはなかったが、私を知っている人々にはすれ違いざまに顔を背けられた。しかし、おそらくシリア人は新たな租税に腹を立てているだけで、しばらくすればおさまるだろうし、エジプトの穀物がなかったら湾岸の町は立ちゆかず、エジプトがシリアから恩恵を受けているようにシリアもエジプトから恩恵を受けているのだから、私はこの状況をそれほど深刻に受け止めていなかった。

私の自宅が整って以前のように患者を診始めると、それを知った人々は前と変わらずに私のもとにやってきたが、それは不快感や病、痛みにはエジプト人かどうかよりも治療の腕のほうが重要だからだろう。それでも患者はしばしば私に意見をしてきた。

「エジプト人のおまえに聞くが、エジプトがヒルのように貧しい俺たちから税を徴収して、私腹を肥やすのは間違いじゃないのか。俺たちは敵から身を守る術は心得ているのだし、必要とあらば自分たちで秩序を守ることができるのだから、この町にエジプト軍の駐屯地があるのは俺たちに対する侮辱だ。それに、周壁や塔の建て直しや修理を自分たちの金で自由にできないのもおかしいじゃないか。俺たちの指導者だってエジプトの力を借りずに領主の戴冠や法の執行を行い、きちんと民を統べることができるはずだ。バアルにかけて、エジプト人がいなければ俺たちはもっと繁栄するはずだったのに、お前たちがバッタの大群のように俺たちにまとわりつき、ファラオが新たな神を押しつけるせいで、俺たちの神が機嫌を損ねるじゃないか」

彼らと言い争うつもりはなかったが、これだけは伝えた。

「お前たちを守っているのはエジプトだというのに、いったい何のために周壁や塔を建てるのだ。たしかに周壁に囲まれたこの町はお前たちの曽祖父の、そのまた父の頃には自由だったかもしれないが、お前たちの領主が欲望のまま悪事を働いたせいで貧しくなり、今も周辺地域を憎み、多くの戦で血を流したあげく、富める者も貧しい者も安心して住めなくなったのではないのか。今はエジプトの盾と槍のおかげで敵から守られ、エジプトの法のおかげで富める者も貧しい者も権利が守られているのだぞ」

しかし、彼らはかっとなって目を血走らせ、顔を引きつらせて言った。

「エジプトの法なんかくそくらえ。エジプトの神なんて忌まわしいだけだ。俺たちの領主が好き勝手に悪事を働くわけがないし、エジプト人が俺たちの自由を忘れさせようと嘘を言っているだけだ。たとえお前の話が本当だとしても俺たちの領主が望んだことだし、属国での正義よりも、自由のもとでの悪事のほうがいいに決まっている」

「お前たちに奴隷の印はないし、むしろエジプト人のまぬけぶりをいいことにエジプトから富を得ているではないか。それにもし自由になったら、互いの船を奪い合い、互いの果樹を折って、内地を安全に旅することも難しくなるだろう」

しかし、彼らは私の話に聞く耳を持たず、謝礼を叩きつけ、「シリア人の格好をしていても中身はエジプト人だ。エジプト人はどいつもこいつも悪人で、善良なエジプト人は死んだ奴だけだ」と吐き捨てて出ていった。

こうした出来事が重なってスミュルナでの居心地が悪くなり、これまで訪れた国々の様子をホルエムヘブに伝えるという約束を果たすために、私財を整理してこの地を去る準備を始めた。エジプトに行くと決めたものの、再びナイル川の水を口にすると思うとなぜか身震いがして、あえてエジプトへの旅を急ごうとはしなかった。しばらく経ったある朝のこと、喉を掻き切られたエジプト兵が港に浮かんでいるのが発見され、民は恐れをなして家に閉じこもったので、町は一時的に平穏になり、落ち着きを取り戻したかと思われた。駐屯地の役人は犯人を捕まえられなかったが、この事件以降は特に何も起こらなかったので、民が再び路上に出てくると、以前にも増してひどい言葉でエジプト人を罵り、エジプト人に行き会っても道を譲るどころか、逆にエジプト人がシリア人に道を譲る始末で、武装しないと外出すらままならなくなった。

ある夜、喉の渇きを癒すためならどんな井戸かも構わず水を飲むように、ときおり訪れていたイシュタル神殿からの帰りに、周壁のところで行き会った男たちに話しかけられた。

「こいつはエジプト人じゃないか。この割礼野郎が俺たちの乙女と寝て、俺たちの神殿を冒涜してもいいのか」

「お前たちの乙女は——別の名で呼んだほうがいいと思うが——男の外見やどこの国の人間かなど気にせず、男の財布の中身の分で悦びを量るのだから、私は愉しみたいときに神殿に行くだけだ」

するとと男たちは肩掛けで顔を隠して私に襲いかかり、地面に押し倒したかと思うと、死ぬかと思うほど私の頭を壁に打ちつけた。そして、彼らが私を港に投げ込む前に私の持ち物を奪って服をはぎ取ろうとしたときに、私の顔を見た者が言った。

「こいつはエジプト人の医師で、アジル王の友人のシヌヘじゃないか」

私は頭の痛みで腹立たしく、臆することなく、「私はそのシヌヘだ。お前らなんか犬に食わせてやる」と言った。すると彼らは私を解放して服を返し、肩掛けで顔を隠して逃げていったが、無力な私の脅しなど恐れることはないのに、なぜ逃げ出したのかはまったく分からなかった。

2

数日後、家の前に馬に乗った使者がやってきた。エジプト人は決して馬には乗らないし、シリア人もめったに馬に乗ることはなく、馬を乗りまわすのは砂漠にいる野蛮な盗人くらいだったから、実に珍しいことだった。馬は背が高く、荒々しい動物で、忍耐強いロバとは違って、背に乗ろうとすると蹴ったり噛みついたりしてくるし、背にまたがると振り落とそうとする。そのため、馬具をつけて馬車を引く馬は訓練を受けた兵士でないと鼻に指を突っ込んで落ち着かせることはできなかった。男を乗せて私の家の前にやってきた馬は鼻息が荒く、口から泡を吹いていた。男の服装から、山あいの牧羊地からやってきたこと、そして、その顔からかなり動揺していることが分かった。

男は急いで私のもとに駆け寄ってくると、お辞儀もそこそこに額に手を触れて挨拶し、大声で言った。

「医師シヌヘよ、私はアムル国の使者で、アジル王に急いであなたを連れてくるようにと命じられた。王の息子が原因不明の病を患い、王は獅子のように暴れまわり、誰彼かまわずそばに寄る者の手足を切り落とさんばかりだ。急いで輿を呼び、医療箱を持って私と一緒に来てくれ。さもなければ、短刀で首を切り落とし、頭を蹴ってでも連れていく」

「私の頭だけでは王の役には立たないだろうし、手がないと治療はできない。お前に脅されなくても、アジル王は私の友人だ。助けてやりたいからすぐに行こう。軽はずみな物言いは許してやる」

時間を持て余していた私は、かつて歯に金をかぶせたアジルに会えるだけでも嬉しかったから、カプタに輿を呼ばせ、喜んで使者についていった。しかし、山道の入り口で医療箱ごと戦車に乗せられたときには嬉しさなど消え失せ、砂利道を疾走する荒くれ馬が山を越えたときには手足が砕けるかと思い、甲高い悲鳴をあげた。疲れた馬の背に乗った使者は遥かうしろに引き離され、私はそいつの首なんか折れてしまえと願った。

山を越えたあと、今度は休憩していた別の戦車にまたも医療箱ごと投げ込まれ、もはや自分が立っているのか逆立ちしているのかさえ定かではなくなり、御者に「腐肉め、この残骸め、フンコロガシめ」と叫び、道が少し平らになったときにやっとの思いで手を離し、御者の背中を拳で殴りつけた。しかし、彼らは気にも留めずに、ひたすら手綱を引いて馬に鞭を打ったので、馬車が石を乗り越えるたびに車輪が外れるのではないかと思った。

そんな調子だったので、アムルまでの道のりは長くはかからず、日没前には建てて間もない高い城壁に囲まれた町に到着した。城壁には盾を持った兵士が歩きまわっていたが、門は私たちを迎えるために開かれており、御者は周りを見ずにそのまま町を走り抜けたので、ロバがいななき、女が悲鳴をあげ、子どもが泣き叫び、果物かごが宙を飛び、たくさんの壺が車輪に巻き込まれて壊れていった。馬車から降ろされたときには、私はもはや歩くどころか、酔っ払いのようによろめいていたので、両脇を御者に抱えられてアジルのもとへ向かい、私の医療箱はあとから奴隷が持ってきた。私たちが、盾や胸当て、羽根飾りや獅子の尾のついた槍が置かれた前広間にたどり着くと、怪我をした象のように吠えているアジルに出くわした。彼の服は引き裂かれ、頭は灰まみれで、顔は引っかき傷で血が滲んでいた。

「この盗人め、腐肉め、カタツムリめ、どこをうろついていたんだ」

アジルは大声でわめき、毛むくじゃらのあごひげを掻きむしったので、ひげをまとめていた黄金の紐が稲妻のように宙に舞った。彼は拳をあげて私を連れてきた御者に襲いかかり、野獣のように吠えた。

「息子が死んでしまうというのに何をぐずぐずしていたのだ、この役立たずが」

「私どもは何頭もの馬を乗りつぶしながら、空を飛ぶ鳥よりも早く山を越えてきたのです。かつてこれほど早くスミュルナからアムルに移動できたことはありませんし、エジプト人だというのにこの医師は、ご子息を一刻も早く治そうと、私どもが疲れたときは激励し、速度が落ちると私どもの背を拳で殴りつけて先を急がせたので、一番の功績は連れてきたこの医師にありましょう」

するとアジルは私をがっちりと抱きしめ、泣きながら言った。

「シヌへ、我が息子を治してくれ。息子を治してくれたら、俺のものはすべておまえのものだ」

「ご子息を治せるか確認したいから、まずは会わせてくれないか」

アジルは急いで私を大きな部屋に連れていったが、そこは夏だというのに火鉢が真っ赤に燃え、息が詰まりそうなほど熱気が充満していた。部屋の中央に置かれた揺りかごの中で、毛織の服にくるまれた一歳くらいの小さな子どもが泣き叫んでいた。まだ小さいのに父親譲りのふさふさとした黒い髪が生えていたが、汗まみれで、泣きすぎたあまり顔が青紫色になっていた。もし本当に死にかけているなら、こんなに大声で泣くことはできないだろうから、子どもを見る限り、たいしたことはなさそうだった。

周りを見ると、揺りかごのそばに、かつて私がアジルの妻にと差し出した女、ケフティウがうずくまっていた。ケフティウは以前より肉がつき、肌もますます白くなり、悲しみのあまり額を床に打ちつけて泣き叫ぶたびに豊満な肉が揺れていた。部屋の隅で泣き叫んでいる女奴隷や乳母は、息子を治せずアジルに殴られ、顔に青あざやこぶができていた。

「アジルよ、心配するな。この子は大丈夫だ。しかし、診察を始める前に身を清めたい。それから、ここで茹であがってしまう前に火鉢をどこかへ持っていってくれないか」

すると突然ケフティウが顔をあげ、怯えながら言った。

「この子が風邪を引いてしまう」

しかし、しばらく私を見つめると、にっこりと笑って床に座りなおし、髪と服を整えてもう一度微笑んで言った。

「シヌへ様、あなたでしたの」

アジルは手を揉み合わせて言った。

「息子は何も食わないし、口にしてもすべて吐いてしまうのだ。体は熱っぽくてこの三日間ただ泣くばかりで、我が子の泣き声を聞いていると胸がつぶれそうだ」

アジルに乳母と女奴隷を部屋から追い出すように促すと、彼は自分が王であることをすっかり忘れて私の指示に従った。私は身を清め、子どもを覆っていた毛織の服を脱がせ、窓を開けさせると、夕方の涼しい風が部屋に流れ込んできた。しばらくすると子どもは泣きやみ、丸々と太った足で宙を蹴り出した。そこで子どもの体や腹を確かめ、ふと気づいて指を口に入れてみると私の予想は当たっていた。真っ白な真珠のような歯が一本生えていたのだ。

私はかっとなって言った。

「アジル、アジルよ！　自慢じゃないが、色んな国を旅して多くのことを学び、シリアで最も腕のいい医師になった私を、こんなことのために荒くれ馬に乗せて連れてきたのか。この子は単に父親に似て短気で癇癪（かんしゃく）持ちなだけだ。熱はあったかもしれないが、食べた物を吐いたのは脂肪分の多い乳を飲み過ぎたせいだし、この子が自分の体を守ろうとして起きたことだ。もう乳を飲ませるのをやめて普通の食べ物に慣れさせないと、ケフティウの乳首を食いちぎってしまう。まだ妻とは愉しみたいんだろう。この子は初めて歯が生えたせいで癇癪を起こしていたのだ。信じられないなら自分の目で確かめてみるといい」

　子どもの口を開けてアジルに歯を見せると、彼は喜びで飛び跳ね、両手を叩き、床を踏み鳴らして踊りまわった。ケフティウにも歯を見せると、彼女は、子どもの口の中にこんなに美しい歯は見たことがないと言った。そして、再び毛織の服を子どもに着せようとするので、私はケフティウを止め、夜に風邪を引かないように通気性のいい布だけを巻いてやった。

　アジルは足を踏み鳴らして踊り、太い声で歌い、たったこれだけのことで私を遠方から呼び寄せたことをちっとも恥じることなく、貴族や隊長に息子の歯を見せ、さらに城壁の番人も呼んだので、揺りかごの周りには人だかりができ、槍や盾ががちゃがちゃと音を立ててぶつかり合った。やがて汚い指を子どもの口に突っ込んで歯を見ようとする者まで出てきたので、私は彼らを全員部屋から追い出し、アジルに自分の立場を思い出させた。するとアジルはすっかり意気消沈して言った。

「たしかに俺は幾晩も寝ずに揺りかごのそばにいて、息子の泣き声に心を痛め、我慢が足りず取り乱してしまったかもしれんが、あの子は俺の最初の子、王子であり、目に入れても痛くない王冠の宝石、小さな獅子で、いずれ俺のあとを継いでアムルの王冠を戴き、多くの民の上に立つ者だということは分かってほしい。いずれ息子が父の名を崇めるように、俺はアムルの国をもっと強大にして、息子が受け継ぐにふさわしい国にするつもりだ。シヌへ、シヌへよ、たとえ多くの国を訪れたおまえでも、これほど立派な男児は見たことがないと認めるはずだ。俺の胸につかえていた大きな石を取り除いてくれたことに、どれほど感謝しているか分かるまい。獅子のたてがみのようなこの髪を見てくれ。この歳でこんなにふさふさと毛が生えた男児は見たことがないだろう。おまえも真珠のように輝く完璧な歯を見ただろうし、この小さな手足や樽のような腹を見てみろ」

私はアジルの子煩悩ぶりが鬱陶しかったので、いい加減にしてくれと言い、「今回の散々な旅で私の手足はあざだらけなうえに、自分が立っているのか逆立ちしているのかさえ分からない有り様だ」と伝えた。するとアジルはちゃんと礼はするからと言って私の肩に腕をまわし、焼いた羊、油で炒めた穀物、黄金の杯に注いだワインといったさまざまなご馳走を銀の食器に盛りつけて振る舞ってくれたので、私は機嫌を直し、アジルを許すことにした。

このあと私は数日間アジルの客人として滞在した。前回会ったときよりもずっと裕福になっていたアジルは、私にたくさんの褒美と金銀をくれたが、どんな方法で貧しい国を豊かにしたのかは話したがらず、毛むくじゃらのあごひげを揺らして、私から譲り受けた妻が幸運をもたらしたのだ、と笑うだけだった。またケフティウは、私が何度も杖で痛めつけたことを覚えているのか、私のことを大いに敬って気を配り、見事な体を揺らして私に付き従い、私のことを優しく眺めて微笑んでいた。シリアではすべてがエジプトと異なるように、シリア人はエジプト人とは違って豊満な女を好み、ケフティウの肌の白さと見事な体はアジルの部下の隊長たちをも魅了していた。アムルの詩人はケフティウを称える詩を作り、何度も同じ言葉を繰り返して喉をふるわせて歌っていたし、城壁の番人さえもケフティウを賞賛する歌を歌うものだから、アジルはケフティウのことが自慢でたまらず、最愛の妻として扱い、王との関係維持のために嫁いできたアムルの族長の娘のところへは、義理を欠かない程度に顔を出すだけだった。

さまざまな国を旅してきた私に対し、アジルは王という立場をひけらかしたかったようで、のちに悔やむことになるであろうことまで話した。話を聞くうちに、スミュルナで私がエジプト人だと知って襲いかかってきた者たちはアジルの部下で、アジルは彼らから私がスミュルナに戻ったと聞いていたことが分かった。アジルはそのことを詫びてからこう言った。

「スミュルナ、ビブロス、シドン、そしてガザが、エジプト人は無敵ではなく、剣で刺せば皮膚から血が流れて息絶えるということに気づくように、もっと多くのエジプト兵の頭をかち割って港に投げ込まねばならん。シリアの商人はかなり慎重だし、領主は臆病者で、民は雄牛のようにのろまときている。だから機転の利く者が先導して、自分たちにどんな利益があるのか見せてやらねばならん」

「アジル、なぜそこまでエジプト人を憎むのだ」

彼は縮れたあごひげをなで、ずる賢い笑みを浮かべて私を見て言った。

「シヌへ、誰がエジプト人を憎んでいると言った？　おまえだってエジプト人だが、憎んでなんかいない。俺の父がそうだったように、そしてシリアの領主が皆そうだったように、俺も子どもの頃はファラオの黄金の宮殿で育ったのだ。シリア人だという理由で教師にはほかの子どもよりも頻繁に辮髪（べんぱつ）を引っぱられ、葦の杖で手を叩かれたが、エジプトの習慣に親しみ、読み書きもできるようになった。知識が深まったのはエジプトで多くを学んだからだし、いつか反撃するときが来たらその学びを活用できるのだから、エジプト人を憎むことはない。俺がエジプトで学んだことは、シリア人だろうがエジプト人だろうが知性ある人間に人種間の違いはなく、子どもは皆、裸で生まれてくるってことだ。民に違いはなく、どちらかの民がより勇敢か臆病か、残虐か情け深いか、公平か不公平だということもないし、シリアやエジプトを含めたすべての国に英雄や臆病者がいて、正しい者と誤った者がいるのだ。支配者や為政者に憎しみがなくとも、憎しみがなければ武器を手に取ろうという意志は生まれないから、支配者の手にある憎悪は武器よりも強大な力になる。俺の血管には、遥か昔ヒクソスの頃に海を越えてすべての民を支配したアムル王の血が流れ、俺は命令を下す者として生まれてきた。俺はあらゆる手段を使ってシリアとエジプトの間に憎しみを植えつけ、時間をかけて炭を熾(おこ)そうとしているが、ひとたび火がつけばエジプトの勢力はシリアから根こそぎ燃え尽きるだろう。そのためにエジプト人のほうがシリア人よりも惨めで、腰抜けで、冷淡で、間違っていて、強欲で恩知らずだということを、シリアじゅうの町と部族に知らしめなければならん。エジプト人と聞けば唾を吐き、エジプト人を見れば、過ちを犯した圧制者、強欲非道な吸血動物、乱暴者、幼な子を強姦するろくでなしと見なして憎み、その憎しみを山をも動かすほど大きくするのだ」

「だが自分で言っていたように、民に伝えた話は真実ではないだろう」

アジルは両手を広げて微笑み、私に尋ねた。

「シヌへ、真実とはなんだ？　シリア人の血に俺が仕込む真実をたっぷりと吸わせてやれば、奴らはすべての神の名にかけてそれを真実だと誓い、誰かが嘘だと言っても信じないし、それどころか裏切り者として打ち殺すだろう。シリア人は死や飢えや苦しみよりも自由を愛し、そのためならどんな犠牲も厭(いと)わず、どの国の民よりも強く、勇ましく、正しいのだと信じなければならん。今それを教え込んでいるのだが、すでに多くの者が俺の差し出した真実を信じ、そしてそいつらがまた別の者に真実として伝え、いずれその真実がシリア全土を覆うことになる。かつてエジプトが炎と血によってシリアを支配したことを思えば、今度は炎と血で償い、シリアを出ていく番だ」

「彼らに伝えた自由とは何だ？」

エジプト人の私は、エジプトのこと、そしてすべての駐屯地のことを思い、恐ろしくなって尋ねた。

アジルは再び両手を広げ、満足そうに笑った。

「自由という言葉にはさまざまな解釈があり、その一つひとつは異なる意味をもつが、今回の場合は自由の中身は何だってかまわん。自由を勝ち取るには大勢の仲間が必要だが、自由を勝ち取ったら分かち合うのではなく、独占することだ。つまり、アムルの地はいずれシリアの自由の揺りかごだと称されることになる。それからもう一つ教えてやるが、言われたことを鵜呑みにする民は、茨の鞭で柵の中に追われる雄牛の群れか、行き先を知らず雄羊についていく羊の群れのようなものだ。俺はその茨かもしれんし、雄羊かもしれん」

「お前は本当に愚かだな。そんな危険なことを口にしてファラオの耳に入ったら、アムルに戦車と槍を送り込まれて城壁が破壊され、お前と息子は戦艦の船首に逆さ吊りにされるだろうに」

しかし、アジルはただ微笑んだ。

「俺はファラオの手から生命の印を受け取り、新しい神のために神殿も建てたし、ファラオは自分の使節やアメン神に仕える駐屯地の指揮官よりも俺のことを信頼しているから、ファラオが俺に何かするとは思わない。どれ、面白いものを見せてやろう」

アジルは私を城壁に連れていくと、裸で逆さ吊りにされ、干からびてハエがたかっている死体を見せた。

「よく見てみろ。割礼されているだろう。そう、こいつはエジプト人だ。かつてファラオの徴税人だったこの男は、なぜ納税が二年以上も遅れているのかと、のこのこ我が館にやってきたが、あまりに無礼だったから、兵士どもは壁にぶら下げる前にさんざん痛めつけて楽しんだ。それでエジプト人はアムルを避けるようになり、商人は徴税人ではなく直接俺に税を払うようになった。つまり、メギドはもはやエジプトの駐屯地ではなく、俺の手中にあり、駐屯軍は町に出てくる勇気もなく城塞の中に閉じこもっているのだ」

「あの徴税人の血が、いずれお前の頭に降りかかるだろう。エジプトではどんな悪ふざけにも寛容だが、ファラオの徴税人となれば話は別だから、これが知れたら恐ろしい処罰が待っているぞ」

「俺は真実を吊るしたまでよ」アジルは満足そうに言った。

「今回のことで調べが入ったから、俺は喜んで紙や粘土板にことの顛末をたっぷりと書いて送ったのだ。するとたくさんの粘土板が送られてきたから、それぞれに番号を振って保管し、新しい粘土板に釈明を記して送り返してやった。そのうち大量の返事が返ってきて、粘土板で立派な壁ができて俺を守ってくれるんじゃないか。アムルのバアルにかけて、俺は新しい粘土板に徴税人が俺の正当な権利を侵害したと書いて送りつけ、今回の事件をややこしいものにしてやったから、メギドの知事はこの世に生まれた日をさぞ呪っているだろうな。おまけに複数の証人を取り込んで、この徴税人が人殺しの盗人で、ファラオの税をごまかすような奴だと証明してやった。それから、色々な村で女を追いまわし、シリアの神を辱め、我が町にあるアテン神殿の祭壇に小便をかけたのだと証明してやったから、この件でファラオが動くことはないだろう。それにだ、シヌへ、粘土板に刻まれた法や正義は、裁判官の前に粘土板が積み重なるにつれ遅滞し、複雑になり、しまいには悪魔でさえも真実を見抜けなくなる。俺はこれに関してはエジプト人よりも秀でているし、すぐにほかのことでも凌駕してみせるから、見ていろよ」

アジルはこの話以外にも、王の立場や抜け目のなさを自慢し、息子には手足の指の数ほどの領地を残してやるのだと言って、色々教えを説いた。

「もし倒したい敵がいたら、そいつを倒すまでは絶対に目を離すな。そしてことあるごとにそいつのことを悪く言い、そいつの行いをすべて貶(けな)し、そいつの哀れみは偽りで、気高さは裏切りの表れ、友情はごまかしにすぎないと言うのだ。もしそれでもへこたれずに仲裁を申し出るようなら、一旦その申し出を受け入れて、さらに深くそいつの懐に入り込み、そいつが倒れたときにおまえが家やすべての財産を手に入れられるように前もって手筈を整え、誰にも手出しできないようにしてからほかの敵と手を組み、あらん限り侮辱しろ。もし倒したい奴が大勢いるなら、そいつらを分断し、嘘を植えつけ、互いに争うように仕向け、一人ずつ倒しながら残っている奴にはいい顔をし、始末する日まで味方だと思わせておくのだ。この策略はエジプトから学んだもので、かつてエジプトはこの方法でシリアを隷属させたのだ」

あまりのことに私が憤慨すると、アジルは大いに面白がり、私を揶揄して言った。

「もしおまえに王家の血が流れていれば、こんなことは俺が言わなくても母の乳からその血に取り込まれていただろうが、おまえは俺と違って支配者ではなく、支配される側の人間だから俺の話が気に食わないんだ」

アジルのもとで何日か過ごしたが、彼の闊達な人柄は魅力的で、その笑い声は私を和ませたから、彼を憎む気にはなれなかった。父としての誇らしげな様子と息子への繊細な優しさは好ましく、王の顔とは対照的だった。理性をもって話していても、アジルの話し方や笑い方、歩き方が普通の男よりも豪快なのと同じように、彼の情熱は理性を上回って激しく燃えているのが感じられた。滞在中に、金が剥げてきたアジルの歯に再び金をかぶせてやったので、アジルが大笑いするたびに真っ黒なあごひげの隙間から口の中が太陽のようにきらめき、部下たちは大いにアジルを敬った。

アジルの男らしさは、アジルと同じく戦士の生まれであるホルエムヘブを思わせた。アジルのほうが年上でシリア流の外交術に長けていたとはいえ、アジルと話せば話すほどホルエムヘブのことを思い出した。シリアはエジプトが乗り出してようやく落ち着きを取り戻し、領主の子がファラオの黄金の宮殿で学ぶようになって文明化されたのだから、シリアに先祖代々受け継がれてきたアジルの考え方や策略は、蛇の巣のように無数の小国の王たちが権力を争って殺し合っていた時代の遺産にすぎず、アジルの力量で大国を支配できるとは思えなかった。私はアジルに、「エジプトの偉大さと富をきちんと理解していない。革袋をどれだけ大きくしても膨らませすぎれば穴が開いてしぼんでしまうのだから、あまりやりすぎないほうがいい」と忠告したが、アジルは私に金の歯を見せて笑うだけで、焼き立ての羊肉を重たい銀の皿に載せて持ってこさせ、豊かさを誇示していた。

伝令がシリア各地の町からひっきりなしに書状を届けに来たので、アジルの執務室はたしかに粘土板であふれていた。内容は見せようとしなかったが、ヒッタイトの王やバビロンからも粘土板が届いているということは隠しきれていなかった。アジルはヒッタイトやハットゥシャのことを興味津々に尋ねてきたが、すぐにアジルが私と同じくらいヒッタイトについて詳しいことが分かった。ヒッタイトの使節がアジルのもとを訪れ、部下と話し合っているのを目にした私はこう言った。

「獅子とジャッカルはともに獲物を追うことはできるが、ジャッカルが獲物の一番美味しい肉にありついたのを見たことがあるか」

　アジルは金の歯を見せて笑うだけだった。

「俺は国を統治しなければならないから、空を飛ぶ鳥同様、何の責任もないおまえのように自由に旅をすることはできないが、俺の好奇心は留まるところを知らず、おまえのように学びたいのだ。ヒッタイトには俺たちにはない新しい武器や戦の経験があり、奴らの将校が俺の隊長に戦術を授けるのは差し支えないし、シリアは長い間エジプトの盾となっていたのだから、ファラオにとっても悪い話じゃない。だが、いつかエジプトとシリアの関係を清算するときには、俺たちがしばしば血を流してきたことを互いに忘れないほうがいいだろうな」

　アジルが戦の話を始めたので、再びホルエムヘブのことを思い出して言った。

「もう十分世話になったから、輿を貸してくれるならそろそろスミュルナに戻ろうと思うが、恐ろしい戦車には二度と乗りたくないし、戦車に乗るくらいなら頭を真っ二つにされたほうがまだましだ。それに、スミュルナにとって、私は貧しいシリアからたっぷりと血を吸い取ったエジプト人でしかなく、あそこは住みづらくなってしまったから、ちょうどいい船が来たらエジプトに戻るつもりだ。ありとあらゆる邪悪な世界を見聞きし、お前からも邪（よこしま）なことを教わった今、ナイル川の水はさぞ甘く感じられるだろう。残りの人生はほかの国に行かずとも満たされるだろうから、お前ともしばらくは、もしかしたら二度と会うことはないかもしれないな」

「明日のことは誰にも分からないし、転がる石に苔がむすこともない。おまえの目にちらつく落ち着きのなさを見れば、どの国にいようがおまえが同じ地に長く留まることはないだろう。俺の民の中から妻を一人選べば、おまえはこの町に家を持ち、この地で開業できる。きっと後悔することはないと思うぞ」

「ここのバアルは忌まわしく、女たちはヤギくさいし、アムルの国は意地が悪くてこの世で最も憎たらしい国だ。だから私は、アムルを称賛する者がいたら一人ずつ頭蓋骨に穴を開けてやり、粘土板にあることないことを書き連ねてやる。たとえば、お前がいもしない私の妻を犯し、私の雄牛を盗み、呪いをかけたといったようにな。そしてお前が城壁に吊るされたらお前の家に盗みに入って黄金を奪い、百に百を掛けたほどのワインの壺を買って、お前との思い出を肴（さかな）に飲み明かしてやるさ」

　すると、アジルの笑い声が広間に響き渡り、毛むくじゃらのひげの隙間から金の歯が輝いた。それからというもの、辛い日に思い出すのはアジルのこんな姿だった。アジルは私にたくさんの贈り物と輿を用意し、エジプト人だからという理由で誰かに襲われないようにスミュルナまで護衛をつけてくれ、私たちは友として別れた。

　スミュルナの門の辺りで、燕が矢のような速さで頭上を飛んでいくのを見た私は、はやる気持ちでいっぱいだった。家に帰り着くと、さっそくカプタに言いつけた。

「エジプトに帰るから、荷物をまとめてこの家を売ってくれ」

しかし、カプタは言った。

「ご主人様が私の喜びの杯にニガヨモギを混ぜるという信じがたい技をお持ちでなければ、今日という日は大きな喜びとなったでしょう。最後にナイル川の水を飲んだのはいつのことだったか、もう年月を数える気にもなりませんが、テーベの娼館や酒場のこと、特に港にある『鰐の尻尾』という小さな酒場のことを思うだけで、アリがぞろぞろと背を這うようです。この酒場の店主によりますと、店の名の由来は魔術師が調合した鰐の尻尾の一撃に匹敵するほど強い酒の名前から来ているというのです。今はこれ以上お話する時間はありませんが、実際に何度も味わいましたから確かですよ。何が言いたいかと申しますと、長い旅に耐えてようやくここまで戻ってきて、危ない目に遭うこともなく塩っ辛い水に溺れることもなく、陸伝いに旅ができるというのに、またおかしな思いつきで船に乗ってエジプトへお戻りになるというのでしたら、今回ばかりはご主人様のお供はできませんということです。ご存じのように、私は二度と船の甲板を踏まないと誓っておりますし、スカラベの機嫌を損ねて幸運を失いたくありませんから、わざわざ誓いを破るようなことはしませんよ」

そこで私がロバの背で旅をしたときの数々の痛みを思い出させると、カプタは深刻な面持ちになった。そこでさらに、シリアじゅうがエジプト人に冷たい仕打ちをしてくる今、陸路で旅するのは海よりも危険だと言った。カプタは頭を掻きむしり、しばらく考え込んでから言った。

「ご主人様、陸が見えるように沿岸に沿って進む船で旅すると誓ってください。時間はかかりますが、多くの港に立ち寄れますし、あちこち名所を見て新しい酒場に行くこともできるでしょう。それなら私も船に乗ってお供いたしますが、誓って甲板には足を踏み入れないようにしなくてはなりません。船に乗る前に十分に酔っ払っておき、ご主人様に船まで運んでもらい、船旅の間も立てないほど酔いつぶれておくことにします」

私はホルエムヘブに報告するためにも、この目でシリアの沿岸都市を見て、エジプトへの憎悪がどれほど広がっているかを知りたかったので、酔っ払う点以外はカプタの提案を受け入れた。こうしてカプタは家を売り、私は財産を整理し、裕福になってスミュルナを去ることになった。カプタが誓いを破らなくて済むように、私はカプタを船まで運び、周囲には病だからと言って寝床に縛りつけた。

3

船に乗るまで、エジプトへの旅は私にとってゆらめく影、または不穏な夢を見ているようで、特に記すようなことはなかった。しかし、いざ船に乗り込むと、黒い大地に戻って子どもの頃を過ごしたテーベを目にするのだという実感が湧き、たとえようもない思慕にじっとしていられず、巻いた絨毯や積荷を避けながら狭い甲板を行ったり来たりし、シリアの香りを鼻に感じながらも、山の多い沿岸から緑の低い葦の茂みへと日に日に景色が移り変わっていくのを心待ちにしていた。船が沿岸の船着場に数日間停泊しても、私はもう町を探索したり、情報を集めたりする気になれず、ロバのいななきや漁師の魚を売る掛け声、外国語の話し声が渦となって岸に打ち寄せる波の音と入り混じり、私の耳に届くだけだった。

春の訪れとともに夕闇は薄く泡立つ海を紺碧色に変え、海側から眺めるシリアの山々や谷間はワインのように赤みを帯びた。この季節になると、バアルの神官たちは石刃で自ら顔を傷つけ血を流し、騒々しく叫びながら狭い路上を歩きまわり、燃えるような眼差しで髪を振り乱した女たちが木製の荷車を押して神官のあとに続いていく。かつて目にしたその光景は、母国の風景が蜃気楼（しんきろう）のように目に浮かんでくる今の私にとって異質な慣習に感じられ、その野卑な狂乱に嫌気が差した。私の心はとっくに麻痺していて、どんな慣習や信仰にも適応し、見た目の違う人々も蔑（さげす）むことなく理解し、知識の収集のみを目的にしていると思っていたが、いざ黒い大地へ戻るとなると、麻痺した心は熱い炎で焼き尽くされてしまった。異国の服を脱ぎ捨てるように、異国の考え方が剥がれ落ち、再びエジプト人の心になり、テーベの町はずれの路地や、泥煉瓦の家の前で夕食の支度をする女たちが火を熾す姿、油で焼く魚のにおい、舌に広がるエジプトワインの味、ナイル川の水、そこに混じる豊穣な泥の味が恋しくなった。春のそよ風で揺れるパピルスの茂み、川岸に咲く蓮の花びら、色鮮やかな列柱と永久（とわ）に変わることなくそびえ立つ彫像、神殿とそこに彫られた象形文字、そして石柱の間に漂う香木の煙が恋しくなり、私の心は弾んだ。

私は故郷に帰るのだ。その地に自分の家はなく、地上の異邦人だとしても、私は故郷に帰るのだ。時間と知識が砂のように降り積もり、苦い思い出に胸が締めつけられることも、悲しみや恥を感じることもなく、思慕の情に満たされ、ただ落ち着かなかった。

私たちは、富と豊かさ、憎しみと狂乱にあふれるシリアをあとにした。船がシナイの赤い川岸を通り過ぎると、春にもかかわらず、燃えるような砂漠の乾いた風が顔に吹きつけた。やがてある朝、まだ陸まで遠いというのに遠浅の海のその向こうに細い緑色の稜線が見え始めた。船員たちが皮紐をつけた壺で汲み上げる水は、海水から悠久のナイル川の水に変わり、エジプトの泥の味がした。どんなワインよりもこのときの泥水ほど甘く感じられたものはなかった。しかしカプタは言った。

「ナイルの水でも、水は水でございますよ。ご主人様、ちゃんとした酒場に到着するまでお待ちくだされば、透き通った、泡立ちのいいビールにありつけますから、ビールに混じった穀粒を管で除けながら飲まずに済みます。そうすれば私もようやくエジプトに帰ってきたと実感できるというものです」

カプタの物言いに腹が立った私はこう言い返した。

「高価な毛織の布を羽織ろうが、奴隷は奴隷だ。私がナイルの葦の茂みでしか取れないよくしなる杖を手に入れたら、そのときこそ帰ってきたと身に沁みて分かるだろう」

これを聞いたカプタは傷つくどころか、感動して目に涙を浮かべ、あごをふるわせて私の前で深々とお辞儀をして言った。

「ご主人様、私は細い葦の杖で尻や足を打たれることがどれほど懐かしいかすっかり忘れておりましたのに、まったくご主人様はここぞというときに的を射た発言をなさる素晴らしい才能をお持ちです。ご主人様、シヌヘ様、たとえどれほど時が経とうと、ものごとは変わらず、水やビール、神殿の香木の煙、葦の茂みにいるカモよりもエジプトの生活を思い出させ、私の立場をはっきりと知らしめてくれるこの杖を、ご主人様にも体験していただきたいと思うほどでございます。異国の不思議なものや蔑むべきものをたくさん目にしてきて、今ようやく故郷に戻ってきたと実感しているのですから、私が感動して泣き出してもどうか驚かないでください。ああ、葦の杖よ、すべての問題をたちまち解決し、すべての者に自分の立場をわきまえさせる比類なき杖よ、どうかお前に祝福あれ」

カプタはしばらく泣き続け、スカラベに香油を塗りに行ったが、エジプトに着いたらなんとかなると思っているのか、以前ほど高価な香油を使っていなかった。

下エジプトの大きな港に到着すると、シリアの派手な模様の厚ぼったい服やむさ苦しいあごひげ、太って締まりのない体型をどれほど見飽きていたかに気づいた。荷役人の痩せた脇腹、腰布、ひげのないあご、下エジプトの方言、汗や泥のにおい、葦や港のにおいはシリアとはまったく異なり、すべて懐かしく慣れ親しんできた香りで、私の身を包むシリアの服が鬱陶しくなった。そこで何枚もの紙に名前を書いて入港の手続きを終えると、すぐに服を買いに行った。新しく手に入れた薄い亜麻布は今まで着ていた毛織の服よりもずっと肌に馴染んだ。一方、カプタは自分の名前が逃亡奴隷として登録されているのではないかと恐れ、スミュルナ生まれの奴隷だと合法的に証明する粘土板をスミュルナの役人から手に入れておいたのに、まだシリア風に装っていた。

私たちは荷物を抱えて川舟に乗り換え、川を上った。日が経つにつれ、両岸の乾燥した畑、ゆっくりと木製の鋤を引く牛、畝(うね)に沿って柔らかい土に種を蒔く農民といった見慣れたエジプトの風景が広がっていった。一年で最も暑い時期を前に、舟の上を燕が飛び交い、もうすぐ泥に潜ろうと忙しなく鳴いていた。

ナイル川の岸にはヤシの葉が弧を描いて生い茂り、村には大きなシカモアの木陰に屋根の低い泥煉瓦の小屋が並んでいた。大小さまざまな船が停まる町の船着場に着くたびに、カプタはエジプトのビールで喉を潤そうと毎日のように足しげく酒場に通い、どれほど旅が素晴らしかったか、私がどれほど腕のいい医師かを吹聴し、話を聞いた港の使役人たちは大笑いし、神の名を唱えてさんざんカプタをからかった。カプタは酒場へと急ぐあまり、まだ船をもやい綱で港に係留している最中に船着場に降り立つほどだったから、私が咎めると、カプタはこう言ってきた。

「ご主人様、私は旅の間にどれほど癒えることのない渇きをため込んできたのか、やっと気づいたのですよ。あらゆる国や道や町の埃がまだ喉に残っている気がしますし、どれが一番渇きを癒してくれるビールなのかもまだ見つけておりません。放っておいたら渇きの病となり、ご主人様にとっても高くつくだろうと思い、このように骨身惜しまずありとあらゆる酒場へ足を運び、ビールを探しまわっているのですから、咎めるよりもむしろ褒めていただきたいものです。川を上るにつれてこの渇きはひどくなり、それを考えるだけで辛く、ご主人様のことを思って忙しく動きまわっているのですよ。この辺りのまぬけどもはご主人様が訪れた国の名前すら知りませんが、ご主人様が諸国でお披露目した素晴らしい腕前の評判も忘れずに広めているのです。いやはや、エジプトにこれほど多くの神がいたとは知りませんでしたから、私は多くの神々について知るはめになりました。まぬけどもに悟られないようにしていますが、必ずといっていいほど聞いたことのない神の名を毎日一つや二つは耳にするのです。すべてはスカラベのおかげですが、私たちにぴったりな神に出会えましたら、その神を祀って信心すればご主人様の評判も安泰でしょう」

「私が神のことをどう思っているかよく知っているだろう。色違いのビール壺にいるような神なんて信じる価値はない。それにあちこち国を旅していたときにはそれほど喉の渇きに悩まされていなかったのに、国が変わるごとにそれらしい言い訳を思いつくとは、まったくお前のお喋りには呆れたものだ」

「ご主人様、何ということをおっしゃるのです」カプタは悲しそうに言った。

「たった二言三言で私にいくつもの誤った言いがかりをされるなんてまったくたいした才能でございますし、それをひっくり返すのに丸一日かかりそうですよ。私は神についてのお考えをとやかく言うつもりはございませんし、ご主人様がおかしなことを言う奴だという噂になったらいつか医師のお仕事に支障が出てしまうでしょうから、そうならないようにしたいだけです。ビールの壺というより、その辺りにいる神の価値をご主人様と話し合おうとは思いませんが、なかには面白い神がいるのですよ。たとえば昨日は、子を宿さないようにする神を見つけましてね。ここであれこれ申しませんが、女も何らかの事情で子を欲しくないときがあるのでしょう。普通、神々はいかに子を授けるかを競うものですし、神官も神の助けで女が身ごもったことを自慢するものですから、こんな神がいるなんて驚きました。ですから、私も最初は信じなかったのですが、この話をしてきた女はすっかり信じ込んでいて、首にかけている護符を見せて自分で試してみろというのです。それで女の小屋に連れていかれまして、本当に効き目があるのか試してみたのですが、午後には舟が出てしまいましたから、女が子を宿したかどうかは分かりませんし、手持ちの銅もすべて失ってしまいました」

「カプタ、カプタ、お前の愚かなお喋りはもう聞きたくないと言っただろう」と言ったが、カプタは続けた。

「その女は素直で優しく、なかなかいい体をしておりましたから、この神のために失った銅を惜しんでいるわけではございません。喉の渇きの話に戻りますと、ご主人様はそのことで気を悪くしておられますが、この渇きがなければご主人様はただの貧乏人にすぎず、それどころかどこかの田舎道でワタリガラスに頭蓋骨をつつかれていたかもしれませんから、むしろ私に感謝していただきたいですよ。船長の船室に祀った神が船を港に導くのと同じように、私の喉が渇くたびに数多くの役立つ情報を教えてくれる人々のもとに導かれたことを思い出していただかなくては。ですから、ご主人様が私のことを責め立てずに信じてくだされば、私の喉の渇きはどこか神がかっていると思うはずですよ」

カプタとやり合っても無駄だったので、私は背を向けてその場を去った。川を上っていくと、ほかの舟の姿はなく、老いたワニの群れが太陽の下で砂州にじっと横たわり、口には小鳥たちが群がり、歯の隙間にある食い残しをついばんでいた。その晩は、夢うつつに葦の茂みの奥からカバの鳴き声が聞こえ、朝になると空が薔薇色の鳥で埋め尽くされていた。私は再び母国エジプトにいるのだと感じながらも、力強く流れるナイル川に沿って舟が進むにつれ、改めてどこにいても孤独なよそ者なのだと思い始め、心は無力感でいっぱいになり、旅の始まりのときのように周りの景色を見る気も、誰かと話したいという気も失せて、甲板の下に行って寝床に横になった。テーベに戻ったとしても心に抱える問題が解決するわけではなく、もはや川沿いのどこかの町で下船して家を買い、開業してもかまわないとすら思った。そして、ホルエムヘブに会うことだけが、テーベまで旅を続ける理由となった。

私は再び、東の空にそびえる三つの丘、テーベの永遠の番人を目にした。町が見えてくると、やがて泥煉瓦の小屋がひしめく貧民街と富裕層の住む地域が現れ、その先には山のように力強くそびえ立つ周壁や大きな神殿の屋根と列柱、神殿にある無数の建物と聖なる湖が見えてきた。川の西側には死者の町が岸から山まで広がり、黄色がかった山には歴代のファラオの死の祭殿が白く輝き、偉大なる女王の祭殿の列柱が花の咲き乱れる木々に寄り添うように並んでいた。山のうしろには、蛇とサソリがうごめく禁じられた谷があり、偉大なるファラオの墓の入り口近くの砂地には、縫い合わせた革袋に包まれた父センムトと母キパの乾いた遺体が永遠の眠りについている。さらに南へ行くと、川岸に青々と茂る庭が見え始め、その真ん中にファラオの黄金の宮殿が現れた。ホルエムヘブがそこに住んでいるのかと思うと不思議な感じがした。

懐かしい石造りの船着場に舟が錨を降ろした。すぐ近くには昔と変わらず子どもの頃を過ごした場所もあったが、あの頃はのちに両親の人生を台無しにしてしまうなんて思いもしなかった。苦い思い出の上に降り積もった時の砂が軋(きし)み始め、大都会の港の喧騒のなか、忙しない人々の目に再びテーベの喧騒を感じ取っても、喜びどころか、顔を隠してどこかに身を潜(ひそ)めたい衝動に駆られた。戻ったあとのことは何も決まっていなかったし、ホルエムヘブに会うことと彼の宮廷での地位だけが頼りだった。

しかし、船着場の石を踏みしめた途端、私の心は決まった。蓄積した医術の知識で名声や富、大きな褒賞を得ようという若い頃の夢を追うのではなく、これからは貧しい患者を診て無名の医者として質素な生活を送ろうと思ったのだ。そんな自分の将来を思い描いたとき、不思議と心は穏やかになり、人は自分のことをよく知っているつもりでも実際は何も分かっていないのだ、ということにまたも気づかされた。今まで意識したことはなかったが、これまでの経験によっていつの間にか心の中に芽生えてきた考えなのかもしれない。照りつける太陽のもと、テーベの喧騒に包まれ、熱い船着場の石を踏みしめると、仕事部屋に患者を迎え入れる父センムトの姿を熱心に見つめていた子ども時代が蘇った。私は、仲間内で競い合いながら私にたかろうとする荷役人を追い払ってカプタに言った。

「荷物を舟に置いて、港近くの貧民街のかつて父の家があった辺りに、急いで私の家を買ってくれ。今日にでも引っ越して、明日には開業したい」

カプタは町で最高級の宿に泊まって奴隷に世話をしてもらうつもりだったので、驚いて残念がった。しかし、私の顔を見ると何も言わずに頭を低くして立ち去った。その夜、私は貧民街にあるかつて銅鋳物職人が住んでいた家に引っ越し、舟から私の荷物を運び込むと、泥煉瓦の床の上に寝床を敷いた。

4

泥煉瓦造りの家の前では貧乏人たちが調理用の火を熾し、油で焼いた魚の煙がうす汚れた町の至るところに立ち込め、やがて娼館の入り口のランプが灯され、酒場では騒々しいシリアの音楽が鳴り響き、酔った海の男たちの叫び声が混じり、テーベの空は無数の明かりで赤く色づいた。私は自分自身から目を背け、何度も道を誤り、さまよいながら遥か遠くまで旅をし、多くの知識を手に再び故郷に帰ってきたのだ。

翌朝、カプタに言った。

「家の戸に医院の看板をつけてもらいたい。ただし、絵や装飾のない簡素なものにしてくれ。もし誰かに私のことを聞かれたら、評判や腕のことなど言わずに、医師シヌヘは貧乏人の患者も診るし、代金は払えるだけでかまわないと伝えるのだ」

「貧乏人もですか」カプタがぎょっとして言った。

「ご主人様、まさかご病気ではないでしょうね。沼の水でも飲まれたか、サソリにでも刺されたのですか」

「私のもとに残りたければ、言われた通りにするんだ。だが、シリアで贅沢に慣れたお前にとって、この質素な家が気に入らず、貧乏人のにおいが鼻につくのなら、自由にどこへでも行けばいい。私からは十分くすねただろうから、自分の家を買って妻を迎えることもできるだろう。止めたりはしないよ」

「妻ですか」カプタはあからさまに嫌な顔をして言った。

「ご主人様はきっとご病気で、熱がおありなのでしょう。妻なんて、私が町から戻れば酒臭いかを確かめ、朝起きたら頭痛がする私のそばに杖を手に立ち、意地の悪い言葉をたっぷり吐いて踏みつけてくるだけだというのに、なぜ妻など娶(めと)らなければならないのです？　ただの奴隷娘でもこと足りるというのに何が悲しくて妻を娶るのでしょう。ですが、これについてはすでにお話ししましたね。ご主人様が神についてどうお考えかは知っていますから、お怒りになった神がご主人様を打ちのめしたとしても不思議ではありませんよ。思い出したくもない船旅や数々の恐ろしい苦労から解放され、ようやく平穏な生活を送れると思っておりましたが、どこまでいってもご主人様は私の主人であり、ご主人様の行く道は私の道で、ご主人様の受ける罰は私の罰なのです。ご主人様が葦の寝床を好むのでしたら私もそうしますし、ここにはすぐ近くに酒場や娼館があって、なんといってもそう遠くないところに以前お話した『鰐の尻尾』がありますから、惨めな生活もそう捨てたものではありません。この大きな衝撃からなんとかして立ち直らなくてはなりませんから、今晩そこに行って思う存分酔っ払うのはお許しください。ご主人様は常識ある人間とはことごとく反対の行動をなさるので、次に何をおっしゃって何をなさるのかまったく予想できませんし、ご主人様を見ているといつも悪い予感がするので、もはや期待はしていないとはいえ、さすがにこれは予想しておりませんでした。宝石を肥溜めに隠すなんて頭のおかしい人間のすることではありますが、ご主人様もその素晴らしい腕と知識を肥溜めの中に隠してしまわれるのですね」

「カプタ、この世に生まれてくるときは誰もが裸だし、病にかかるのは貧乏人も金持ちも、エジプト人もシリア人も関係ない」

「そうかもしれませんが、医者が受け取る報酬には大きな差がありますよ」

カプタはもっともなことを言った。

「やっと私も黄金の枝をつかむことができるというときに、これがほかの人間のすることでしたら反対はしませんし、たしかにご主人様のお考えは立派です。ご主人様のおっしゃることは奴隷に生まれた者が考えるようなことであって、私も若い頃に杖で道理を教え込まれるまでは同じようなことを思っておりましたから、おっしゃることは分かります」

「ほかにも教えてやろう。もし目の前に捨て子が現れたら、自分の子にして、息子として育てるつもりだ」

「なぜそんな必要があるのですか」カプタは驚愕して言った。

「神殿には捨て子の家がありますし、そのなかには、下級神官や、ファラオや貴族の後宮に仕える宦官になり、生みの母親が夢にも思わなかった素晴らしい生活を送る人もいるのですよ。息子を欲しがるお気持ちは分かりますが、もし息子が欲しいなら、壺を割って夫婦の契りを交わすという愚かな真似をなさらなくても、知らない女と簡単に子を為せばよろしいでしょう。買うのは嫌だとおっしゃるなら、どこかの貧しい娘に産ませて、生まれた子を引き取れば、娘は恥から解放されて喜んで感謝するでしょう。あちこちにいるであろう自分の子どもたちに会ったことすらない私がこれを語るのはおこがましいですが、子どもがもたらす喜びというのはかなり大げさに言われていて、実際は大変な面倒がつきものなのですよ。もう私の手足は今までの大変な苦労のせいでふるえて思うように動きませんし、特に朝が辛くて、家事労働と食事の準備、それに加えてご主人様の資産管理もあって、すべてを取り仕切るには手が足りませんから、今日にでも若い女奴隷を買ってくださると助かるのですがね」

「カプタ、それは気づかなかったな。奴隷は買いたくないが、お前も楽をしたほうがいいだろうから私の金銀で使用人を雇うといい。もしこの家に残るなら行きたいところに自由に出かけてかまわないし、その喉の渇きとやらで、役立つ情報を調べてくるのもいいだろう。でも、自分でもよく分からない強い思いに導かれて決意したことだから、私の考えが変わることはないし、これ以上は何も聞かずに言う通りにしてくれ」

こう言うと、私は家を出て友人を探しに出かけた。「シリアの壺」でトトメスのことを尋ねたが、酒場の店主が代わっていて、生活のために金持ちの子どもの絵本に猫の絵を描いていた貧しい芸術家については誰も知らなかった。ホルエムヘブを尋ねてみようと、兵舎にも行ってみたが、もぬけの殻だった。以前のように、庭で取っ組み合いをする者もいなければ、槍で葦の束を刺す兵士の姿もなく、調理場の屋根の下で大鍋が湯気を立てていることもなく、すべてが荒れ果てていた。ただ一人、骨ばって油も塗っていない黒褐色の顔をしたシャルダナ人の下級将校が、何も言わずに爪先で砂を掘り返しながら私を見ていた。そこでその男に、数年前にシリアの国境でカブール人との戦を率いたファラオの将軍ホルエムヘブのことを尋ねてみると、男はすぐにお辞儀をした。下級将校は訛りのあるエジプト語で、ホルエムヘブは今も王の総司令官だが、ここ数か月間は駐屯地の撤去や軍の解散のためにクシュの地に行っていて、いつ戻るのか分からないと教えてくれた。男に元気がなかったので、銀の粒を与えると、驚いて嬉しさのあまりシャルダナ人の立場と地位も忘れて私に笑いかけ、私が聞いたことのない神の名を叫んだ。私が去ろうとすると、袖をつかんで荒れた庭を指さした。

「ホルエムヘブ総司令官は兵士をよく理解している偉大な方で、恐れを知らない勇敢な兵士だ。ホルエムヘブが獅子なら、ファラオは角なしのヤギだ。兵舎はもぬけの殻だし、給金もなければ食い物もないんだ。仲間は地方で物乞いをしているし、これからどうすればいいのだ。銀をくれた善き人にアメンのご加護を。腹の中は心配事だらけで、もう何か月も思う存分酔っていない。兵士を集めにエジプトから来た奴は、天幕から天幕へ歩き、エジプトに来ればたくさんの銀や女たちを手に入れることができ、酒も好きなだけ飲めると言ったから、俺は自分の国を出てきたというのに、今はどうだ？　銀もなく、酔うこともできず、まして女だと！」

男は唾を吐いて文句を言い、泥がこびりついた足の裏で吐き出した唾を地面にこすりつけた。このシャルダナ人の話によると、先王の時代に多額の費用をかけて諸外国からかき集めて軍隊を築いたというのに、ファラオはそれを解体し、兵士を見捨てたようで、私は男のことが気の毒になった。気を取り直して老いたプタホルのことを思い出し、彼がどこにいるのかを知りたくて、名簿を確認しにアメン神殿の生命の家に行った。しかし、名簿の管理人に、王立頭蓋切開医師は一年以上前に亡くなり、死者の町に葬られたと告げられた。私はテーベの町で一人も友人を見つけることができなかった。

そこで神殿のそばにある大列柱室に立ち寄り、象形文字が隙間なく刻まれた色鮮やかな列柱の間に立つと、アメン神の聖なる薄暗がりと香木の煙に包まれた。石の格子窓から柱の間を燕が空高く飛び交っていたが、神殿も中庭もがらんとしていて、かつて無数にあった出店や工房も以前のような活気がなく、商いも行われていなかった。白い衣を身に着け、剃り上げた頭に香油を塗った神官たちは、神経質そうに私に目をやり、中庭にいる人々は誰かに聞かれるのを恐れてか、ぼそぼそとささやき合っていた。ここで学んでいた頃は、早朝から葦の茂みを揺らす風のざわめきや騒音であふれかえっていたものだが、それも今はすっかり消えていた。私はアメン神を慕っていたわけではないが、遠く過ぎ去った若き日々を思い出すと奇妙な懐かしさを覚え、胸が締めつけられた。

大列柱室からファラオの巨像の間を抜けると、大神殿のすぐ隣に新しい神殿が建造されていた。規模はかなり大きく、これまで見たことのない奇妙な構造をしていた。周囲には壁がなく、中に足を踏み入れると列柱に囲まれた中庭にたどり着き、祭壇には穀物、花々、果物が山のように供えられていた。巨大な浮彫りの絵には、円形のアテン神が、供物を捧げるファラオの上に無数の光を注ぎ、その光の先にある祝福の手から生命の十字を差し出している様子が描かれていた。白い衣を身に着けた神官は剃髪しておらず、多くが若い青年で、顔に恍惚とした表情を浮かべてかつてシリアのエルサレムで聞いた覚えがある聖なる歌を歌っていた。神官と絵よりもさらに強く語りかけてきたのは、四十本の巨大な柱に不自然なほど大きく彫られた、新たなファラオの姿だった。胸の前できつく交差させた両手にヘカとネケクを握りしめ、こちらを見つめている。

熱に浮かされたような薄気味悪い顔、貧弱で下腹が出ている体、そして細い手足に見覚えがあったので、この彫刻が表しているのはファラオだと分かった。かつて自由な芸術に憧れていたトトメスなら、このようなある種、悪意すら感じられる芸術表現を目指しただろう。ファラオの不完全な体の特徴は、芸術家によって余すことなく誇張され、むくんだ太もも、細い足首、痩せた首は、秘密めいて神がかっているかのようだった。そして、最も不気味なのは、ファラオの顔だった。不自然に面長な顔とつり上がった眉、突き出た頬骨、膨れ上がった唇には、どことなく夢見がちで、嘲（あざけ）るような謎めいた微笑みが浮かんでいた。アメン神殿の列柱の両側に座する巨大なファラオ像は、神のように堂々としていたが、四十本の柱の上からアテン神の祭壇を見つめる像は、下腹がむくんで痩せ細った、人間そのものだった。人間の姿をしたファラオの石像は遥か遠くを見つめ、秘めた狂気で張り詰めているように見えた。

王位継承者だった頃のファラオとは以前一度会ったきりで、当時の彼は若く、病んで弱々しく、聖なる病の発作が起きたときは、冷静に医師の目で判断したつもりだったが、若かった私は彼の言葉を病人が発するただの妄言だと考えていた。もしその当時ファラオをこのような姿に彫っていたら、その者は打ちのめされ、周壁に吊り下げられたはずだから、エジプトにはこれほどの憎しみと愛情を持ってファラオを表現する勇気ある芸術家はこれまでいなかった。改めてこれらの石像を見て、アメンヘテプ四世が自分自身をどう捉えているかを初めて理解し、全身がふるえた。

神殿にいた数人の男女は、高級な亜麻布や重そうな襟飾り、黄金の装飾品を身に着けていたから、貴族や上流階級の人間だろう。神官は聞いたことのない歌を歌っていたが、歌詞の意味は理解しづらく、民は呆けたようにそれを聞いていた。昔からある歌詞は、今から二千年前のピラミッドの時代から脈々と受け継がれてきたもので、敬虔（けいけん）な者は子どもの頃から聞き慣れているから耳にすればすぐに分かり、年月を経て言葉の意味が変化したり、歌い間違えたり書記が写し間違えたりして、さまざまに入り混じり内容が理解できなくても、心で感じることができるものだった。

歌が終わると、田舎者らしい服装の老いた男が、手ごろな値段の護符か守護の目、もしくは呪文が書かれた紙を買いたいとうやうやしく神官に話しかけた。神官は、アテン神は信じる者すべてに寄り添う存在であり、まじないや紙どころか、生贄や供物も必要としないから、そういうものは売っていないと答えた。これを聞いて気を悪くした老人は、嘘っぱちのおふざけだと悪態をついて立ち去り、昔から馴染みのあるアメン神殿の塔門へ入っていった。

　次に、漁師の妻が神官に近づき、熱心に神官の目を見て尋ねた。

「ヤギや牛を生贄にしないから、あんた方は肉にありつけずにそんなに痩せてしまって気の毒だね。とても信じられないが、もし本当にあんた方の神が偉大で、強力で、アメン神よりも力があるっていうなら、神官だってでっぷり太って艶々してないといけないよ。私は愚かな女でしかないから見当もつかないけど、もっと肉を食べなくちゃ」

　神官たちは笑い出し、悪さをする少年のようにひそひそとささやき合い、最も年長の者が言った。

「アテン神に血を流さねばならない生贄は不要だし、偽りの神であるアメン神の玉座はいずれ倒れて神殿は朽ちるから、アテン神殿でアメン神の名を口にしてはならない」

　女は慌ててあとずさりして地面に唾を吐くと、手でアメン神の聖なる印を切って言った。

「私じゃなくてあんたが言ったんだから、あんたが呪われるがいい」

　女が素早く立ち去ると、それに続いて数人がおそるおそる神官たちを振り返りながら出ていった。神官たちは声をあげて笑い、一斉に叫んだ。

「アメン神は偽りの神だ！　アテン神を信仰しない者は立ち去ればいいが、偽りの神であるアメン神は草のように鎌で刈り取られて勢力を失うだろう」

　すると立ち去ろうとしていた者が石を拾って神官に投げつけ、一人の顔に当たって血が流れた。怪我をした神官は手で顔を覆って嘆き、ほかの神官たちは大声で番人を呼んだが、投げた本人はとうに走り去り、アメン神殿の塔門の前で人ごみに紛れてしまった。

この一部始終を見た私は、神官たちに近づいて尋ねた。

「私はエジプト人だが、長い間シリアに住んでいたので、アテン神という名の新しい神をよく知らない。どうか物知らずの私に、アテン神とはどういう神で、何を求め、どのように仕えたらいいのか教えてくれないか」

神官たちはからかわれていると思ったのか、私の顔をじっと見てから、こう教えてくれた。

「アテン神は、大地と川、人間と動物、この地上の生きとし生けるものすべてを創造された唯一の神だ。神はかつてより存在し、我々は最初に現れた形をラーとして祀ってきたが、真実に生きるファラオが少年だった頃に、神はアテン神として御姿を現された。それからはアテン神が唯一の神であり、ほかの神はすべてまやかしの神となった。アテン神の前では貧乏人や金持ちの差がなく、アテン神を崇める者が見捨てられることはない。太陽の光は善悪の区別なく大地を祝福し、皆に生命の十字を差し出されるから、我らは毎日太陽を拝むのだ。神の存在そのものが愛であり、未来永劫あらゆる場所にいてくださり、何ごとも神の思し召しによって起こるのだから、生命の十字を受け取った者は神の従僕となるのだ」

「それはすべて美しく正しいことなのだろうが、さっきの石が若い神官の口に当たって血が流れたのもアテン神の思し召しなのだろうか」

神官たちは戸惑って互いを見回して言った。

「我々をからかっているのか」しかし、顔に石が当たった若い神官が私に大声で言った。

「僕が過ちを学べるように、神がこの出来事をお導きになったんだ。ファラオは、羊飼いの父と川で水汲みをして生活をしている母の間に生まれた卑しい身分の僕を、歌声が美しいからといって神にお仕えするようにお引き立てくださったのに、僕は心の中でファラオの御心に適っているとうぬぼれていたんだ」

私は感心したように言った。

「卑しい生まれの男を黄金の宮殿にのぼらせるとは、さぞかし素晴らしい神なのですね」

すると、彼らは声を合わせて言った。

「まさにその通りだ。ファラオは人の容姿や財産、身分ではなく、心をご覧になり、アテン神によって人の心に秘めた隠し事を見通すお力を授けられているのだ」

「人間には他者の心を見通すことはできないし、人の心臓を量ることができるのはオシリスだけだから、ファラオは人ではないということですね」

彼らは仲間内で話し合って言った。

「オシリスはアテン神を信仰しない人々の民間信仰にすぎぬ。ファラオは人間でありたいと望んでおられるが、我々にとってファラオは神に等しく、その証(あかし)に幻影をご覧になり、短い幻影の間に数多(あまた)の人生を生きておられる。だが、それを知っているのはファラオが真に愛する者たちだけだ。アテン神は生命の源で、男の精に命を授け、女の腹に子を宿すから、芸術家は神殿の柱に男であり女でもあられるファラオを刻んだのだ」

私はわざとらしく手をあげ、両手で頭を抱えて言った。

「さっきの女と同じく、私もただの男にすぎないから、あなた方の知恵を完全に理解するのは難しそうだが、私に説明する前に話し合わなくてはならないとは、どうやらあなた方にとっても容易ではなさそうだな」

彼らは熱心に答えた。

「太陽の円が完全であるように、アテン神は完全で、神の内にある生あるものや呼吸をするものもすべて完全だが、人間の考えることは霧のようにおぼろげだ。我々も日々神の思し召しを学んではいるが、すべてを知る者はただ一人、真実に生きる神の子、ファラオだけで、我々もすべてを知りはせぬ。だからお前にアテン神のことをうまく説明できないのだ」

彼らは髪に聖油を塗り、上等な亜麻布の服に身を包んで歌い、女たちの視線に悦に入り、愚かな人々を見下していたが、これを聞いて彼らが心の底から純粋なのだと知り、衝撃を受けた。自分の願望や知識とかけ離れたところで知らず知らずに私の中で熟した何かが彼らの言葉に呼応し、私は初めて、人間の考えは不完全であるがゆえに、人間の考えが及ばないところに、目で見たり耳で聞いたり手で触れたりできない何かがあるのではないかと思った。ひょっとしたらファラオと神官たちは、この真実を見つけ、人間には理解しえない未知のものをアテンと名づけたのかもしれない。

これまでの私は、人間の思考がすべての扉を開き、人間が到達できる知識には限りがあり、知識が増えるほど人の心は成長するものだと思っていた。しかし、私は手にした知識で何を成し遂げたというのか。知識が蓄積されるにつれ、私の心は死に近づき、私の命の流れは浅くなり、どこにも行きつかない泥の水たまりになった。私は自分自身や知識や自分の腕に言い表せないほど辟易していたから、知識や技術に蓋をして、貧乏人の医者になろうと決めた。心からの願望ではなく、ただ自分に嫌気が差して決めたことだった。そんな私の前に突如として人智を超えたアテン神が現れた気がした。ファラオの石像の目は、これまで人間が見たことのないものを見つめているかのようで、もはや私を見つめるファラオ像に憤りや恐怖を感じず、私はどこか奇妙な高揚感に包まれながらその像を見つめ返した。口元は謎めいた確信を秘め、厳かでありながら見透かしたような微笑みを浮かべているように見えた。そして、この若い神官たちは自分たちの無知をきちんと把握したうえで話しているのだろうかと思い、彼らからは生命の十字を受け取らなかった。

5

アテン神殿の外に出ると、これまでの私の人生は石の壁に囲まれた暗い小部屋に閉じ込められていたようなものだと感じ、今初めてその石壁の細い隙間から光が差し込んで新鮮な空気が流れ込み、息ができるようになった気がした。そして同時に、私は初めて医師としての知識と力量に意義を見いだしたときのように、自分の人生の新たな扉が開くのを実感した。しかし、このような気持ちを抱くのは、これまでに多くを失ってきた孤独な人間だけだろう。私ことシヌヘ、地上における異邦人は、アテン神殿でファラオが病んだ目で見たものを追体験したのだ。ファラオに驚嘆し、興奮を覚えたが、この世のものならぬ幻影を見る者が権力を手にする恐ろしさを思うと、彼は決してファラオになるべきではなかった。

家に戻ってきたときにはもう暗くなっていて、家の戸口には簡素な医師の看板がかけられ、庭には数人の薄汚れた患者が座り込み、辛抱強く私を待っていた。カプタは不満そうにテラスに座り、貧しい患者とともにやってきたハエをヤシの葉で顔や脛(すね)から追い払っていたが、そばには慰みに封を開けたばかりのビールの壺が置いてあった。

最初にカプタに案内させたのは、痩せた子どもを抱いた母親で、食べ物をたっぷり買うことができれば子どもに乳を与えられるので、銅の粒を与えれば十分だった。その次に、穀物を挽く臼に指を挟んだ奴隷の手当てをして、指の骨と関節を元に戻し、痛みを忘れられるように痛みを和らげる薬を混ぜたワインを飲ませた。それから首に腫瘍のある老いた書記を治療した。その腫瘍は子どもの頭ほどの大きさで、老人は首を斜めに傾け、目は飛び出し、呼吸するのも苦しそうだったので、あまり効果があるとは思えなかったが、スミュルナで学んだ、海藻から抽出した液体を飲ませた。老人は清潔な布から銅を二粒取り出し、貧しさを恥じつつ私に差し出してきたが、私は受け取る代わりに「書記の仕事があるときはあなたに頼もう」と言うと、銅を渡さずに済んだ老人は大いに喜んで帰っていった。

さらに、近くの娼館の女が、目に醜いかさぶたができて仕事の邪魔になると言って助けを求めに来た。そこで目を消毒し、かさぶたが取れるまで目に貼る湿布薬を処方すると、女は恥じらいながら体をあらわにし、治療代の代わりに自らを差し出してきた。相手を傷つけないよう、「大切な治療があるから女を断(た)っているのだ」と伝えると、医師の仕事をよく分かっていない女はこの話を信じ、私の自制心を敬った。

せっかくの好意を無駄にしないように、脇腹と腹にあったいくつかのイボを、鎮痛効能のある軟膏を塗って切除してやると、女はとても喜んで帰っていった。

　こうして貧しい者の医師としての初日は、パンにつける塩すら稼ぐことができず、カプタはそのことで私をさんざん冷やかしつつも、ほかの国では味わえないテーベ風に油で焼いたガチョウを出してくれた。そのガチョウはカプタが町の中心にある評判のいい酒場で買ってきたもので、冷めないように熱したかまどに入れると、アメン神のぶどう棚の丘で作られた最高級のワインを鮮やかなガラスの杯に注いで、今日一日の私の仕事をからかった。それでも私の心は軽く、どこかの金持ちの商人を治療した報酬に金の首飾りをもらうよりこの日の成果のほうが嬉しかった。数日後に臼で指を挟んだ奴隷が製粉所からくすねてきた壺一杯の穀物を抱えて、治りかけの指を見せに来てくれたおかげで、初日の仕事の報酬は無一文ではなくなったことも記しておこう。

　カプタは私を慰めて言った。

「貧しい者たちがこう話しているのを聞きました。『港通りの角にあるかつての銅鋳物職人の家に腕のいい医師が引っ越してきて、痛みもなく無料で治してくれるうえに、痩せっぽちの母親に銅を渡し、金銀のない娼婦のイボを取ってやったそうだから、おまえも急いで行ってみるといい。暗い部屋に閉じ込めて膝にヒルを吸いつかせでもしない限り、こいつはすぐに貧乏になって家を売るはめになるだろうから、早けりゃ早いほうがいい』と。ですから、今日を境に町じゅうに評判が広まり、お庭は夜明けから患者であふれかえることでしょう。そもそもご主人様は金持ちで、黄金が勝手に仕事をしてくれるように私がうまく計らっておりますから困るようなことはありませんし、この質素な家でご満足なら、毎日ガチョウと上等なワインを召し上がりながらさらに富を増やすこともできますから、そいつらの言うことは間違っておりますがね。ですが、ご主人様は決して人と同じことはなさらないので、ある朝突然私が目覚めたときに、思いつきで黄金を井戸に捨てて家と私を売り払い、私が灰をかぶることになっても驚きはしませんよ。お話したことは忘れてしまうかもしれませんが、粘土板なら一度記せば残りますから、私は自由の身で好きに行き来できると一筆書いていただき、ご主人様の印章を押して、王立文書保管庫に保管してもらえるように王立書記にも必要な贈り物をしてくださいませんか。これには特別な理由が一つあるのですが、今それを申し上げてご主人様の頭痛の種を増やして、お手間を取らせたくはありません」

のどかな春の夜、泥煉瓦の家の前には牛糞を乾燥させた明かりがじりじりと燃え、港から吹いてくる夕べの風が杉の木材とシリアの香木の香りを運んできた。これらすべてが、アカシアの香りと貧民街に漂う油で焼いた魚のにおいと甘く混じり、私の鼻腔に広がった。テーベ風のガチョウをたらふく食べ、ワインを飲んで気持ちが軽くなり、酒が心の中から鬱屈とした慕情や悲しみを追いやってくれた。私はカプタにも土器の杯にワインを注いで言った。

「カプタ、お前は自由だ。その図々しさは鼻につくが、私が返済できるか分からなかったときも、お前は銅や銀を貸してくれた。そのときから奴隷というよりも友だったたし、自分でも気づいていると思うが、もう長いこと思うままにしてきただろう。カプタ、自由になれ。そしてお前が幸せになるように、明日にでも王立書記に私のエジプトとシリアの印章を押した法的な書類を用意してもらおう。ところで、さっき私が一文も稼がなくても、黄金が勝手に仕事をしてくれると言っていたが、私の資産や黄金の投資がどうなっているか話してくれないか。私が指示したように、神殿の金庫に持っていったのではないのか」

「いいえ、ご主人様！」カプタはたった一つの目でまっすぐに私を見つめ、真剣な声で言った。「お気づきではなかったかもしれませんが、これまでそんなまぬけなご指示に従ったことはございませんし、その都度私は理性に従って行動してまいりました。ご主人様もかなりワインを召し上がっていらっしゃるので機嫌を損ねることはないでしょうし、私も自由の身ですから今となっては隠すこともございませんが、突然癇癪を起こされるのは年を取っても変わりませんから、念のため杖は隠しておきました。探そうとしても無駄ですから、これから私が何をしたかをお話ししましょう。神殿の金庫に黄金を持っていっても、神殿の番人は何か支払ってくれるどころか、盗人から守ってやるのだからと言って贈り物を要求してくるのですから、神殿の金庫に保管するのは牛ほどの知恵しかない者ぐらいでしょうよ。そのうえ、徴税人にご主人様の所有する黄金が把握されるので、預けている間に黄金はどんどん目減りして、しまいにはなくなってしまうのです。黄金を集める唯一の理に適った方法は黄金に仕事をさせることで、それができればゆったりと腕を組んでくつろぎ、煎った塩味の蓮の種を味わいながら、あとはほどよい喉の渇きを待てばいいのです。そういうわけで、今日一日ご主人様がぶらぶら神殿に行って景色を眺めている間に、私は不自由な足で町じゅうを走りまわり、テーベの町でどこに投資すべきかを調べていたのです。喉の渇きのおかげで実にさまざまなことを知りました。たとえば、今じゃ安全ではないからといって、金持ちは神殿の金庫に黄金を預けないらしいのですが、そうなるとエジプト全土で安全な場所はどこにもないということになります。そういえば、アメン神殿が土地を売っているということも聞きつけましたよ」

「それは嘘だ」考えただけでもばかげた話だから、私は興奮して立ち上がった。

「アメン神殿は土地を売るのではなく買うのだ。黒い大地の四分の一を所有するに至るまでずっと土地を買い入れてきたし、一度手に入れたら手放すことは決してない」

「そう、おっしゃる通りです」

カプタは私をなだめようと私のガラスの杯にワインを注ぎ足し、さりげなく自分の杯にも酒を注いだ。

「まともな人間なら誰もが知っている通り、測量士といい関係を築き、毎年洪水が終わるたびに忘れずに贈り物をしておけば、土地は唯一価値の変わらぬ資産となります。ところが、アメン神殿は秘密裏に、そして慌ただしくまともな金持ちを相手に土地を売っているようなのです。私もこの話を聞いたときは驚いたので調べてみたところ、アメン神殿はたしかに安く土地を売っておりますが、一定期間が過ぎたら同じ値段で土地を買い戻せるという条件がついておりました。それでも、その土地にある倉庫や農機具、家畜や奴隷までついてきて、買い手は毎年、作物を育てて大きな利益をあげることができますから、かなりお得な買い物です。アメン神殿がエジプトで最も豊穣な土地を保有していることはご存じでしょう。もし以前と変わらなければ、利益は確実かつすぐに手に入りますから、これほど魅力的な買い物はありません。アメン神殿が大部分の土地を短期間で売り払っているために物件の価格はガタ落ちですし、エジプトじゅうからかき集められるだけの黄金を穴倉に納めているので、黄金が不足しています。ですが、これらはすべて密かに行われているので、私の喉の渇きがなければ詳しい人間にたどりつくこともなかったでしょう」

「カプタ、まさか土地を買ったんじゃないだろうな」

私は驚いて尋ねた。しかしカプタは私をなだめて言った。

「ご主人様、ご存じのように私は奴隷とはいえ、泥臭い生まれというわけではなく、石畳の道や高い建物に囲まれて育っておりますから、そこまでばかではありませんよ。私は土地に詳しくはありませんし、土地を買ってしまったら、それについてきた管理人や牛追い、奴隷や雑用係の小娘までがご主人様の財産をくすねるでしょうが、テーベでしたら私はほかの奴らよりもうわ手ですから、一文たりとも失うことはありません。アメン神殿の売買が破格なことはどんなまぬけが見ても明らかですから、私はここにジャッカルが潜んでいると思いますし、それは金持ち連中が不信感を抱いて黄金を神殿の金庫に預けないことからも分かります。おそらくファラオの新しい神のためにこういうことが起こるのでしょう。ご主人様、これから何が起こるのかは分かりませんが、結末を知る前に、おかしなことが次々と起こるに違いありません。私はご主人様の利益だけを考えて、これから賃料が毎年上がると踏んで、複数の市中の建物、商店、賃貸物件などを安く買い取ることにし、契約の交渉はほとんど済ませまして、あとはご主人様の印章と署名をお願いするだけなのです。これらの家を本当に割安で手に入れたことは信じてください。もし契約を結んだときに売り手が私に贈り物をしても、それは私と売り手の間の話であってご主人様は関係ありませんし、まぬけなのは奴らであって、私はこの売買でご主人様からは少しもくすねておりません。ですが、ご主人様にとって本当に有利な条件でこの契約をまとめあげたのですから、もしご主人様が私に何か褒美をくださるならありがたく頂戴しますよ」

私は少し考えて言った。

「いや、カプタ、お前はこの物件の賃料や毎年の修理を請け負う大工との契約料を勘定して私からくすねる算段をつけているだろうから、お前に褒美をやるつもりはない」

カプタはたいしてがっかりすることもなく、私の言葉にうなずいた。

「ご主人様の富は私の富、つまり、ご主人様の利益は私にとっての利益であり、私としてもいかにご主人様の利益を増やせるかを考えなくてはなりませんから、まさにおっしゃる通りなのです。アメン神殿の土地売買のことを聞いてから、私は農業にも興味が湧きましたので、穀物取引所に行き、喉の渇きに導かれるままにその辺りの酒場から酒場へと渡り歩いて皆の話を聞き、色々なことを学びました。ご主人様、ちょうど今、来夏の収穫の取引が行われているところで、穀物の値段も手ごろですから、もしご主人様のお許しをいただけましたら、倉庫に穀物を買い込んでおくつもりなのです。たしかに穀物は石や建物に比べれば消えてしまうものですし、ネズミに食われたり、奴隷に盗まれたりもしますが、農業とは常にそういうものですし、何かで利益を得ようと思えば、危険を背負う覚悟も必要です。すべてを把握しているわけではありませんが、農作業や収穫とは洪水やバッタ、野ネズミ、灌漑といったものにも影響されます。ですから、今回支払った値段で秋には収穫した穀物が倉庫に入ると分かっている私より、農民のほうがずっと苦労が大きいということはお伝えしたいのです。アメン神殿の土地売買で誰もが農民になれるとしても、これまでと同じ量が収穫できることはないでしょう。私の中の何かが、時が経てば穀物の値段が上がると告げておりますから、そのときのために収穫は倉庫にきっちりと保管いたします。倉庫が必要なくなったら穀物商人たちに貸して収益を得ることができますから、ちゃんと乾燥していて壁もしっかり塗ってある穀物用の倉庫を買い上げたのです」

カプタはあれこれ骨を折って計画し、自ら面倒にどっぷりと浸かっているように思えたが、熱心に取り組んでいるようだし、自分が巻き込まれずに済むならカプタの投資に反対する理由はない。そう思ってカプタに伝えると、カプタは誇らしげな様子を隠そうとしながら言いにくそうに続けた。

「実はもう一つ、ご主人様に費用を工面していただきたいお得な話があるのです。私は生まれてこのかたずっと奴隷でしたから、奴隷について知り尽くしていると申し上げられますので、それを活かして奴隷市場で売りに出ている大きな商館を買ってそこで奴隷売買をすれば、ご主人様はあっという間に大金持ちになれると思うのです。私は奴隷の体の欠点や傷の隠し方を知っておりますし、今はご主人様の杖を隠しているので申し上げられることですが、私のほうがご主人様よりずっとうまく杖を使いこなせます。ですが、ご主人様が首を縦に振ってくださらなければ残念なことにこの商機を失うことになります。ご主人様、いかがでしょうか」

「カプタ、たしかにお前の言うことは一理ある。皆奴隷を買い、奴隷を使い、奴隷を必要とするのは変わらないが、奴隷商人は軽蔑すべき汚れた仕事だと思うから、私たちは奴隷商人にはならない。理由はうまく言えないが、私の中の何かが奴隷商人にはなりたくないし、お前にもそうなってほしくないと言っているのだ」

カプタはほっとしたようにため息をついて言った。

「ご主人様、要するに、私はご主人様のお心をちゃんと知っているということです。考えてみれば、私も年を取って体も硬くなり、特に朝起きますとビールの壺を手にするまで指がかなりふるえるというのに、女奴隷がいると、つい気を取られて余計な体力を使ってしまいそうですから、心置きなくこの奴隷商人になって儲けるという強欲な考えを忘れられるというものです。ですが、ご主人様のためを思って私が買い求めた物件は、すべてきちんとした建物ですから、得られる利益は小さくとも確実だということはお伝えしておきます。娼館は一軒も買っていませんし、金持ちが住む丈夫で心地よい家よりも利益が多い貧民街の掘っ建て小屋のような宿も買っておりません。こうして契約の話を進めるなかで、なぜほかの者みたいに儲けてはならないのかと心の中で激しく葛藤いたしました。それでも、私の心がご主人様のお許しを得られないだろうと告げていたので、断腸の思いでこの心惹かれる取引を諦めたのです。ですが、もう一つお願いがございます」

カプタは突然落ち着きをなくし、私の機嫌を伺った。こんなふうにおぼつかないカプタはこれまで一度も見たことがなく、興味をそそられたので、カプタの杯にワインを注いで話すよう促した。ようやくカプタは口を開いた。

「厚かましく恥知らずなお願いなので念のため杖は隠しておきましたが、おっしゃる通り本当に私が自由の身なのでしたらどうか怒らないでください。何かと申しますと、以前何度かお話ししましたが、シリアやバビロンで濁(にご)ったビールを管で吸い上げていた頃に夢にまで見た、『鰐の尻尾』という港の酒場に私と一緒に行って、尻尾一杯分の酒を楽しみながらその酒場を見ていただきたいのです」

私はワインで心が広くなっていたので、怒りもせずに笑い出した。暮れゆく春の夜は儚く、私はとても孤独だった。たとえ、飲み物の強さにちなんで名づけられた「鰐の尻尾」というみすぼらしい港の酒場に、主人が使用人と出かけることが前代未聞のことで、私にふさわしくないとしても、かつて生きて戻った者がいないと知りながらカプタが私とともに暗黒の館に入ってくれたことを思い出した。だから彼の肩に触れて言った。

「私の心によると、鰐の尻尾一杯分とやらが今日の締めくくりにぴったりなようだ。行こうじゃないか」

カプタは喜び、手足が凝り固まっていたことも忘れて、奴隷らしく飛びあがった。小走りで私の杖を隠し場所から持ってきて、私に肩衣をかけた。そして、乾いた杉の木と、花や土の香りが風に乗って漂うなか、私たちは港にある「鰐の尻尾」へと向かった。

6

酒場「鰐の尻尾」は、港の奥まった通りの真ん中に大きな倉庫に挟まれて建っていた。泥煉瓦で造られた壁は分厚く、夏は涼しく冬は暖かい造りになっていた。戸口にはビールとワインの壺のほかに、ガラス製の目が光る大きなワニの剥製(はくせい)が掲げられていて、大きく開かれた口には歯が何重にも並んでいた。カプタは勇んで私を中に連れていくと酒場の店主を呼び、柔らかい椅子に陣取った。カプタは酒場の常連だったようで、自分の家のように振る舞っていたので、訝しげに私を見ていたほかの客もそのうち落ち着いて自分たちの会話に戻った。驚いたことに、床と壁は木の板で覆われていて、壁には黒人の槍や羽根飾り、海の島々の貝類、クレタ島の絵付け皿といった、旅の思い出の品々が飾られていた。カプタは誇らしげに私の視線を追って言った。

「金持ちの家のような木材の壁にさぞ驚かれたでしょう。もう船旅なんて思い出したくもありませんが、どれも古い船を解体した廃材で、あの黄色い板はプント国に航海したときに海水で腐食したものですし、あちらの茶色い板は海の島の船着場にこすられたときのものです。さあ、よろしければ、ここの店主が作ってくれる鰐の尻尾を一杯楽しみましょう」

私は手のひらで抱えるように持つ貝殻の形の美しい杯を渡されたが、私が見とれたのは杯ではなく、その杯を持ってきた女だった。ほかの給仕娘たちほど若くもなく、客を誘うために半裸で歩きまわることもせずにきちんと服を身に着け、片方の耳に銀の輪を下げ、細い手首には銀の腕輪をはめていた。彼女は私の視線に気づくと、怖気づくことなく私を見つめ返し、多くの女のように視線を伏せることもしなかった。眉は細く整えられ、目には微笑と悲しみが同時に浮かんでいた。生き生きとした温かな鳶(とび)色の瞳は、見ていると心地よかった。彼女の手から杯を受けとり、カプタにも杯が渡されると、私は彼女の目をのぞき込んで思わず尋ねた。

「美しい人よ、名前を聞いてもいいだろうか」

女は低い声で答えた。

「私の名はメリト。内気な若者が初めて給仕娘の腰に触ろうとするときのように、美しい人だなんて呼ばなくていいのよ。また来てくださることがあれば、どうか覚えておいて。孤独な者、医師シヌヘ」

私は傷ついて言った。

「美しいメリト、あなたの腰に触れようなんて微塵も思っていない。ところで、なぜ私の名を知っているのだ」

彼女は褐色のなめらかな肌に美しい微笑を浮かべて言った。

「荒くれロバの男、あなたの評判は知れ渡っているのよ。あなたを見たときにその評判が嘘じゃなくて、すべて本当のことだと分かったわ」

彼女の目の底には蜃気楼のように深い悲しみが漂っていて、私の心はその微笑の奥にある彼女の悲しみを探そうとして、腹を立てるのも忘れて言った。

「その評判を語っていたのが、今日私から自由になった元奴隷のカプタだとしたら、信じないほうがいい。彼の舌は生まれながらに欠陥があって、嘘と真実の区別がつくどころか、どちらも同じように扱い、ときには真実よりも嘘のほうが勝ることもあるくらいなんだ。これは私の医師の力でも治せず、杖も効き目はなかった」

「そう、でも独りぼっちで最初の春が過ぎ去った者にとっては、真実よりも嘘のほうが心地よいのかもしれないわね。だから、美しいメリトと呼んでくださったことも、あなたの表情が教えてくれることも喜んで信じることにするわ。ところで、さっき渡した鰐の尻尾がほかの国の珍しい飲み物と比べてどうなのか知りたいから、どうぞ召し上がって」

彼女の目を見つめながら手の中にある杯を掲げて飲んだ瞬間、頭に血がのぼって咳き込み、喉が燃え、彼女の目を見ていられなくなった。ようやく息ができるようになってから私は言った。

「ふう、カプタはこの酒に関しては本当のことを言っていたからさっき言ったことは取り消すよ。これはたしかにこれまで味わってきたどんな酒よりも強いし、バビロンの民がランプに使う油より燃えさかり、屈強な男でもワニの尻尾の一撃を受けたように倒れるだろう」

こう言って鰐の尻尾の余韻を味わっていると、体の中から熱があふれ出し、焼け焦げそうな口の中に薬草と油の味が残った。そして、私の心に燕のように翼が生えてこう言った。

「セトとすべての悪魔の名にかけて、どうやってこの酒を作ったのかは知らないが、この酒の魔術が手足に行き渡ったせいなのか、メリト、君の瞳のせいなのか、心が若返ったようだ。私の手が君の腰に触れたとしても、それはこの尻尾のせいで私の意志ではないのだから驚かないでおくれ」

メリトは慎重に私から距離を置くと、おどけたようにほっそりとした手をあげて、私に微笑んだ。

「ここはちゃんとした酒場で、私もそれほど年増ではないし、それなりに純情なんだから、そんなことは言わないで。お酒については、あなたの奴隷のカプタが私にしつこく求婚してきて、父から受け継いだ唯一の財産であるこの酒の作り方をただで知ろうとしているけど、目は一つしかないし、太っていて年寄りだから、大人の女が楽しめるとはとても思えないわ。黄金を積んでこの酒場を買い取って、ついでに酒の調合方法も手に入れるつもりだろうけれど、よほど黄金を積んでもらわないと合意できそうにないわね」

カプタは慌ててメリトを黙らせようとしたが、私はもう一度酒を味わい、またも体じゅうに炎を駆け巡らせて言った。

「カプタはこの酒のためなら、たとえ結婚式からそう日が経たないうちに君から足元に熱湯をかけられたとしても、君と壺を割る気だろう。今は鰐の尻尾が喋らせているのであって、明日には覚えていないかもしれないが、君に酒を作る技術がなくても、君の目を見ればカプタの気持ちは理解できる。それよりもカプタがこの酒場を買い取るという話は本当なのか」

「あっちへ行け、厚かましい雌猫め！」

カプタはそう言うと、シリアで学んだありとあらゆる神の名を唱え、私のほうを向いて懇願するように言った。

「ご主人様、私はまだ使用人ですし、この件については改めてきちんと説明して許可をいただくつもりでしたのに、あまりに急な話となってしまいました。この酒は陽気な男たちが集う川沿いのすべての場所にこの酒場の名を知らしめたほどで、遠くにいても毎日思い出していたほどですから、私がこの酒場を店主から買い取り、そこの娘から鰐の尻尾の秘伝の調合方法も手に入れようと思っているのは事実です。ご存じのように私はご主人様から長年くすねてきましたが、年を取ったらご主人様のご用事のためにあちこち走りまわることもできなくなりますし、火鉢のそばで骨を温めたいので、老後のことを考えて自分の金銀をどこに投資するか悩んでいたのです」

私が歩いているときでさえ輿を使っていたカプタが走りまわっている様子を想像して笑ってしまったが、

カプタはそんな私を見て傷ついた。それに火鉢で骨を温めるといっても、分厚い脂肪があるから難しいだろうと思ったが、こんなことを考えるのも鰐の尻尾のせいだろう。そこで笑うのをやめてカプタにきちんと詫びて、話を続けるように促した。

「若い奴隷の頃から、どんな仕事よりも酒場の主人（あるじ）という仕事に憧れておりました」

鰐の尻尾のせいなのかカプタは切々と語り出した。

「若い頃は、酒場の主人なら誰にも文句を言われることなく、ただで好きなだけ酒が飲めるだろうと思っておりました。ですが今は、酒場の主人はほどほどに飲むもので、決して酔っ払ってはならないことが分かりましたし、酒を飲み過ぎるとおかしな気分になったり、カバやほかの恐ろしいものを見たりしますから、私の健康にもかなりいいと思われます。そして私は生まれたときから好奇心の塊ですから、酒場の主人がひっきりなしに人に会って色々な役立つことを耳にし、世の動きをすべて知ることができるという点にもたいそう惹かれるのです。私の舌でほら話をすれば客が喜び、いつの間にか杯を重ねて支払いのときにびっくりするという寸法ですから、この舌も酒場の主人として役立つはずです。何かの間違いで奴隷として生まれてきましたが、考えてみますと、生まれる前から神々は私を酒場の主人に定めたのだと思うのです。大抵のことは経験してきましたから、たとえ客が無銭飲酒で逃げようとしても、この私にごまかしや嘘は通用しませんから、奴隷に生まれたことも今となっては大いに役立つわけです。人というのは支払日を考えずにツケで盛大に飲みますが、その場で払うとなれば銀を出すのも惜しむというおかしな性質をしています。自分で言うのもなんですが、私はそういう人間の性質をよく知っていますし、酒場の主人にとってツケで飲ませていい客かどうか分かるのは最も大事なことです」

　カプタは杯を空け、頭のうしろで両手を組むと、物悲しく微笑んで言った。

「それに私の見たところ、ファラオの権力が揺らごうが、神々がその座から追われようが、何が起ころうと人は必ず喉の渇きを覚え、酒場が空になることはありませんから、酒場の主人というのは数ある仕事の中で最も安定しておりますよ。人間は嬉しいときにワインを飲み、悲しいときもワインで慰め、成功すればワインで心を癒し、失望してはワインにおぼれるのです。恋をしてはワインを飲み、女房に引っぱたかれたといっては飲むのですよ。商売に失敗したといってはワインに頼り、勝てば美酒に酔うのです。貧しさをごまかしてさらに仕事に精を出そうと、貧乏人もワインを飲むのです。詩的で美しい言葉を使いたくてワインと言いましたが、ビールもワインと同じようにその気になればしっかりと酔うことができますし、とことん二日酔いを味わえる素晴らしい酒なのに、詩人がビールを褒め称える詩を作っていないのはおかしなものです。ですが、これ以上ワインとビールの素晴らしさについて語り続けて退屈なさってもいけませんから本題に戻りましょう。酒場の主人というのは最も安定した仕事ですから、この酒場に長年貯め込んだ金銀を費やしたのです。娼婦でしたら店舗や倉庫も必要がなく初期投資もいらないので、自分が賢く立ちまわれば、稼いだ金で家を建てて老後を過ごせるかもしれませんが、私には酒場の主人よりも割がよくて面白い仕事は思いつきません。いやはや、またも関係ないことをお話しして混乱させてしまいましたが、実のところ私はいまだに鰐の尻尾に慣れていないため、舌が始末に負えなくなってしまうのです。つまり何が言いたいかと申しますと、酒場はすでに私のものでして、店主には給仕をしてもらい、メリトにも手伝ってもらい、私がお役御免になって酒場に落ち着くまで、ここの利益を彼らと折半することになっているのです。これに関する契約も作っておりまして、エジプトの千におよぶすべての神々の名にかけて、契約を守ると誓っておりますし、店主は祝日に神殿に生贄を捧げに行くほど信心深い男ですから、私の目を盗んで必要以上に利益をかすめ取るとは思いません。神殿に行っているのは、この店の上客が普段から神殿のぶどう畑でできた強いワインを壺単位で飲んでいて、一、二杯の鰐の尻尾では何ともない神官たちだからかもしれませんがね。ですが、賢明な男が商売と信心をともにするのは当たり前ですから、ここの店主の信心深さを疑う理由はありませんし、それに、ええ、いや、どこからお伝えしたらいいのか分からなくなってしまいましたが、いずれにせよ、ご主人様が私のしたことにうるさくおっしゃらないばかりかお叱りもせず、何より誰からも栄誉ある仕事だと思われない酒場の主人になったというのに、まだ使用人として扱ってくださるのですから、今日は私にとって本当に喜ばしい日ですよ」

この長い話のあと、カプタは酔っ払ったままくだらないことを喋り続け、感動して泣きながら私の胸に頭をもたせかけて私の膝を抱きかかえた。私はカプタを抱き起こして言った。

「そうだな、お前の老後を考えると、これ以上ぴったりな仕事はないだろうが、一つだけ分からない。酒場がそれほど安く維持でき、鰐の尻尾の秘伝の作り方も守っているなら、なぜ店主は利益を自分だけのものにせず、お前に売ったのだ」

カプタは私を不満そうに眺めて、たった一つの目に涙を浮かべて言った。

「もう千回は申し上げたでしょうに、ご主人様は私の喜びをニガヨモギよりも苦くしてしまう才能をお持ちです。私たちはご主人様がお若い頃からの付き合いで、兄弟のように思っているので、喜びも利益も分け合いたいのだと言っても足りませんか。それでは足りないということはご主人様の目を見れば分かりますし、私も同感です。白状しますと、たしかにこの売買にもジャッカルが潜んでいます。実は、これからファラオの神がアメン神を倒そうとして、大きな混乱が起こるという噂で、そうなると酒場は真っ先に被害を受けますから、窓は破られ、店主は刺されて川に投げ込まれ、壺は倒され、家具は壊され、最悪の場合は酒壺を空にしてから酒場ごと燃やされてしまいます。特に、店主が敵側についていると確実に被害に遭いますが、ここの店主がアメン神を信仰しているのは誰もが知っていますから、今更どうすることもできないのです。心配性の人間は、道端で果物の皮に足を取られたり、屋根の瓦が頭に落ちてきたり、雄牛の引く荷車に轢かれたりするものですが、店主もアメン神殿の土地売却の話を聞いて不安に駆られたところに、私がいい話を持ちかけたのです。ご主人様はお忘れでしょうが、我々にはスカラベがついています。スカラベもご主人様を守らなくてはならないので忙しいでしょうが、『鰐の尻尾』のこともちょいと守ってくれるでしょう」

私はしばらく考えてからこう言った。

「カプタ、いずれにしてもお前はたった一日で本当に色々とやってのけたな」

カプタは私の感謝を退けて言った。

「ご主人様、私たちは昨日陸に上がったことをお忘れですか。足の裏に草が生える暇がなかったのはたしかですし、信じていただけないかもしれませんが、たった一杯の鰐の尻尾で舌がもつれてきましたから、どうやら私の舌も疲れてきたようです」

私たちは立ち上がり、店主に暇（いとま）を告げると、メリトが手首と足首に銀の輪を鳴らしながら私たちを戸口まで見送ってくれた。戸口の薄暗いところで、私は彼女の腰に手を触れて彼女を近くに感じたが、彼女は私の手をきっぱりと引き離して言い放った。

「あなたに触れられるのは素敵かもしれないけれど、手のひらに鰐の尻尾をはっきりと感じる今は、やめてもらえるかしら」

私は決まり悪くなって自分の手を見てみると、たしかにワニの前肢のようだったので、まっすぐ家に帰って寝床を敷き、その夜はぐっすりと眠った。

7

テーベの貧民街にある、かつて銅鋳物職人が住んでいた家での生活はこのように始まった。カプタが予言したように患者は多かったが、治療に高価な薬を要することが多く、腹を空かせた者を治療しても脂分や粥を得られなければ回復しないため、私の収入は増えるどころか、むしろ損をするほうが多かった。しかし、高価とはいえない謝礼は私に喜びをもたらしたし、貧しい者が私の名を祝福し始めたと聞いたときはさらに嬉しかった。毎晩、テーベの空は市内を照らす明かりで赤く染まったが、私は仕事で疲れていたし、夜も患者たちの痛みを思い、しばしファラオの神であるアテン神にも思いを馳せていた。

カプタは家事を任せるために老女を雇った。女の表情から人生や男に愛想を尽かしているのは明らかだった。料理の腕は確かで、口数は少なく、テラスに貧乏人のにおいが漂っても彼らにひどい言葉を投げたり追い出したりはせず、めったに私の邪魔をしなかった。存在自体が影のようで、近くにいても気づかないほどだったから、私はすぐにその女に慣れた。女の名はムティといった。

月が移り変わるに従って、テーベに不穏な空気が広まっていったが、ホルエムヘブが戻ってくるという話は聞かなかった。庭は太陽に照りつけられ、夏の最も暑い時期が近づいていた。気晴らしがしたいときはカプタと一緒に「鰐の尻尾」に出かけて、メリトと三人で世間話をした。彼女のことはまだ深く知らなかったが、その目を見つめていると、私の心は石のように硬くなった。私はもう酒場の名がついた強い酒は飲まず、暑いときには冷たいビールを酔わない程度に嗜む（たしな）ことにし、ひんやりとした泥煉瓦の壁にもたれると気分が軽くなった。ほかの客が話しているのを聞いて気づいたのだが、この酒場では誰もが酒を手に座れるわけではなく、客はふるいにかけられ、ときには墓泥棒をして黄金を得る客や、人を脅してその日暮らしをしている客もいたようだが、酒場にいるときは皆職業を忘れておとなしく振る舞っていた。ここには誰かの役に立つ人々しかいないとカプタが言ったので、私はそれを信じた。しかし、私はカプタの友人だから受け入れられているのであって、私だけが誰かの役に立つこともなく、ここでも異邦人だった。

酒場では色々なことを耳にしたが、ファラオについては賛否両論で、新しい神は鼻で笑われるのが常だった。ある夜、頭に灰をかぶり、破れた服を着た香料商人が酒場にやってきた。男は憂さを晴らしに鰐の尻尾を飲みに来て大声で言った。

「なんということだ、やりたい放題のおかしなファラオを抑えられる者がいないせいで、私のような正直者の仕事が台無しになってしまった。私生児の世継ぎなんか永遠に呪われるがいい。これまでプント国から運ばれてくる香料が一番儲かったし、東の紅海の往来はまったく危険がなく、毎年夏には商船が出て、水時計ほど正確に翌年には十隻のうち二隻は戻ってきたから、儲けを前もって予測できたんだ。だが、こんなばかな話を聞いたことがあるか？　船団が準備をしていると、ファラオが検査のために港にやってきたんだ。セトの名にかけて、一体全体なんでファラオがハイエナみたいにあちこち嗅ぎまわらなきゃならんのだ？　書記や摂政はすべてを法と正義に則(のっと)って行うためにいるんだし、これまでもずっとそうだった。多くの者が海に出ていくが、戻ってくる者は少ないってことは誰もが知っているから、昔から海の男が航海に出る前には、岸で別れを告げ、船員は船の上から泣き叫び、妻子が泣きながら尖った石で顔を傷つけるものなのだ。偉大なる女王の時代から、これがプント国に向けて出航するときの習わしだというのに、信じられないことにこの様子を見たあの呪われたファラオが、二度とプント国に船を出しちゃならんというお触れを出したんだ。まともな商人なら誰だってこれが何を意味するか分かるだろう。どうかアメン神のご加護を。つまりこれは、貧困と飢えが降りかかり、男たちや女子どもが破滅するってことだ。セトの名にかけて、大抵の男どもは何かやらかして、判事によって合法的に海の仕事に従事するようにという判決が出て海に送られるのだから、違法に船に送られることなんてほとんどなく、もし違法行為があったとしても犯罪者がぐっと減る大豊作の年くらいだろう。だが、このファラオの治世では誰も神を畏れなくなり、誰もが今日が最期といわんばかりの生き方をしているせいで、エジプトでは犯罪が山ほど起こっている。船団や倉庫、ガラス玉や土器に投資した分を考えてみろ。永遠に神に見捨てられたままプント国の藁小屋に残されたエジプトの交易仲介人たちのこともだ。たとえそいつらの多くがプント国でも家族を持ち、肌の色が混じった子を育てているという話が本当だとしても、そいつらや二度と父親に会えなくて涙する妻子を思うと、涙が血となって流れる思いだ」

香料商人は三杯目の鰐の尻尾を手にすると、やっと落ち着いて黙り込み、悲しみと興奮のあまりファラオを侮辱するような言葉を吐いたことを手短に謝罪した。

「それにしても、王妃ティィは賢くて理解のあるお方だから息子を操れると思っていたし、神官アイも分別ある人間だと思っていたが、どいつもこいつもアメン神を倒したいだけで、ファラオが突拍子もないことを考えついても好き放題させているようだ。気の毒なアメン神よ！　男ってのは女と壺を割って所帯を持てば、大抵は分別がつくものだが、偉大なる王妃ネフェルトイティは、自分の服のことや悪趣味な流行のことしか頭にないときたもんだ。信じるかどうかは勝手だが、今じゃ宮殿の女たちは目の周りを孔雀石（くじゃくいし）のような緑に塗って、腰から下が開いている服を着て、男にへそを見せながら歩いているというぞ」

カプタは興味をそそられて言った。

「私は実にさまざまな女の服装を見てきたと思いますが、そんな形の服は今までほかの国でも見たことがありませんな。すると、女たちはあそこも丸出しにしているということですか、王妃も？」

「俺は信心深いし、妻と子どもがいるから、へそより下を見たりはしないし、お前にもそんな不埒（ふらち）なことは勧めんぞ」と、香料商人は言った。

メリトが会話に割り込んできて、意地悪く言った。

「あなたの口は恥知らずだけど、美しくて形のいいお腹をしていて、産婆さんがおへその形を台無しにしたんじゃなければ、この夏の流行りの服はとても涼しくて女の美しい部分をすっきり見せてくれる服だわ。開いた服の下には薄い亜麻布の細い下帯をちゃんと身に着けているから、視線を下げたって問題ないし、まともな女なら誰だって産毛を処理しているから、信心深い者が見たって困ることはないのよ」

香料商人は何か言い返したかったのだろうが、三杯目の鰐の尻尾は彼の舌より強力だったようで、口をつぐんだ。商人は両手で頭を抱え、宮殿の女たちの服装やプント国に残されたエジプト人たちの気の毒な運命を思って泣いた。代わりに、丸々とした顔と剃り上げた頭からかぐわしい聖油の香りを放っている年配のアメン神殿の神官が会話に入ってきた。彼は鰐の尻尾で勢いづき、手のひらをテーブルに打ちつけ、大声でわめいた。

「もうたくさんだ！　誰だって美しい女のへそやなだらかな腹は喜んで眺めるし、アメン神は祝祭の日の服が白であれば普段の服がどうだろうがお許しなさるのだから、女の服のことで怒っているんじゃないぞ。許しがたいのは、海の男たちの哀れな運命にかこつけて、ファラオが厚かましくプント国から香木を輸入できないようにしたことだ。アメン神はこの甘美な香りに慣れ親しんでこられたのに、これからは家畜の糞で生贄を焼けというのか。わざと怒りを買うようなことをするなんて、こんなのは恥知らずの嫌がらせだ。我が口を穢したくないからその神の名など口にはせんが、まともな奴なら誰だって、あの呪われた神の生命の十字を着けた奴に唾を吐くだろうよ。まったく、例の神殿には壁もないし、番人だって簡単に欺(あざむ)

くことができるだろうから、もし今晩あそこに行って、祭壇に用を足してくる奴がいたら、何杯でも鰐の尻尾をおごってやりたいくらいだ。アメン神の評判に傷がつかず、神官の立場が妨げにならないなら、自分でやりたいところだ」

彼は挑むように辺りを見渡すと、少しして彼のもとに疫病の痕のある男が一人近づいてきた。二人は小さな声でささやき合い、神官が鰐の尻尾を二杯頼むと、疫病の痕のある男が大きな声で言った。

「俺はさんざん悪事を重ね、必要とあれば相手の喉を容赦なく耳から耳まで掻っ切ってきたが、しでかした悪事を思い出しては腹が痛くなり不安で仕方がないもんだから、死ぬ前にアメン神の加護が欲しいのだ。おふくろが教えてくれたように俺の神はアメン神だとずっと信じてきたし、お前が約束した黄金のためじゃなく、我がカーとバーのために俺は本当にやってやるぞ」

「いやまったくだ」神官はすっかり酔っ払って言った。

「お前のやることは称賛に値するから間違いなくお赦しがあるだろうし、アメン神のために危険な目に遭えば、たとえ体が周壁で腐ろうとも、そのまま西方の地に行けると思え。アメン神のために高価な木材やよい香料を運ぼうとして溺れ死んだ海の男たちも同じように、あの世の沼に足を踏み入れることなく、そのまま西方の地に行くことができるのだ。それなのに、そいつらがアメン神のために溺れ死ぬのを禁止するということは、ファラオは罪人ということになる」

彼は貝殻の形の杯でテーブルを叩いて、酒場の客全員のほうを向いて叫んだ。

「第四位の神官として、私にはお前たちのカーとバーを拘束し、解放する力がある。アメン神は人の心をご覧になり、その行いを目的によって量られるから、たとえ殺しや暴力、盗みや強姦であってもアメン神のためにお前たちが行うことはすべて赦されるのだ。さあ行け、服の下に武器を持って、そして――」

酒場の店主がゆっくりと神官に近づき、こん棒で頭を殴ったので、神官の頭ががくりと落ち、叫んでいる途中で話が途切れた。皆がはっとして飛び上がり、疫病の痕のある男は腰から短刀を抜いたが、酒場の店主は静かに言った。

「今の行いはアメン神のためにやったことだから、神からあらかじめお赦しをいただいているし、この神官が酔いから醒めたら、真っ先にその通りだと認めるだろう。神官はアメン神の名にかけて話していたが、鰐の尻尾がこの男の口を借りて話していたのは確かだった。この店で大声を出していいのはわしだけだ。あんたらに知恵があれば分かると思うがな」

誰もが、酒場の店主が言うことはもっともだと認めた。疫病の痕のある男は神官を介抱し始め、何人かは静かに酒場から出ていった。カプタと私も酒場を出たが、私は戸口でメリトに言った。

「私が孤独なのは知っているだろうが、君も孤独だとその目が語っているよ。前に言われたことを何度も考えていたんだが、最初の春が過ぎ去った独り者にとって、ときに嘘のほうが真実よりも優しいというのは本当かもしれない。君は美しい大人の女で、手足もすらりと長いから、さっき話していたこの夏の流行りの服を着て私と一緒に牡羊参道を歩いても自分の腹を恥じることはないだろう。だから私のためにその服を着てくれないか」

「そうしようかしら」メリトは私の手を軽く握りしめて言った。

しかし、メリトの返事を聞いても私の心はそれほど高揚するわけではなく、店の外に出て港の熱気に包まれたときには、静かな夜のどこか遠いところから寂しく響く二管笛の音に虚しさを覚えた。

次の日、ホルエムヘブが軍隊を連れてテーベに戻ってきた。しかし、この話を語るには、新たな書を始めなければならない。この書では、貧しい者を治療している間に、屈強な男と、自分のことを偉大なる女王ハトシェプストだと思い込んでいる貧しい老女の頭蓋切開をしたことを記しておく。二人ともすっかり元気になり、私は自分の腕に満足したが、老女は、偉大なる女王だと信じていた頃のほうが幸せだったのではないかと思う。

（下巻へつづく）

本作品中には、今日の人権意識からすると不適切と思われる表現がありますが、時代背景と作品価値に鑑み、原書にできる限り忠実な翻訳としました。

ミカ・ヴァルタリ（Mika Waltari）

1908年－1979年。ヘルシンキ出身。フィンランドを代表する作家の一人。18歳でデビュー作を上梓。1920年代は欧州を範とした文学運動に加わり、珠玉の長編歴史小説をはじめ、短編、戯曲、エッセイ、旅行記や童話と多くの作品を残した。本書『エジプト人シヌへ』は古代エジプトや諸外国を舞台とし、冒険、愛、権力、戦争が描かれた壮大な物語で、世界的なベストセラーとなり、ハリウッド映画化につながった代表作である。

セルボ貴子（せるぼ たかこ）

広島県出身。2001年からフィンランド在住。通訳・翻訳等提供するWa Connectionを夫と経営。本とコーヒーとチョコレートがあれば幸せ。訳書に『世界からコーヒーがなくなるまえに』（青土社）、『寄生生物の果てしなき進化』（草思社）、『ムーミンの生みの親、トーベ・ヤンソン』（河出書房新社）他、共著あり。北欧語書籍翻訳者の会所属。

菊川匡（きくがわ ただし）

古代エジプト美術館ファウンダー。1965年生。2009年ドイツ・ベルリン自由大学のシリア調査隊に参加する。同年に日本初の古代エジプト専門美術館である古代エジプト美術館を渋谷に設立し、初代館長に就任する。2014年古代エジプトガラスの先端的化学的分析で博士号を取得。2016年よりエジプトの発掘調査隊に参加し、2022年よりメイドゥム・ピラミッド遺跡における発掘調査隊の隊長を務めている。

エジプト人 シヌヘ　上巻

2024年5月10日　第1刷発行

著者　ミカ・ヴァルタリ

訳者　セルボ貴子

監修　菊川匡

編集協力　上山美保子

発行者　岡村茉利奈

発行所　みずいろブックス
〒101-0061
東京都千代田区神田三崎町2丁目20-7-904
TEL　03-3237-8337　FAX　03-6261-2660
https://sites.google.com/mizuirobooks.com/home

発売　株式会社静風社
〒101-0061
東京都千代田区神田三崎町2丁目20-7-904
TEL　03-6261-2661　FAX　03-6261-2660
http://www.seifusha.co.jp

カバー・本文デザイン　岡村恵美子

印刷／製本　モリモト印刷株式会社

ISBN978-4-910731-01-8
Printed in Japan